Allí, donde se acaba el mundo

Allí, donde se acaba el mundo

Catherine Poulain

Traducción de
Iballa López Hernández

Lumen

narrativa

Título original: *Le grand marin*

Primera edición: marzo de 2017

© 2016, Éditions de l'Olivier
© 2016, Catherine Poulain
© 2017, Penguin Random House Grupo Editorial, S. A. U.
Travessera de Gràcia, 47-49. 08021 Barcelona
© 2017, Iballa López Hernández, por la traducción

Printed in Spain — Impreso en España

ISBN: 978-84-264-0398-8
Depósito legal: B-2.178-2017

Compuesto en M. I. Maquetación, S. L.
Impreso en Egedsa
Sabadell (Barcelona)

H 4 0 3 9 8 8

Penguin
Random House
Grupo Editorial

O you singer solitary, singing by yourself, projecting me,
O solitary me listening, never more shall I cease perpetuating you,
Never more shall I escape, never more the reverberations,
Never more the cries of unsatisfied love be absent from me,
Never more leave me to be the peaceful child I was,
Before what there in the night,
By the sea under the yellow and sagging moon,
The messenger there arous'd the fire, the sweet hell within,
The unknown want, the destiny of me.

WALT WHITMAN

Tendríamos que estar siempre camino de Alaska. Pero ¿para qué llegar? He preparado el petate. Es de noche. Un día abandono Manosque-les-Plateaux, Manosque-les-Couteaux, corre el mes de febrero, los bares están siempre llenos, humo y cerveza... Me voy a los confines del mundo, al Gran Azul, hacia el cristal y el peligro, me voy. No me apetece morir de aburrimiento, de tanta cerveza, de una bala perdida. De desgracia. Me voy. Estás loca. Se burlan de mí. Siempre se burlan. Sola en esos barcos, con esas hordas de hombres, estás loca... Se ríen.

Sí, reíd, reíd. Bebed. Colocaos. Por mí como si queréis morir. Yo no. Me voy a Alaska a pescar. Ciao.

Me he ido.

Voy a atravesar el gran país. En Nueva York siento ganas de llorar. Lloro sobre mi café con leche, luego salgo. Aún es muy temprano. Camino por las grandes avenidas desiertas. El cielo se ve muy alto, muy claro, entre las torres que se elevan en el aire crudo en una ascensión delirante. En unos pequeños puestos-caravana venden café y dulces. Sentada en un banco frente a un edificio que espejea incendiado por el sol naciente, me tomo un insípido café americano con una magdalena enorme, una esponjita dulzona. Poco a poco me vuelve a embargar la alegría, una ligereza difusa en las piernas, el deseo de levantarme, la curiosidad por ver lo que hay al final de la calle, tras la primera esquina y hasta la siguiente... Entonces me pongo en pie y echo a andar; la ciudad se despierta, aparece la gente, empiezo a sentir vértigo. Me abandono a él hasta quedar agotada.

Cojo el autocar. Un autocar Greyhound con el dibujo de un galgo. Pago cien dólares para recorrer la ruta de un océano a otro. Salimos de la ciudad. He comprado galletas y manzanas. Arrellanada en el asiento, contemplo las *highways* múltiples, los flujos de la carretera de circunvalación que se cruzan, se separan, se juntan, se entrecruzan y se pierden a lo lejos. Al hacerlo siento náuseas, así que me como una galleta.

No llevo más equipaje que un pequeño petate del ejército. Lo he bordado y lo he forrado con telas preciosas antes de emprender el viaje. Me han dado un anorak de un azul cielo desvaído. Me paso el viaje cosiéndolo; las plumas revolotean a mi alrededor igual que si fueran nubes.

—¿Adónde va? —me preguntan.

—A Alaska.

—¿Para qué?

—Voy a pescar.

—¿Ya lo ha hecho alguna vez?

—No.

—¿Conoce a alguien allí?

—No.

—*God bless you...*

God bless you. God bless you. God bless you...

—Gracias —contesto—, muchas gracias.

Estoy contenta. Me voy a Alaska a pescar.

Atravesamos desiertos. El autocar se vacía. Tengo dos asientos para mí sola, puedo recostarme, con la mejilla pegada al frío cristal de la ventanilla. Wyoming está cubierto de nieve. Nevada también. Me como las galletas mojadas en unos cafés americanos muy ligeros al ritmo de los McDonald's y los bares de carretera. Coso y desaparezco entre las nubes del anorak. Y de nuevo se hace de noche. Estoy despierta. A ambos lados de la carretera parpadean casinos, ruedas de neón centelleantes, vaqueros luminosos blandiendo una pistola..., se encienden, se apagan... En lo alto se percibe una media luna tenue. Dejamos atrás Las Vegas. No se ve ni un árbol, solo guijarros y matorrales quemados por el invierno. El cielo no tarda en clarear por el oeste y el día llega antes de que nos dé tiempo siquiera a presentirlo. La carretera discurre recta ante nosotros, con unas montañas nevadas a lo lejos y, sola en la meseta desierta, una vía de tren que se aleja hacia el horizonte, hacia la mañana. O hacia ninguna parte. Unas vacas tristes nos miran al pasar. Quizá tengan frío. A la hora del almuerzo volvemos a hacer un alto en una gasolinera donde rugen camiones cromados. En ella hay una bandera estadounidense ondeando al viento contra un cartel de cerveza gigante.

Por el camino empiezo a cojear. Subo y bajo del autocar renqueando. «God bless you», me dicen con mayor inquietud. Hay un anciano que también cojea. Nos miramos con cierta complicidad. Una noche, en un área de servicio, se arremolinan en torno a mí varios mendigos. «Are you a chicano? You look like a chicano, you look like my daughter», dice uno de ellos. Y reanudamos la marcha. Soy una chicana con las mejillas encendidas, con las mejillas coloradas, que cojea, que come galletas envuelta en una nube de plumas mientras contempla la noche sobre el desierto. Y que va rumbo a Alaska para pescar.

En Seattle me reúno con un amigo pescador. Vamos a su barco. Lleva años esperándome. Mi foto cuelga de los mamparos. Le ha puesto mi nombre al velero. Más tarde rompe a llorar. Este hombretón que está de espaldas a mí, que solloza en su litera. Fuera ya está oscuro y llueve. «Quizá sería mejor que me fuese», pienso.

—Quizá sea mejor que me vaya… —murmuro.

—Sí, eso —dice—, ahora vete.

Es noche cerrada y fuera hace un frío tremendo. Mi amigo sigue llorando, y yo también.

—Quizá debería estrangularte… —me dice luego con tristeza.

Me asusto un poco. Me fijo en sus manazas, noto que me está mirando el cuello.

—Pero no vas a hacerlo, ¿verdad? —le pregunto con una vocecita.

No, tal vez no lo haga… Lleno el petate lentamente. Así y todo, me pide que me quede, que me quede una noche más.

Cogemos el ferry sin cruzar palabra, él clava los ojos enrojecidos en el mar, yo me dedico a mirar el agua, su semblante adusto, mis manos, cuyos contornos acaricio indefinidamente. Luego echamos a andar por la calle. Me acompaña hasta el aeropuerto. Va delante de mí, me quedo sin resuello cuando trato de seguirle el paso. Llora. Y yo lloro detrás.

El corazón de los fletanes

Hace un día espléndido en Anchorage. Aguardo tras el cristal. Un indio ronda a mi alrededor. He llegado a los confines del mundo. Tengo miedo. Vuelvo a subir a un avión muy pequeñito. La azafata nos ofrece un café y una galleta, y a continuación nos internamos en la bruma, desaparecemos en su ciega blancura, «Tú lo has querido, rica, aquí tienes los confines del mundo». La isla aparece entre dos hilachas de niebla: Kodiak. Bosques oscuros, montañas, y también la tierra parda y sucia que asoma bajo la nieve derretida. Siento ganas de llorar. Ahora toca ir a pescar.

Me tomo un café en el vestíbulo del pequeño aeropuerto, frente a un oso grizzly enfurecido. Pasan hombres con un petate al hombro. Espaldas anchas, rostro curtido, avejentado. No dan muestras de verme. Fuera, el cielo blanco, unas colinas grises y gaviotas que pasan incesantemente por doquier lanzando gemidos.

Llamo. Digo: «Hola, soy la amiga del pescador de Seattle. Me dijo que estaba usted al tanto, que podía quedarme a dormir en su casa un par de noches hasta que encontrara un barco en el que embarcar».

Una voz neutra de hombre. Pronuncia unas palabras. «Oh shit!», oigo que contesta una mujer. «Welcome, Lili —pienso—. Bienvenida a Kodiak.» Ha dicho: «Oh shit».

Una mujercita enjuta sale de una camioneta, cabello amarillo y fino, rostro cansado, una boca de labios delgados y pálidos que no sonríe, ojos de porcelana azul. Conduce sin pronunciar una palabra. Avanzamos por una carretera muy recta entre hileras de árboles, después el paisaje se torna yermo. Bordeamos el mar y cruzamos por pequeños brazos de agua que la helada ha rizado.

—Dormirás aquí. —Me indican un sofá del salón.

—Bien, gracias —digo.

—Hacemos redes para los pescadores. Redes de cerco*. Conocemos a todo el mundo en Kodiak. Te ayudaremos a buscar trabajo.

—Vaya, gracias.

—Anda, siéntate, haz como si estuvieras en tu casa, aquí tienes el váter, ahí el baño, aquí la cocina. Si te entra hambre, coge lo que quieras del frigorífico.

—Bien, gracias.

Se olvidan de mí. Tomo asiento en un rincón y me pongo a tallar un pedazo de madera. Luego salgo. Me gustaría buscarme una cabaña, pero hace demasiado frío. La tierra parda y la nieve sucia. El gran cielo gris sobre las montañas peladas, tan cerca. Cuando regreso están comiendo. Me siento en el sofá, aguardo a que el tiempo pase, aguardo a que se haga de noche para que desaparezcan y ponerme cómoda y tal vez dormir.

Me dejan en la ciudad. Sentada en un banco frente al puerto me como unas palomitas de maíz. Cuento mi dinero, los billetes

* La definición de los términos seguidos de un asterisco se encuentra en un glosario al final del libro. *(N. del E.)*

y la calderilla. Necesito conseguir trabajo deprisa. Un tipo me llama desde la dársena. Bajo el cielo blanco resulta hermoso como una estatua antigua recortándose contra el agua gris. Los tatuajes le llegan hasta la nuca, bajo el casco oscuro y rizado de cabellos rebeldes.

—Me llamo Niképhoros —se presenta—. Y tú, ¿de dónde eres?

—De lejos —contesto—, he venido a pescar.

Parece sorprendido. Me desea buena suerte.

—¿Hasta luego, quizá? —suelta antes de cruzar la calle.

Sube tres escalones de cemento desnudo que hay en la acera de enfrente y empuja la puerta de un edificio de madera austero y oscuro. En lo alto pone B AND B BAR, entre dos ventanales, uno de ellos resquebrajado.

Me pongo en pie y bajo por la pasarela.

—¿Buscabas algo? —me dice un hombre grueso desde la cubierta de un barco.

—Trabajo…

—Entonces, ¡sube a bordo!

Nos tomamos una cerveza en la sala de máquinas. No me atrevo a hablar. El hombre es amable y me enseña a hacer tres nudos.

—Ahora ya puedes salir a pescar… —me dice—. Pero, sobre todo, habla con aplomo cuando vayas a pedir trabajo. Que los hombres a tu alrededor sepan con quién están tratando.

Me alarga otra cerveza, y entonces me viene a la mente un bar lleno de humo de tabaco.

—Tengo que irme —le anuncio con un hilo de voz.

—Vuelve cuando quieras —dice—, no dudes en hacerlo si ves el barco atracado.

Me marcho por la dársena, voy de barco en barco preguntando «¿Necesitan a alguien a bordo?». Nadie me oye, el viento se lleva mis palabras entrecortadas. Me paso un buen rato repitiendo la pregunta antes de que alguien me conteste:

—¿Has pescado alguna vez?

—No... —balbuceo.

—¿Tienes papeles? Tarjeta verde, licencia de pesca...

—No.

Me miran extrañados.

—Ve y pregunta un poco más allá, ya verás como terminas encontrando algo... —me dicen de nuevo amablemente.

No encuentro nada. Con el estómago a reventar de palomitas, regreso a la casa para dormir en mi sofá. Me ofrecen trabajar como *nanny*, cuidando de los hijos de los que saldrán a faenar, pero es una humillación terrible. Lo rechazo con suave obstinación, con la cabeza baja, sacudiéndola de un lado a otro. Pregunto dónde hay cabañas. Me contestan con tono evasivo, así que termino ayudando a mis anfitriones a coser las redes.

Pero al final encuentro. Me proponen dos puestos de marinero el mismo día: pesca del arenque frente a la costa, a bordo de un *seiner*,* o embarcar en un palangrero para la pesca del bacalao negro en alta mar. Me quedo con el segundo porque *long-lining** suena más bonito, porque será duro y peligroso y porque la tripulación estará compuesta de marineros avezados. El tipo alto y flaco que me contrata me mira con asombro y dulzura. Cuando me ve con el abigarrado petate, dice sin más: «¡Qué hermosa es la pasión!». Después la mirada se le endurece.

—A partir de ahora tendrás que demostrar lo que vales. Tenemos tres semanas para pertrechar el barco, reparar las líneas y encarnar los palangres. En adelante, el único propósito en tu vida será trabajar para el *Rebel*, día tras día, noche tras noche.

«Me gustaría que me adoptase un barco», murmuro en el silencio ventoso de la noche. Llevamos varios días trabajando en un local húmedo, tras unos cajones de hojalata donde se estiban los palangres. Reparamos las líneas, cambiamos las brazoladas* arrancadas y los anzuelos torcidos. Aprendo a hacer empalmes. A mi lado, un hombre trabaja en silencio. Ha llegado tarde, con la mirada perdida, y el patrón se ha puesto a gritar. Apesta a cerveza rancia y masca tabaco. De vez en cuando le da por escupir en la taza llena de roña que tiene delante. Jesús está sentado frente a mí y me sonríe. Jesús es mexicano. Es bajito y fornido, de cara redonda y piel atezada, con unas mejillas como albaricoques. De una habitación oscura sale un tipo seguido de una chica jovencísima y gruesa, una india. Al pasar junto a nosotros, agacha la cabeza, aparentemente incómodo.

—Anda, parece que Steve tuvo suerte anoche… —dice el patrón dejando escapar una risa burlona.

—Si a eso le llamas tener suerte… —contesta mi vecino, y a continuación me dice, sin despegar los ojos del cajón, sin siquiera pestañear—: Gracias por la estatua.

Lo miro sin comprender. Ha puesto cara seria, pero da la impresión de que sus ojos negros me sonríen.

—Lo que quiero decir es que es una estatua hermosa… La de la Libertad. ¿Acaso no fuisteis vosotros, los franceses, quienes nos la regalasteis?

En la radio suenan canciones country. Alguien prepara café y nos lo tomamos en unas tazas que a lo sumo han debido de limpiarse con el faldón de alguna prenda.

—Habrá que traer agua en los bidones —dice John, un rubio alto y muy pálido.

—Me llamo Wolf, como el lobo —murmura mi vecino.

Prosigue diciéndome que hace quince años que pesca, que ha naufragado tres veces, que algún día tendrá su propio barco, quizá al final de esta temporada, por qué no, si las capturas son buenas, si no se dedica más de la cuenta a pintar la ciudad de rojo. No entiendo.

—¿La ciudad?, ¿de rojo?

Se ríe, Jesús hace lo propio.

—Quiere decir cogerse un pedo.

A mí también me gustaría pintar la ciudad de rojo, lo ha captado. Promete llevarme con él en cuanto regresemos a puerto. Luego me da una bola de tabaco.

—Toma, colócatela así… Pégatela a la encía.

Estoy contenta, no me atrevo a escupirla, por lo que termino tragándomela. La bola me abrasa el estómago. «El que algo quiere, algo le cuesta», pienso.

Jesús me lleva a la casa por la noche.

—El mar me da miedo —me cuenta—, pero no me queda otro remedio que salir a faenar, mi mujer está embarazada. En las conserveras no se gana lo suficiente. Me gustaría mucho que pudiésemos irnos de la autocaravana donde vivimos en estos momentos con más gente; alquilar un piso solo para nosotros dos y el bebé.

—A mí no me da miedo morir en el mar —le contesto.

—Calla, no hables de ese modo, nunca se debe decir ese tipo de cosas.

Parece que lo he asustado.

El tipo alto y flaco responde al nombre de Ian. Me ha traído a su casa, situada a las afueras de la ciudad, perdida entre bosques sombríos. A los demás se les ha puesto una cara muy rara. Creen que el patrón tendrá suerte esta noche. Su mujer ya no vive aquí, se aburría como una ostra en Alaska; ahora vive en Oklahoma con sus hijos, en un lugar soleado. Él se reunirá con ellos cuando finalice la pesca y venda la casa. Está prácticamente vacía, ya no quedan más que un par de colchones en las habitaciones desiertas, un sillón grande de color rojo frente a un televisor —su sillón—, un fogón y un frigorífico del que saca unos bistecs descomunales.

—¡Come algo, esqueleto de pajarito! Si no, no aguantarás…

Dejo tres cuartas partes de la carne. Me manda al frigorífico de las maravillas, en él encuentro multitud de helados. Tumbada en el suelo, miro la ventana. La noche ha caído sobre Alaska, y yo, dentro, pienso, con el viento y los pájaros en los árboles: «¡Ojalá que todo esto dure, que los de Inmigración no me pillen nunca!».

Cada noche el patrón alquila una película y la vemos mientras cenamos, él un bistec y yo un helado. Él presidiendo la estancia desde su bonito sillón rojo y yo sentada en el colchón, rodeada de almohadones. Ian me cuenta cosas hasta quedar sin aliento, emocionado por la historia, el rostro trémulo, un rostro alargado y triste de adolescente desengañado que se ilumina con el recuerdo de una imagen, un gesto. Entonces se echa a reír. Me habla de los hermosos buques que ha gobernado, de aquel barco tan bonito, el *Liberty*, que echó a pique durante un temporal un mes de febrero, en el mar de Bering, frente a las islas Pribilof, sin perder un solo hombre; se fueron a pique porque iban hasta los topes de cangrejos (pero que fuesen hasta los topes de cangrejos o de cocaína es

algo sobre lo que nadie se pone de acuerdo en la ciudad). Se ríe de
sí mismo y de sus veinte años, cuando aún no era miembro de
Alcohólicos Anónimos y bebía hasta que lo sacaban de los bares a
rastras, tal vez por los pies.

Pasan los días. Trabajamos sin interrupción. A veces Wolf y
yo vamos a almorzar al Safeway, el hipermercado de la zona. Por
el camino de regreso me vuelve a hablar del barco que algún día
tendrá. El semblante se le vuelve serio y deja de sonreír. Me pide
que me embarque con él.

—Sí, a lo mejor, si no me odias cuando acabe la temporada
—respondo.

Me habla de nuevo de una novia a la que amaba y de cómo
ella lo dejó un día. Desde entonces padece insomnio, añade con
tristeza.

—Todo ese tiempo perdido… —continúa diciendo.

—Sí —asiento.

—Te hace falta la licencia de pesca para embarcar —continúa
tras escupir una bola de tabaco—. Es la ley, suele haber inspeccio-
nes y los *troopers* no te lo pondrán fácil…

Esa tarde bajamos juntos a la tienda de artículos de caza que
hay en la ciudad. El dependiente me alarga una ficha. No parece
percatarse de que Wolf apunta mi talla en pies y en pulgadas y
me murmura al oído un número de la Seguridad Social que se
acaba de inventar. Marco con una cruz la casilla «residente». El
vendedor me tiende una tarjeta.

—Aquí la tienes, estás en regla… Son treinta dólares.

Regresamos al puerto y recorremos los muelles hasta el B and B.
El cielo del puerto se refleja en las grandes cristaleras desnudas.
Una de ellas sigue resquebrajada. En lo alto de los peldaños hay

un hombre de pecho ancho y vientre abombado con sus gruesos brazos en arco alrededor del torso, altas botas de pescador vueltas y stetson de fieltro bien calado sobre los mechones pelirrojos. La hebilla del cinturón resplandece. Nos saluda con un gesto de la cabeza, esboza una sonrisa forzada con el cigarrillo en la comisura de los labios y se hace a un lado para franquearnos el paso.

—Significa *Beer and Booze** —me comenta Wolf al abrir la puerta.

Dentro hay varios hombres acodados a la barra de madera, de espaldas a nosotros, con el cuello hundido entre los hombros. Buscamos dónde sentarnos. La camarera está cantando cuando entramos y su voz clara y potente asciende entre el humo. El cabello negro le cae a la altura de las caderas en pesados mechones. Al volverse, juguetea haciendo balancear la mata oscura por la espalda y se dirige hacia nosotros contoneándose.

—Hola, Joy —la saluda Wolf—. Vamos a tomar dos cervezas.

Un hombre corpulento se acerca a Wolf con una copa de alcohol fuerte en la mano, vodka quizá.

—Este es Karl, el danés —me dice Wolf—. Te presento a Lili… —añade volviéndose hacia él.

Karl tiene el pelo amarillo recogido de mala manera en una coletita tiesa, un rostro ancho y veteado de venitas rojas y párpados pesados bajo los cuales se filtra una mirada azul acuosa de vikingo.

—Si todo va bien, volvemos a zarpar mañana —dice entre dos chasquidos, acercándose la copa a los labios—. Estamos listos. Las capturas deberían ser buenas, si los dioses quieren.

Wolf asiente. Me he terminado la cerveza. Inmersa en la oscuridad del bar, una mujer de pelo muy rojo apura su copa. A continuación se levanta, pasa al otro lado de la barra y se acerca a nosotros. La camarera del pelo negro se sienta en el sitio de la mujer.

—Gracias, Joy —dice Wolf—, vamos a tomar lo mismo, con un chupito de aguardiente para acompañar...

—¿Todas se llaman Joy? —pregunto a media voz cuando la mujer se aleja.

—No, todas no... —dice Wolf riendo—. La primera es Joy la india, esta es Joy la pelirroja y hay otra, la gran Joy, que es gordísima.

—Ah —digo.

—Y cuando las tres Joy coinciden en el bar, a los tíos ni se los oye... Pueden tirarse hasta cinco días bebiendo cuando se ponen a ello. Y no les dejan pasar una.

Karl está cansado. Apura la copa y pide una más. Paga otra ronda. Joy la pelirroja deja una ficha de madera junto a mi copa, aún llena.

—Esta tarde he conocido a un tío —prosigue Karl arrastrando la voz—, acaba de llegar del Pacífico Sur, de pescar camarones... Allí pescan en mangas de camisa y en pantalón corto... En pantalón corto, ¿te imaginas? ¡Y viene aquí a pescar bacalao! No tienen ni pajolera idea esos cabronzuelos... No saben lo que es *working on the edge,** trabajar en el filo de una espada, eso es lo que hacemos nosotros, solo nosotros, lo del Pacífico Norte en invierno, el barco cubierto de hielo que hay que romper a mazazo limpio y los barcos que se van a pique..., ¡solo nosotros sabemos qué es!

Estalla en una carcajada estrepitosa, se queda sin aire un instante y se sosiega. Una sonrisa plácida le hiende el rostro y la mirada se le pierde en el vacío. De repente se acuerda de mí.

—¿Quién es la pequeña?

—Trabajamos juntos —dice Wolf—. Va a embarcarse en el *Rebel* para la temporada del bacalao negro. No lo parece, pero es fuerte.

Karl se levanta trastabillando y me pasa dos brazos enormes por los hombros.

—Bienvenida a Kodiak —dice.

Wolf lo empuja suavemente.

—Vámonos. No olvides la ficha, Lili, guárdala en el bolsillo, te da derecho a una consumición. No hay mejor tipo en el mundo que él —me dice al salir—, pero no quería que te asustases. Además, no debes dejar que nadie te toque, en eso se basa el respeto.

Ha anochecido. Cambiamos de bar. El Ships's está aún más oscuro. En la sala cuadrada y escueta del fondo varios hombres juegan al billar en unas mesas vetustas bajo el resplandor blanco del viejo neón. Una chica corpulenta tira de la cuerda de una campanilla cuando entramos. Los hombres gritan.

—Llegamos en buen momento —dice Wolf—, invita la casa...

Nos hacemos un hueco entre el tumulto. Wolf se espabila. La mirada se le ilumina y la mandíbula se le pone tensa, sus dientes relucen en la penumbra, dos colmillos blanquísimos.

—Esto es *The Last Frontier** —murmura.

La camarera nos sirve dos vasitos de un líquido incoloro.

—Invito yo —dice ella.

El carmín se le ha corrido por las arruguitas del labio superior y la sombra azul sobre los párpados arrugados contrasta con el rostro ancho y blanco de rasgos pesados, cansados.

—Me llamo Vickie... Este es un país duro —añade cuando Wolf me presenta—. No solo hay ángeles deambulando por ahí. Ándate con ojo... Si te ves en aprietos, aquí me tienes.

Nos tomamos tres copas. Luego abandonamos la lóbrega taberna, a la amiga camarera, a los hombres desenfrenados, los cuadros de mujeres desnudas que hay encima del billar, cuyas ancas redondeadas y sedosas parecen emerger de las paredes sucias; a las ancianas indias borrachas, sentadas en fila al final de la barra, impasibles, con un amago de sonrisa aflorando de vez en cuando a las altivas comisuras de la boca. En el Breaker's me piden un documento de identidad. Saco la licencia de pesca. La camarera tuerce el gesto.

—Tiene que ser con foto...

Busco el pasaporte.

—Ahora ya puedes emborracharte... —dice Wolf.

—Sabes, si tengo suerte, naufragaremos —le digo al tipo alto y flaco una noche—, y vosotros os salvaréis, todos excepto yo.

Porque cada día y cada noche me acuerdo de Manosque-les-Couteaux. No quiero que acaben conmigo.

—No tienes por qué morir. Te quedas en Alaska y ya.

—Me están esperando.

—No vuelvas —prosigue—. Este invierno me gustaría hacer la temporada del cangrejo con el *Rebel* en el mar de Bering, todavía no tengo dotación. Si demuestras tu valía podrás embarcar conmigo.

—¿Me llevarías contigo a pescar cangrejos?

—Será muy duro. El frío, la falta de sueño, trabajar veinte horas al día la mayoría de las veces... También peligroso. Los temporales, con olas de veinte o treinta metros, la niebla, que puede incluso alterar los radares, con el consiguiente riesgo de chocar contra un peñasco, un bloque de hielo u otro barco... Pero me parece que lo conseguirás. E incluso que te encantará, hasta el punto de aceptar el riesgo de morir.

—Ya lo creo que sí —murmuro.

Los altos pinos negros gimen en el exterior. Ian ha ido a acostarse al piso de arriba. Me duermo en el suelo oyendo el silbido del viento que llega del mar. Siempre soy la primera en despertar. El cielo está aún oscuro sobre los árboles. Me levanto y enrollo el saco de dormir. Preparo café y lleno un termo rojo. Subo las escaleras de puntillas, empujo la puerta de la habitación donde duerme Ian, una pieza vacía con un colchón colocado directamente en el suelo. No me gusta despertarlo, así que dejo el termo en la cabecera del colchón. Abre un ojo negro. Desaparezco.

—Te voy a mostrar algo que creo que te gustará, una vieja película que un marinero se dejó olvidada en el barco. La grabó él mismo cuando estaba pescando en el *Couguar*. No es de una calidad excepcional, pero te ayudará a hacerte una idea de lo que supone pescar cangrejos cuando hace mal tiempo. Bueno, eso de mal tiempo...

La casa está silenciosa. El viento ha dejado de soplar. Ian saca un viejo DVD de una caja de cartón y lo introduce en el lector. De vez en cuando el roce de una rama en el tejado produce un sonido que semeja un rumor de alas, el deslizarse sigiloso de un pájaro extraviado. Ian apaga la luz y vuelve a sentarse en el sillón rojo, yo flexiono las rodillas contra el pecho. Nos quedamos mirando la pantalla en la oscuridad. De entrada aparecen unas rayas blancas que me hacen daño en los ojos, el océano negro deslizándose, la lenta progresión de la marejada. El horizonte oscila violentamente y unos rociones se estrellan contra la tapa de regala y la cubierta reluciente. El objetivo se llena de gotas. Todo está oscuro. Bajo el fulgor de las lámparas de vapor de sodio se mueven unos hombres sin rostro, formas oscuras levemente iluminadas por los impermeables naranjas. Del mar sale una nasa chorreante, parece un monstruo al que se ha sacado de los abismos. Pues el barco y los hombres se encuentran rodeados de abismos oscuros y temibles que se abren y vuelven a cerrarse como una boca voraz. La nasa, enganchada a un cabo, asciende en un cielo revuelto, balanceándose pesadamente. La masa bruta oscila entre la cubierta y el agua, como si no se decidiera a descender. Junto a la regala, dos hombres menudos y ágiles la guían hasta un soporte de acero que acaba de elevarse. Los cangrejos parecen brotar de las fauces abiertas en agitado hervidero cuando un marinero, con medio cuerpo metido dentro de la jaula de hierro y malla, levanta la tapadera y los echa en una caja. El hombre sostiene un recipiente con carnada, desengancha el anterior, lo arroja sobre la cubierta, instala el nuevo recipiente, se retira y baja la trampilla; los hombres junto a la regala atan de nuevo las cinchas y el soporte se eleva hasta que la nasa cae por la borda. La operación no ha durado ni un minuto.

Hay una cadencia y un ritmo intangibles en esa coreografía oscura y silenciosa, casi fluida. Porque los hombres bailan sobre la cubierta batida por las olas. Cada cual conoce su puesto y su cometido. Uno se aparta para sortear la nasa con una ágil pirueta, el otro brinca, sus piernas son resortes, los cuerpos conocen instintivamente el movimiento que han de realizar para guiar la fuerza imbécil, esa nasa amenazadora, fuerza oscura surgida del mar, cuatrocientos kilos ciegos y brutales que se balancean en el cielo opaco. En derredor, la lava del océano se desliza incesantemente.

El decorado cambia, apenas respiro. Es de día, el mar está en calma. El barco reposa sobre la luz pura y azul que se esparce desde el horizonte. La proa se abre paso entre fragmentos de hielo. Ian me habla de repente y me sobresalto. «Esas condiciones son aún más peligrosas que las anteriores —comenta—, ese día, el *Couguar* había perdido diez nasas por haber dejado que quedaran atrapadas en el océano helado.» «Sí —digo en un murmullo—, sí...» Después hace frío, mucho frío, unos rociones de escarcha cubren el barco, las nasas, la regala, el castillo de proa, con una costra cada vez más gruesa. El *Couguar*, hinchado de hielo, está irreconocible. Entreveo una cara congestionada, como quemada, una barba hirsuta en la que el vaho o los mocos se han transformado en carámbanos de hielo. La película acaba con las olas oscuras deslizándose sobre un fondo negro. Podríamos pensar que la historia volverá a empezar: los hombres en cubierta, el animal de hierro abriendo de nuevo la mandíbula sobre un hervidero de cangrejos, el océano... Pero la pantalla se queda vacía de repente. Permanecemos en silencio. Ian se levanta para encender la luz, se despereza y bosteza.

—¿Te ha gustado?

—¿Y si me hiciese la muerta? —le pregunto a la noche siguiente—. Les escribes a los míos en Francia y les dices que me he ahogado.

Frunce el entrecejo, ya no le hacen gracia mis historias.

—¿No te das cuenta de lo mucho que sufrirán?

—Bueno, un poco sí que sufrirán. Llorarán, pensarán que el momento de caer al agua debió de ser muy frío y luego, un día, se sentirán mejor. Se dirán que en parte me lo había buscado... Les daré una muerte azarosa, y al menos podrán pasar página y ya no tendrán que preocuparse por mí. Y por fin nadie me esperará, nunca más.

No quiere seguir escuchándome. Me tacha de cobarde y se va a la cama. Yo me acuesto en el suelo riendo. Tal vez los de Inmigración no consigan echarme el guante.

Wolf se marcha. El joven lobo de mar. Me pone una mano en el hombro. Bajo la mirada.

—Me largo a Dutch Harbor. Voy a buscarme otro barco. En otro lugar. —Me sonríe amablemente—: Estás en un buen barco. —Su rostro se ensombrece—. No me gustó lo que el patrón dijo de mí cuando estaba midiendo la línea... Que supuestamente la envergadura de mis brazos no llegaba a una braza... Me denigró adrede delante de los demás. No le perdono lo que dijo. Soy un buen pescador, tengo más experiencia en los palangreros que él. Tengo que pirarme. —Estas últimas palabras las dice con rabia, apretando la mandíbula.

—Sí —le contesto.

El tono de su voz se torna suave. Suelta una risa breve y triste. Sus ojos miran a lo lejos como si ya hubiese abandonado tierra firme.

—Un día aquí, otro allí... Nunca se sabe dónde estarás mañana. No pasa nada por que me vaya, sabes, así es la vida. Son gajes del oficio. Cuando hay que irse, hay que irse... Pero la próxima vez que nos veamos iremos a pintar la ciudad de rojo. Dentro de tres meses, diez meses o veinte años, tanto da. Pero hasta entonces, ándate con ojo… Cuídate.

Último abrazo. Coge el petate y se lo echa de través sobre los hombros. Lo veo alejarse por la carretera, una extraña figura que desaparece engullida por la bruma.

Se ha vendido la casa. El tipo alto y flaco va a buscar el *Rebel* a un astillero de la isla vecina donde lo están revisando.

—Es el más bonito, ya verás —me dice la noche anterior—. Volveré dentro de dos días. Entretanto dormirás en el *Blue Beauty*. Es el barco preferido de Andy, el armador, el que va a gobernar durante la temporada del bacalao. Mañana te llevo, antes de coger el ferry de Homer.

No se ve un alma en el puerto. El cielo está surcado de aves pálidas. Un remolcador cruza las primeras boyas. Apenas se oye el zumbido del motor, aún lejano. He encontrado un bonito par de botas en el Ejército de Salvación. Son negras y viejas. Las de verdad son verdes y caras. Mis pasos resuenan en el pantalán de madera.

—Ojo, vas a resbalar con esa porquería que llevas en los pies.

Protesto y estoy en un tris de caerme. Ian consigue sujetarme por los pelos.

—Vas a ganar un montón de dinero y con él podrás comprarte todas las botas que quieras…

—Pues a mí me basta con que me dé para comprarme un buen saco de dormir y un par de botas de senderismo y que me sobre algo para llegar a Point Barrow…

—¿Point Barrow? ¿Con qué cuento me sales ahora?

—Iré a Point Barrow cuando se termine la temporada.

—¿Qué diantres se te ha perdido allí?

No contesto. Una joven gaviota nos observa desde la borda de un seiner.

—¿Crees que seré buen pescador? —le pregunto.

—Todos los días llega gente de los rincones más recónditos del país, gente que en toda su vida no ha visto más que bosques, la gran pradera o la montaña y que lo deja todo por venir aquí. Tíos o tías que eran representantes, camioneros o campesinos. Quizá incluso *call-girls*, qué sé yo... Embarcan y los tratan como una mierda mientras están *green** y no saben nada de nada, y un buen día tienen su propio barco.

—En ese caso necesitaré un auténtico petate de marinero, como el de los demás...

—Claro... Ya te veo con tu *duffle-bag* colgado del hombro recorriendo los muelles de Kodiak a Dutch en busca de un barco en el que embarcar.

A nuestra izquierda, un barco azul cielo, el *Blue Beauty*. La cubierta está desierta, todavía en obras, con las planchas de aluminio que se utilizarán para construir el toldo y unos candeleros metálicos en los costados. Subimos a bordo. Huele a caucho húmedo y a gasóleo. Ian arroja mi petate sobre una litera, en un cuchitril penumbroso, el camarote de la tripulación. Salimos. Ian quiere ayudarme a saltar al muelle, pero cuando salvo de una zancada la borda lo aparto de un codazo. Dentro de poco seré un marinero de verdad. Ya tengo una litera y masco tabaco.

El *Rebel* entra en el puerto. Es el más bonito, el tipo alto y flaco estaba en lo cierto. Una franja amarilla, brillante, decora el casco de acero negro. El castillo de proa es blanco. Soy el primer miembro de la tripulación que lo visita, después de Jesse, el mecánico, que ya ha trabajado a bordo, y Simon, un estudiante de

California muy joven y rubio que andaba buscando un barco por los muelles de Homer. El patrón se ha acomodado en la profunda butaca del puente de mando, ante los múltiples indicadores. Desde la hilera de ventanales dispuestos en semicírculo dominamos el puerto.

—Este será mi puesto a partir de hoy —dice Ian—, pero vosotros os lo turnaréis cuando estéis de guardia.

El motor está en marcha, ya no parará durante varias semanas. Contemplo cómo se ilumina el puerto. He dejado mi equipaje en el exiguo espacio, el camarote de los marineros, en la primera de las cuatro literas superpuestas.

—El primero que llega elige —comenta el tipo alto y flaco, que me ha propuesto dormir en su camarote.

Porque tiene camarote propio. No he querido.

Me han dado una bicicleta azul. Una vieja bicicleta oxidada demasiado pequeña para mí. En ella pone FREE SPIRIT.* Atravieso la ciudad con las mejillas coloradas y un impermeable más naranja que los impermeables de marinero. La gente se ríe al verme pasar. Y yo pedaleo del barco al local y del local al barco. La lluvia me chorrea por la cara, fluye por mi cuello, llego corriendo al barco, bajo los peldaños de la escala de cuatro en cuatro, me agarro a la borda, a mis pies el agua es gris y verde, el patrón se asusta, adelanta un brazo que no ha podido retener y que sin embargo retira tragando saliva. Me río. Todavía no me he caído. Baja la mirada muy deprisa cuando lo miro de esa manera.

—Soy invulnerable —le digo.

—Acabarás muriendo como todo el mundo —dice encogiéndose de hombros.

—Sí, pero mientras siga viva soy invulnerable.

Me levanto de madrugada. Salto de la litera. Me llama. El exterior, el aroma a algas y a marisco, los cuervos en cubierta, las águilas en el mástil, el graznido de las gaviotas sobre las aguas tersas del puerto. Preparo café para los dos hombres. Salgo. Corro por los muelles. Las calles están desiertas. Me topo con el nuevo día. Reencuentro el mundo de ayer. La noche lo ha ocultado y devuelto después. Vuelvo al barco sin aliento, Jesse e Ian acaban de levantarse. Los demás miembros de la tripulación no tardarán en llegar. Tomo café con ellos. Hay que ver lo lentos que son… Mi pie se agita bajo la mesa. Podría llorar de impaciencia. Esperar es un suplicio.

El puerto entero se ha puesto manos a la obra. La radio suena a todo volumen en las cubiertas atestadas, las canciones de música country se mezclan con la voz ronca de Tina Turner. Hemos empezado a encarnar las líneas. La dársena es un ir y venir incesante. Izamos a bordo cajas de calamares y arenques congelados que servirán de cebo. Unos estudiantes llegados de lejos con la esperanza de encontrar un barco se ofrecen a trabajar ese día.

—Estamos al completo —dice el tipo alto y flaco.

Simon, el estudiante, posa en nosotros una mirada fría que pierde la calma con los primeros ladridos del patrón. El primo de Jesús, Luis, también se unirá a nosotros. Y David, un pescador de cangrejos que nos mira desde su metro noventa de estatura, con los anchos hombros erguidos, sonriendo con todos sus dientes, parejos y blancos. Nos pasamos días enteros encarnando de pie, apoyados en una mesa en la parte posterior de la cubierta. Jesús y yo nos reímos de todo.

—¿Queréis dejar de comportaros como críos…? —nos suelta John, irritado.

Llega el hombre león. Sube a bordo una mañana, acompañado del tipo alto y flaco, el rostro oculto tras una melena sucia. El patrón está orgulloso de su hombre.

—Este es Jude —dice—, un experimentado pescador de palangre.

«Quizá también un borrachín», pienso cuando pasa a mi lado. El león cansado es más bien tímido. Se pone a trabajar sin mediar palabra. Cuando enciende un cigarrillo, lo sacude un violento golpe de tos. Escupe en el suelo. Le entreveo la cara comida por la barba. Una mirada dorada y penetrante. Rehúyo los ojos amarillos. Dejo de reírme con Jesús. Me hago pequeñita. Él está en su elemento. Yo no.

Los muchachos vuelven a casa tarde. Jude se queda. En cubierta ya solo somos tres. Tenemos que llevar los palangres encarnados al *freezer* de la fábrica. Cargamos los cajones en la parte de atrás del *truck* y los estibamos firmemente. Me aparto en cuanto Jude se acerca. Él frunce el entrecejo. Circulamos hasta las conserveras envueltos en el aire de la noche. Sentada entre los dos hombres, contemplo la carretera recta entre el mar y las colinas desnudas. Avanzamos hacia el cielo abierto. El patrón cambia las marchas con la punta de los dedos para no rozarme, me arrimo más a la derecha. Noto el muslo del hombre león contra el mío. Se me hace un nudo en la garganta.

Descargamos los palangres. Los cajones están helados y pesan mucho.

—*Tough girl* —dice Jude.

—Sí, no es muy gruesa, pero es fuerte —contesta Ian.

Me pongo derecha. Formamos una cadena para depositar los cajones en la pieza glacial. Los dedos se nos quedan pegados al metal. Es tarde cuando regresamos. El truck circula en medio de la noche, las colinas han desaparecido entre las sombras. Ahora tan solo queda el mar. Los dos hombres hablan de nuestra marcha. Guardo silencio. Me noto el cuerpo dolorido, hambriento, siento el calor del muslo de Jude, el olor de su tabaco, el de nuestra ropa húmeda, a la que se han adherido unos jirones de calamar.

Bordeamos la orilla del mar, varias traineras duermen contra los diques donde se reposta combustible. Volvemos a pasar junto a su sueño oscuro. Ante nosotros, unos halos rojizos palpitan en el cielo ensombrecido coloreando el horizonte.

—¿Es una aurora boreal? —pregunto.

No entienden. Lo repito varias veces. El león se ríe quedamente, un rugido ronco y amortiguado.

—Ha dicho «aurora boreal».

El patrón se ríe a su vez.

—No, solo es el cielo.

Estoy más roja que esos fulgores cuyo nombre nunca llegaré a conocer. Me gustaría que durasen para siempre y avanzar en la oscuridad, entre el tipo grande y flaco y el león quemado.

—Déjame en el Shelikof's… —dice Jude cuando llegamos a la ciudad.

Al poco nos deja y entra en la taberna. Ian no se lo tiene en cuenta. Se vuelve hacia mí.

—Creo que empina bastante el codo, pero es el hombre que necesitábamos.

Regresamos a bordo. Hace calor. Jesse está fumando un porro en la sala de máquinas.

Adam trabaja como marinero a bordo del *Blue Beauty*, amarrado justo al lado. Lo oigo bromear con Dave.

—Sí…, y cuando las manos te duelen tanto que ni siquiera puedes dormir durante las tres horas que te asignan…, y cuando estás de guardia y ves boyas por todas partes... y por más que te frotas los ojos, las boyas no dejan de aparecer.

Se ríen.

—¿Crees que lo lograré? —le pregunto a Adam.

—Sigue trabajando así y lo conseguirás.

No obstante, vuelve a advertirme sobre el peligro.

—Pero ¿con qué debo tener cuidado exactamente?

—Con todo. Con las líneas que caen al agua con una fuerza que te arrastraría si se te quedaran enganchados el pie o los brazos, con las que izamos, que, si se rompen, pueden matarte, desfigurarte... Con los anzuelos que pueden atascarse en el halador y salen disparados en cualquier dirección, con el temporal, con el arrecife con el que no contábamos, con el que se queda dormido mientras está de guardia, con caer al mar, con el oleaje, que puede llevarte por delante, y el frío, que mata... —Se detiene. Sus ojos claros están tristes y cansados. Los rasgos se le erosionan y se le marcan—. Embarcar es como estar casado con el barco durante el tiempo que vas a pasar currando en él. Ya no tienes vida, ya nada te pertenece. Le debes obediencia al patrón. Aunque sea un imbécil. —Suspira—. No sé por qué he venido —prosigue meneando la cabeza—, no sé qué hace que queramos sufrir tanto, sin necesidad, en el fondo. Andar escasos de todo, de sueño, de calor, de amor también —añade a media voz— hasta que no puedes más, hasta que odias el oficio y, a pesar de todo, vuelves a pedir más, porque el resto del mundo te parece insulso, te aburre hasta la muerte. Hasta que terminas por no poder prescindir de ello, de esta embriaguez, este peligro, esta locura, ¡sí! —dice casi rugiendo, luego se calma—: Cada vez existen más campañas para disuadir a los jóvenes de que se dediquen a la pesca, sabes...

—¿Porque luego no podrán desengancharse?

—Más que nada porque es peligroso. —Vuelve la cabeza y se queda mirando a lo lejos. Un soplo de aire agita sus finos cabellos. Las comisuras de la boca apuntan hacia abajo, amargas. Una dulzura soñadora se insinúa en sus rasgos cuando prosigue, con los ojos perdidos en el vacío—: Esta vez es la última... La última de verdad. Tengo una casita en la península de Kenai, en el bosque, cerca de Seward. Esta temporada del bacalao negro debería ganar lo suficiente para volver allí y quedarme definitivamente. Regresaré antes del invierno. Quiero construirme otra casa. No pondré un pie aquí nunca más. Ya bastante me he dejado la vida. —Se vuelve hacia mí—: Ven a verme al bosque cuando te canses de esto.

Ha vuelto a su sitio y se ha puesto a encarnar sus palangres. Dave y yo intercambiamos una mirada. Dave asiente con la cabeza.

—Siempre dice lo mismo. Y luego regresa.

—¿Por qué regresa?

—Estar completamente solo en el bosque se hace largo al cabo de un tiempo... Lo que le haría falta a Adam es una mujer.

—Por aquí no abundan.

—No, ya casi no quedan. —Se echa a reír—. Pero cuando sale a faenar no tiene tiempo de pensar en ello. Y por aquí son tantos los que están solos que no lo viven de la misma manera.

—Pero aquí tiene el bar cuando está en tierra, ¿no?

—Ha bebido lo suyo... Lo dejó hace dos años. Alcohólicos Anónimos. Como Ian, el patrón.

—Pues qué triste —murmuro.

—Y dentro de poco tendrás a todos esos tíos solitarios detrás de ti... Saldrán de caza... —Me guiña un ojo—. Excepto yo, que ya no puedo. Tengo novia y no quiero perderla.

El tipo alto y flaco conduce y habla como un niño sobrexcitado. Lo escucho. Le digo «Sí. Sí», y cuando aparca frente a la dársena, junto al B and B, y bajamos del truck, me da por decirle mientras se dirige al barco: «Let's get drunk, man». Aprendo inglés deprisa. Ian se vuelve estupefacto, como si no me reconociera.

—Es broma, solo era para reír —le suelto acto seguido encogiéndome de hombros.

Un día me dice que me quiere y me regala un pedazo de colmillo de mamut que tenía guardado desde hace mucho tiempo.

—Vaya, gracias —le digo.

Desplazamos el *Rebel* hasta los muelles de las fábricas. Izamos a bordo palangres y provisiones de calamar congelado. Nos abastecemos de agua y hielo. Abro los ojos como platos ante la montaña de víveres, docenas de cajas que el Safeway ha traído hasta el pantalán. Los muchachos suben sus petates a bordo.

—¿Solo hay seis literas? Pero si somos nueve… —le digo al patrón.

—El barco es lo bastante grande para todos.

No insisto. En estos momentos no hace sino gritar.

Salimos de Kodiak un viernes. «Never leave on Friday», dicen. Pero al tipo alto y flaco esas cosas le traen sin cuidado, no es supersticioso. Y a Jesse, el mecánico, tampoco le preocupan.

—Es como lo de los barcos verdes… Bobadas.

Pero Adam me ha advertido en el muelle:

—La superstición es una tontería, estoy de acuerdo, pero he visto demasiados barcos verdes derivar hacia la costa sin que se sepa por qué, chocar contra un peñasco y hundirse con toda la tripulación a bordo… ¿Entiendes?, el verde es el color de los árboles y de la hierba, arrastrará tu cascarón hacia la tierra. Y tampoco es buena idea hacerse a la mar un viernes. Nosotros esperaremos a que den las doce y un minuto de la noche.

Los hombres sueltan amarras entre gritos. Se me pone un nudo en la garganta. Ante todo he de procurar no obstruir el paso. Me hago pequeñita y termino de estibar los cajones de palangre en cubierta. Simon corre de un lado para otro con los ojos desorbitados, él tampoco comprende nada en absoluto. Tropieza conmigo, está a dos dedos de darse un leñazo en cubierta, al subir trabajosamente la escala de metal que conduce al puente con una jarcia gruesa como su puño enrollada en el hombro. Adujo la amarra que Dave me ha lanzado tras soltar la proa. El patrón grita. Aun así, tiro con fuerza de la estacha intentando arrastrarla no sé adónde, tal vez hasta el arcón de la cubierta superior… Pesa demasiado. Ian sigue gritando.

—No puedo, no entiendo —balbuceo.

Se calma.

—¡Pues átala detrás de la cabina!

Me entran ganas de reír, de llorar. Por fin abandonamos tierra, ya sé que nunca volveré. El barco pone rumbo al sur. Bordea la costa antes de virar hacia el oeste.

El león se ha ido a la cama y ya está durmiendo. Jesús se acuesta a su vez.

—Hacen bien —dice Dave de vuelta del puente—, tenemos que dormir todo lo que podamos, luego no se sabe.

Pero cuando llego al camarote, me encuentro las cuatro literas ocupadas. Mi saco de dormir está tirado en el suelo y John roncando en mi litera. Salgo a cubierta. Simon contempla el mar. Se vuelve hacia mí con expresión deslumbrada.

—Heme aquí en el gran océano… —murmura.

—Me han dejado sin litera —le cuento.

—Yo tampoco tengo.

Entro. Recojo el saco de dormir. Me siento sobre los talones en el rincón del pasillo. El hombre león se despierta. Se incorpora, se atusa los rizos acartonados. Posa sus ojos en mí.

—¿Dónde voy a dormir? —inquiero con voz tenue, el saco de dormir entre los brazos.

Me mira con gesto amable.

—No lo sé —contesta en voz queda.

Me levanto, subo a ver al capitán, el tipo alto y flaco ante el cuadro de mandos. Aún tengo el saco de dormir entre los brazos, lo aprieto con fuerza.

—¿Dónde voy a dormir? Me dijiste que el primero que llegaba elegía, y yo fui la primera de verdad, es la ley de los barcos, dijiste…

Después me quedo callada. Él mira a lo lejos con expresión ausente. El cielo se oscurece por el oeste, sobre los altos montes de Ketchikan.

—No sé dónde vas a dormir —termina diciendo a media voz—. Te ofrecí mi camarote… No quisiste. Pero hay espacio suficiente en el barco. De todos modos, para lo que vamos a dormir… Pon el saco de dormir detrás de mi asiento si quieres.

Dejo el saco de dormir y bajo por la escalerilla del puente. Luis se ha tumbado en el banco del comedor. Voy a reunirme con Simon en cubierta. Me ofrece un cigarrillo. Contemplamos el mar sin cruzar una palabra. El viento cobra fuerza conforme nos alejamos de tierra firme. La costa ya no es más que una franja oscura que se encoge progresivamente. El *Rebel* se escora y se balancea levemente. Simon palidece. Volvemos a entrar en el comedor. Luis nos hace un sitio en el banco. Ha anochecido. Aguardamos bajo el neón.

Los muchachos se despiertan, tenemos que probarnos el traje de supervivencia. Jude ha preparado la comida. Le lleva un copioso plato de pasta al patrón, que no se ha despegado del timón. Bajan juntos.

—Sustitúyeme un rato, Dave.

Ian se sirve un poco de café.

—Muchachos —dice en tono cortante—, aprovechad para dormir esta noche, os harán falta las fuerzas. Mañana, todos en pie a las cinco. —Se vuelve hacia Jude—: Dave hará la primera guardia. Toma el relevo dos horas después. Las guardias no deben durar más de dos horas, somos muchos. A Jesús le toca después. Luego a Jesse. Los demás a dormir. Ya tendrán tiempo más adelante... Despertadme si sucede alguna cosa... Seguimos con el piloto automático, salvo en caso de incidente. Siempre a dos millas de la costa por lo menos. No olvidéis daros una vuelta por la sala de máquinas al final de cada guardia, cercioraos de que el motor auxiliar funcione bien y engrasad el eje. Es probable que el mar se ponga más agitado, echad una ojeada por cubierta de vez en cuando, los palangres están bien amarrados, pero más vale asegurarse...

—De acuerdo.

Jude baja la mirada. Sin decir una palabra más, recoge los restos de la comida. Jesús se levanta, le da las gracias y se remanga los puños por encima del pequeño fregadero de cinc. Me acerco a él. Pierdo el equilibrio. El barco se mueve.

—Gracias por la comida, estaba muy rica —le murmuro a Jude al pasar a su lado.

—Ya —contesta.

John se levanta a su vez.

—Gracias, Jude.

Ayudo a Jesús a fregar los platos.

—El que cocina es siempre el último en comer, es la regla —me dice este a media voz—, pero no le toca fregar los cacharros, nunca, y siempre hay que darle las gracias. Bueno, teóricamente. A veces haces guardia y luego preparas la comida para los que aún duermen, después regresas al timón y cuando vuelves a bajar, los demás no te han dejado ni las raspas y es hora de salir pitando a cubierta…

—Me han quitado la litera —contesto.

—Eso no está bien, no me parece correcto que John haya hecho eso. Tienes que defenderte. Pero por ahora estás green.

Los hombres han vuelto a acostarse. Dave me presta su litera. Dos horas después me despierta amablemente.

—Me toca a mí…

Me levanto y por poco me caigo. Aún estoy adormilada. El camarote se encuentra abarrotado de ropa y botas. El motor ruge, el barco se balancea mucho. Me tambaleo por el pasillo, con el saco de dormir en los brazos. La luz mortecina del neón sigue alumbrando el comedor. Luis está durmiendo en el banco. Me acuesto en la otra punta, me envuelvo con el saco de dormir, mi caparazón, mi guarida dentro de este barco estridente. La mañana nos encuentra a Luis, Simon y a mí dormidos unos encima de otros en el suelo del puente, bajo la mirada indiferente de Jesse, que está de guardia.

Por fin pescamos… El día ha despuntado antes de las cinco. El día: un alba gris, un cielo glauco y plomizo sobre nuestras cabezas. La luz de lo que parece ser el sol deja un boquete pálido en la bruma. A nuestro alrededor el océano se extiende hasta donde alcanza la vista. Hace frío. Simon ha lanzado la baliza desde la cubierta superior, luego la boya. La línea se despliega. Nos apartamos. Dave echa el ancla. Los primeros palangres caen al agua en medio del rugido del motor, que se acelera, y un remolino de gaviotas que intenta atrapar la carnada antes de que esta desaparezca bajo las aguas. Le llevo los cajones a Jude. Este empalma las líneas por la punta, una tras otra. El viento silba en nuestros oídos. Jude arroja los cajones vacíos sobre la cubierta con un ademán rápido y brusco. Yo los retiro al instante. El corazón me palpita con fuerza. Los hombres dan gritos en medio de un estruendo de catástrofe. Jude permanece ante el tumultuoso oleaje, bien plantado sobre sus robustos muslos, con el arco de la espalda en tensión y todo el cuerpo presto a reaccionar, la mandíbula dura, apretada, sin apartar la vista de la línea que se despliega como un animal enloquecido, un monstruo marino erizado de un millar de anzuelos. A veces alguno se engancha en la canaleta y la línea se tensa peligrosamente. Él agarra enseguida la caña, provista de un cuchillo en un extremo, grita otra vez: «¡Apartaos!» y corta la brazolada que une el anzuelo a la línea.

«¡Último palangre!», ruge para avisar al patrón. Que siempre lo oye a pesar del bramido de las cosas y los hombres. El orinque desnudo continúa desenrollándose, Dave echa un ancla, la cuerda corre hasta la última boya y la baliza. El barco aminora la velocidad. La tensión que nos agarrotaba se disipa de golpe. Estalla una risa. Recupero el aliento. Jude enciende un cigarrillo. Parece vernos de nuevo. Bromea con Dave, que se vuelve hacia mí.

—¿Estás bien?

—Sí —murmuro.

Todavía no salgo de mi asombro. Con la garganta hecha un nudo, ordeno el interior de los cajones. No he comprendido nada en absoluto. Los gritos de los hombres me han aterrorizado. Jesús tiene una sonrisa bondadosa.

—Poco a poco… —me dice.

Le doy un manguerazo a la cubierta. Aparece el patrón.

—Y ahora, chicos, ya estamos pescando. Id a tomaros un café, ¡vamos!

Me han agenciado unas botas que había tiradas a bordo. Esta vez son de las auténticas. Me quedan enormes y están agujereadas en el pliegue del tobillo. Me entra agua. Hace frío. También me han conseguido un traje de agua —peto y chaqueta— más ancho y resistente que mi impermeable de payaso.

Subo al puente con un café. Me cruzo con Jesse, me arrimo al mamparo. Me atropella. El tipo alto y flaco se reclina indolentemente en su butaca de capitán.

—¿Va todo bien, pajarito?

—Sí. ¿Cuándo me tocará hacer las guardias como a los demás?

—Eso tienes que hablarlo con Jesse.

—¿Cuándo?

—En cuanto se te ponga a tiro.

El cielo está opaco. Nos envuelve la bruma. Los hombres han desplegado las aletas estabilizadoras a ambos costados del barco, estas hacen pensar en dos alas de hierro de las que solo quedaría la osamenta. El *Rebel* se balancea de manera extraña, como un pájaro demasiado pesado que no acertara a alzar el vuelo y rasara el agua. Unas olas pesadas forman una muralla; el barco, que quiere atravesarlas, permanece un instante suspendido sobre la cresta antes de descender de nuevo por los verdosos senos. Una lluvia fina y prieta cae en cortinas oblicuas. Salimos al frío. Nos ponemos el impermeable y los guantes de goma en silencio y nos ceñimos el cinturón. Ian está tenso, Dave ha dejado de sonreír, Jesús y Luis parecen grises bajo la tez morena. Jesse afila la hoja de un cuchillo. Me cruzo con miradas que no me ven. Simon se agarra a los montantes de las estanterías, dispuesto a brincar al primer grito de los hombres. En sus ojos se refleja la misma angustia que me atenaza el estómago.

El patrón se ha colocado en el entrante del castillo de proa, contra la amurada. Con las manos en las palancas de los morses exteriores, aumenta la velocidad cuando vislumbra la boya, el barco vira, él afloja la marcha, busca la mejor posición de la quilla. Jude empuña un bichero, atrapa la baliza y la sube a bordo.

—¡Tirad!

Y todos sujetamos el orinque. La tensión es extrema. Ian reduce la velocidad de nuevo, avanza suavemente, se coloca por delante del palangre, la línea se afloja. Dave la iza por la garganta de la polea del halador. Los hombres vociferan. El patrón grita: «¡Desatad la baliza y la boya! ¡Deprisa!». El motor hidráulico se pone en marcha. Recuperamos el aliento. La línea madre sube a un ritmo regular. Ian acelera la velocidad. Jude aduja. Le paso un cajón vacío cuando se sube a bordo un palangre completo. Lo desato del siguiente a toda prisa. Guardo el cajón en medio del intenso balanceo. Pesa mucho, lleno de agua y de cebo viejo. Jesús y Luis cortan los calamares en la parte posterior. El sonido de los motores y de la marejada resulta atronador. El viento zumba en nuestros oídos. Los hombres guardan silencio. La expresión de Ian se ensombrece. Los anzuelos que vuelven vacíos penden tristemente. De vez en cuando un pequeño bacalao negro se agita en la punta de uno de ellos y se desliza por la mesa de limpieza. Jesse le abre el vientre con el cuchillo primorosamente afilado. Lo eviscera con rabia y lo arroja al otro extremo de la mesa, al orificio que comunica con la bodega. Y así durante varias horas. Cuando al fin aparece la baliza, el patrón tira sus guantes airadamente, se desprende del traje de agua y abandona la cubierta sin dirigirnos la palabra.

Damos un manguerazo y lo colocamos todo en su sitio. El barco recupera velocidad en un furioso sobresalto. Jude enciende un cigarrillo. Dave me sonríe.

—Nada del otro mundo, ¿verdad?

Nos pasamos un rato, un buen rato, cebando los palangres de nuevo, hasta que los volvemos a lanzar al mar, luego proseguimos hasta subirlos a bordo, y así sin cesar.

Ya no hay días ni noches, solo horas que desfilan, el cielo que se entenebrece, la oscuridad que recubre el océano, así que nos vemos obligados a encender las luces de cubierta. Dormir… A veces comemos. Un desayuno a las cuatro de la tarde, un almuerzo a las once de la noche. Devoro. Las salchichas nadando en su aceite, las judías pintas demasiado dulces, el arroz apelmazado, como si cada bocado me fuese a salvar la vida. Los hombres se ríen.

—¡Hay que ver lo que traga esta!

A la tercera noche nos topamos con el banco de bacalaos. El mar no se ha apaciguado. Simon y yo seguimos perdiendo el equilibrio en el momento de mayor esfuerzo y estampándonos contra las esquinas de las estanterías bajo la mirada exasperada de los hombres. Nos volvemos a poner en pie sin decir una palabra, como si nos hubieran cogido en falta. Pero esta noche ni siquiera nos dará tiempo a caer. El primer palangre llega a bordo y los peces prorrumpen en un aluvión casi ininterrumpido. Los hombres dan alaridos de alegría.

—¡Mira, Lili, dólares, todo esto son dólares! —grita Jesse agarrándome por el hombro.

Pero nada de dólares, peces vivitos y coleando… Unas criaturas hermosísimas que aspiran el aire por una boca estupefacta, que se arremolinan alocadamente sobre el blanco fulgor del aluminio, enceguecidas por el neón, y se golpean una y otra vez contra este universo crudo donde cualquier contorno es cortante; cualquier sensación, hiriente. No, todavía no son dólares.

Tenemos que apresurarnos, la mesa ya está llena. Alguien me pasa un cuchillo. Simon se apretuja entre John y yo. Jesse vuelve corriendo, blandiendo el cuchillo que acaba de afilar, con la punta hacia delante pese a las sacudidas del barco. Mi mirada coincide con la Jude: al ver al hombrecillo insensato, una chispa de cólera fría se enciende en sus ojos un instante y las cejas se le arquean imperceptiblemente. La sangre brota, los cuerpos negros se estremecen y se retuercen.

Son las tantas de la madrugada. Nuestra lasitud desaparece con la excitación provocada por la urgencia. Jude y Vick cortan las cabezas de los bacalaos aún vivos, luego los destripan. Simon y yo los limpiamos. Los peces brincan, se debaten cuando raspamos el interior del vientre con una cuchara, produciendo un sonido ronco que siento hasta la médula. Los arrojamos a la bodega a un ritmo que no decae. A Jesse se le dibuja una sonrisa brutal. «Dólares, dólares…», sigue murmurando como un imbécil. John parece ido, algo asqueado. Jude trabaja con la mandíbula apretada, la frente completamente gacha, haciendo caso omiso del monólogo de Jesse.

Es el más rápido. Sus potentes manos cortan, abren, arrancan. Me dan miedo. Mis ojos se deslizan furtivamente de las recias manos al rostro macizo, imperturbable. Se me pasa un poco el miedo. Tengo los músculos entumecidos y los hombros ardiendo. Al poco ya no me los siento.

El patrón vocea, me sobresalto, mis ojos corren de unos a otros, me gritan algo que no entiendo. Simon me toma la delantera y retira a toda prisa el cajón lleno y le tiende uno vacío a Dave, que está adujando los palangres.

—¡Hay que tener ojos en la nuca!

Contengo las lágrimas. El león alza la vista y me dirige una mirada furibunda, esa mirada penetrante que me paraliza. Simon retoma la faena a mi lado. Se le nota secretamente orgulloso. Hunde la cuchara en el vientre abierto y raspa enloquecido, como poseído por una suerte de rabia. Una sonrisa mecánica le deforma los rasgos. Pero ¿de qué, de quién se está vengando? Procuro cambiar los cajones a tiempo. Simon está al acecho. Me adelanto y lo atropello si se me pone en medio, le arrebato la carga de las manos si es más rápido que yo. Es mi trabajo, mi tarea. He de defenderme si pretendo conservar mi puesto a bordo.

Tengo los pies helados y las mangas empapadas de agua sanguinolenta. Los impermeables están cubiertos de vísceras. Tengo hambre. Me trago a escondidas la lecha del pez que acabo de abrir. Sabe a océano. Es suave y se me deshace en la lengua. Mi gorro ha dejado escapar varios mechones pegajosos. Los aparto con la manga, pero se me quedan pegados a la frente. Me llevo otra bolsa nacarada a la boca.

—¡Lili! —exclama Dave horrorizado, tras sorprender mi gesto—. ¿Has perdido la chaveta o qué?

Los hombres levantan la cabeza.

—¡Mirad lo que se está comiendo!

Muecas de asco. Agacho la frente, colorada bajo la máscara de sangre.

El último palangre sube a bordo. Un vientecillo glacial nos atraviesa. Me tambaleo, me caigo de sueño. Llegan por fin el ancla, la boya, la banderola... Ian se vuelve hacia nosotros antes de subir al puente.

—Vuelta a empezar, muchachos... ¡Echad los artes de nuevo!

Cada cual vuelve a ocupar su puesto. Hago acopio de todas mis fuerzas y rabia. Agarro los cajones con mayor vigor, con una energía feroz y desconocida. Algo en mí se despierta, un intenso deseo de resistir y de luchar cada vez más, contra el frío, contra el cansancio; de sobrepasar los límites de este cuerpecito. Ir más allá. Los palangres desfilan por encima del espejo de popa, en el cielo que palidece. Se arroja la última baliza. El día empieza a despuntar y el horizonte se tiñe con una franja larga y roja. Manguerazo por cubierta.

—Hora de descansar —dice el patrón.

Nos rociamos con agua helada para enjuagar los impermeables. El cansancio es tan grande que nos sentimos como si estuviéramos borrachos. Los hombres hacen cálculos:

—¿Doce mil libras...? ¿Quince?

—Puedes morir si comes pescado crudo —me regaña Dave amablemente.

—Tenía hambre —protesto sin convicción, con tono de excusa.

—Hala, ve a lavarte la cara y a dormir un poco... —me contesta entre risas.

—No está muy bien de la azotea, pero Dios, hay que ver lo graciosa que es —se burla de nuevo John.

Todos terminan por encontrar un rincón en el que pasar la noche. Simon duerme en el banco del comedor. Luis y Jesús comparten una litera. Yo tengo el suelo del puente para mí solita. El que está de guardia pasa por encima de mí de una zancada. Cuando levanto la vista, percibo el cielo tras la hilera de ventanales empañados. Me siento segura bajo la mirada atenta del que vigila el mar. Se ríen y me llaman loca cuando les digo que me gusta mi sitio.

Me despierto antes de la hora. Salgo con dificultad del saco de dormir y lo dejo en un rincón hecho una bola. Me siento sobre el arcón de los trajes de supervivencia y contemplo el mar y cómo nos deslizamos por él. En ocasiones el hombre león está ahí con su impenetrable mirada clavada en el oleaje pizarroso. No quiero molestarlo. Miro las aguas que surcamos, los profundos senos de las olas, la marejada enrollándose y desenrollándose hasta los confines del horizonte. Me gustaría que me explicase el funcionamiento de las palancas, el significado de los radares. No me atrevo a pedírselo. Sueño con que Ian nos lleve con él a bordo este invierno. No abandonaremos nunca más el océano. Trabajaremos juntos en medio del frío, el viento y la respiración enloquecida de las olas, yo entre esos dos hombres, el tipo alto y flaco y Jude, el hombre león, el gran marinero, al que veré existir y pescar sin atravesarme en su camino en ningún momento, sin jamás desear nada que no sean esos silencios juntos, ocasionales, ante al océano que avanza.

Hace una noche fría. Es muy tarde. O muy temprano. Sobre el mar, en el horizonte, bailotean los reflejos de la luna, espejea un pozo dorado. Encarnamos las líneas con el intenso resplandor del neón sobre nuestros rasgos marcados. Ian sale del puente. Algo le preocupa. Habla con Jesse a media voz. Oigo las palabras «lancha motora» e «Inmigración». Abandona la cubierta y vuelve a colocarse ante los mandos.

Me quito los guantes, tiro el impermeable a la entrada del camarote, subo los peldaños de la escalerilla de cuatro en cuatro y llego ante Ian sin resuello y con las mejillas encendidas.

—¿Tienes miedo por mi culpa? ¿Van a presentarse los de Inmigración, es eso?

Bajo el foco del puente, la cara se le torna pálida y las comisuras de la boca parecen trazadas a punta de navaja.

—Hay un barco por los alrededores. No consigo identificarlo. Jesse y yo nos preguntábamos si no serían los guardacostas…

—No te preocupes —le digo con un hilo de voz—, ni se te ocurra preocuparte por mí, si son los de Inmigración, me tiro al agua.

De pronto parece alarmado.

—No puedes hacer eso, Lili, el agua está demasiado fría… Morirías en el acto.

—Precisamente. No me cogerán viva. ¡Nunca me atraparán! ¡En Francia nunca volverán a verme!

Entonces me sonríe, aunque con aire preocupado.

—Ahora regresa a cubierta, vuelve al trabajo… —me dice casi afablemente—. Lo más probable es que no sean los de Inmigración…

No queda rastro de la tierra en la que un día vivimos. La bruma otra vez, siempre. Todo está oscuro. El mar no se ha calmado desde que salimos de Kodiak. Ya empiezo a sentir frío en los pies, con estas botas que no terminan de secarse. Los dedos agarrotados pugnan por abrochar los impermeables. Jude se traga un puñado de aspirinas.

—¿Te duelen tus manos? —pregunto en un inglés incorrecto.

Alza hacia mí una mirada sorprendida, una mirada distante que pierde aplomo y vacila un segundo, pero se endurece con la misma prontitud. El patrón grita. Jesse desaparece cobardemente por la sala de máquinas. John no está listo, nunca lo está, se marea. Jesús y Luis cruzan un par de palabras en español con aire mohíno. La tez morena les verdea. Ian se enfunda los guantes nervioso, con la mirada de quien va a recibir una paliza. Firme sobre mis piernas —piernas de marinero, al fin—, contemplo las ráfagas de agua que golpean los cristales. El peso de mi cuerpo se balancea de una pierna a otra. Bajo las palmas de las manos noto la redondez de mis lumbares endurecidas, que juegan con el vaivén de los bandazos. Ya no oponen resistencia a los embates que sacuden los costados del barco, sino que bailan y juegan con ellos.

Dave empuja la puerta, y el viento entra con violencia. Lo seguimos por la cubierta. Pienso en el café que no hemos podido tomarnos. El patrón se reúne con nosotros, con su taza humeante en la mano. Sacamos cuchillos, bicheros y ganchos, separamos la polea del halador, inclinamos el rodillo guía por encima de la regala. Ian dirige el *Rebel* hasta la boya, que desaparece en el seno de las olas. Jude coge el bichero y trae la baliza a bordo. El motor hidráulico se pone en marcha. Reanudamos las faenas. Sube el orinque. El patrón grita. Ahora todo es simple rutina.

La pesca milagrosa duró poco tiempo. Dave colocó la mano varias veces en el orinque para sentir la tensión. «Demasiado tenso…», murmuró con cara de preocupación cuando mi mirada se cruzó con la suya. El patrón paró el barco y el motor hidráulico. Algo no iba bien. La línea se hundía oblicuamente en el agua. Jude se inclinó sobre las aguas, oteándolas con expresión aterradora. Ian tenía cara de pocos amigos. De pronto se oyó un crujido, gritos, juramentos; la línea se había roto. Todo ocurrió muy deprisa. No entendí, hice lo mismo que los demás, me precipité sobre el cordel que escapaba. No nos dio tiempo de agarrarlo, se nos escurrió de los dedos.

El patrón se puso blanco. No dijo nada. Los hombres permanecieron en silencio, limitándose a agachar la cabeza. Yo seguía sin comprender nada, excepto que se habían perdido cientos de metros de palangre. Ian tiró los guantes al suelo de cubierta y fue hasta el puente sin tomarse siquiera la molestia de quitarse el traje de agua. El barco ganó velocidad de golpe y alcanzamos rápidamente el extremo opuesto de la línea. El patrón reapareció. Había recobrado un poco el color. Lo miré, nuestros ojos se encontraron, él apuntó una sonrisa, una mueca fugaz y lastimosa. Comprendí que la cosa no iba bien.

Jude atrapó la baliza y la boya, maldiciendo, porque habían estado a punto de escapársele. Volvimos a pasar el orinque por la polea. El motor hidráulico arrancó de nuevo. Pero eso no duró. Dos palangres después, la línea volvió a romperse.

—Ahora sí que estamos jodidos —murmuró John.

—Si por lo menos tuviésemos tiempo de dragar los fondos... —contestó Dave a media voz—. Vamos a tener que pagarlo de nuestro bolsillo.

Nos pusimos nuevamente manos a la obra. El patrón regresó a su bastión. «Tal vez esté llorando», pensé por un segundo. Simon bajó a la bodega y me alargó las cajas de calamares congelados. Dave y Jude hablaban en voz baja de la línea demasiado oblicua, de la tensión anormal de esta, del desacierto de Ian, que al parecer no había sabido maniobrar.

—Hemos perdido quince palangres, todo esto nos va a costar un riñón, Andy querrá que se lo paguemos a precio de oro.

—¡Menuda mierda nos ha endilgado...! ¡Con la de semanas que nos costó repararlo todo!

—Ya, pero el patrón se ha arriesgado demasiado, debió de ver en el sónar* que el fondo no reunía las condiciones necesarias.

Afilo el cuchillo en la piedra y se lo tiendo a Jesús. Nuestras miradas se encuentran. Sonríe impotente, con ese aire ingenuo que lo caracteriza. Reprimo la risa. Abro las cajas de carnada y me inclino sobre los calamares congelados, los corto hasta formar un montón y luego los empujo hasta el centro de la mesa. Dave se ha quedado callado. Jude lleva un cigarrillo colgando de la comisura de los labios. El humo se le mete en los ojos, y esgrime una mueca. Luis y John están de morros. Llevamos horas encarnando.

—Eh, Simon, ¿qué te parece si nos preparas algo de comer mientras nos ocupamos de esto?

Una hora después tenemos derecho a una ración de arroz quemado, salchichas y tres latas de maíz. A pesar de todo, está bueno. Los hombres comen en silencio. Simon, de pie en la esquina del fogón, rojo como la grana, aguarda a que todo el mundo termine para comer a su vez. El patrón levanta la mirada del plato, se acuerda de que existe. Lo manda a la bodega a cubrir el pescado con hielo fresco.

—¡Pero si no ha comido! —digo.

Jude me lanza una mirada glacial, a Dave se lo ve sorprendido, pero frunce el ceño, Jesús parece incómodo. Los demás no han dicho ni mu.

—Cierra la puta boca, Lili —me espeta Ian con voz tajante—. También es su trabajo, ¿no?

Bajo la frente ardiendo. Me encojo en una esquina del banco. Me asoman lágrimas a los ojos. Con un nudo en la garganta, sofoco un espasmo de risa nerviosa al tiempo que me sorprende un arrebato de cólera.

Los hombres han vuelto a salir. Jesús y yo fregamos los platos. Se echa a reír.

—Nunca debes decirle nada al patrón. Sabes que te puede echar por eso, ¿verdad? El patrón siempre tiene la razón.

—Pero es que Simon no había comido…

—Eso lo decide el patrón, Lili, y te ocurrirá en más de una ocasión si sigues en este oficio. Nadie se muere por ello, sabes, simplemente comes mejor a la siguiente comida.

John pasa como una exhalación. Llega tarde, como siempre. Abre un cajón y coge dos Bounty antes de salir.

—¿Yo también puedo?

Jesús se ríe. Pongo los restos en un lugar caliente para Simon. Nos reunimos con los hombres en cubierta. Peces de un rojo intenso brincan sobre la mesa. Cuerpos rugosos, aletas aceradas, ojos saltones estupefactos que parecen salirse de las órbitas.

—¿Por qué tienen la lengua fuera, Jesús?

—No es la lengua, es el estómago.

—Ah…

—Lo provoca la descompresión. Los llaman peces idiotas. Por los ojos saltones y la lengua, como dices tú.

La sangre fluye por los cuerpos escarlata. Los arrojamos a la otra punta de la mesa con la garganta abierta, los empujo por el agujero de la bodega. Jesús trabaja a mi lado.

—Simon no ha salido —murmura meneando la cabeza con cara de preocupación—. Espero que tenga cuidado.

—¿Con qué?

—Con los *idiot fishes*.* Esos peces son peligrosos. ¿Te has fijado en las aletas? Tienen veneno en las puntas. Al parecer pueden llegar a ser mortales si te pinchas en el cuello.

El patrón nos mira. Jesús se queda callado. Esperamos a Simon, que sale al fin de la bodega con una mirada furtiva e inquieta en su rostro enflaquecido. El viento ha cambiado de dirección. Hace casi buen tiempo.

Terminamos a las tantas de la madrugada. Subo al puente cuando veo a Simon al timón mientras Jesse le explica detenidamente el significado de los indicadores. Siento una puñalada en el corazón. Le han concedido su primera guardia.

—¿Y yo? —murmuro—. ¿Y yo qué?

Ian me ha traicionado. Contengo el llanto, un pescador no

llora, él me había dicho que era un pescador, que pronto sería uno... Me habló como a una niña, para hacerme reír y soñar... Bajo la escalerilla a toda prisa. Los muchachos se han ido a acostar. Ian y Dave hablan de cuotas delante de un café. Los interrumpo con una voz temblorosa que habría preferido rugiente.

—¿Qué te ocurre, pajarito? —pregunta Ian olvidando ponerse furioso.

—No soy ningún pajarito y Simon está de guardia...

Me quedo sin voz, me estrujo las manos mientras trato de recobrar el aliento.

—¿Y yo, cuándo me va a tocar a mí? Me dijiste que era capaz, que pronto me tocaría a mí. Todas las mañanas, mientras vosotros dormís, yo me entreno, vigilo con el que lleva el timón... ¡Juro que no me quedaré dormida!

Dave sonríe.

—Hay que saber esperar, Lili.

—Tienes que hablarlo con Jesse, no con nosotros —dice Ian—. El barco es como un hijo para él. Vete a la cama, pajarito. Ve a dormir, ya te llegará la vez.

No permanezco ahí más tiempo. Si me ven llorar nunca me darán mi guardia. Subo al puente y me agazapo en el rincón más oscuro. Simon preside desde la butaca de capitán. No se digna mirarme.

A la mañana siguiente el patrón me llama aparte. Me agarra de la manga cuando trato de rehuirlo.

—He hablado con Jesse. Esta noche te toca la primera guardia.

—Estamos en piloto automático... Si ves algo anormal, despiértame o despierta al patrón.

Jesse se ha ido a dormir tras la eterna recomendación. Muy erguida en la butaca, mojo en el café un pedazo de chocolate. El mar está hermoso. Unas olas pequeñas y cortas se deslizan por la roda. En el radar no aparece nada salvo nosotros, un punto que brilla en medio de círculos concéntricos y de destellos efímeros. Nos encontramos a decenas de millas de la costa. Con centenares de brazas de profundidades oscuras por debajo de nosotros. Un pájaro de color claro surge en el haz blanco de la luz de rumbo. Sus alas inmensas baten el aire silenciosas. Da vueltas y gira despacio sobre sí mismo. ¿El pájaro estaba durmiendo o es tan solo un sueño? La radio crepita, de vez en cuando resultan inteligibles algunas palabras. Parecen nacer en la noche, mensajes de otros vivos que recorren también el gran desierto. El cielo y el mar forman un todo. Avanzamos en medio de la oscuridad. Los hombres duermen. Velo por ellos.

El tipo alto y flaco, sentado frente al mar, ausente del patrón que era. Sus extremidades largas y desgarbadas cuelgan flácidas y relajadas a cada lado de la butaca. Tiene los rasgos pálidos y cansados, la mandíbula angulosa y fina, la boca entreabierta, la mirada triste y muy lejana.

—¿Estás triste? —le pregunto.

Sus ojos desvaídos regresan. Se vuelve hacia mí. Sonríe —sonrisa agridulce—, se pasa por la frente una mano de dedos largos cuya delicadeza no deja de asombrarme.

—Tienes manos de pianista.

—Oh, Lili... —suspira.

No hay nada más que decir. Se ha vuelto a levantar mal tiempo. Peggy, la del parte meteorológico marinero, no anuncia calma. Fuertes ráfagas de viento que aumentarán a lo largo del día para transformarse en alerta por tempestad. Unas olas verdosas orladas de espuma zarandean el *Rebel* en medio de los torbellinos de salpicaduras. Tomarse un café resulta peligroso; cocinar, casi imposible. Simon se ejercita de nuevo en quemar el arroz, y por más que sujete el mango de los cazos a las varillas de la cocina, el agua se vuelca y el gas se apaga.

—Nos va a hacer saltar por los aires —protesta Jude al tomar el relevo.

John se marea y suele permanecer en cama.

—¡Encima de que no daba golpe! —refunfuña Luis—. ¿No es así, *bro**?

Y Jesús sonríe. Tras el incidente de las líneas perdidas, Jesse empieza a mirar al tipo alto y flaco con gesto torvo.

—El paño quema… —dice Dave, que ha pillado un resfriado.

Tiene fiebre y tose y escupe y ya no se ríe nunca. Simon aguanta estoicamente las broncas de los hombres. Jesús sigue igual. Siempre nos dirigimos miradas amistosas por encima de la mesa, cuando es tarde y hace frío.

—Estás mejorando —me dice un día—. Empiezas a cogerle el tranquillo a esto. Y deprisa.

El patrón ya casi nunca me corrige. Los hombres gritan menos, tal vez. Ya no tengo tiempo de pensar en Manosque-les-Couteaux. Aunque en realidad, ya la he olvidado. Pero no ha decaído la urgencia de todo, ni la violencia con la que pescamos. Ni el miedo cerval que nos domina a Simon y a mí a que nos engulla la cólera de los hombres cuando todo se desata en cubierta.

Durante dos días las capturas son buenas, pero después la suerte vuelve a cambiar. Las líneas se quedan enganchadas en los fondos rocosos en dos ocasiones. Se rompen por ambos extremos. El golpe es duro. Ian ha perdido toda su arrogancia. En sus ojos algo se tambalea. Los hombres no han dicho nada. Sin proferir palabra, volvemos a encarnar en la cubierta lavada por las olas.

—Pero ¿por qué es tan grave? —le pregunto a Jesús en voz baja.

—Tendremos que reembolsarle las líneas al armador, es un montón de dinero y lo descontará directamente de nuestra parte. Con la de tiempo que le hemos dedicado en tierra para reparar las líneas... Tres semanas, ¿no? Si seguimos perdiendo aparejos pronto seremos nosotros quienes le debamos dinero al barco. Y encima tú solo cobrarás media parte.

—¡Pues volveré a pescar! —digo encogiéndome de hombros.

El patrón grita desde el puente. Es hora de virar las líneas. Parece que esta vez no se han enganchado. La línea sube sin dificultad alguna. Los hombres se relajan. Se permiten una risa breve que, sin embargo, revela su nerviosismo. Inclinado sobre el oleaje, con la mano en la palanca de mando, Ian mira la línea intensamente. Una vez más, clavo el cuchillo en los vientres blancos. La piel lisa y tensa resiste un instante y luego cede. La hoja se hunde de golpe. La sangre mana con asombrosa rapidez e inunda la mesa. Fluye por la cubierta dejando tras de sí unos regueros escarlata. «Somos los asesinos de los mares —pienso—, los mercenarios del océano y llevamos su color.» Con el rostro y el cabello pringoso de sangre, corto la carne pálida, a veces, huevas. Muerdo las bolsas de coral. Son perlas de ámbar rojo que se dispersan en mi boca, frutos límpidos para mi sed.

No he visto el pequeño bacalao que ha pasado entre las barras protectoras de acero, el dispositivo que tendría que haberlo retenido. Grito cuando se engancha en la polea del halador. Mi voz se pierde en el estrépito de los motores, el silbido del viento, el fragor de las olas. Me desgañito en vano. Dave alza la cabeza y grita. El patrón sube la palanca a toda prisa. Los motores hidráulicos paran. Jude libera los jirones de bacalao. Guardo silencio bajo el temporal.

—Pero ¿qué coño haces, Lili? ¿Por qué no has dicho nada?

—¡Sí lo he dicho! He gritado… Nadie me ha oído.

—¡De todas formas nunca se te oye, no se entiende ni jota de lo que dices!

El motor vuelve a ponerse en marcha. Me arde la garganta y el corazón me palpita muy rápido. No aparto la vista de la línea, dispuesta a bajar la hoja de hierro si un pescado pasa entre las barras. Cuando se sube un palangre a bordo, cambio el cajón tan deprisa como puedo, lo desato del siguiente, llevo el lleno a la otra punta de la cubierta. Ya no me caigo. Regreso a la mesa de limpieza sin perder un segundo.

Otro bacalao pequeño se cuela entre las barras mientras estoy enfrascada sustituyendo un cajón por otro. Vuelve a engancharse en la polea. La línea se engancha en el anzuelo, se enreda y se tensa peligrosamente y otros anzuelos se rompen y salen proyectados hacia el extremo opuesto de la cubierta. Grito, Jude grita más fuerte, Ian lo detiene todo. Me apresuro a soltar la línea y el pescado cae al suelo despedazado.

—¡Lili!, ¿pero qué coño haces? ¿Estás dormida o qué?

—No podía verlo… —tartamudeo—, estaba recogiendo el palangre…

—¡Si no eres capaz de hacer tu trabajo, no pintas nada aquí! —ladra de nuevo antes de meter una marcha.

Bajo la cabeza. Se me nubla la vista. Atrapo un bacalao y lo destripo. Me tiembla el labio inferior, me lo muerdo salvajemente. Se apoderan de mí la ira y la indignación. No quiero saber nada más de la sangre de los pescados, de esos hombres imbéciles que me han dejado sin litera. Se burlan de mí, gritan y entonces me pongo a temblar. No quiero seguir matando ni temiéndoles. Quiero ser libre, correr de nuevo por los muelles, marcharme a Point Barrow… No veo el pez de color rojo intenso que me cae encima, ni la aleta dorsal erizada de pinchos, abierta como un ala, que se me clava en la mano. Dave ha errado el tiro dirigido a la abertura de la bodega. El dolor es fulgurante, acaso un castigo por mi insubordinación. Esta vez los ojos se me llenan de lágrimas. Me quito los guantes; en la base del pulgar se han clavado varias espinas. Retiro tres, profundamente hundidas, otra me atraviesa la carne de parte a parte. La arranco con los dientes. El hermoso pescado yace en el suelo con la garganta abierta. Jesús le hace señas al patrón. Me señalan el comedor con un gesto de la mano.

—Ve a desinfectarte la herida… Te dije que había veneno en esas aletas —murmura Jesús, que parece sentir lástima por mí.

Abandono la cubierta avergonzada. Mi mano parece paralizada cuando me quito el impermeable. Me siento en el banco del comedor. Me retrepo en él y cierro los ojos. El dolor se manifiesta a sacudidas, me sube en oleadas abrasadoras desde la palma de la mano al hombro. El corazón me da bandazos, se me nubla la vista. Me bamboleo con lentitud como si fuera a caerme. Los hombres están en cubierta, tal vez se queden ahí unas horas más, debería ir con ellos. Me levanto para desinfectarme la herida. La cabeza me da vueltas. Temo desmayarme, así que subo a la cubierta superior pasando por el puente para que nadie me vea. El cielo se ha despe-

jado. Un sol desvaído hace brillar la cresta de las olas. Enciendo
un cigarrillo tras intentarlo repetidas veces. Contra el bote salvavidas hay menos viento. Lloro un poco, resulta incluso agradable.
Los hombres pescan. Tendría que estar con ellos. No han debido
de entender por qué me he ido. Seguro que Jude está furioso. Peor
aún, me desprecia. «Cómo se nota que es una mujer», debe de
pensar. Por supuesto, no hay que prestar atención al dolor. Pero a
mí el dolor me da igual. Ya… En realidad voy a morir porque el
pescado estaba envenenado. El océano se extiende sin fin. Me llega el estruendo de la cubierta, los cajones que golpean las estanterías de aluminio y entrechocan unos con otros, unos gritos, a veces, a retazos. Me fumo el cigarrillo al sol. ¿Tardaré mucho en
morir? Me sorbo la nariz y me sueno con dos dedos. «Es triste —
pienso al mirar el cielo, el mar—, es una verdadera lástima tener
que morir.» Pero es probable también que sea normal después de
haberme marchado tan lejos y sola, tan lejos, hacia el Gran Norte,
hacia lo que llaman «the Last Frontier», la última frontera, y haberla cruzado, haber encontrado mi barco y estar ahora en el
océano, colmada de alegría, pensando en ello día y noche, casi
sin dormir en un rincón del sucio suelo. Viendo días, noches,
amaneceres, tan bellos como para renegar de mi pasado, como
para vender mi alma. Sí, el hecho de haberme atrevido a cruzar la
frontera solo podía ser para hallar la muerte tras ella, encontrar mi
rojísimo y hermosísimo final, un pez chorreando mar y sangre que
había de clavárseme en la mano como una flecha llameante. Me
parece estar viendo mi partida, la travesía de los desiertos en el
autocar del galgo azul, el cielo del anorak y sus nubes de plumas a
mi alrededor… De modo que por eso me marché, por eso sentía
esa fuerza que me hacía capaz de cualquier audacia, para alcanzar

la muerte. Vuelvo a ver Manosque-les-Couteaux, finalmente no moriré allí, acorralada en una habitación sombría. Dejo de llorar. Bajo al comedor. Tengo la mano inerte. Una vez más me siento culpable al ver a los hombres afanándose en cubierta. Me acurruco en la oscuridad del caluroso pasillo y me presiono la mano contra el vientre.

El patrón me encontró allí, encogida entre las sombras. No lo oí acercarse. Quizá me había quedado traspuesta. Pegué un brinco. No me gritó.

—Pero ¿qué haces ahí?

Se puso de rodillas. No había cólera en su voz.

—Voy… voy a volver a cubierta —respondí—, solo estaba descansando un poco.

—¿Duele mucho?

—Bastante.

—Espera…

Entró en el cuarto de baño, se puso a rebuscar en el botiquín y me trajo un puñado de Tylenol.

—Tómate esto y sigue descansando, ya casi hemos terminado el *set*.* Vamos a parar para tomar un café.

Entraron los hombres. No parecían enfadados, al contrario, ni siquiera Jude, que me sonrió. Dave se deshacía en disculpas. El patrón volvía a ser el tipo alto y flaco. Jesús seguía preocupado.

—Tendrás que ir al hospital cuando volvamos a tierra.

Terminé olvidando que debía morir aquel día. Me sentía feliz entre ellos. Me seguía doliendo mucho la mano. Los hombres se levantaron y yo me levanté con ellos.

—No hace falta que vengas ahora mismo —me dijo Ian.

—Me encuentro estupendamente —le aseguré.

Y regresamos a cubierta. Quería estar con ellos siempre, que pasáramos frío, hambre y sueño juntos. Quería ser un pescador de verdad. Quería estar con ellos siempre.

No quiero regresar. No quiero que esto se acabe. Sin embargo, al acercarnos a la costa, me sorprende el olor a tierra. La nieve se ha derretido en el monte Old Women's y las colinas reverdecen. Unos efluvios de hojas y un tufo a raíces y a cieno me acarician como impresiones muy lejanas de la época en que éramos terrestres. Al aproximarnos más a la costa, las notas de un pájaro me maravillan y me conmueven. Lo había olvidado. Ya no conocía más que el ronco graznido de las gaviotas, los largos lamentos de los albatros, el remolino gimiente en torno a los palangres. Mi pecho se infla de amor y aspiro a pleno pulmón el olor de la tierra. Soy feliz y esta noche nos hacemos de nuevo al mar.

Los hombres recogen las aletas estabilizadoras. El *Rebel* cruza la boya de la isla de los frailecillos. Sacamos las estachas de los arcones, volvemos a atar las defensas a la borda. Los muelles de las conserveras ya no están demasiado lejos. Marea alta. Dave, en proa, lanza el puño de mono* a un operario en el muelle, que hace firme el cabo de amarre en un bolardo.* Ian maniobra, punto muerto, marcha atrás, abarloa el costado del *Rebel* al dique, me sirvo de las boyas para protegerlo de los golpes; desde popa, Jude lanza la estacha al operario, que la sujeta a otro bolardo. John empuja a Simon, le arrebata el cabo, que él mismo amarra al muelle. Jesús y Luis ya han retirado los cuarteles de escotilla.

El patrón nos deja para dirigirse a las oficinas. Un operario nos lanza un enorme tubo que Luis sumerge en el hielo derretido, donde flotan pescados destripados.

—¡Ey, amigo! —le grita Jesús al hombre—. Ya puedes darle...

Ruido de succión. La carga se va aspirando lentamente.

Jesús y yo limpiamos la bodega. Dave diluye el cloro en polvo y me alarga el balde. Restregamos cada rincón con el cepillo. La espuma clorada nos chorrea por la cara, nos escuece en los ojos. Me echo a reír. Simon me arroja la manguera.

—¡Ten cuidado! ¡Nos la has tirado en toda la jeta!

—¡Lili! Vamos al centro en la camioneta, por si quieres aprovechar...

Me deshago del impermeable, meto los cigarrillos y el monedero en el fondo de las botas. Subo los peldaños de la escala de cuatro en cuatro. Me siento en la parte trasera de la camioneta entre Simon y Jude, estos a su vez encajonados entre boyas.

—Deberías ir al hospital para que te pongan una inyección de antibióticos —me aconseja el patrón antes de sentarse al volante.

Me tiendo en la caja de la camioneta, con la cabeza apoyada en un cabo. El aire es tibio. Ya han empezado a salir brotes. Cierro los ojos y aspiro profundamente las emanaciones de las chimeneas de las fábricas y el olor a árboles, vaharadas densas y violentas, casi tibias después de la áspera crudeza del océano. Me río. Me incorporo para percibir las olas de este aire nuevo que nos abofetea. Simon ha recobrado su aplomo. Jude me observa, rehúye mi mirada cuando nuestros ojos se cruzan. Va encogido en una esquina, como si aquí el cuerpo le resultara demasiado pesado, como si ya no recordara cómo llevarlo ni qué hacer con él ni por qué. Alza la frente y mira más allá de las montañas con una expresión aterradora. Me vuelve a inspirar miedo. Vuelvo la cabeza y cierro los ojos.

Ian nos deja delante de Correos. Durante nuestra ausencia han aparcado en el descampado una casita amarilla construida sobre un remolque. SE VENDE. Me detengo. «Oh...», digo. Corro para alcanzar a los hombres. Lista de correos. Hay una carta para Simon. Salimos. Jude se separa del grupo delante del Tony's.

—Nos vemos aquí dentro de dos horas...

Empuja la puerta del bar. Simon y yo caminamos por la calle orgullosos. Regresamos del mar. Avanzamos con paso bamboleante, a veces nos entra una especie de vértigo y da la impresión de que el suelo se hunde bajo nuestros pies. ¿Mareos en tierra firme? Nos reímos. Después Simon se va por su cuenta.

Vuelvo por el puerto. La ciudad está luminosa. Como palomitas de maíz frente a los muelles, sentada al pie del monumento al marinero muerto en el mar. A mi lado se detiene un hombre. Niképhoros. Se sube las mangas de la camisa. Un ancla en el antebrazo derecho y la estrella del sur en el izquierdo. Sirenas y olas enroscándose a su alrededor.

—¿Siempre comes palomitas? —Se ríe—. ¿Has encontrado barco?

—Estoy en el *Rebel*. Acabamos de descargar. Zarpamos esta noche.

Silba sorprendido.

—¡El *Rebel*! Vaya, empiezas fuerte...

Me toma las manos y las inspecciona detenidamente.

—Manos de hombre —dice.

—Siempre las he tenido gruesas —digo riendo—, pero se me han puesto más grandes.

Me pasa un dedo por los cortes que la sal no ha cesado de abrir.

—Cuídatelas, ponte crema, no dejes que se te pongan así. En el mar se te pueden infectar fácilmente, sobre todo con la carnada podrida y la sal.

Se fija en los orificios tumefactos del pulgar y frunce el entrecejo.

—¿Y eso?

Le cuento lo del pez rojo.

—Tienes que ir al hospital.

No contesto.

Luis y Jesús no estaban presentes. Me estremecí cuando los hombres largaron amarras y noté cómo el *Rebel* se ponía de nuevo en movimiento hacia alta mar; me atravesó una corriente de pánico. Respiré con fuerza y volví la cabeza hacia el mar. Se me pasó. Me di cuenta de que tenía que mantener la confianza en ellos, siempre, pasara lo que pasase. Zarpamos. Adujé los cabos y los guardé en el arcón. Jude parecía aliviado de haberse hecho a la mar de nuevo. El pecho se le ensanchó. Se irguió y tensó la barbilla, que ahora llevaba levantada. Volvía a ser el hombre león, y yo bajé los ojos ante su mirada. Jude contemplaba el mar en lontananza, más allá de los estrechos de todos los continentes del mundo. Después estuvo escupiendo un buen rato y se sonó la nariz con dos dedos.

Hemos reanudado las faenas. La marejada nos zarandea. Llega en olas amplias y largas desde donde alcanza la vista. Simon ha cogido la litera de Jesús. Me ha dejado el suelo. Me he acostumbrado, es mi sitio a bordo, bajo los múltiples ventanales por los que siempre veo el cielo. Los hombres duermen, abandonados los cuerpos, desparramadas las extremidades en las cálidas entrañas del barco, con el rugido sordo de los motores, el olor denso y húmedo de la ropa que no se han quitado, el hedor acre de los calcetines tirados en el suelo.

Se me hincha la mano. Enrojece. Pescamos. Los hombres escrutan el mar silenciosamente. Los peces se han ido a otra parte. El mar parece vacío y nos agotamos en vano. Jude ha traído un viejo radiocasete y lo ha atado a una columna de acero. Una música country suave y triste mece las interminables horas que pasamos encarnando. El cielo se despeja una tarde. Frente a mí está el hombre león, con el muslo flexionado contra el pecho y el pie derecho encima de la mesa para descansar las lumbares, desenredando con paciente obstinación un palangre que el mar nos ha devuelto hecho un montón de nudos. Un rayo de sol se posa en su frente, le ilumina la sucia melena, le arrebola los pómulos ya quemados. Tiene restos de sal pegados en los párpados y suspendidos de las pestañas. La luz del atardecer se derrama sobre nosotros y la música emana en forma de olas con el vaivén regular del agua sobre la cubierta, que se derrama por los imbornales y resurge al instante cuando el barco oscila, rumor de resaca, un soplo lento, el ritmo uniforme del flujo y el reflujo. Canto de eternidad. Vuelvo la cabeza hacia el mar, que se torna rojizo bajo los últimos cobres del ocaso. Tal vez naveguemos siempre así, hasta el final de los tiempos, por el océano enrojecido, hacia el cielo abierto, una delirante y soberbia carrera por ningún lugar, por el todo, con el corazón ardiendo y los pies helados, escoltados por una bandada de escandalosas gaviotas, con un gran marinero en cubierta, el rostro apaciguado, casi dulce. En algún lugar sigue habiendo… ciudades, muros, multitudes ciegas. Pero eso ya no existe para nosotros. Para nosotros, nada más. Salvo avanzar por el gran desierto, entre el cielo y las dunas en constante movimiento.

Y seguimos encarnando durante horas y horas, hasta que se hace completamente de noche, trazando una ruta de espuma, esa estela efímera que rasga el oleaje y desaparece nada más formarse, dejando el anchuroso mar virgen y azul, negro después.

Tengo la mano enrojecida y tumefacta. Pienso en el hospital al que no quise ir. Por unas palomitas, por vagar por la ciudad y tomarme un par de cañas con los chicos... Jude me sorprende vaciando el frasco de aspirinas.

—¿Te duele?

—Un poco.

Y luego en cubierta, cuando apunto una mueca de dolor y dejo escapar un anzuelo. Los ojos amarillos me observan.

—Enséñame la mano. —Jude mira mi piel cárdena y tirante—. Tengo algo para las infecciones...

Más tarde me lleva hasta su litera, extrae un botiquín de detrás del traje de supervivencia que le hace las veces de almohada, saca meticulosamente todo tipo de tubos y frascos y elige dos de ellos.

—Tómate esto, penicilina, y esto..., cefalexina. Es bueno contra todos los gérmenes que se pillan en el mar.

Me muestra las cicatrices blancas de sus dedos nudosos. Me habla de los anzuelos que se ha clavado, de las cuchilladas y las heridas que se ha hecho faenando. Miro esas manos que le producen tanto dolor que lo despiertan por la noche. No me siento orgullosa, no soy más que una mujercita flaca que ha huido de un pueblo polvoriento y lejano. Escondo la mano en la manga sucia. Para ser digna de permanecer a bordo cerca de Jude, no me quejaré nunca. Por su respeto, estoy dispuesta a morir.

—Lili, por cierto, ¿qué tal la mano, bien?

He dejado un brazo sobre la mesa como quien no quiere la cosa. Estamos comiendo.

—Sí —le contesto a Ian, que mira hacia otro lado.

Albergaba la esperanza de que alguien lo viera, pero nadie ha reparado en él. Excepto los ojos amarillos, que doblan la dosis de penicilina.

El viento y el frío arrecian aún más. Arrodillada en cubierta, me afano por desenredar un palangre. Mis guantes, agujereados desde hace mucho, están llenos de un jugo glacial de calamares podridos y agua salobre. He tenido que agacharme para no caerme. Lloro de rabia y de dolor. La lluvia oculta mis lágrimas. Por fin llega el descanso y el patrón se dirige a nosotros:

—Chicos, entrad en calor. Comed. Recuperad fuerzas. Esta noche no descansaremos. El tiempo apremia.

«De modo que voy a morir», pienso. Veo ráfagas de agua crepitando contra los cristales y rompiendo en cubierta. Las punzadas han alcanzado el hombro. He dejado de mirarme esta mano deforme, con la piel tensa a punto de estallar. Me termino el café. Tenemos que regresar. Los chicos se levantan. Los sigo. Retomamos la pesca. Trabajamos en medio de la grisura, cielo y mar se confunden. Los hombres apenas gritan, realizan movimientos mecánicos y precisos, con la mente pronto tan entumecida como el cuerpo. La bruma se adensa hasta volverse opaca. Entonces se hace de noche. No hemos parado. El barco sigue su rumbo.

A las tres, Ian nos pide que entremos.

—Ya es suficiente por hoy.

—Pero si dijiste que…

—Sigue tú sola si quieres.

A los hombres solo les quedan fuerzas para reír. Van desapareciendo uno a uno por el camarote, en dirección a las literas, donde se hunden, deshechos. Vuelvo a mi pedazo de suelo bajo la mirada cariñosamente burlona de Dave.

—Buenas noches, francesita... ¿Sabes que te las apañas cada vez mejor?

—Buenas noches —murmuro.

Estoy perdiendo la batalla. No tardará en ocurrir algo. Sepulto la cabeza bajo el saco de dormir. Me gustaría berrear como un niño. Me muerdo esta muñeca que tanto me hace sufrir. Me gustaría arrancármela, ser libre de nuevo, estar abierta a todas las posibilidades, como en los primeros tiempos a bordo. No consigo conciliar el sueño, o tan solo a intervalos confusos. Sigo las diferentes guardias de los hombres. Estas se suceden en una dolorosa duermevela. A las siete el patrón se pone de nuevo al timón. Tenemos que volver al trabajo. Empujo la puerta que conduce a la cubierta, pero Jude me retiene.

—Enséñame la mano... No puedes seguir trabajando. Tienes que enseñársela a Ian.

—Me mandará a tierra.

Aparto la mirada de la suya y la clavo en la puntera de mis botas.

—Tienes que decírselo al patrón.

—No —contesto agitando la cabeza con obstinación—. Me mandará a tierra.

—Si no se lo dices tú, lo haré yo.

Vuelven los dos juntos. Ian frunce el ceño.

—¿Por qué demonios no me habías dicho nada?

—Creía que se me pasaría... Jude me ha dado antibióticos.

—Dice que no quiere volver a tierra —murmura Jude.

Los hombres han retomado las faenas en cubierta. Fuera hace un tiempo gélido y brutal. Dave me ha prestado su litera y su walkman. Pronto volveré a reunirme con ellos, cuidan de mí y se me curará la mano. He aguantado como una jabata. Jesse ha dicho que era «Super Tough», como las botas de pesca auténticas de dicha marca. Me han dejado una litera… Mi corazón se ensancha de gratitud.

El retrete se anega de agua. Retiro los trapos con los que alguien ha llenado la taza del váter, me siento y recibo un chorro de agua del mar. Me levanto con el culo empapado. El barco va hasta los topes y un reflujo sube con violencia cada vez que atravesamos el seno de una ola. Me veo en el espejo, bajo la luz demasiado blanca del neón. En la comisura de los ojos y en los pómulos se descascarillan unos churretes finos y blancos. Mi mano sigue envuelta en una maraña de lazos y nudos endurecidos por la sal, pegados entre sí por la espuma y la sangre seca. Al pasarme los dedos por la melena desgreñada descubro la línea roja. Esta arranca en la palma de la mano y sube hasta la axila. Entonces recuerdo que uno muere cuando la línea le llega al corazón.

Contemplo las aves que dan vueltas sobre la proa del barco, una nube gimiente y fatigada. La enorme ancla herrumbrosa parece hender la bruma. Unas olas amenazadoras avanzan con nosotros. El patrón descuelga el transmisor. Busca un rato entre las ondas para comunicar con el hospital y después llama a los barcos de los alrededores.

—Prepara tus cosas, tu saco de dormir. Lo mínimo. Recogerás el resto más adelante. El *Venturous* va camino de Kodiak para descargar. Subimos los aparejos a bordo y salimos corriendo a su encuentro. Es una suerte. Hemos perdido demasiado dinero esta temporada. No podemos permitirnos volver tan pronto.

El tipo alto y flaco no se explaya demasiado. Se ablanda un poco.

—Ve a acostarte, todavía tardaremos dos o tres horas.

Agacho la cabeza y vuelvo a la litera. El mar me acuna. Lo he perdido todo. Lejos del barco y del calor de los hombres me sentiré como un animal huérfano, una hoja a merced del viento y del insoportable frío del exterior. Oigo a los hombres en cubierta. Aún no los he perdido. Me planteo esconderme... Pero eso no solucionaría nada, ya no me quieren a bordo. Uno no se queda con una inútil que acabaría muriendo en un armario. Pero tal vez muera antes. Si la línea alcanza el corazón antes de que terminen de virar los palangres.

El *Venturous* ya no está lejos. He vuelto a subir al puente. Ian está al mando, con Dave a su lado. Llevo el saco de dormir y el pequeño petate. Me aplasto las lágrimas con la mano ilesa. El patrón me mira con ternura.

—¿Llevas dinero?

—Sí —sollozo—, tengo cincuenta dólares.

—Toma otros cincuenta... y atiende bien —dice despacio—: si dentro de dos o tres días está la cosa resuelta, puedes volver con nosotros. Ve a la fábrica, dirígete a las oficinas, nos comunicamos con ellos por radio a diario. Les dices que necesitas volver al *Rebel*, que formas parte de la tripulación. Te encontrarán un barco que vuelva por esta zona.

—Sí —contesto.

Me enjugo la cara con una manga sucia. Me sorbo la nariz.

—¿Adónde puedo ir a dormir? —le pregunto otra vez, como el primer día.

—Ve al *shelter*, el albergue del hermano Francis, o no, mejor ve al local donde estuvimos reparando las líneas. En él se aloja Steve, el mecánico de Andy, un buen muchacho. Seguro que lo has visto por allí… ¿Te acordarás de todo?

—Creo que sí.

Los dos hombres me miran con triste dulzura.

—Te echaremos de menos —dice Dave.

No respondo. Sé perfectamente que está mintiendo. ¿Cómo es posible que vayan a echar de menos a alguien que ha fallado a los demás? Me trata como si fuera una niña. No como a una trabajadora del mar. Sentada en un rincón del puente, como tiempo atrás, durante las primeras mañanas a bordo, clavo los ojos en el mar sin pronunciar una palabra. El *Venturous* no tarda en aparecer.

Y salté a las aguas grises. El mar estaba alborotado, gruesos ribetes de espuma se deslizaban con las olas. El enorme buque se acercó al *Rebel* cuanto le fue posible. Jude, inclinado en la proa, abofeteado por los rociones y las ráfagas de agua, mantenía las boyas entre los dos gigantes, una maniobra peligrosa debido a la violencia de las olas. El patrón me dio un abrazo; Dave un fuerte apretón de manos; Jesse, que nunca se despegaba del chaleco salvavidas cuando trabajaba en cubierta, me lo puso alrededor del pecho. Volví la cabeza hacia ellos una última vez y luego hacia el hombre león congestionado por el esfuerzo, pensé que no volvería a verlos nunca más, y me lanzaron al *Venturous* como si el barco me expulsara. Enfrente aguardaban tres hombres con los brazos abiertos, inclinados sobre la regala, preparados para sujetarme si resbalaba. No resbalé. Instantes después nos dirigíamos hacia Kodiak.

En el *Venturous* nadie grita. Brian, el patrón, un hombre alto, me sirve un café. Posa en mí unos ojos castaños y pensativos. Me da una galleta.

—Acabo de hacerlas —comenta.

—Quiero volver a pescar —le digo—. ¿Cree que me dejarán marchar?

No lo sabe. No debo preocuparme, ahora lo que tengo que hacer es descansar, barcos siempre habrá. Pero yo pienso en el *Rebel*, que a esta hora navega hacia el horizonte. Me como la galleta. Brian se coloca de espaldas a mí y se inclina sobre los fogones. En los mamparos hay colgadas unas fotografías bonitas: el *Venturous* recubierto de hielo, hombres rompiéndolo, un niño sonriendo con la boca desdentada en una playa, una mujer riendo bajo un paraguas… Un hombre se sienta a la mesa. Es aún más alto, pero rubio. Lleva el pelo recogido con una bandana roja.

—Este es Terry, el *observer** —me dice Brian—. Trabaja para el gobierno y controla nuestras capturas.

—Deberías dormir un poco —me sugiere el hombre—. Si quieres te presto mi litera.

—¿No estoy demasiado sucia?

—No, no lo estás. —Se ríe.

Su litera huele a loción de afeitar. Hay incluso un ojo de buey. Observo las olas oscuras rompiendo bajo un cielo encapotado. En ocasiones entra alguien y luego sale. No abro los ojos por temor a cruzarme con la mirada de un hombre que regrese de cubierta. Fuera debe de hacer mucho frío. A bordo la gente es amable. Me han prestado una litera. Me dejan dormir mientras ellos trabajan. ¿Cuánto falta para llegar a Kodiak, cuántas horas, cuántos días? ¿Llegaremos antes de que la línea roja alcance el corazón? La frente me arde. Me han dado café y una galleta.

Me despierto. Ha anochecido. Las punzadas bajo la axila se agudizan. Por el ojo de buey solo veo la oscuridad y la cresta blanca de las olas, que parecen avanzar presurosas. Me flaquean las piernas apenas me levanto. Los hombres siguen pescando. El observer está en el pasillo.

—¿La línea roja suele llegar deprisa al corazón? —le pregunto.

—Sé algo de medicina también —me dice sonriendo amablemente—, déjame que la vea… Vamos al baño, hay más luz.

Lo sigo. Cierra la puerta. Me levanta los incontables jerséis y sudaderas que llevo puestos unos encima de otros. Me palpa los ganglios del codo, los de la axila. Noto la suavidad de sus bonitas manos sobre mi piel. Alzo los ojos porque es altísimo. Lo miro con confianza. Lo escucho. Él también cuida de mí.

—No estás gorda —dice.

Bajo la mirada hacia mi torso blanco. Las costillas forman una sombra azulenca en el nacimiento de los senos. Observo este cuerpo con extrañeza, había olvidado lo liviano que era. Me recoloca los jerséis atropelladamente. Alguien ha entrado. Sin saber por qué, me siento avergonzada.

Volvemos al comedor. Una chica se sirve café y nos ofrece uno. Miro en derredor. Me fijo en las fotografías y las notas que recubren los mamparos. Me siento como en una casa calentita. La chica cuelga los guantes por encima de la cocina y se pone crema en la cara, luego en las manos. Observo maravillada su cabello limpio y bien recogido, la piel extraordinariamente tersa del rostro, los dedos blancos y esbeltos. Parece no tenerle miedo a nadie. Después llega un chico de la sala de máquinas. Lleva un balde lleno de aceite negro. Me hago a un lado en el banco. Frunce unas cejas pelirrojas en su cara menuda. Es muy joven. Otros hombres empujan la puerta dejando pasar el viento unos instantes. Se soplan las manos abotargadas y rojas. Cada cual se sirve café y va a sentarse a la mesa. Una mujer desciende del puente, cruza unas palabras con el patrón, este desliza un dedo lento por la mejilla y los labios de ella y se despereza largamente antes de subir a reemplazarla. Ella se prepara un té y se sienta con nosotros. Los hombres quieren ver mi herida y la línea roja.

—Está haciendo sus pinitos en el oficio —dice uno de ellos.

Todos cuentan unas anécdotas espantosas sobre heridas infectadas, miembros arrancados, rostros desfigurados por anzuelos de cuatro puntas en acero.

—La suya no está nada mal… —observa otro.

Las mujeres asienten. Me pongo colorada. Me siento orgullosa.

—Es hora de volver a tierra —dice el joven de las cejas pelirrojas—, llevamos tres días sin cigarrillos.

—¡A mí aún me quedan muchos! —exclamo sacando trabajosamente una cajetilla arrugada de la manga. Sonríe por primera vez.

—Vamos a fumarnos uno a cubierta.

Un hombre sale con nosotros. Las ráfagas de agua nos obligan a colocarnos bajo el toldo. Los dos hombres fuman dando profundas caladas. El marinero pelirrojo, Jason, apura el cigarrillo y enciende otro al instante. Deja escapar un largo suspiro de alivio. El otro entra. Sopla un aire glacial. Pienso en los rostros de los hombres a bordo del *Rebel*, que el frío ha de estar devorando a estas alturas. ¿Ya se habrán olvidado de mí?

—Quiero regresar al *Rebel* —le digo a Jason—, ¿crees que me dejarán ingresada mucho tiempo?

—A lo mejor no te ingresan, igual solo te ponen una inyección, te dan un par de comprimidos y mañana podrás irte. El mismo *Venturous* podrá llevarte de vuelta al *Rebel*, pescamos en el mismo sector. Y si necesitas quedarte varios días en tierra, siempre puedes alojarte en el *Milky Way*. El *Milky Way* es mi barco, lo compré con la paga de *crabber** del invierno pasado. —Al decirlo, sonríe ferozmente—. Veintiocho pies... Todo de madera. Pronto saldré a pescar en él, quizá bueyes de mar... Brian me pasará un par de nasas. —El tono de su voz suena entrecortado y los ojos le brillan mientras observa el mar. Se vuelve hacia mí—. Soy igual que tú, sabes, no soy de aquí. Crecí en el este, en Tennessee. No estaba haciendo nada con mi vida. Un día lié los bártulos, me despedí de todo el mundo y me largué... Vine por los osos, los más grandes del mundo, esto me gustó... Brian me contrató para la pesca del cangrejo. Y ahora lo único que quiero es pescar. —Se le vuelven a iluminar los ojos, emite algo así como un ligero rugido, pero de cachorro de león—. El frío, el viento, las olas en toda la jeta, y todo eso durante días, noches... ¡Luchar! ¡Matar peces!

Matar peces... No contesto. Ya no sé hacerlo. Volvemos a entrar al calor del comedor. Algunos hombres se han ido a dormir. La mujer del patrón está comiendo. El *observer* guarda silencio. La chica guapa se está tomando un té. Me piden que les hable de Francia.

—En mi país dicen que los norteamericanos son como niños grandes —digo.

Los ojos de Jason resplandecen de nuevo bajo las pestañas transparentes.

—¡Pues entonces los de Alaska son los niños más salvajes! —dice, y se echa a reír como si fuera a morder a alguien—. Está previsto que el *Venturous* llegue avanzada la noche —sigue diciendo—. Yo mismo te llevaré al hospital. Preferiría llevarte a que te tomaras un par de white russians al Tony's, los hacen buenísimos, pero otra vez será, amiga. Te lo prometo.

Cogemos un taxi nada más llegar a puerto. El taxista es filipino. Sus ojos negros relucen en la oscuridad.

—¿Qué tal la pesca? —pregunta.

De fondo se oye el chisporroteo de la radio: lo llaman para otro trayecto. Toma nota.

—No podemos quejarnos —contesta Jason—, esta vez hemos rebasado las veinte mil libras. Pero mi amiga se ha lastimado. Tiene que ir al hospital para que la curen deprisa, la necesitan a bordo.

Sonrío envuelta en la sombra. Dejamos atrás la ciudad y sus luces, los bares, que brillan. El taxi se adentra entre las grandes hileras de árboles. El cielo es profundo por encima de nuestras cabezas. Aprieto el saco de dormir entre los muslos, el petate contra mí. Reconozco la carretera de tierra que conducía al local donde trabajamos con las líneas. El taxi aminora la velocidad, dobla a la izquierda. En la linde de un bosque, un edificio de madera blanca iluminado por dos farolas. Jason no me deja pagar.

—Hasta pronto, amigo —le dice al taxista.

El pequeño hospital se encuentra desierto. Jason me ha dejado en la sala de espera. Enseguida me atiende una enfermera.

—Por fin ha llegado… Empezábamos a preocuparnos.

—¿Cuándo podré salir de nuevo a pescar?

Me acuestan en una camilla. Dos enfermeras me examinan la mano y el brazo minuciosamente, me palpan los ganglios de las axilas. Me ponen una inyección de antibióticos.

—¿Cree que podré salir de aquí mañana?

Las mujeres sonríen.

—Ya veremos... Ya era hora de que llegara. Estábamos muy preocupados. Se puede morir muy deprisa por envenenamiento de la sangre, sabe.

—Sí, lo sé... Pero ¿cuánto tiempo me tendrán ingresada?

—Dos o tres días tal vez —responde una de ellas.

—Pero díganos, ¿es cierto que la arrojaron al mar con un traje de supervivencia para que pasase de un barco al otro? —pregunta la otra.

Me hacen una radiografía. En el hueso del pulgar se me ha quedado clavada una espina caudal.

—Hay que esperar a que la infección remita antes de extraerla —dice el médico.

Esta noche no iré a tomarme ningún white russian. Jason se ha ido. Estoy sola en una habitación, entre unas sábanas muy limpias y blancas. La enfermera me pone un gotero. Es delicada y lenta. Ahueca una almohada, me dice que no me preocupe. Se dispone a salir.

—¿Cuándo podré irme?

Se vuelve, no lo sabe.

—¿Mañana?

—Tal vez... —contesta.

Me quedo dormida. Pienso en el *Rebel*, en los hombres adormecidos en su vientre, en el ruido de los motores como un corazón enfurecido, y en ellos, que habitan ese vientre y ese corazón en medio del interminable balanceo del oleaje. En el que está de guardia. Tengo frío, sola en tierra firme. Me han separado de ellos y heme aquí de pronto alejada de ese tiempo irreal en que pescábamos juntos. Pienso en el canto de las olas y en los largos estremecimientos de la marejada, tambaleantes el océano y el cielo. Aquí todo está inmóvil.

Ya ha amanecido. Viene a verme un médico. Intenta hacerme reír, me ha traído unos cigarrillos.

—Llévese el gotero con usted y váyase a fumar afuera. Tendrá que quedarse un poco más con nosotros. No podemos dejar que se vaya usted de aquí con eso en la mano.

—No suelo fumar mucho.

—Ande, aun así vaya a fumar, le sentará bien.

Se está bien bajo los pinos oscuros. Adivino el océano tras los árboles. Enciendo un cigarrillo y de repente aparece Jason. Se apea de un taxi que ha dejado el motor encendido. En las manos sostiene un libro y un pedazo de cuerda, me los tiende.

—Toma, es para ti… Para que aprendas a hacer los nudos marineros. No puedo quedarme más tiempo, el *Venturous* está a punto de zarpar del puerto y ya se me ha hecho tarde…

A pesar de todo acepta un cigarrillo.

—Volveremos a vernos, prometido… En el puertecito de la bahía de los Perros, tercer pontón, el *Milky Way*… Ánimo, amiga, avisaré a los del *Rebel* por radio. También les diré que pronto regresarás.

Jason se ha marchado de nuevo. No quedan más que la carretera vacía y los altos pinos oscuros. Regreso a la habitación.

Por la ventana se distinguen las gaviotas. Me vuelvo a acostar. Espero.

El timbre del teléfono resuena en el silencio de las cuatro paredes. Lo cojo con la esperanza estúpida de que sea el tipo alto y flaco, que llama desde el puente.

—¡¿Diga?! —exclamo.

—Hola, la llamo de Inmigración… — me responde una voz impersonal de hombre—. Nos hemos enterado de que está trabajando ilegalmente a bordo de un pesquero…

Doy un respingo, recorro la habitación con la mirada, vuelvo a posar los ojos en el brazo, el gotero es una cadena que me ata a estas paredes.

—No, no es cierto… Nada de eso… —farfullo.

El pescador de Seattle se ríe a carcajadas al otro lado del teléfono.

—No se debe… nunca se debe hacer algo así —balbuceo, y la voz se me llena de lágrimas.

Se deshace en disculpas antes de colgar. Permanezco junto a la ventana hasta que el cielo se oscurece. No me han llamado del *Rebel*.

Me traen una hamburguesa, una ensalada y un pastelillo rojo y cremoso. Lloro en silencio sobre el pastelillo. El *Rebel* se aleja cada día más. No volverán a aceptarme a bordo. Ya no les pregunto nada a las enfermeras. Pierdo la esperanza de que me liberen. Solo me traen comida. Goteros. Cigarrillos. Por la noche siento frío. Gimo en sueños.

Una mañana, sin embargo, me dejan salir. Pero tengo que volver tres veces al día para los cuidados. Me pinchan una cánula de plástico blanco en el dorso de la mano. La espina sigue ahí.

Las enfermeras se quedan mirándome como madres mientras me alejo.

—¿Tiene un sitio calentito y limpio en el que quedarse? Esperemos al menos que no vaya al albergue del hermano Francis.

—No, qué va. El patrón me dijo que fuera a la nave en la que trabajábamos para el barco. Hay un cuartito.

Y me voy con la blanca claridad del día. El petate choca contra mis caderas, aprieto el saco de dormir entre los brazos. La lluvia empieza a caer en gotas finas y apretadas. Aligero el paso hacia el camino de tierra que se aprecia en la curva.

Las nasas para camarón destrozadas y oxidadas, las boyas reventadas cubiertas de musgo, los viejos trucks y el barco azul pudriéndose despacio, nada se ha movido de su sitio. Descorro la pesada puerta de metal. Steve ha salido. La inmensa nave está húmeda y vacía, fría como para echarse a llorar, pero es el refugio de las líneas del *Rebel*. Los hombres regresarán. Descubro de nuevo el olor de los palangres, de la carnada en descomposición, la luz dura del neón sobre el sucio taller. Cruzo la nave hasta la cafetera. Pongo la radio muy bajito. Todavía queda algo de agua en el fondo del bidón. Me preparo un café y me lo tomo frente a la puerta abierta de par en par. Ante mí, el descampado. Los altos árboles y el barco abandonado cabecean lentamente, vistos desde el balancín en el que me mezo. Se trata del sillón rojo que el tipo alto y flaco trajo cuando vendió la casa. También ha dejado el termo. Lo he llenado y colocado en el suelo. Me bebo el café en una taza muy sucia, las huellas de dedos y los churretes parduzcos deben de remontarse a los días en que trabajamos todos juntos. A través de la puerta abierta veo el cielo inmutable por encima del follaje, que no ha hecho más que adquirir un matiz de verde más intenso. Mis ojos vuelven a posarse en la taza y en esas marcas negras de un tiempo lejano, en el termo rojo, el que le llevaba cada mañana a la cabecera de la cama a un tipo alto y flaco. Me mezo en su sillón. Podría seguir creyendo que regresará, que su silueta se recortará de pronto en el marco claro de la puerta y sobre el solar desierto, que dirá algo como «¡Qué bonita es la pasión!» y me llevará de nuevo a bordo.

Una camioneta para delante de la puerta, y me encojo en la sombra. Steve baja de ella. Entra. Reconozco al chico de la sonrisa dulce y tímida, el que salió de la habitación con la cabeza gacha la primera mañana en el local, seguido de la joven india. Parece sorprendido de encontrar a alguien aquí. Me disculpo enseguida, balbucea un par de palabras. Ambos nos sentimos incómodos.

—En la habitación hay dos camas, haz como si estuvieras en casa —dice apartando la mirada.

—Te he cogido un poco de café… Te compraré un paquete.

—Haz como si estuvieras en casa… —repite.

No sabe qué hacer. Pasea arriba y abajo por el taller y luego se sirve una taza. Miramos caer la lluvia a través de la puerta abierta.

—La temporada del bacalao pronto terminará en los alrededores de Kodiak —dice con una voz muy baja, casi en un murmullo—, se han alcanzado las cuotas.

—¿Entonces no volveré a partir? ¿Estás seguro? ¿Se acabó para mí?

Se atreve por fin a mirarme. Sonríe por primera vez, de una forma muy amable y dulce.

—Me refería únicamente a las cuotas locales. Muchos seguirán pescando en el sureste. Y es muy probable que el *Rebel* navegue hasta allí… Me extrañaría que dejasen de faenar tan pronto.

—¡Eso espero! Y tanto que lo espero…

Miro por la puerta, más allá del descampado. Detrás de esos árboles se encuentra el mar. Por él se desliza mi barco.

Volvió a salir. Atravesé la nave hasta el cuartito sin ventanas, que se alzaba como un cubo dentro del amplísimo taller. El neón titubeó largo rato antes de encenderse. Me abrí paso entre las bolsas de basura que abarrotaban el suelo, hinchadas de ropa que alguien había metido en ellas de cualquier manera. Me tropecé con un cenicero lleno, cuyo contenido se esparció sobre la moqueta gris. En la esquina del cuartito, una cama junto a un televisor que alguien había olvidado apagar, y un saco de dormir hecho un gurruño sobre unas almohadas grises sin funda. Dejé el saco de dormir encima de la otra cama. Me senté. Traté de recoger las colillas desperdigadas. La moqueta estaba tan pringosa que me desanimé y solo retiré el grueso. Me limpié los dedos en el bajo de los vaqueros y me comí un pedacito de patata frita que sobresalía de un paquete despanzurrado que había ante mí, encima de una mesita baja. La patata estaba blanda y algo rancia. Suspiré: «Venga, todo irá bien... Para empezar, me habría muerto de frío si me hubiera visto obligada a dormir en uno de esos trucks».

Me puse en pie y apagué la televisión. Salí. Caminé hasta el Safeway, el hipermercado donde solíamos almorzar. Hacía calor, todo brillaba, incluso la música, la gente parecía feliz y divertida. Estuve paseando durante mucho tiempo por los pasillos. Pero se acercaba la hora de volver al hospital. Compré cereales y café, leche y galletas mexicanas, unas tortitas de harina y agua que a Jesús le gustaba mojar en su café.

Cuando salí había escampado. El aire olía a pescado, aunque no se trataba del olor potente y fresco, vivo, de cuando pescábamos, sino de otro, más denso y mórbido, el hedor nauseabundo que exhalaban las conserveras y que los vientos del sur arrastraban hacia la ciudad. Anduve hasta el hospital. El gotero, deprisa. Regresé al local para sentarme en el sillón rojo. Me preparé un tazón de cereales y me lo coloqué en el regazo. La radio desgranaba dulces canciones de un tiempo pasado. Estuve contemplando el solar hasta que se hizo de noche. Esperaba al *Rebel.*

Y así durante días y noches. Me quedaba dormida en la oscuridad del tabuco. Soñaba. Un hombre, un animal se abalanzaba sobre mi espalda, sus colmillos se clavaban en mi cuello, sus garras me laceraban los hombros, el hueco de las axilas, la carne tierna de la ingle. La sangre caía en profusa cascada y me sumergía. Cuando Steve regresaba avanzada la noche, lo oía tropezar con las bolsas de ropa, salvándome de mis pesadillas como quien saca a un náufrago del agua.

—Ah, eres tú… —le decía recobrando el aliento—. Gracias por despertarme…

Reía muy bajito en la oscuridad. Tal vez estaba borracho. Se dormía enseguida. Las pesadillas volvían a empezar. Gemía. Él se despertaba y escuchaba sin atreverse a decir nada.

Steve se despertaba tarde. Yo me levantaba en cuanto amanecía y volvía a ocupar mi puesto en el sillón rojo, con el termo lleno a mi lado. Cuando se despertaba, permanecía largo rato en la penumbrosa habitación. Después encendía la televisión y pasaba de la cama al sillón. Los ceniceros rebosaban cada vez más. Cuando al fin salía, más pálido que nunca, sonreía levemente. La claridad que entraba a raudales por la puerta abierta de par en par le hacía parpadear. Se marchaba a trabajar bamboleándose bajo la luz.

Steve se ha ido a trabajar. He encontrado mi bicicleta en un rincón del taller. Hurgo en el armario de la pintura, ya he sacado un bote de pintura azul y otro de amarilla, distingo el de la roja cuando una camioneta aparca en el solar. Aguzo el oído. Me acerco con prudencia. Veo a un hombre descargando palangres. Unos rizos negros caen sobre su frente cobriza. Mirada oscura de latino. Salgo de la sombra, me acerco a él. «Buenos días», digo con decisión. Apenas se fija en mí. Deja los cajones delante de la puerta de la nave. Los va apilando y se hace una mesa improvisada con un tablón colocado de través. Se pone manos a la obra. Vacía en el suelo el apestoso contenido del cajón: un palangre reducido a un montón compacto de nudos y anzuelos, de carnada vieja y putrefacta.

—¿No han utilizado calamares? —pregunto.

—No, el arenque es más barato. Pero se pudre antes.

Va desempatando los anzuelos uno a uno, los pone a un lado y tira la carnada en una cubeta vacía. Me acerco. Alza una mirada molesta hacia mí.

—Puedes ayudarme si no estás haciendo nada. Andy paga veinte dólares por cada palangre que se repare.

—No sé si debería.

—¿Y eso por qué?

—La mano. Me he hecho daño. En el hospital me han dicho que tenga cuidado. No debo ensuciármela, de lo contrario podría volver a infectarse.

Me indica con la cabeza un tenue arroyuelo de agua salobre que corre por la linde del terreno, entre la chatarra y las boyas pinchadas.

—Tienes agua. Por todos lados. Basta con que te enjuagues la mano de vez en cuando. Cuanto antes terminemos, mejor. Estos palangres los dejó el *Blue Beauty* la última vez que descargó. Andy los quiere para cuando vuelvan a pasar.

—Ya, pero no creo que deba —murmuro.

No obstante me meto en faena. No volveré a atreverme a pintar la *Free Spirit* delante del hombre y su mirada sombría.

—¿Steve está durmiendo? —pregunta.

—No, qué va, está trabajando, por supuesto.

—¿Regresó borracho anoche?

—No lo sé.

—Steve trabaja para Andy. Es mecánico. Un día conseguirá que lo echen.

—¿Mecánico? Pero si el *Blue Beauty* y el *Rebel* están en el mar.

—Andy tiene otros barcos, tiene un montón. Además, también hacen falta mecánicos en tierra. Andy tiene pasta por un tubo… Aunque, mejor es que así sea, porque con todas las mujeres que ha tenido y por las que ha de apoquinar. Seis… Sin contar a los críos.

—Ha mejorado —dice el médico—. La infección ha remitido. Pronto podremos extraer la espina.

«Entonces podré volver a pescar —pienso—. Si el barco no regresa antes. Si es que aún quieren saber algo de mí.»

Regreso a la nave. Luce un sol radiante. El hombre se ha ido a comer. Los cajones se pudren al sol. Me siento en el sillón rojo. Unos enjambres de moscas cebadas de sol y caldillo podrido revolotean en el marco dorado de la puerta. «Me siento a gusto aquí —pienso—, salvo cuando paso miedo por las noches.»

Regresa el hombre de los cajones. No me muevo.

—¿No sigues?

—No —contesto—. No es bueno para la mano. Quiero volver a pescar.

Se encoge de hombros. Me resulta embarazoso que no me crea, por lo que me levanto y me acerco a él. Sigue inclinado sobre su labor.

—Mira —le digo—, no te parece que sería mejor…

Retiro la venda. Me lanza una mirada exasperada.

—Para ya de darme la tabarra cada dos por tres. —Pero la cara se le demuda súbitamente. Traga saliva—. Sí, sí…, déjalo, ya has hecho bastante…

Así que voy a buscar las pinturas azul y amarilla. También cojo la verde y la roja. Saco la *Free Spirit* al sol. La pinto detenidamente, el cuadro de azul; las llantas estrelladas, del resto de los colores, cuidando de no tapar el nombre. Unas moscas se posan de vez en cuando sobre la pintura fresca, por lo que trato de retirarlas, pero solo acierto a atrapar sus alas. El hombre levanta la cabeza y, por primera vez, lo oigo reír. Coloco delicadamente las alas en el suelo, ya no sé qué hacer con ellas. Miro al hombre, sonríe.

—Por fin tiene mejor pinta esa porquería de bici.

—Uy, sí —contesto.

Tiendo el pulgar en dirección al puerto. Frena un truck con una enorme red roja en la parte trasera. Un hombre me abre la portezuela. El viento se cuela con violencia por las ventanillas bajadas. El sol, que tenemos de frente, me deslumbra. Me dejo cegar y abofetear por el viento.

—¿Va a su barco?

—Sí, estamos preparándolo. La pesca del salmón debería comenzar de aquí a tres semanas.

—¿No necesitan a nadie?

—Tal vez alguien que cuide de los niños —dice sonriendo—. Mi mujer se viene conmigo.

—De todos modos no lo necesito —me apresuro a contestar—, voy a embarcar de nuevo con mi patrón.

—¿Pescas arenques?

—Bacalao negro. Bueno, pescaba…

Le enseño la mano. Lo ha entendido.

—No debía de resultar nada agradable de ver.

—No —respondo—. Y no dije nada. De todas formas no habría dicho nada porque quería seguir a bordo.

—Bueno, al menos podrás venir a nuestra fiesta anual, la fiesta del cangrejo.

—Quizá me vaya antes.

—Me extrañaría mucho, la fiesta es mañana.

Me dejó delante del B and B. Alcé la cabeza y pasé presurosa junto a los grandes ventanales. Me detuve en la pequeña *liquor store* para comprar palomitas de maíz y luego me dirigí a las fábricas. Caminé junto a las nasas y los viejos trasmallos. Había planchas de aluminio amontonadas aquí y allá y lonas azules que restallaban al viento. Frente a ellas, los contenedores frigoríficos aguardaban ordenados unos contra otros, apilados como cubos para niños en medio del zumbido continuo de los grupos electrógenos. Apenas hube dejado atrás las altas fachadas de las primeras fábricas, llegué a la dársena. En ella había varios palangreros amarrados que parecían dormir. Las cubiertas estaban desiertas. Reconocí el *Topaz* y el *Midnight Sun*. Sobre las olas corrían crestas de espuma. El *Mar del Norte* partía. Estaba llegando a la altura del Dead Man's Cape. Supuse que se dirigía al sureste.

Me senté al pie de la grúa y me quedé mirando el horizonte un buen rato. Pensé que en algún lugar detrás de aquel azul, en un azul aún más profundo, más fragoroso y encrespado, había un barco negro adornado con una fina franja de color amarillo que no cesaba de avanzar. Que la vida me había brindado la dicha más inmensa, la pasión más hermosa, el mayor esfuerzo también, que compartíamos entre los gritos y mi miedo, que compartíamos porque no éramos nada sin los demás. Me había brindado un barco para que me entregase a él. Formaba parte de la aventura y me habían arrojado por el camino. Había regresado a un mundo vacío en el que todo se dispersa y se agota en vano.

Pensaba en los hombres, que trabajaban a esa hora, en Jude, Jesús, Dave y Luis, Simon, el tipo alto y flaco... Y en los demás, que seguían trabajando. Ellos sí que estaban vivos y podían sentirlo a cada instante. Vivían la vida en toda su magnificencia, luchando cuerpo a cuerpo con el agotamiento, con su propio cansancio y con la violencia de la intemperie. Y resistían, superaban la fatiga hasta que llegara la hora extremadamente lenta en la que se avanza por el cielo oscuro hacia el descanso al fin quizá para algunos, pero que seguía siendo fatiga para el que acaba de empezar su guardia, luchando una vez más contra el sueño, los ojos que se cierran, las duermevelas que invaden el exiguo espacio del puente; el único que conducía la vida de todos los cuerpos abandonados a bordo, a solas con el océano y sus humores, frente al cielo y las aves enloquecidas que daban vueltas en el halo blanco de la proa, transportado por el rugido de los motores, el fragor incesante del oleaje y la conciencia de todos los que duermen en el mundo a esa hora. Como si fuera la única persona despierta en todo el universo, un vigía que no debe flaquear y cuyos amores terrestres se han convertido en guijarros abrasadores que acaricia en su interior y que brillan en la oscuridad.

Esa era la vida de verdad. Y no el puerto, donde me encontraba, abandonada, sumida en esa nada cotidiana jalonada de reglas, donde el día y la noche estaban divididos; el tiempo, cautivo; las horas, fragmentadas en un orden fijo. Comer, dormir, lavarse. Trabajar. Y vestirse de esta u otra manera para parecer esto o lo otro. Utilizar pañuelos. Las mujeres, el pelo domeñado en torno a un rostro sonrosado y liso. Las lágrimas brotaron de mis ojos. Me soné con los dedos. Estuve un buen rato mirando el mar. Esperaba al *Rebel*. El horizonte seguía desnudo, así que me levanté y me dirigí a la ciudad. En el vasto terraplén de la dársena había varios hombres desplegando una traína. Me hicieron un gesto con la mano. Les respondí. El *Islander* estaba descargando. Unos operarios muy morenos se afanaban delante de las fábricas de conservas de Alaskan Seafood. El bip-bip perentorio de un *clark* que venía por detrás de mí me sobresaltó y me obligó a apartarme. Volví a pasar por Cannery Row, la carretera húmeda entre las fábricas y las pilas de nasas; se me metió en la nariz el olor a amoníaco entreverado con el del pescado, el motor de los contenedores frigoríficos seguía zumbando cuando pasé, anduve y anduve. Delante de las oficinas del puerto estaban terminando de montar varias casetas. Volví la cabeza. No quería ver los preparativos de la fiesta: mi fiesta estaba en el mar; de hecho, se había acabado. Estaba cruzando el puente de la bahía de los Perros cuando se detuvo un coche y una mujercita morena me abrió la portezuela.

—¿Vas muy lejos?

—Al hospital.

—Pues sube, te llevo. Yo voy a la bahía de Monashka.

Podría haberla confundido con una niña de lo menuda que era, pero tenía arruguitas en torno a los ojos y dos grandes pliegues oblicuos que le enmarcaban la boca.

—¿Te has herido?

—Sí.

Retiré el vendaje y le mostré la herida.

—Envenenamiento de la sangre por culpa de un pez, ¿verdad?

—Sí.

—Son gajes del oficio.

—¿Cree que pronto se cerrará la veda del bacalao negro?

—No sabría decirte. Ya no tengo tiempo de seguir todo eso de cerca. En la época en que era patrona lo habría sabido enseguida.

—Ah…, ¿era patrona? —Me fijé en las muñecas delicadas, en las manos finas y cuidadas que sujetaban el volante—. ¿Las mujeres también pueden gobernar un barco?

—Lo dejé cuando me quedé embarazada. Sigo teniendo el barco, pero lo gobierna otra persona.

—¿Y cómo se hace?

—¿Para qué, para ser patrón? Se trabaja. Empecé siendo marinero, igual que tú. Ya lo debes de saber, lo importante no es el tamaño de los músculos. Lo importante es aguantar, mirar, observar, acordarse, tener sesera. No desistir nunca. No dejarse apabullar por los exabruptos de los hombres. Puedes hacerlo todo. No lo olvides. No abandones nunca.

—En el *Rebel* se pasan el día gritando y me da un miedo horroroso, pero daría cualquier cosa por poder marcharme de nuevo con ellos.

—Estás green, es normal. Todos hemos pasado por eso. Así es como ganarás, primero, su respeto, pero sobre todo el tuyo. Caminar con la frente bien alta porque sabes que lo has dado todo. —Se le endureció el rostro, su voz bajó un tono, dudó un instante y después continuó—: Y puede que tengas que dar mucho más de lo que creías posible. —Hizo una pausa, volvió a dudar, prosiguió—: Tuve otro barco hace diez años, o casi... Lo gobernaba yo. Estábamos pescando cangrejos. Hacía un tiempo de mierda. Una noche se produjo un incendio en la sala de máquinas... Mi chico trabajaba conmigo. El barco no aguantó mucho. Los guardacostas nos rescataron a casi todos doce horas después. Habíamos derivado muchísimo embutidos en los trajes de supervivencia. Nunca dieron con él.

Se ha levantado viento. Steve ha vuelto tarde. Como cada noche. Como cada noche, tropieza con las bolsas de ropa y se golpea en la mesa. Una taza sale rodando por la moqueta.

—¿Estás dormida? —murmura.

—Sí... No. He vuelto a tener pesadillas, no hay manera de que paren.

Se sienta en mi cama. Con los codos sobre las rodillas y el torso inclinado hacia delante, se pasa las manos por la cara un buen rato, con las palmas muy abiertas y los dedos separados como si quisieran velarle los ojos. Después deja caer las manos, con la mirada tensa en la oscuridad.

—Así que vas a volver a pescar, ¿eh? —me pregunta.

—Pues eso espero, me gustaría tanto...

—Esto será triste cuando te hayas ido. Me quedaré solo como antes —suspira—. A veces voy al albergue del hermano Francis, cuando estoy harto de estar aquí o cuando quiero comer algo caliente rodeado de gente, o cuando no tengo dónde caerme muerto... Otras, si tengo pasta, voy al motel a pasar la noche, al Star. Pido una pizza y me pongo a ver la tele. También me aburro, pero lo hago por cambiar de aires. De vez en cuando pasa algún amigo. Pero, por lo demás, me gusta esto, aquí estoy a mis anchas.

—Sí —contesto—, no está mal. No me habría importado dormir en uno de esos camiones podridos que hay en el solar, aquí me siento un poco encerrada. Pero habría hecho demasiado frío. Y no habría sido muy amable por mi parte.

Ríe quedamente. Hablamos muy bajito, como si debiéramos tener cuidado de no despertar al edificio silencioso. Salgo con esfuerzo del saco de dormir y me siento a su lado. Busco un cigarrillo a tientas sobre la mesa. Saca un mechero. La llama le ilumina la curva de la mejilla, la sombra alargada de los párpados.

—Gracias, coge uno...

—Fumo demasiado, sabes. —Pero se enciende uno—. También bebo demasiado.

—¿Qué va a ser de mí si el barco no regresa?

—Encontrarás otro. Dentro de poco empieza la temporada del salmón.

—Pero yo al que espero es al *Rebel*. Quiero seguir pescando con los que van a bordo de él.

—De todos modos se marcharán cuando la temporada termine.

—Es verdad. Entonces iré a Point Barrow.

—¿Qué diantres vas a hacer en Point Barrow?

—Es el final. Más allá no hay nada. Únicamente el mar polar y la banquisa. También el sol de medianoche. Me gustaría ir hasta allí. Sentarme en la punta, en lo más alto del mundo. Siempre imagino que dejaré colgar las piernas en el vacío... Me comeré un helado o unas palomitas de maíz. Me fumaré un cigarrillo. Contemplaré. Tendré la certeza de que no puedo ir más lejos porque allí se termina la Tierra.

—¿Y luego?

—Luego saltaré. O tal vez vuelva a bajar hasta aquí para pescar.

—Tu historia es un poco loca —dice riendo con suavidad.

Nos quedamos callados. Steve baja la cabeza y mira el suelo fijamente. Fuera, el viento silba bajo el tejado de chapa y hace restallar unas lonas. Pienso en la noche límpida y gélida, en el barco negro que debe de estar balanceándose de manera espantosa bajo el cielo inmenso mientras sigue su rumbo, en los hombres zarandeados en cubierta, y en nosotros dos, que murmuramos en esta habitación oscura, una cajita sucia escondida en una caja más grande que descansa en un solar; en el barco abandonado sobre sus cuñas que nos sirve de vigía, en los fantasmas dormidos de los viejos camiones.

—El mar debe de estar movido —murmuro.

—Ya lo creo.

—Y tú, ¿siempre te quedas en tierra?

—Me mareo, ¿sabes?... —dice, riendo incómodo—. Yo soy más bien de tierra. No es necesario ser marinero para amar esta región.

—¿De dónde eres?

—De Minnesota. Ya hace casi dos años que llegué.

—¿Qué edad tienes?

—Veintiséis. No me fui de casa hasta que cumplí veinticuatro. De vez en cuando iba a dar una vuelta a Chicago, pero nada más. Soy de campo, vamos. Mis padres tenían, bueno, tienen, un rancho. Siempre he vivido rodeado de caballos. Eso estaba bien...

—Se le iluminan los ojos en la oscuridad—. Se me dan bien los rodeos. En la región siempre había concursos. Solía ganarlos.

—Entonces, ¿por qué te fuiste?

—Tenía, bueno, tengo cuatro hermanas. Me sentía solo ante la gran pradera. —Ríe con suavidad—. Necesitaba marcharme, ¿entiendes?, mi futuro se hallaba ante mis ojos, sin incógnitas, sin sorpresas, era como el horizonte, llano y recto como la gran pradera que se extendía por doquier. Tomaría las riendas del rancho, para mis padres no cabía la menor duda, para mis hermanas tampoco, ellas se casarían e irían a vivir a la ciudad. En el fondo, a todo el mundo le convenía. Así que me marché.

—Pero ¿por qué Alaska?

—Quería convertirme en un hombre. No tenía elección. En otro lugar me habría sentido perdido, habría estado demasiado cerca, habría sido lo mismo. Habría echado en falta el rancho… Llegué a Kodiak enseguida. Y me prometí a mí mismo que nunca más volvería a poner un pie allí. Nunca. En casa no se han enterado, siguen creyendo que volveré algún día. Me escriben de vez en cuando. Quizá sea la primera vez que se preocupan por mí —emite un sollozo leve y triste—, pero eso ya no tiene la más mínima importancia. Ni la más mínima —murmura de nuevo—. Ahora estoy aquí, he aprendido mecánica náutica, ya me las apañaba bastante bien con las máquinas de mi padre, soy un buen mecánico. Andy está contento conmigo… Andy es exigente, no es una persona de trato fácil, pero trabaja duro y siente respeto por los currantes. Se parece un poco a mi padre.

Se queda en silencio. Enciende otro cigarrillo.

—A veces salgo a ver amanecer. Si quieres podemos ir juntos… Es dentro de un par de horas, nos da tiempo a dormir un poco. A menudo veo corzos.

Fuimos hasta el final de la carretera, unas diez millas al norte. La pista de grava terminaba de golpe a la entrada del bosque. Me apeé del truck asombrada, había olvidado que existía un mundo después del puerto. Caminamos bajo los árboles. Hablábamos poco. Luego bordeamos la orilla. Una cierva salió huyendo por delante de nosotros. E inmediatamente después, el sol horadó las aguas.

Regresamos a la ciudad para desayunar. La joven camarera de azúcar y porcelana del Fox's me reconoció. Me lanzó la misma mirada torva que cuando había ido con Wolf, la mañana en que debía coger el avión para Dutch. «La de tíos que debe de tirarse esta», parecía estar pensando.

Steve se despidió. Se iba a trabajar.

—Esta mañana llegaré más temprano que de costumbre —dijo con entusiasmo—, llegaré antes que los demás. De todos modos no tenemos mucho que hacer en este momento, todos los barcos están fuera. Solo algunas reparaciones de chicha y nabo con las que mantenerse ocupado, ya me entiendes… —Volvió la cabeza y me señaló con el dedo la casa que había del otro lado de la carretera—. Mira, ¿lo ves?, ese es el shelter, el albergue del hermano Francis.

El viento, el viento… Bajé por la calle Shelikof, las gaviotas chillaban y daban vueltas en vuelo raso. Unas águilas planeaban sobre el puerto, el viento silbaba entre los mástiles. Las casas de madera formaban manchas de colores intensos en la montaña cada vez más verde. Me comí las moras que crecían a lo largo del talud. No estaban maduras y el polvo me rechinaba entre los dientes. Llegué al puerto. Los barcos danzaban y tiraban con furia de las amarras, como si quisieran arrancarse de los muelles para hacerse al mar. Que debía de estar muy agitado. En la bocana de la ensenada las crestas de espuma cabalgaban sobre las olas anunciando el temporal mar adentro.

Las casetas de la fiesta ya estaban todas montadas. Unas mujeres reían; el viento les arremolinaba el cabello a diestro y siniestro. Crucé la carretera. El consultorio acababa de abrir. Me hicieron una incisión en el pulgar. La espina salió sola. Guardé como oro en paño aquella aguja gruesa que parecía de cristal y que, afirmaban, podría haberme matado.

—Nos vemos dentro de cinco días para quitarle los puntos. Procure que la mano esté limpia y seca.

Podía volver a pescar.

Subí al local. Casi corriendo. Preparé mi equipaje, un petate y una bolsa de basura en la que metí de cualquier manera el saco de dormir y el traje de agua. Las botas las llevaba puestas. Me serví un último café, el termo rojo, el sillón carmesí. Salí. Corrí hasta el puerto. Volví a encontrar mi puesto del día anterior en el muelle de las conserveras de Western Alaska. Aguardaba en la dársena sin apartar los ojos del mar; a mis pies, la bolsa de basura, que la navaja Victorinox* acababa de agujerear. A mi espalda frenó una camioneta. De ella se apeó un hombre y cerró la portezuela violentamente. Parecía apresurado. Iba camino de las oficinas cuando me vio.

—*Do you want to go fishing, girl?*

—Ohh… —dije en un murmullo.

Titubeé. Sin embargo, estaba lista. No me fui con él, quería mi barco. Seguí esperándolo durante mucho tiempo. No llegaba. Al final me levanté y eché a andar hacia la ciudad.

Deambulo por la fiesta del cangrejo. El equipaje me estorba. Me como un muslo de pavo en la barbacoa de los guardacostas. Jóvenes madres de familia comen algodón de azúcar mientras los niños juegan en el polvo, tras los rollizos y rosados muslos de una adolescente que ríe estrepitosamente en brazos de un muchacho con espinillas. En el banco de enfrente hay un hombre muriéndose de calor. Acaba de terminarse una bandeja de *fish and chips*. Se enjuga la frente enrojecida, una mirada muy clara se desliza bajo los párpados a flor de cara. Sus ojos vagan por la fiesta, se demoran brevemente en el muslamen de la chiquilla y el pantalón corto demasiado ceñido, se apartan enseguida y se posan en mí. El hombre apura su cerveza y me sonríe.

—Qué, nos aburrimos, ¿verdad? —me pregunta con voz áspera.

—Sí —contesto—. Es una fiesta bonita pero aburridísima.

Entonces dejo mi equipaje en la oficina de taxis y vamos caminando hasta su barco. El hombre se parece al pescador de Seattle. Al igual que este, es jovial y bueno. Acaba de llegar de Togiak, donde ha estado pescando arenques. Unas melodías de música country salen de un viejo radiocasete. Nos tomamos una cerveza. El hombre corta una piña en pedacitos y tuesta unas palomitas de maíz. Con sus gruesas manos sigue el compás de unas canciones que le empañan los ojos de lágrimas.

—Esta es la más hermosa, escucha… «Mother ocean, oh mother ocean…»

Acompaña la letra con voz desafinada. Sus ojos son como los de un niño en un rostro escarlata.

—El océano es mi madre —dice—. Nací en él y moriré en él. Y en él volveré a ver el Valhalla* cuando me llegue la hora.

Llora un poco y se sorbe la nariz con los dedos… Depués abre dos cervezas más y me tiende una.

—Si he pescado mucho esta temporada es porque soy cuidadoso y paciente —me dice entre dos tragos de cerveza—, porque sé dónde se encuentran los caladeros. Quizá dentro de poco tenga mi propio barco, ya no bebo como antes.

Vuelve a poner «Mother Ocean», pero esta vez no intenta atajar las lágrimas. Paseo la mirada por el camarote: dos literas cubiertas con una colcha de *patchwork* guateada, la cafetera esmaltada descansando sobre la estufa, la rueda de madera barnizada, la brújula dentro del correspondiente estuche de cobre.

—Este barco también es bonito —le digo.

Sus anchos hombros se perfilan contra un cuadrado de cielo, contra el nácar anaranjado de un sol que pasa. Con esas nubes que avanzan en olas pesadas, se diría que está recubierto de espuma. Anochece. Las diez quizá. Los colores se vuelven más conmovedores. El sol no tardará en caer tras el monte Pillar. De buenas a primeras, siento deseos de marcharme y caminar bajo la luz antes de que esta se extinga. Apuro la cerveza de un trago. Tomo aire.

—Tengo que irme.

Lo lamenta un poco.

—Si necesitas un lugar cálido donde dormir —me señala una litera—, o si te ves en apuros, ven a verme. Y ten cuidado con la gente con la que te encuentras, aquí tenemos una gentuza de la peor calaña, todos los que han elegido «the Last Frontier» porque es tan salvaje como lo que tienen en la mollera. Me llamo Mattis, soy tu amigo, y tú, tú eres una *free spirit*.

«La *free spirit* es mi bicicleta», pienso.

—Gracias, muchas gracias —digo. Y vuelvo a mirar su cara

redonda y bondadosa, sus ojos, en cuyas comisuras se ha secado una lágrima—. Adiós, Mattis.

Cojo mi equipaje y echo a correr bajo el cielo. El sol ha desaparecido tras el monte Pillar. A lo lejos se percibe la fiesta del cangrejo. Una columna de humo gris asciende desde la caseta de los guardacostas, da vueltas sobre sí misma, gira hacia el mar y se disuelve entre los mástiles. La alegre muchedumbre sigue comiendo perritos calientes, pavo y cangrejo. Los muslos rosados de las chicas se han puesto rojos.

Solo, en un banco frente al puerto, hay un hombre bebiendo a morro de una botella. El pelo negro y lacio le cae sobre los hombros. Me sigue unos instantes con su mirada rasgada y frunce los ojos oscuros.

—¡Eh, ven a tomarte un trago! —me llama blandiendo la botella de aguardiente.

—¡Gracias —grito en medio del viento—, pero no me gusta el aguardiente!

Sigo hasta la tienda de artículos de caza. Navajas y armas en el escaparate. En unas fotografías clavadas con alfileres se alza un oso grizzly enorme, las fauces abiertas. Un día tendré un Winchester, eso por descontado. Llego a los soportales. Las puertas de los bares están abiertas de par en par. Entreveo a unos hombres acodados en la barra, una diana con dardos y billares rojos al fondo de los locales. Me llega una algarabía de voces, gritos, vasos entrechocando, la música… Paso deprisa, temo que me vean. Llego a la plaza ajardinada, un pequeño cuadrilátero entre el Breaker's y el Ship's con árboles y hierba y cuatro bancos dispuestos frente a frente. Hay varios indios sentados bebiendo vodka y una mujer de edad indefinida fumando un porro. Un hombre orondo, a su lado, me llama:

—¡Hey, tu cara me suena de algo! Trabajas con Jude, ¿no? Mi amigo Jude, el gran Jude... —dice recalcando la palabra «gran»—. ¿Qué diantres haces aquí? ¿No deberías estar en el *Rebel*? ¿Y esas bolsas? ¿Te has quedado en la calle o acabas de desembarcar?

—Me he hecho daño...

—No entiendo nada con ese condenado acento que tienes. ¡Anda, siéntate con nosotros!

Vacilo, se palmea los muslos obesos y se balancea obsequiándome con la sonrisa de su radiante rostro.

—¡No te vamos a hacer daño! —grita con una voz sonora—. ¿Acaso les tienes miedo a los *bums** de la plaza?

—No, qué va, miedo ninguno.

Tomo asiento. Me estrecha la mano con una palma enorme y cálida, ligeramente madorosa, tan honda y suave que no sé si lograré desasirme de ella.

—Me llamo Murphy. Murphy el gordo, así es como me llaman. Y esta es Susan. Esta noche está cansada, no creo que se haya fijado mucho en ti, pero en circunstancias normales es una mujer de bien.

—Yo me llamo Lili.

—Conque has dejado a mi amigo Jude en el mar, ¿eh? ¿Siempre estás así de roja? —Se ríe a la par que me pellizca una mejilla.

Me quito el esparadrapo y le enseño el pulgar tumefacto, la reciente incisión y los puntos de sutura negros teñidos de desinfectante.

—No me evacuaron del *Rebel* por una menudencia, pero ya se me ha curado. Volveré a zarpar con ellos en cuanto regresen a puerto.

—¡Oh, mierda! —exclama—. Pues parece que esta temporada lo tienes jodido...

Lo miro inquieta.

—¿Tú crees?

En el banco de al lado, un indio con el rostro atravesado de antiguas cicatrices se desploma lentamente hasta caer en mitad de un macizo de flores rojas y amarillas.

—Oh… —dice la mujercita.

Murphy el gordo me pasa uno de sus brazos rollizos por los hombros.

—Anda, ¿no te irás a poner a llorar? Claro que volverás a bordo del *Rebel*… Aunque no termines la temporada del bacalao con ellos, estoy seguro de que te cogerán para la pesca del fletán.

Me atrae hacia él con el brazo y me abraza cariñosamente. Me abandono contra su ancho pecho. La mujercita está a punto de dar con sus huesos en el suelo, la cabeza se le cae a un lado, sobre el hombre montaña. En el suelo, el indio ronca mientras sus compañeros se terminan la botella. Oímos un griterío procedente del Breaker's.

—No es nada —dice Murphy en voz baja—, algún rifirrafe. Debe de ser Chris, ha debido de esnifar más de la cuenta. Si hubiera compartido con los demás, le habría sentado mejor.

Regreso por la carretera que bordea el astillero. Los barcos aguardan sobre sus puntales. Por el horizonte pasa una trainera. Me llega el suave rumor de la resaca. En la playa unas olas irisadas por los últimos resplandores del día lamen los guijarros negros. Paso bajo el puente de la bahía de los Perros. El rugido ensordecedor de un truck se amplifica y disminuye sobre mi cabeza hasta extinguirse en la lejanía. Bordeo un descampado en el que se amontonan nasas y trasmallos viejos, dejo atrás la iglesia ortodoxa de madera blanca y su cúpula azul turquesa. En el muro de un edificio alto y desnudo, frente al Ejército de Salvación, en la playa, donde todavía pescan tres niños a esta hora, hay pintada una flamígera tormenta. Una camioneta se detiene. Es Steve, que se dirige a la ciudad.

—Voy a por un batido, sube, luego te llevo…

Subo a la camioneta. Arranca haciendo rechinar los neumáticos. Vuelvo la cara hacia la ventanilla abierta de par en par. Cierro los ojos. El viento que me despeina huele a algas. Steve acelera sonriendo. Me lo imagino en la gran pradera, cabalgando a cielo abierto. Pide unos batidos en el McAuto.

—Es como en una película —digo.

—Te invito —contesta muy serio.

Regresamos cuando empieza a oscurecer, el aire de la noche fría y los sorbos dulzones nos hacen tiritar. Nos quedamos callados. La camioneta blanca corre por la carretera entre las cortinas de árboles, que se abren a nuestro paso. Steve va dando volantazos para esquivar las rodadas, los neumáticos rechinan sobre la grava, un bache que le ha pasado desapercibido nos zarandea violentamente, me echo a reír. Me vuelvo hacia él. Una sonrisa tímida aflora a sus rasgos inexpresivos, parece encantado e incrédulo, tal vez sorprendido de haber provocado semejante alegría.

—Ven conmigo al bar —me pide.

Pero estoy cansada. Me deja en el local y se marcha solo. Vuelvo a encontrar el sillón rojo. El neón ilumina el taller desierto. Fuera, la noche. Límpida. Me miro la mano. Tal vez dentro de cinco días. Pero ¿dónde está el *Rebel*?

Steve me despertó. Me incorporé.

—¿Es tarde?

—Más bien temprano, sigue durmiendo.

Pero se sentó a los pies de mi cama. Al igual que la víspera, apoyó la frente entre sus manos y se quedó mirando la oscuridad. Salí del saco de dormir y cogí un cigarrillo que él me encendió. La llama le iluminaba el rostro triste.

—¿Te lo has pasado bien? —murmuré.

—Como siempre.

El viento silbaba bajo el techo. Steve cogió un cigarrillo.

—Así que ahora que te han quitado esa porquería te vas a marchar…

—Creo que lo tengo crudo —suspiré, y un arrebato de rabia y tristeza hizo que se me llenaran los ojos de lágrimas.

—Ya encontrarás otro barco… Andy te cogerá para el salmón. Igual hasta te da trabajo como *tender*,* eso sería un chollo, te pasarías todo el verano en el mar.

—No me interesan los chollos. Además, al final del invierno será demasiado tarde para ir a Point Barrow: no veré el sol de medianoche. El mar empezará a helarse. Y hará demasiado frío para dormir al raso.

—Mira que eres cabezota —dijo Steve riendo con tristeza—. A lo mejor quieres volver al *Rebel* por alguien. El patrón, o Dave.

—Qué va. Además, los dos están casados.

—Me quedaré solo. Como antes.

—No notarás mucho la diferencia, apenas hablábamos.

—Ya, pero estabas ahí. En el fondo, tú y yo nos parecemos un poco.

Baja la cabeza, suspira. Una ráfaga de viento más fuerte hace caer algo fuera. Pienso una vez más en el descampado, desolado bajo la luna, en los nubarrones que rompen en el cielo como olas silenciosas, la otra cara de un océano que en su caso retumba y ruge, en el viento, que ulula, y en ambos, que se adentran en la noche abierta, hasta el estrecho de Bering tal vez, o más lejos aún, y que no cesan nunca; pienso en los barcos a esta hora, sobre el terciopelo helado; en nosotros, encerrados entre estas paredes opacas como dos animales perdidos.

Gemí en sueños. Las pesadillas me aniquilaban. Steve roncaba suavemente. Salió a contemplar el amanecer sin que lo oyese. Luego vino alguien y se sentó en mi cama. Abrí los ojos y reconocí al tipo alto y flaco. Me incorporé de un brinco. «¡Eres tú!» Me lo eché encima, me aferré a él con todas mis fuerzas.

—¿Puedo marcharme con vosotros? ¿Me llevas al barco?

Pese a que se había lavado, olía a mar, a cebo e impermeable mojado, a jabón y loción de afeitar.

—Sí —dijo entre risas—, ven.

Enrollé el saco de dormir. En dos segundos estaba lista. Cogí el petate del suelo y nos fuimos. No se me pasó por la cabeza dejarle una nota a Steve, no me volví hacia el sillón rojo. Circulábamos en dirección al Safeway. Ian estaba locuaz, y a mí me era imposible seguir hablando, el corazón me palpitaba, temerosa aún de que me dejara en tierra si se le ocurría mirarme la mano.

Compramos magdalenas para los hombres y nos sentamos ante un café. Era muy temprano.

—Hemos llegado a las cuatro… He dejado a los chicos descargando. La pesca no ha estado mal. No hemos perdido material.

Reconocía en él al crío sobrexcitado.

—¿Y la mano? ¿Te la han curado bien? Llamaba al hospital de vez en cuando, me han tenido al tanto. Enséñamela…

Titubeé antes de tendérsela.

—Me han dicho que podía volver a irme.

—Ya… No tiene muy buena pinta.

—Basta con que tenga suficientes guantes secos y limpios.

Me quedé mirándole la cara, los rasgos apasionados y extenuados.

—Le he estado dando vueltas al asunto —dice—, tienes que regularizar tu situación. Los de Inmigración no te dejarán pasar una… Bueno, pero entretanto eso no impide que vengas con nosotros a pescar fletanes.

Respiré aliviada. El corazón me brincaba en el pecho. Estaba en un tris de echarme a llorar.

—¿Steve se ha portado bien contigo? —inquirió.

—Steve es un tío legal. Nos llevábamos bien.

Ian frunció el ceño, la boca se le endureció.

—Quiero decir que sí, que se ha portado bien conmigo. Y yo también.

Se le relajó el rostro.

—John se va del barco —siguió diciendo—, pero tendremos un observer durante este último viaje.

—Entonces, ¿volveré a dormir en el suelo?

—No —dijo sonriendo—, te has ganado una litera.

Sirvió más café de los termos para los dos.

—Sabes, en el *Venturous* había un observer que tenía nociones de medicina…

Pero no me oyó, ya se había levantado, y tuve que lanzarme en pos de las piernas largas y flacas.

—*Time to go* —anunció—, tenemos trabajo para rato.

Nos volvemos a marchar. El día amanece gris. Hay viento, siempre viento. El aire húmedo y frío nos fustiga la sangre. Vivo. El patrón aparca delante de un largo edificio ovoide, quizá un submarino antiguo con mamparos de metal y ojos de buey herrumbrosos que encalló ahí una noche demencial, un invierno de bruma y tormenta.

—¿De dónde ha salido? —pregunto.

Pero ya ha echado a andar hacia las oficinas.

—Espérame en el comedor... Ve a tomarte un café.

Chapoteo en los surcos de barro. Me he dejado las botas agujereadas en el truck y tengo los pies empapados. Echo la cabeza hacia atrás y noto la lluvia en el rostro, abro los labios para percibir su sabor. Una bandada de gaviotas vuela en círculos por encima de los edificios sucios, bajo un cielo encapotado. Me adelanta un grupo de filipinos. La risa de las mujeres se mezcla con el timbre melodioso de las voces. Abro la puerta del comedor. Desde el pasillo llega un olor a amoníaco. Los hombres permanecen callados unos segundos, y cruzo con torpeza el salón bajo el peso de las miradas. El resplandor del neón sobre los rostros oscuros me resulta triste. Sentada en la esquina de la máquina expendedora de tabaco, me sirvo un café del termo grande. Se reanudan las conversaciones. Espero al patrón... La sala se queda vacía. Me sirvo más café y entonces la puerta se abre repentinamente:

—Bueno, pajarito, ¿vienes o no?

Y echo a correr de nuevo. Mi café rebosa a uno y otro lado, me lo bebo de un tirón y me quemo. No sé qué hacer con el vaso de cartón, así que lo aplasto entre los dedos y me lo meto en el bolsillo. Un *clark* está a punto de arrollarme. Corro. Frente a nosotros, la dársena. El mástil del *Rebel*, los obenques, la antena Furuno,* que se perfila en la niebla.

—¡Os he traído de vuelta al pajarito! —grita el patrón.

Bajo los peldaños de hierro de cuatro en cuatro, a veces mis pies se agitan en el vacío, pero logro sujetarme con los brazos. Siento por fin la regala en la punta de los pies. Salto a bordo.

La boya del canal parpadea envuelta en la bruma. La ciudad se aleja en la distancia. El barco adquiere potencia. Ha anochecido. El patrón vocifera una orden. Jude contesta desde la proa con otro clamor ronco. Dave me lanza el largo de popa. Simon se ocupa del través. Despejo los palangres de la cubierta y los estibo a ambos lados. Adujo los cordajes y los aseguro con firmeza. Una vez pasamos la base de los guardacostas, el barco vira hacia alta mar. Conforme nos alejamos empieza a soplar viento.

Encarnamos hasta que se hace noche cerrada. Los hombres trabajan en silencio. Unas olas vienen a morir en cubierta.

—Te hemos echado de menos —dice Dave.

—¿Qué tal esas pequeñas vacaciones? —pregunta Simon.

Jude me pellizca la cintura cuando me agacho para recoger el pasador. John no ha vuelto a embarcar. «Ni siquiera lo notaremos», dicen los muchachos. Avanzada la noche, el patrón nos llama por fin. Entramos con las mejillas encendidas.

—¡Joder, huele que alimenta…! ¡Huele a comida para hombres! —exclama Ian al bajar del puente.

Le da un empellón a Simon delante de la cocina y se sirve un enorme plato de espaguetis y tres cucharones de una salsa en la que se cuecen a fuego lento gruesos dados de carne. Se sienta a la mesa, sigue negándose a ver a Simon, que aguarda de pie. Dave se apretuja contra mí, Simon se mete como puede en un extremo de la mesa.

—Te hemos echado de menos —repite Dave—. Creíamos que te habías embarcado en otro barco o que te había secuestrado un apuesto pescador...

Cesa la conversación. Devoramos.

—*Fuck!* —exclama Jesse de repente—. Hemos olvidado llenar los bidones de agua...

El rostro de Ian se ensombrece.

—Pues tendremos que apañárnoslas con la que queda —dice al punto, y su tono se vuelve cortante—: ¿Lo habéis entendido, chicos? No quiero que malgastéis una sola gota. Limpiaréis los platos y los vasos con servilletas y lavaréis los cazos con agua del mar. Y los dientes os los cepillaréis cuando regresemos a Kodiak. Reservaremos el agua para el café y la comida.

—He traído un bidón de agua esta mañana. Diez galones. Lo llené en el grifo de la dársena. Se supone que no es potable, pero una vez hervida nos dará para ir tirando —dice Dave.

El observer, recién llegado a bordo, un rubio de cara regordeta y sonrosada, lo mira sorprendido. No se atreve a decir nada y se encoge en un rincón.

—Lo importante es que nos hayamos acordado del gasóleo —digo con convicción mientras engullo un bocado enorme.

El patrón me lanza una mirada sombría. Agacho la cabeza sobre el plato.

Los hombres se han ido a dormir. Dave ha cogido el primer turno de guardia. Salgo a cubierta. Los cables se agitan al viento.

El mar rompe sobre cubierta. El olor del océano. Husmeo el aire como un caballo, hasta la embriaguez, con el cuerpo aterido de frío. El oleaje se halla dentro de mí. Vuelvo a encontrar la cadencia, el ritmo de los profundos embates que pasan del mar al barco, del barco a mí. Suben por mis piernas, se enrollan en mis riñones. El amor, tal vez. Ser el caballo y el jinete. Mañana mismo retomamos la pesca. Mañana mismo... Dentro de unas horas, los gritos, el miedo atenazándome el vientre, los palangres que descienden al agua a toda prisa, el ruido, el oleaje y la furia, como un remolino en el que este cuerpo tenso, mecánica de carne y sangre movida exclusivamente por el deseo de resistir, dejará de pertenecerse a sí mismo, con el corazón enloquecido, las salpicaduras glaciales, el rostro arañado por el viento, esperando la última ancla del palangre como una liberación. Y correrá la sangre de los peces. A esta hora, en algún lugar, los viejos trucks aguardan inmóviles, el barco azul se pudre sobre sus cuñas, sumidos en un sueño mineral, muertos ya, petrificados hasta el fondo del desolado terreno. Y Steve entre esas paredes dentro de otras paredes, la vida de Steve, que se cobija en medio de objetos dispares, entre un montón de ropa sucia, un televisor, el sillón rojo, un termo... ¿Habrá vuelto del bar, se habrá tropezado con las bolsas de basura? ¿Estará durmiendo?

Pero nosotros no. Nosotros, nunca jamás. Hemos dejado en tierra los perfiles fijos de este mundo. Y en medio de esa respiración que no cesa nunca, recuperaremos por fin el ardiente esplendor de nuestra vida. La boca del mundo se ha cerrado sobre nosotros. Y emplearemos todas nuestras energías hasta caer muertos quizá. Para nosotros, la voluptuosidad de la extenuación.

El patrón fantasea ante el mar. Sus ojos pálidos poseen el mismo brillo gris que este. Los larguísimos brazos le cuelgan sobre los muslos abiertos, y la boca, larga y dulce, una boca de mujer, quizá, se le entreabre. No me gusta sorprenderlo de ese modo. Me aclaro la garganta. Se vuelve hacia mí, se pasa los dedos por la altísima frente y esboza una sonrisa cansada.

—Esta vez tienes litera, ¿no?

—Sí, es la misma de antes.

—¿La misma de antes?

—Bueno, la que supuestamente era mía.

—¿Lo ves? —dice riendo—. Todo se arregla tarde o temprano... Ahora sí que harás las guardias de verdad como Dave y Jude. No somos bastantes para reservarlo solo a los de siempre. ¿Te parece bien?

—Ya lo creo.

—Me lo figuraba... Este será el último viaje que emprendamos para pescar bacalao. Necesitaremos una semana para prepararnos para la pesca del fletán. La veda se levanta el 25 y ya estamos a 7.

—Entonces ¿iré con vosotros?

—Por supuesto. Solo podremos pescar durante veinticuatro horas, pero veinticuatro horas sin parar. Tendremos que poner toda la carne en el asador. No desperdiciaremos un solo minuto descansando o en lo que sea. Puede resultar muy pero que muy rentable si encontramos esos peces... Y ya verás lo hermosos que son los fletanes. A veces grandísimos también. Pueden superar los doscientos kilos. No nos permiten pescar los que miden menos de un metro, tendremos que devolverlos al agua.

—¿Seré lo bastante fuerte?

—Para sacarlos del agua no, vamos, no lo creo. —Se ríe—. Pero, entre encarnar, adujar los palangres y destripar los pescados, habrá bastante que hacer, créeme, habrá curro para todos, bastante para caer rendidos de cansancio después de veinticuatro horas, no te preocupes...

Volvemos al trabajo, a un ritmo más elevado que nunca. El *Blue Beauty* «is kicking ass»,* para nosotros la temporada será mala. Hemos perdido demasiados palangres y la pesca milagrosa de los primeros tiempos no ha vuelto a producirse. Los bancos de bacalao negro se han ido a otra parte, y aunque no se pueda decir que la pesca sea escasa, no deja de ser regular. A menos que se produzca un milagro, nos quedaremos con un palmo de narices.

No obstante, el patrón nos despierta a gritos cada mañana. Tenemos que ponernos rápidamente los impermeables húmedos; yo, mis botas, que siguen empapadas. No hay tiempo para un café, el viento nos golpea, el cielo blanco nos deslumbra. Antes de que nos dé tiempo siquiera a percatarnos de ello, nos hallamos inmersos en el frío y la acción, pasamos de un sueño muy pesado a una duermevela ciega. Nos resulta muy trabajoso abrir las manos hinchadas, esos brazos y muñecas que es preciso despertar, obligar a cobrar vida. Los movimientos son mecánicos, no existe nada más importante que esa línea que sube, de la que hemos de estar pendientes para liberar de su presa. Pescar sin descanso.

Jude se traga un puñado de aspirinas cada mañana. A mí me toca por la noche, cuando me vuelve a subir la fiebre. El océano habita mis sueños. Estoy en medio del oleaje. Me doy la vuelta en la litera y la corriente cambia y debo seguirla. Me sacuden unos escalofríos, y lo que me agita es el viento, aferro una prenda de ropa húmeda hecha un rebujo sobre la litera y se transforma en un pez que se me escapa, forcejeo, grito: «¡Estoy dentro! ¡Estoy dentro!», y me revuelca una ola negra.

—Cierra el pico, Lili, solo es un sueño... —masculla uno de los hombres.

Los anzuelos desfilan. Se alzan en el aire en el momento de largar, entre un despliegue de aves pálidas y chillonas. La línea madre es nuestro hilo de Ariadna, nuestra única obsesión.

Pescamos. Las horas transcurren sin que siquiera seamos ya conscientes de ello. Lo único que importa son esas líneas que hay que encarnar, echar al mar, traer de nuevo a bordo... Esos peces que destripamos, el hielo que es preciso romper a golpe de pico, de rodillas en la bodega, mientras los bandazos nos hacen rodar por el agua babosa, contra la agitada masa de pescados que no hace más que dar vueltas.

El corte del pulgar ha cicatrizado. La articulación amoratada se aureola de naranja. Me he arrancado los puntos con los dientes. El tiempo está desapacible, el mar se burla de nosotros. Nos golpeamos en los mamparos cuando de pronto nos encontramos dentro del espacio cerrado del comedor.

En cubierta. Encarnamos las líneas. El tipo alto y flaco está en el puente. Jesse está trabajando con las máquinas, quizá. Reparto cafés y chocolatinas. Los hombres se quitan los guantes. Jude saca un cigarrillo. Simon coge un casete.

—¿Puedo?

—Claro... —contesta Jude con esa voz baja suya.

Enciende el cigarrillo, le hace toser y escupir. Se suena con dos dedos.

—Vas a terminar palmándola con esa mierda de tabaco —dice Dave alzando la cabeza.

—Ahora mismo lo único que me mata es imaginarme a una mujer y un pequeño chute de heroína —replica Jude encogiéndose de hombros.

—No cambiarás nunca —dice Dave riendo.

En el radiocasete vuelve a sonar Bob Seger con «Fire Inside», fuego en el interior.

—Y un buen chorrito de whisky con el café... no sentaría nada mal —sigue diciendo Jude.

—O un coñac —añade Simon.

—En mi caso sería un desayuno —digo.

—Esta solo piensa en comer —dice Dave entre risas—, pero es cierto que ya son casi las tres. Va siendo hora.

El observer tenía frío y ha entrado.

—Creo que él también está esperando el *breakfast* —murmura Simon.

Nos terminamos el café. Apago la colilla y vuelvo a ponerme los guantes.

—No queda carnada. ¿Quién va a por más?

—Voy yo.

Me meto detrás de Simon. Me agacho y hago girar el picaporte de metal y tiro del pesado panel de hierro.

—Podía haberte ayudado —dice Simon.

Me encojo de hombros y salto al agujero en el que almacenamos los calamares. El hielo picado ha formado una capa sólida y las cajas han quedado atrapadas en él. Llamo para que me alcancen un pico. Acuclillada en el suelo helado, mientras resbalo y caigo a un lado y a otro, me empeño en liberar las cajas de cartón heladas. Se me anquilosan los dedos. Duele. Se apodera de mí una alegría creciente, me entra la risa tonta, la embriaguez de las profundidades glaciales, tal vez. Levanto las cajas de cartón y las voy pasando con los brazos extendidos.

—¡Eh, Simon, que esto pesa!

—Ya voy, *sweetheart*...

Me aúpo a la salida de la bodega. Jude me tiende el brazo.

—Pero ¿qué te ha hecho tanta gracia en ese agujero negro?

Me río. Me quito los guantes y me soplo los dedos helados. En mi manga encuentro un pedazo de chocolate que se ha mojado. Ayudo a Simon a cortar los calamares.

Hemos subido tres sets seguidos. Dave ha bajado a congelar el pescado. Simon está ante los fogones. Jude y yo limpiamos la cubierta. Este se pone manos a la obra sin mediar palabra, con la capucha de la sudadera, cuyo cuello ha cortado con la navaja, puesta. Sigo sin atreverme a levantar la vista hacia él cuando estamos a bordo. Porque él es el pescador, para mí es el único. Jude lo sabe todo. Su fuerza no reside en el ancho de sus hombros ni en el tamaño de sus manos, sino en su voz, en el eco de su voz cuando esta se pierde en el oleaje y en el viento, él de pie, con los orificios de la nariz ensanchados, a solas con el mar, único siempre por esa manera que tiene de mirar el cielo, de escrutar las aguas como si leyera algo en ellas, o nada, tal vez solo un vasto desierto que se extiende sin fin entre los relinchos de las gaviotas que se elevan en ráfagas como caballos de viento.

Por fin almorzamos. Son las doce de la noche pasadas. Entro. Simon está terminando de colocar los platos encima de la mesa. El arroz espera sobre el fogón. Las salchichas y la lata de judías

pintas se están calentando, firmemente fijadas a las barras perime-
trales. Jesse sube a la *wheelhouse*, un plato en una mano y una
Coca-Cola en la otra. Ian ya está sentado ante la mesa. Jude está
terminando de fumar un cigarrillo en cubierta. Dave va delante
de mí. Nos limpiamos las manos en el pantalón de chándal sucio
y deforme, manchado de agua rojiza. Nos servimos directamente
del caldero y nos sentamos a la mesa.

—¡Cierra la dichosa puerta, quieres, se nos van a congelar las
pelotas! —le grita el patrón a Jude, que se demora escupiendo por
la puerta entreabierta.

Jude la cierra sin decir una palabra, esbozando una sonrisa
azorada. Baja la mirada. El hombre león siempre se achica entre
los mamparos, como si perdiera confianza bajo el neón que le
aplasta los rasgos, más quemados por el alcohol que por el viento
de alta mar. Y aunque me sienta amedrentada por él en cubierta,
le temo mucho más cuando se convierte en este hombre herido.

Comemos en silencio. El tipo alto y flaco parece estar al borde
de un ataque de nervios. Tras zamparse la mitad del plato, lo empuja asqueado.

—Deberías variar tus menús —le dice a Simon con voz hosca.

Dave hace un comentario que solo Jude oye. Se echan a reír.
Simon agacha la cabeza sobre el plato de arroz.

—A mí me parece que está riquísimo.

—Esta come lo que le echen. Por cierto, hace tiempo que no
te veo tragarte esa bazofia de tripas de pescado.

—Yo la he visto hacerlo hace un rato —dice Jude lanzándome
una mirada que me sepulta bajo tierra.

Ian nos mira irritado y se levanta sin pronunciar una palabra.
Desaparece en el retrete. Los hombres se levantan a su vez. Dave

estira su corpachón de atleta, Simon sale a fumar y Jude se mete en el camarote. Me pongo a lavar los platos.

Jude reaparece abrazándose a sí mismo. «Tengo frío», murmura. Se pone en cuclillas a unos centímetros de mí, con la espalda apoyada contra la rejilla por la que sale el aire caliente de la sala de máquinas. Dave toma asiento de nuevo y se bebe un café. El patrón tarda mucho. Bajo los ojos. El hombre león ya no es más que Jude, acurrucado contra sí mismo, con un viejo jersey de lana azul, deforme y descolorido.

—Llevas un jersey muy bonito —le digo.

—Me lo hizo una amiga hace mucho…

Su mirada ya no me resulta aterradora, sino dulce y casi tímida. Apunta una sonrisa. A mí, el gran marinero me está sonriendo a mí… Creo que a esta hora ya no le apetece ser un hombre legendario, que está cansado, tiene las manos doloridas, frío, y no quiere whisky, ni mujeres ni heroína, tan solo engurruñarse contra el aliento cálido que se desprende del mamparo.

El patrón sale del retrete. Reparte los turnos de guardia. Vamos desapareciendo uno a uno en el camarote. Dentro el aire está caliente y viciado. Envueltos en el saco de dormir y en la muralla de pingos sucios, húmedos aún, nos hundimos en la litera con la cabeza y los brazos echados hacia atrás en la oscuridad y el cuerpo estirado. Y como hemos tensado, sometido, forzado, herido este cuerpo, lo relajamos al fin en medio del ruido de los motores y el interminable balanceo de la marejada. Y del mismo modo que nos hemos entregado al esfuerzo, nos abandonamos al sueño. Me duermo con la mirada vuelta hacia Jude. Adivino la forma dormida que de vez en cuando sacude un acceso de tos, esa que, de entre todas, alberga los ojos amarillos, el pecho en el que se gestan esas extrañas pulsiones, el aliento entretejido de alcohol y de viento. La noche me oculta su rostro. El rostro quemado que he dejado de temer. Nadie puede adivinar mi mirada en la oscuridad. El oleaje me acuna y me balanceo en él. Si el tipo alto y flaco lo quiere, navegaremos siempre así por el océano negro, el mar de Bering. Entregaré todas mis fuerzas hasta morir con respecto a mi anterior vida, o hasta morir simplemente; el desgaste y el agotamiento me pulirán hasta el cristal, dejando tan solo el mar en mí, por debajo de mí, a mi alrededor, y al hombre león de carne y sangre que desafía al océano, firme en cubierta, con el viento agitándole la melena sucia al tiempo que hace crujir los obenques, y el lamento enloquecido de las gaviotas que revolotean, descienden en espiral y se zambullen, un tormento ronco que el viento infla y luego ahoga.

—Te toca… Eres la afortunada…

Dave me despierta sacudiéndome con suavidad.

—Sí… —Me incorporo de inmediato—. Soy yo la afortunada, soy la afortunada —murmuro en una duermevela.

—El siguiente es Simon —me dice antes de subir a la litera.

—Sí. Sí…

Tropiezo con el montón de ropa, calcetines, botas. No me molesto siquiera en calzarme las mías. Lo cierto es que están empapadas. Me encamino hacia el puente como una autómata, me doy en los mamparos. Tengo que apresurarme. Estoy aún medio dormida. Me espabilo ante las pantallas. Un punto luminoso señala la presencia de un barco a lo lejos, por detrás de nosotros. La noche es oscura. A las tres el cielo empezará a palidecer. Para Simon, los clarores del alba, la franja roja sobre el horizonte, que se avivará hasta volverse fuego y luego anaranjada... Me restriego la cara, me pellizco los párpados, que se me cierran de nuevo. La presión de mis dedos disminuye. Me levanto. Apoyada en la mesa de derrota, observo cómo la roda rompe el oleaje, que estalla siempre contra el ancla chorreante. La extensión flexible y movediza no tiene principio ni fin. Tal vez estemos avanzando por el espacio, por el terciopelo negro de la noche... El cielo y el mar están unidos, unidos y quizá invertidos, es para confundirme más, y acaso la espuma que centellea en los costados del barco sea la Vía Láctea... Pero vuelvo a quedarme dormida. Me froto los ojos y me balanceo de un pie a otro. Cojo una carta náutica de detrás de la butaca. Cae una revista. Me agacho para recogerla: en el suelo del puente hay una chica tumbada con las piernas abiertas. Anda, una amiga para los que están de guardia. Vuelvo a colocar respetuosamente la revista en su sitio y guardo la carta. El observer duerme como un bebé en la esquina de la escalerilla. En la pantalla del radar, el punto luminoso se ha alejado, la costa es apenas visible.

Bajo a la sala de máquinas. Al abrir la puerta oigo un ruido ensordecedor. El motor auxiliar también está en marcha. No hay agua en el fondo de la cala. Cojo la jeringa para engrasar. Me han dicho tres veces. Le echo cinco buenas dosis a la bomba de engrase del eje. Al subir echo un vistazo por la cubierta. Nada se ha movido, los cajones están bien estibados. Me sirvo un café demasiado claro, si bien amargo, y extiendo el brazo para coger una chocolatina del cajón. Regreso al puente. Me encuentro mejor, el viento helado me ha sentado bien. El observer se ha dado la vuelta en sueños. Ahora solo le veo la espalda, una mata de pelo rubio y un pie que sobresale por debajo del saco de dormir. Me acomodo en la profunda butaca, demasiado cómoda para ser una

butaca de guardia. Compruebo los radares. Oscuridad absoluta.
No hay nada salvo ese punto central, nosotros, y una especie de
manchitas que en ocasiones parpadean. Me tomo un sorbo de café
ardiendo, le doy un mordisco al chocolate. Los hombres duermen,
el barco avanza, el mundo entero puede dormir: estoy de guardia. ¿En Kodiak también estarán todos durmiendo? ¿Todavía
habrá algún bar abierto? Hombres que se tambalean voceando
sobre las barras, ancianas indias que los miran con expresión
distante, cabeceando, un cigarrillo en la mano arrugada que se
llevan a los labios con un gesto refinado y lento, tal vez borrachas, oscilando suavemente por encima de la barra de madera...
En Point Barrow aún no ha anochecido. El sol se ha elevado en
el cielo mucho antes de que llegase a tocar el horizonte. En Francia es de día. Desde aquí puedo amarlos sin temor. Les hablo, tan
bajito que ni siquiera el observer puede oírme, aunque, por otro
lado, está dormido. El barco surca el océano negro. El horizonte
no tarda en clarear, y atisbo un trazo de sangre que se expande, le
toca a Simon...

—*Time to pull the gear, guys!* ¡Es hora de subir los aparejos,
chicos! Venga, moved el culo...

Soy la primera en salir. El patrón ya está en su puesto con la
mano en la palanca de los morses exteriores. Los chicos se ponen
el impermeable. Me coloco en el sitio de Jude, contra la amurada,
a la derecha del patrón. La boya y la baliza se aproximan, esta vez
seré yo quien las atrape. Inclinada sobre el impetuoso oleaje, sos-
teniendo el bichero con el brazo extendido, voy a enganchar el
orinque sin titubear. Me acerco cuanto puedo. Abajo, los golpes
de mar rompen en el casco furiosamente, estallando en la carena

de acero con un ruido sordo. El patrón nos guía hacia la boya. Me asomo un poco más. Si Jude no llega, tendré que coger el bichero realmente. Una bofetada glacial me golpea en plena cara. Durante un momento me quedo sin respiración, el rostro chorreante.

—¡Ahueca el ala, Lili! Este no es tu puesto…

El tipo alto y flaco se ha dado la vuelta hacia mí. Llega Jude. Veo que hace ademán de empujarme y me aparto a toda prisa. Todos se echan a reír.

—Ahora estás mojada, la has hecho buena… —dice Dave.

—No pasa nada…

Y vuelvo a ocupar mi puesto, contra la mesa de limpieza. Desearía tener el de Jude, junto al oleaje.

El viento afloja. El cielo se abre y aparece un sol tenue. Jesse es el primero que avista el chorro que se alza en la bruma. Interrumpe su trabajo y extiende el brazo. El patrón para el motor hidráulico. Todos tendremos tiempo de admirar la forma oscura que no acaba de salir del agua, con la mitad del cuerpo elevándose como a cámara lenta, con una majestuosidad y una gracia infinitas. En los ojos de los hombres, ese embeleso que siempre se refleja cuando se cruzan con la reina de los mares.

—Joder, es una preciosidad… —dice Ian con expresión soñadora antes de volver a poner los motores en marcha.

Luego avistamos una nutria marina que flota sobre su espalda, sujetando entre las patas delanteras un pescado que se come con expresión divertida. Dave me tira de la manga, suelto una carcajada. Sin dejar lo que está haciendo, la nutria nos dirige una mirada vivaz.

—¡Mirad, la muy puñetera se está zampando nuestro pescado! —grita el patrón.

De repente unas aletas negras hienden la superficie del agua: una pareja de orcas. La nutria se zambulle. En el cielo aborregado ya no quedan más que un cormorán solitario que nos observa de lejos y una estela quejumbrosa de gaviotas.

Durante ese tiempo, el observer calcula, sopesa, mide las capturas. Bacalaos oscuros con reflejos tornasolados, pescados de roca, negros y verdes irisados de oro, rojos con ojos saltones, fletanes jóvenes que tenemos que devolver al agua pese a que estén muertos. Desde que hemos abandonado Kodiak compartimos con él nuestra vida en silencio. Apenas si nos acordamos de su existencia. A veces, por la noche, cuando pasamos por encima de su cuerpo dormido en el suelo del puente, reparamos en él.

—Se duerme bastante bien aquí, ¿verdad? —le pregunto un día mientras se incorpora.

Esgrime una débil sonrisa. Es muy tímido.

—Pues sí —contesta.

—Antes era mi sitio —le digo con orgullo.

Simon ha adelgazado, se ha hecho más fuerte. La mirada se le ha endurecido. Los hombres lo tratan casi como a un igual. Pero la mayoría de las veces parecen ajenos a su presencia. Si hubiese aprendido a maldecir, a escupir, a sonarse con los dedos, quizá todo sería diferente. Se aferra a su lenguaje de estudiante ocultando su fracaso tras frases hechas. Jude enarca una ceja sorprendido, Dave sonríe para sí, Jesse lo ignora por completo. Él vuelve a perder su aplomo. Entonces yo le contesto, pero aspira al reconocimiento de los hombres, no al de un *greenhorn*,* mujer para colmo, así que ahora le toca a él manifestarme esa indiferencia teñida de desprecio. Entre nosotros dos, recelo. Defendemos nuestro

puesto a bordo. No me siento más orgullosa que él cuando estallan los primeros gritos. Y los gritos no paran en cuanto se reanuda la pesca. El miedo le hace actuar con diligencia servil. Pero yo
no lo llevo mucho mejor.

—¿Por qué estás aquí? —le pregunto una noche.

Hemos terminado temprano. Son las dos. El mar está en calma. Nos fumamos un último cigarrillo. Las ojeras moradas le
confieren una mirada febril, marcándole aún más el rostro demacrado y crispado por el frío. Apoyado en los talones, se lleva el
cigarrillo a los labios y tirita un poco. Mira el agua.

—Quería estar en el mar. Estaba ingresado en el hospital, un
accidente de coche, lo típico, un sábado por la noche al volver de
marcha, habíamos bebido bastante… La idea me vino de sopetón.
La de querer marcharme a Alaska, «the Last Frontier…» Y hacerme al mar. Dejarlo todo. Esa vida tediosa —sonríe en la oscuridad—; aun así, volví a la universidad. Nadie habría comprendido
que me largase de la noche a la mañana. Debía, y sigo debiendo,
bastante dinero por culpa del accidente, así que dije que me iría a
trabajar a Alaska durante las vacaciones.

—Pues de esta no te vas a forrar.

Pone cara de decepción, y una vena que le late en la comisura
del ojo le hace parpadear un momento.

—No, pero lo importante era hacerlo, venir hasta aquí solo y
encontrar un barco en el que embarcar.

Lo miro sorprendida.

—¿Y te gusta?

—Uy, ya lo creo que sí —contesta.

—Y eso que no se puede decir que los hombres sean demasiado cariñosos contigo. El patrón no para de echarte la bronca.

Se encoge de hombros.

—¿Acaso crees que contigo lo son más? Al principio me sorprendió que le dieran el curro a una chica que nunca había hecho esto y que acababa de llegar directamente de su pueblo, que ni siquiera tenía papeles. Llegué a pensar que Ian tenía probablemente otras razones para contratarte... Y te puedo asegurar que no era el único.

Me pongo colorada de rabia y vergüenza en la oscuridad.

—¿Y ahora estás convencido?

—Sí. Me pareció justo que durmieras en el suelo desde la primera noche.

—Pero ¡si no era justo! —me indigno—. Según la ley de los barcos, el primero que llega, elige. Empecé a currar tres semanas antes que tú, Jude y Dave. No tuve ni un solo día de descanso y sin cobrar un centavo, como es natural. Llegué a bordo antes que todos vosotros, salvo Ian y Jesús. ¡Tenía derecho a una litera!

—No te mosquees —me dice—. A lo mejor nos tratan así aposta, para ver de qué somos capaces. Si al final has tenido hasta suerte con eso de la infección. Ahora parece que te respetan más.

—No me quejé. No dije nada. Fue Jude quien...

—Sí, ya, Jude el grandullón, que va y se lo dice al patrón, que le pide que parase a la pequeña porque ella no quería decirlo... Habríamos podido acabar con la mierda hasta el cuello por tu culpa.

—Si lo hubiese dicho antes, habríais pensado que me comportaba como una cría, que me quejaba por el simple hecho de ser mujer.

—Sí, ya —dice—. De todos modos un barco no es lugar para una mujer. Te jodes las manos, la piel, te agotas, los hombres fantasean contigo.

—¿Con mi trasero quieres decir? Si vosotros podéis agotaros y destrozaros las manos no sé por qué yo no sería capaz de hacerlo.

—¿No tienes marido?

—No.

—Pues aquí encontrarás uno en menos de lo que canta un gallo.

—No he hecho este viaje para acabar en una piltra.

—No sé qué tiene de malo —murmura.

Hace rato que nuestros respectivos cigarrillos se han consumido. El frío es cada vez más intenso. Nos quedamos callados. El mar nos rodea, nos envuelve prácticamente. Una media luna ha quedado atrapada entre los obenques. La puerta del comedor se abre con estrépito. Ian escruta la oscuridad.

—¡Eh, Simon, joder! Pero ¿qué coño haces? ¿Estás mirando a las musarañas? ¿No creerás que voy a hacer la jodida guardia por ti?

—Creo que tengo que irme —me dice.

—Dime, Ian, ¿es cierto que una mujer no pinta nada a bordo?

—¿Quién te ha dicho semejante gilipollez?

—Simon… Bueno, estábamos hablando la otra noche. Surgió durante la conversación.

El tipo alto y flaco niega con la cabeza.

—La próxima vez escucha la opinión de un pescador de verdad, no la de un mocoso que nunca ha salido de la escuela.

—Una mujer me paró cuando estaba haciendo autoestop en Kodiak. Era patrona de barco y me dijo que yo era capaz de hacer de todo.

—Las mujeres son infatigables. A menudo, a veces, son más pacientes que los hombres. A los hombres lo que les gusta es matarse a trabajar enseguida, disfrutan empleándose a fondo, les gusta trabajar como bestias, cuanto más difícil, más dura se les pone.

—Dave y Jude no son bestias —protesto—. Y a mí también me gusta el esfuerzo.

—No es lo que estaba tratando de decir. —Se ríe—. Una mujer que pesca se cansará tanto como un hombre, pero tendrá que encontrar otra manera de hacer lo que los hombres hacen gracias a la fuerza de sus bíceps sin pararse a pensar necesariamente; enfocarlo de otra manera, utilizar más el cerebro. Cuando el hombre esté baldado, ella aún será capaz de aguantar durante mucho tiempo y, sobre todo, de pensar. No le queda otro remedio. Y te aseguro que he visto a mujeres así de menudas llevar una tripulación de tipos duros y pescadores de cangrejos, y con mano dura. Nadie se atrevía a rechistar. En primer lugar porque eran buenas, la rehostia de buenas, y hay que ver lo mucho que se las respetaba. Menudas capturas traían… Los hombres se habrían dado de tortas por incorporarse a barcos como esos.

—Entonces, ¿por qué los hay que están en contra?

—Los hombres que no las quieren a bordo, y me refiero a los hombres de verdad, y no a los críos como Simon, que lo único que hacen es repetir sin tener ni pajolera idea, es quizá porque temen que les arrebaten el barco, que se adueñen de él, que quieran revolucionarlo todo, meter orden, el suyo, y darnos el coñazo.

—¿El coñazo?

—Pues sí, siempre con esas historias de poder, sus mosqueos, sus rencores, los ajustes de cuentas con la raza de los tíos, todas esas tonterías que no tienen cabida a bordo. ¿Te imaginas el follón que se montaría si en plena faena te reprochasen, mientras subes un palangre, por ejemplo, que eres un machista asqueroso por haber pegado algún bufido…? ¿Y los líos de faldas si empezase a haber tantas mujeres como hombres? Las relaciones sexuales no pintan nada a bordo. Eso se deja para antes o para después. En tu caso, eres la única, y todos te respetamos. En el *Blue Beauty* son dos. Encima son de las buenas… Figúrate si lo son que Andy las ha escogido a ellas en lugar de a tíos…

Me mordisqueo los padrastros nerviosamente.

—No te lleves los dedos a la boca, los tienes sucios. Tampoco pongas esa cara. Estoy generalizando. Los hombres de lo que tienen miedo es de las tocapelotas. Las que quieren gobernarnos a todos con el pretexto de que se las han hecho pasar canutas durante siglos. A esas les dejamos la casa y ellas que nos dejen los barcos. Pero en cuanto a las demás, a las que les gusta pescar, que se adaptan a la vida a bordo y están dispuestas a demostrar lo que valen como un simple greenhorn, no hay ningún inconveniente. Siempre les resultará más difícil que a un hombre porque tendrán que demostrar mucho más. —Bosteza largamente—. Me haces hablar, Lili, como si fuese el momento o el lugar oportuno después de semejante día.

—Entonces, ¿a nadie le fastidia que esté aquí?

—Y si les fastidiase, ya te encargarías tú de mandarlos a la mierda. Haz tu trabajo, hazlo bien, y aprende a dar voces como ellos. Hasta que aprendas a mandarlos al carajo seguirán pisoteándote… Es más, si les jorobases te lo dejarían claro. No se han cortado un pelo para quitarte la litera. Y tampoco se andan con chiquitas a la hora de cantarte las cuarenta cuando no haces las cosas como ellos quieren.

—¿Meto mucho la pata?

Suspira y se echa a reír.

—Ahora la que me está dando el coñazo eres tú, Lili. ¿Qué te parece si vas a buscarme un café?

—Esta noche fondearemos… Solo tienes que vigilar que el ancla no nos haga garrar. Échale un vistazo al Loran* de vez en cuando. He marcado en él la posición. La cadena del ancla debe permanecer en un ángulo de aproximadamente cuarenta y cinco grados. No te fíes del agua, la marea es fuerte, si te fijas en las olas siempre tendrás la impresión de ir a la deriva. Fíate más bien de la costa, pero sobre todo de las pantallas, porque corremos el riesgo de bornear. No debería haber ningún problema, el fondo es bastante rocoso y estamos bien sujetos… Venga, diviértete, el siguiente es Simon. Al menor percance…

—Sí, ya sé, te despierto a ti o a Ian o a Jesse.

Heme aquí, sola de nuevo en la inmensa oscuridad de la noche. El barco tira de la cadena como un animal de su cabestro, pero el ancla está bien sujeta. El motor funciona al ralentí. Las olas se deslizan al encuentro de la roda. Pienso en los bacalaos que hemos matado hoy. Qué agradable ser un pez a esta hora, desnudo en el oleaje, envuelto por la marea que avanza. El observer lanza un extraño gemido en sueños, un gañido breve. Se sobresalta. No, duerme de nuevo. Miro a la derecha; la costa ha desaparecido. Por un momento me dejo llevar por el pánico. El agua corre demasiado deprisa a nuestro alrededor. ¿Se habrá soltado el barco? Bajo la mirada hacia el Loran, no nos hemos movido. Vuelvo la cabeza, la costa está ahora a la izquierda. Respiro aliviada; solo hemos girado alrededor de nuestro propio eje.

Mis ojos vagan por el suelo. Veo una brazolada y me agacho para recogerla. Hay un armarito frente a mí. Lo abro, desborda de viejos pares de guantes. Los empujo hacia dentro. Noto algo duro bajo los dedos. Una petaca llena hasta la mitad, Canadian Whisky. Vuelvo a sepultarla bajo los guantes. Jude. Pienso en el trago que se toma cada noche frente al mar, quizá con ese café suyo tan malo... Tan solo un chorrito del elixir ambarino. Veo cómo el horizonte se ilumina. Entonces me da por pensar en los grillos... El verano en Francia. En algún punto de Francia ya es verano, el aroma a tierra abrasada por el sol diurno, el murmullo de un río, sus márgenes plagadas de zarzas y hierbas secas... En verano solía dormir a la vera de un río oyendo el suave chirrido de los grillos en la noche tibia.

Los ojos abiertos de par en par en la oscuridad. El ruido del motor en sordina. La respiración de los hombres. Vuelvo la cabeza hacia Jude. Duerme, se rebulle en la litera. La luz macilenta del pasillo se desliza por su rostro. Su mano entre los recios muslos. Debe de estar soñando con mujeres y heroína. Y con whisky.

El patrón vuelve a soñar despierto frente al mar. Sostiene que la personalidad de cada cual se revela una vez a bordo. «Qué triste debe de estar», pienso al mirarlo. Se da la vuelta.

—¿Qué tal, Lili, demasiado dura la temporada?

—No, qué va.

—Sabía que te gustaría —dice sonriendo—. He visto desfilar a suficientes greenhorns para reconocer a los que le cogerán el gusto a esto.

—¿Me defiendo bien?

—Claro…

—¿Vas a salir a faenar al mar de Bering?

—A lo mejor. Primero tengo que ir a Oklahoma a ver a mis hijos. Y a mi mujer.

—No los ves muy a menudo.

—No mucho. Pero pasé el invierno con ellos. Están creciendo. Son guapos.

—Tu mujer debe de extrañarte.

—Tal vez —dice con una sonrisa triste—. Se las hice pasar moradas cuando hacía el imbécil y llegaba todas las noches a casa ciego de alcohol.

—Pero has dejado de beber. Y hasta estás guapo.

Se le ilumina el semblante un momento. Sonríe abochornado.

—Si tú lo dices…

Me acerco al cristal y contemplo el mar.

—¿Me llevarás contigo si haces la temporada este invierno? Trabajaré lo mejor que pueda. Lo daré todo.

Me vuelvo. Su mirada vacila. Baja los ojos.

—Ese dichoso acento que tienes… me turba. Por supuesto que te llevaré conmigo.

—¿Seremos muchos a bordo?

—Como ahora. Seis o siete.

—¿Contratarás a los mismos?

—Lo más probable es que Jesse venga. Dave se incorporará a otro barco. Simon retomará los estudios, en realidad no lo quiero a bordo. A Jude sí, si sigue estando de acuerdo.

—Me alegraría que viniera. Me gustaría volver a pescar contigo y con Jude.

Frunce el entrecejo.

—¿Por qué Jude?

—Trabaja como un león. Y bien. Nunca dice nada, no se mete con nadie. Cuando terminamos de trabajar se va a dormir. Y cuando trabajamos en cubierta y va a buscarse un café, siempre nos trae uno.

—Sí, Jude es especial. Sin él y Dave…

—Está claro que los greenhorns no te habrían llenado la bodega.

—Vamos, habéis hecho un buen trabajo. Pero si quieres continuar pescando no puedes seguir sin papeles. Tarde o temprano los de Inmigración te pillarán.

—Sí, pero ¿qué puedo hacer?

—Casarte.

—No quiero tener marido.

Regresamos. Por fin podremos ducharnos. Y cepillarnos los dientes. Dave sonríe al pensar en su novia.

—Y si la pesca es buena, a lo mejor nos vamos unos días a Hawái tras el cierre de la veda del fletán…

—¿Entiendes? —dice mirándome con expresión de apuro—. No es que la playa y toda la pesca sea lo mío, pero ella se aburre un poco en Kodiak y hace tanto que sueña con ir a Hawái…

Jude sueña con los bares, con la borrachera de whisky que se cogerá cuando lleguemos y en los días sucesivos. Simon no dice nada. Tal vez sueñe con una cerveza escandinava. Jesse no hace sino hablar de la gigantesca pizza que pedirá en cuanto el *Rebel* toque el muelle. «Su-cu-lenta —repite entusiasmado—, una suculenta pizza y un paquete de cervezas.» El patrón parece preocupado. Lo único que dice es que está ansioso por llamar a Oklahoma.

—¿Y tú Lili? ¿Sueñas con helado o con palomitas de maíz?

A mí también me apetece emborracharme, ir a pintar la ciudad de un rojo carmesí, con o sin Wolf, y probar por fin los white russians de los que tanto me ha hablado Jason.

La última mañana Ian nos despierta al amanecer. Pensar en el regreso no lo ha puesto de mejor humor.

—¡Venga, levantaos! —grita—. ¿Acaso os creéis que ya estáis de vacaciones?

Nos ponemos en pie enseguida. Nos ponemos el pantalón de chándal por encima de los *long johns*,* los calcetines, las botas. La aspirina cotidiana al pasar junto al botiquín. Jude me alarga el frasco sin mediar palabra. Yo bajo la mirada y me hago a un lado. Pasa como si no me viera. Ian sigue vociferando en el comedor. Sus rasgos parecen marcados a punta de navaja.

—¡Moved el trasero, chicos! ¡Hay que sacarle brillo al barco, tiene que quedar como los chorros del oro antes de que lleguemos a puerto! No vamos a dejar que nos vean con esta facha... Tú, Simon, encárgate del comedor. Frota el fogón con un estropajo de acero, que brille como si fuera nuevo. Ponle un poco de aceite. Lo mismo con el suelo. Dave, tú, los mamparos. Lávalos, pon aceite de linaza en los paneles de madera. El frigorífico con lejía. Quitad vuestros trastos del banco y de detrás de las balanceras de los estantes. La escalerilla del puente, con estropajo de acero también, el retrete, impecable... Tú, Jude, ocúpate de la cubierta con Lili. Frotad con cepillo. Todo. Que no quede nada tirado por ahí, ni el más mínimo pedacito de calamar o tripa, nada de anzuelos ni de brazoladas. Buscad las tripas de pescado en todos y cada uno de los rincones. El barco debe quedar como nuevo. Vamos a dejarlos boquiabiertos cuando lleguemos.

Jude asiente con la cabeza: «Por supuesto...». Sale. Lo sigo. Lluvia fina y prieta. Nos envuelve la bruma. Un frío húmedo me cala hasta el corazón. Hace un tiempo como para morirse de tristeza, es el final de una temporada, el día de regreso, cuando todo muere tras la fiesta. Nos ponemos el impermeable. Jude coge un cepillo y me lanza otro. El agua helada llega a bordo cuando pone la bomba en marcha. Tardo en hacerme a un lado y el potente chorro me moja las botas. Me entran ganas de llorar. Tengo los pies empapados. No hemos podido tomarnos un café. Estoy sola en cubierta con un Jude furioso. Esta noche volvemos a puerto.

Jude llena un cubo de agua y cloro y empieza a frotar el toldo.

Hago lo propio a una distancia prudente. Hay vísceras, sangre reseca y carnada vieja pegadas por todas partes, y nos vemos obligados a restregar durante largo rato hasta que logramos retirarlo todo. En la parte posterior de la cubierta es peor: en la canaleta y en los espacios más recónditos encuentro jirones de carne blancuzca, pedacitos de calamar podrido. Jude trabaja deprisa. Cepilla sin flaquear. Persevero tenazmente sin dejar de morderme el labio. Todo esto acabará algún día. Por lo menos ya no siento frío. Se detiene. Yo continúo con el entrecejo fruncido. Temo que me desprecie si yo también me detengo.

—Tómate un descanso, ¿quieres un cigarrillo? —dice con su voz baja y lenta.

Levanto la vista, vacilo.

—Sí —balbuceo al cabo—, bueno, por favor.

Me pasa el paquete de tabaco y recobro el aliento. Las mejillas me arden. Me tiende el mechero.

—Enciéndetelo tú, hay viento.

—Vale. Gracias.

—De nada… —contesta con una sonrisa divertida—. Estás roja… Rara vez he visto algo parecido.

—Sí, lo sé —respondo con voz sofocada.

Cojo el cepillo de nuevo.

—Bueno, pues sigo.

Escupe y se suena la nariz. Cepillo en ristre, me ocupo del puente. Jude enjuaga la cubierta a manguerazos. Las gotas heladas me queman la cara. Tengo retortijones. Me arden la nuca y los hombros. Pienso en el patrón, que se está tomando un café sentado lánguidamente en su butaca de capitán. Pues bien, esta noche pienso tomarme un par de cervezas.

—Ya está —dice Jude al fin—. Vamos a ver cómo lo llevan los demás. A lo mejor es la hora del café.

La tierra se aproxima. Estamos en cubierta, sucios y felices, con una taza de café en las manos. Me siento flaca, con el estómago vacío, el vientre hueco. Miro la cubierta, estoy orgullosa de nosotros.

—¡Lili! —me llama Dave—. Hay alguien que pregunta por ti...

Adujo un cordaje. El *Rebel* está amarrado en la dársena. Me vuelvo. En el muelle hay plantado un chico rubio y delgado, diminuto entre los contenedores de plástico blancos y la grúa naranja. El viento le agita los mechones rojizos. Jason. Se enteró por la fábrica de que volvíamos esta noche. Ha venido a esperarme para que vayamos a tomarnos unos white russians.

—Tengo trabajo... ¡Más tarde! —grito desde cubierta.

—¿En el Tony's?

—¡Sí, en el Tony's!

Hemos terminado de descargar el barco. La bodega está limpia. Nos comemos las pizzas sentados en cubierta. Nos duchamos en los vestuarios de la fábrica. Me pongo ropa limpia. El pelo suelto me brilla y revolotea al viento. Jude me mira asombrado, con un nuevo respeto. Baja los ojos cuando lo miro. Ya no le tengo miedo. Esta noche ya no es el jefe a bordo. El *Rebel* recupera su punto de amarre en el puerto. Estamos impacientes por irnos, lo hemos amarrado al pantalán y hemos enganchado el cable eléctrico a toda prisa.

—¡Ojo con la resaca, chicos...! ¡Mañana os quiero a todos en pie a las seis!

Los hombres ya están lejos. Corro tras ellos. Me vuelvo, el patrón, el tipo alto y más flaco que nunca, se ha quedado en el marco de la puerta. Regreso sobre mis pasos.

—Supongo que no puedes venir con nosotros... —aventuro.

Enciende un cigarrillo. Sonríe, levemente, y acto seguido las comisuras de la boca se le tuercen de nuevo hacia abajo, el labio inferior pesado.

—Ve con ellos, ¿no ves que vas a perderlos de vista? Vete al bar, venga, pásalo bien...

Ya han desaparecido por la curva de la carretera... Me voy, corro, mis piernas van dando saltos entre las rodadas, las gaviotas van por delante de mí, las persigo, mis cabellos echan a volar como una estela en el viento. Sin aliento, alcanzo a los hombres en los muelles. Dave se ha parado en la cabina para llamar a su novia. Simon ha ido a Gibson Cove a reunirse con los suyos, unos estudiantes de los *lower forty-eight*,* en la cala pelada que los vientos azotan, un campamento improvisado de tiendas de campaña y lonas. Jude no ha esperado a nadie. Dave y yo caminamos hasta el Tony's. El bar está lleno. La tripulación del *Venturous* bebe junto a la barra. Jason, que estaba acechando la puerta, agita los brazos.

—¡Eh, amiga! —grita—. ¡Bienvenida a bordo!

Sus ojos dan vueltas como canicas bajo las nutridas cejas. Dave me empuja hacia ellos.

—Creo que puedo dejarte, estás en buenas manos. Tengo que irme, mi amada me está esperando y estoy deseando verla... Pídeles que te acompañen cuando vuelvas al barco. *Stay away from trouble, girl.*

Me meto entre la marabunta. Jason me ha conseguido un taburete. Una camarera morena y espigada de rostro blanquísimo y pupilas dilatadas me sirve una bebida marrón y lechosa en un vaso ancho. Los white russians son fuertes y azucarados. El alcohol me sube muy deprisa y me produce una suavidad abrasadora, como miel en mi cuerpo dolorido. En derredor los hombres brindan. Todos acaban de llegar del mar.

Pago una ronda.

—Un ron para mí, ¡soy un pirata! —ruge Jason.

Prefiero seguir bebiendo algo ruso y escojo el vodka. Paseo la mirada en torno, pero las caras no me suenan de nada. Steve debe de estar en el B and B; Jude, en el Ship's, el vetusto y oscuro bar con las indias en la sombra y las paredes recubiertas de mujeres corpulentas desnudas.

No me quedo hasta muy tarde. En el Tony's todo está demasiado limpio y los hombres parecen cachorros enloquecidos. Pienso en la noche azul y de pronto extraño el barco. Me gustaría estar en cubierta, sola, mecida por las aguas del puerto, aspirando el aire, observando cómo espejean los reflejos rojos de la ciudad. Me despido de Jason y me abro paso hasta la puerta. Fuera se respira un aire muy puro y las calles están desiertas. Delante de capitanía aguardan unos cuantos taxis. Tuerzo por una calle transversal. Al fondo se aprecia el mar, negro y ondulante bajo las farolas de los muelles. Echo a correr hacia él. Sopla una suave brisa. Un pájaro alza el vuelo con un aleteo que se me antoja ensordecedor. Camino más despacio y de pronto me viene a la mente la *Free Spirit*, la dejé detrás del B and B bar el día de la fiesta del cangrejo. Apuro el paso por el muelle. En el aire de la noche flota un agradable olor a cieno. Cruzo la carretera y me meto detrás del bar. Busco en el hueco oscuro entre el edificio y el terraplén. Pero no hay nada, exceptuando un trasmallo roto, unas cuantas botellas vacías y un pedazo de chatarra. Por entre las zarzas reluce tristemente una boya pinchada. La *Free Spirit* se ha ido. Suspiro pesarosa. Guirigay de voces. Del bar salen dos hombres borrachos. Me refugio en la sombra de una pila de palés. Los hombres se alejan. Salgo de mi escondrijo. Cruzo y vuelvo al muelle. Bajamar. Me agarro con fuerza a la barandilla de la pasarela húmeda que desciende oblicua hasta el pantalán. Dicen que los marineros suelen caer al agua al regresar borrachos a su barco. Y que entonces se ahogan. Me acodo en la barandilla unos instantes. El agua está negra. Apenas se mueve. Escupo, por curiosidad. El salivazo cae con un ruido blando. Viene alguien. Deprisa, salgo pitando hacia el *Rebel*.

El tipo alto y flaco está en cubierta. Veo cómo la brasa de su cigarrillo se mueve en la oscuridad y sube hasta sus labios, donde cobra brillo y vida para luego atenuarse, cuando el brazo vuelve a bajar. Es roja y palpita como un corazón en medio de la noche. Ian contempla la ciudad, las luces que cabrillean sobre las aguas del puerto. Salto a bordo.

—Hola, patrón… —le digo suavemente.

Se vuelve. Solo veo una máscara devorada por la sombra.

—¿Eres tú, Lili? ¿Tan pronto?

—Sí —digo riéndome a media voz—. Y ni siquiera estoy borracha. Bueno, no mucho. He vuelto sin caerme al agua, pero la *Free Spirit* se ha ido.

—¿Cómo dices? —pregunta.

—Mi bici. Bueno, no tiene importancia.

—¿Te lo has pasado bien? ¿Estabas con los chicos?

—Sí, no, me reuní con la tripulación del *Venturous*. Nos tomamos un par de white russians. Después empecé a aburrirme.

Me alarga un cigarrillo que acaba de encender.

—Gracias, Ian.

El puerto está silencioso. A esta hora la vida se encuentra en los bares. Se oyen los barcos tirando de sus amarras, las boyas yendo y viniendo, atrapadas entre los flancos de estos y el pantalán, el agua chapoteando contra los cascos. Me siento sobre el cuartel de escotilla. Ian se sienta a mi lado.

—¿Tú qué has hecho? —le pregunto.

—Jesse y yo fuimos a comer algo al restaurante mexicano. Después se marchó a beber y yo regresé al barco.

—¿No te aburres?

—He dejado de beber. No quiero volver a caer en esa mierda con el pretexto de que me aburro como una ostra.

—Tienes razón. Al final ni siquiera te lo pasas bien en esos bares. Al principio resulta divertido, pero la diversión no suele durar.

—Venga ya… —dice.

Me quedo callada. No tiene un pelo de tonto.

—Tendremos que trabajar como mulas. Solo nos queda una semana antes de que se levante la veda. Mañana por la mañana nos ponemos con la limpieza de los palangres, dejaremos de lado los que estén demasiado enredados, no hay tiempo que perder. Tenemos que retirar la carnada vieja de los demás, cambiar las brazoladas arrancadas y colocar los anzuelos que falten. Y tendremos que ponernos a encarnar sobre la marcha.

Jude y Simon han llegado muy avanzada la noche. Ni siquiera los he oído. A las cinco me despierto y siento una especie de urgencia. Algo me llamaba a través de los sueños: la mañana en el puerto. Jude ronca una barbaridad. De vez en cuando tose dormido. Golpes de tos roncos que amenazan con asfixiarlo. Simon duerme con aire aplicado. Dave no ha regresado. Agarro mi ropa a oscuras, busco a tientas mis calcetines entre los de los hombres, extraigo varias monedas de debajo de la almohada y salgo sin hacer ruido. La luz del comedor me golpea en el rostro. Me pongo la ropa deprisa y corriendo, el pantalón deforme por encima de los long johns, varios jerséis, la sudadera, las botas. Lleno la cafetera de agua y la pongo en marcha. Salgo. Sola y libre por la dársena. Un barco se aparta del muelle. Camino al amanecer. El chillido áspero de los pájaros se prolonga a lo lejos y más cerca; respiro el agua, su olor a algas y a sal, su tufo a cieno y a gasóleo, denso en mi garganta. El viento ha amainado y el agua apenas se riza. El quejido del ferry viaja durante unos instantes a través de la ensenada. Por la carretera circulan unas pocas camionetas. Los hombres duermen la mona en el hueco de una litera o entre el frescor de unas sábanas limpias en el motel o en el albergue del hermano Francis…, en un banco…

Camino. Unas gaviotas surcan el cielo lentamente. En los mástiles, águilas inmóviles. Las aves parecen ser los únicos supervivientes de la noche. Sale el sol y, con él, el monte Pillar, que despunta en la bruma. Me detengo en los aseos de capitanía. La oficina de taxis ya está abierta. Mantengo la puerta con el pie mientras me lavo con el fular. Mis caderas forman dos aletas blancas a ambos lados de mi vientre, tengo el culo duro como la madera pulida. El peine se me engancha en el pelo, aprieto los dientes y tiro, pero me arranco un mechón. Dejo el peine y termino de desenredarme el pelo con los dedos. Salgo. En el muelle desierto un águila y dos cuervos se disputan un pescado. El aire me sienta bien en la garganta tras los cigarrillos de anoche. Paso junto al Tony's y la *liquor store*, delante del supermercado hay un camión descargando, un hombre cansado se tambalea contra el cielo, renuncia a seguir caminando y se deja caer en un banco. Se mira embrutecido los zapatos embarrados, con los mechones negros y sucios ocultándole el rostro. Atravieso la plaza desierta esquivando los surcos de barro. Pierdo mis alas y mi esplendor cuando empujo la puerta del Bakery Hall y cambio la claridad del día por la de un neón. Aroma a café recién molido. Una chica pelirroja y rechoncha termina de colocar los pasteles en la vitrina. Me lanza una mirada rápida.

—Un momento, por favor —dice con su voz aguda.

Me encojo. De pronto me pesan mis descomunales manos de hombre. La dependienta vuelve hacia mí unos hermosos ojos verdes de mujer.

—Ya estoy a su disposición…

—Oh, solo será un café —contesto. Mi voz ya no es más que un murmullo.

Entra un joven pescador con botas verdes y muslos vigorosos enfundados en un pantalón ligero. Se acerca hasta el puesto con paso garboso, la frente despejada y clara bajo el cabello revuelto. Cada músculo de sus piernas ondula bajo la piel de algodón. La chica pelirroja vuelve la cabeza y se le ilumina el rostro. Le pone ojitos, y algo en sus gestos y en el tono de su voz se redondea. Voy a sentarme frente a la puerta. Ahora sus palabras me llegan desde muy lejos. Fuera el día está blanco.

Cuando regreso al barco, la vida ha vuelto a la dársena. Temo llegar tarde. Los chicos duermen todavía. Ahí está Dave, en cubierta, estirando sus miembros largos y flexibles, con las manos apoyadas en los riñones.

—Vaya, Dave, pareces feliz…

—Soy feliz. —Se ríe—. ¿Qué, acabas de llegar de juerga?

—No, solo he ido a tomarme un café. Anoche volví temprano.

—¿Dejaste solo al apuesto Jason?

—Jason no me interesa. —Ahora soy yo quien se ríe.

Dave desaparece en el camarote. Oigo cómo zarandea a Jude.

—¡Ey, hermano! La fiesta se ha acabado… —dice casi con ternura—. Te están esperando los palangres podridos.

Simon emerge de la litera. Dave regresa al comedor y se sienta. Dispongo cuatro tazas encima de la mesa. Aparece Jude, todavía aturdido por el sueño. Camina hasta el fregadero con paso de sonámbulo y se moja un poco la cara hinchada y jaspeada de rojo. Se sirve un café, con algo similar al estupor en sus ojos idos.

Al pie de la pasarela dos marineros se disputan un carrito para cargar las cajas de carnada. Hemos retomado el trabajo en la parte posterior de la cubierta, junto a la larga mesa de aluminio repleta de cajones malolientes. El *Rebel* está amarrado de popa al muelle, vemos las idas y venidas cuando alzamos la cabeza. Tenemos los dedos sumergidos en un caldillo salobre. La carnada ha empezado a pudrirse y cuando la retiramos de los anzuelos es una goma elástica y viscosa que se adhiere a nuestros guantes agujereados. Pasan unos chicos, duffle-bag en bandolera a la espalda. Otros llevan una bolsa de basura en la que han metido todos sus bártulos de cualquier manera.

—¿No necesitáis a nadie a bordo?

—Estamos al completo.

Unos estudiantes de piel lisa ofrecen sus servicios de barco en barco con la esperanza de embarcarse en alguno.

—¿Necesitáis ayuda para encarnar?

—Eso hay que hablarlo con el patrón, pero ha salido.

Y se van a probar suerte a otro lado. Murphy llega desde la otra punta de los muelles, bamboleando sus pesadas caderas. Se para en cada cubierta, bromea con los muchachos, ríe estentóreamente y vuelve a ponerse en movimiento con paso pesado hasta la siguiente cubierta.

—¡Lili! —grita cuando llega a nuestra altura—. ¡Así que ya has recuperado tu barco! Te había perdido de vista… ¿Qué tal la mano?

Jude está trabajando frente a mí. Levanta la cabeza un momento y me lanza una mirada sorprendida. Alza la ceja derecha y se vuelve hacia el muelle.

—Hola, Murphy —dice flemático—, ¿qué tal?… Algo me dice que estás buscando curro.

—Hola, amigo, malditas las ganas que tengo de salir a faenar esta vez, creo que me conformaré con ganar cuatro perras gordas trabajando con los aparejos de los demás.

—Vuelve luego si no has encontrado nada, el patrón debe de estar a punto de llegar.

—¿Dónde está?

—Imagino que mirando a las musarañas en el centro.

Murphy balancea su cuerpo macizo de una pierna a otra.

—Voy a seguir buscando un rato —dice—, si no me sale nada, iré a dar una vuelta por la plaza… Ven a vernos cuando puedas. A lo mejor tenemos algo que beber.

—Ah, ¿has vuelto a las andadas?

—Depende del día… Bueno, me voy. ¡Ánimo, Lili! —dice volviéndose hacia mí—. Cuídala, Jude. Recuerdo lo desdichada que era por haber tenido que desembarcar del *Rebel*. Lloraba sobre mi hombro.

—Claro… —contesta Jude con la expresión inescrutable que lo caracteriza.

Murphy se aleja y se detiene en el siguiente buque. Jude me lanza una mirada severa.

—¿De qué lo conoces?

—De la plaza.

—¿Qué puñetas vas a hacer tú a la plaza?

—Era la fiesta del cangrejo… Cuando os estaba esperando, después del hospital. Hablamos un día.

—Ah —contesta.

Baja la mirada hacia el palangre, continúa con el empalme de una línea rota. Enciende un Camel, escupe. Ya está en otra parte.

Simon vuelca un cubo lleno de carnada vieja por encima de la regala.

—¡Buen provecho, cangrejos! —dice Dave—. Quizá también sea la hora del almuerzo para nosotros…

Adam viene a vernos por la tarde. Sus ojos, rodeados de ojeras grises y hundidos en las órbitas como dos animales al acecho, han palidecido aún más. La piel ajada de sus párpados palpita incesantemente. Arrugas profundas le cruzan la frente y le marcan las mejillas macilentas, desde las aletas de la nariz hasta las comisuras de su amarga boca. Me da miedo su aspecto, pero Dave le da una palmada en el hombro riendo.

—Al parecer habéis llenado el barco. Felicidades, amigo… Por la cara que tienes, diría que estás contento de poder dormir.

—No hago otra cosa… La primera semana dormimos diez horas en total… Me levanto para ir a comer algo en el Fox's. Regreso. Me vuelvo a acostar. Ya no estoy en edad de pescar para Andy… Nos habría matado a trabajar si hubiera podido, el muy cabronazo, hijo de puta. No me explico siquiera cómo hace para aguantar, no durmió más que nosotros, menos seguramente... Debe de ser la pasta lo que le hace seguir adelante. Pero por mi parte ya he ganado suficiente.

—Entonces, ¿no vas a pescar fletanes para él?

—Se acabó lo de trabajar para él. Ron, el tío para el que vigilo el *Anna*, me deja sacarlo durante la apertura de la veda. Es un barco muy bonito que aguanta bastante bien el mar, treinta y dos pies. Hago una última vez la temporada del fletán y después me largo a mis bosques.

—¿Cuánto bacalao negro habéis pescado?

—Ciento veinte mil libras exactamente. ¿Y vosotros?

—Cerca de las noventa mil.

—Por lo visto habéis perdido aparejos.

—Unos treinta palangres —dice Dave a media voz.

Adam lanza un largo silbido.

—*Fuck!* ¿Cómo ocurrió?

—Se quedaron enganchados en el fondo. Corrientes fuertes. Derivaron.

—¿Ian no podría haberlo evitado?

—Sí, ya... Tal vez. Está que trina porque Andy nos endilgó unos aparejos que daban pena.

—Es verdad que si los comparas con los nuestros...

—Lo que le cabrea todavía más es que tengamos que sustituirlos por aparejos nuevos.

—Ya, Andy es de los que no regalan nada.

—No conozco a muchos armadores que le regalen algo al tío al que han contratado como patrón.

—Ya...

Dave se aleja. Adam se vuelve hacia mí.

—Bueno, ¿qué tal esa mano?

—Bien, me he arrancado los puntos de sutura con los dientes —le digo riendo.

Me quito el guante y le muestro mi mano sucia. Tuerce el gesto. Su cara parece todavía más atormentada.

—Pues no tiene muy buena pinta que digamos... —Luego baja la voz—: Ayer te estuve buscando. Necesito a alguien más para el *Anna*. Somos tres a bordo, pero cuatro sería mejor.

—Es muy amable por tu parte, Adam, pero estoy en el *Rebel*.

—Conmigo ganarías la tarifa completa. No grito. Se te respetará, no tendrás que dormir sobre un suelo asqueroso.

—Ahora tengo una litera.

Se encoge de hombros y agacha la cabeza. Está cansado, parece al borde del llanto de lo agotado que está. Debería volver a la cama.

—He alquilado una habitación en el *bunkhouse,** el edificio largo y gris que hay después de la iglesia ortodoxa, justo antes del astillero. A razón de cincuenta dólares por semana. Es tan solo una habitación, pero tengo una placa eléctrica y hay varias duchas, toda el agua caliente que desees. Ven a verme. No has parado desde abril. También tienes que descansar. Te van a exprimir.

Ha hablado en voz baja. Jude levanta la cabeza de vez en cuando y nos mira irritado. Escupe con más estruendo que nunca, se suena con rabia. Un escupitajo se estrella en el suelo a dos pasos de nosotros. Simon me da un empujón con un cubo lleno de carnada podrida. «Perdona...» Dave entra en el comedor con una taza humeante en las manos.

—¡Café recién hecho para quien quiera! —exclama.

—Intentaré pasar un día de estos si tengo un rato libre —le digo a Adam.

Vuelvo a enfrascarme en mi trabajo. Jude me mira con severidad alzando una ceja.

Ian reaparece. Apenas si nos dirige una mirada sombría. Desaparece en el puente. Andy lo sigue de cerca y entra a su vez, no repara en nosotros mucho más. Su rostro ceñudo casi no acusa el cansancio. Dave cruza una mirada con Jude. Nos llegan unas voces acaloradas. Adam cabecea. Simon sonríe. Jude permanece imperturbable.

—Oh, oh… —dice Dave—. Parece que hay algún problema.

—Me da a mí que los dólares no vais ni a olerlos, chicos —murmura Adam.

Jude escupe por la borda.

—Llevo más de un año partiéndome el espinazo para no ganar nada o una miseria —dice—, habría sido demasiado bonito que mi suerte cambiara…

Su rostro rugoso se torna apacible, se quita los guantes, pone un pie sobre la mesa y se apoya en el muslo flexionado con todo el peso del cuerpo. Enciende un cigarrillo, sigue la dirección del humo con la mirada mientras una sonrisa resignada le frunce levemente la boca.

—Pues ya que no vamos a ver ni un centavo, será mejor que nos tomemos un descansito.

—No todo está perdido —dice Adam—, todavía queda la apertura de la veda.

Jude se encoge de hombros y mira a lo lejos, más allá de la bocana del puerto.

—Sí, ya. Parece que el precio del fletán está subiendo un poco.

—A Lili se la trae floja —dice Dave sonriéndome por encima de la mesa—. No le van a pagar, pero ella está contenta.

—Claro que no, ni siquiera podré ir a Point Barrow.

Los hombres vuelven la cabeza hacia mí.

—Ya está con la cantinela —comenta Dave.

—Estás loca —dice Jude.

No digo nada más. Los chicos creen que soy una cenutria. A lo mejor tienen razón. Se oye la radio del barco vecino. Los Beatles. La canción habla de hacerse al mar en verano.

Jude se va a orinar a la otra punta de la cubierta. Simon me mira por encima de su palangre para ver si me siento incómoda.

—En mi país los hombres mean en cualquier sitio —le espeto—, ¿por qué narices habría de molestarme?

En esta ocasión el que se escandaliza es él. Vacía el fondo de un cubo de carnada vieja por la borda. Después va a orinar. Dentro.

—El león marino debe de andar dando vueltas por ahí —dice Adam.

—Te llama Andy —me dice Dave.

—¿A mí?

Doy un respingo. Pienso de inmediato en los de Inmigración… ¿O acaso no quiere saber nada más de mí? Me quito los guantes y me escabullo detrás de Simon. El hombre me ve acercarme plantado delante del castillo, con sus hombros cuadrados erguidos en el marco de la puerta y esa expresión confiada y socarrona que tiene en todo momento. Me coloco frente a él, colorada.

—¿Sí? —pregunto con voz sofocada.

Huele mi miedo. Lo veo sonreír por primera vez.

—Te debo dinero —contesta con voz tajante al tiempo que me alarga un cheque.

—¿A mí?

—Por el trabajo con los palangres, con Diego, para el *Blue Beauty*.

Vuelve a entrar en el comedor. Bajo la mirada hacia el cheque que sujeto en las manos sucias... Me despojo del impermeable y trato de alcanzarlo. Está hablando con el tipo alto y flaco, se encuentran enzarzados en una tensa discusión. Me mantengo apartada en el rincón de los fogones.

—¿Se puede saber qué carajo haces, Lili? ¿No hay suficiente trabajo en cubierta para que estés merodeando por aquí?

—Es que me habría gustado hablar con Andy —digo con voz débil.

Andy se vuelve hacia mí, con esa mirada de acero pálido siempre tan penetrante.

—¿Qué sucede?

—Lo del cheque, es demasiado... No hice tantos cajones.

Un destello divertido pasa por sus fríos ojos. Sonríe por segunda vez.

—Esos dólares te los has ganado. Vuelve al trabajo.

Los hombres aguardan mi regreso.

—¿Qué, te ha despedido? —pregunta Dave riendo.

—Aún no. Solo me ha dado dinero. Le he dicho que era demasiado, pero no me ha creído.

Todos levantan la cabeza y me miran atónitos.

—¿Cómo es posible que te hayan pagado ya? —pregunta suspicaz Simon.

—Es por los palangres que reparé para el *Blue Beauty* cuando estaba en tierra.

Se quedan tranquilos.

—Aun así… —murmura Simon.

—Nunca rechaces lo que Andy te dé, nunca, ¿me oyes? No suele ser muy frecuente. Ya puedes ir a cobrarlo —me dice Adam con un ligero tono de reproche en la voz.

Andy se ha marchado. Adam también se va. Las gaviotas vuelan a ras del agua. Disminuyen las idas y venidas por la dársena. Ian deja de trabajar cuando el cielo vira a malva. Las cubiertas de los barcos vecinos han quedado desiertas desde hace rato. A Dave es a quien más urge deshacerse del impermeable. Simon ha ido a reunirse con los estudiantes. Salgo del barco. Veo ante mí a Jude, que se dirige a la ciudad por la carretera. Camina despacio, los hombros pesados; por encima de él, el cielo de verano con todo el peso del vacío y el viento. Estoy a punto de adelantarlo, pero aminoro el paso. Me gustaría desaparecer. El chillido estridente de una gaviota parece burlarse de nosotros. Ojalá que no me vea, ojalá que no sepa que lo he visto, a ese hombre cansado que camina bajo la luz vespertina. Un águila planea. Jude tuerce al llegar a la esquina del muelle, pasa junto a los urinarios y las oficinas del puerto, la Mecqua está cerca, para el Ship's tendrá que dar veinte pasos más, para el Breaker's o el Tony's necesitará por lo menos treinta. Camina pausadamente, sabe que todos lo esperarán.

Es mediodía. Tres barcos más allá del *Rebel*, al otro lado del pantalán, hay unos hombres pintando un seiner de madera. El casco será de color rojo y verde; la cabina, amarilla.

—¡Eh, Cody! —llama un tipo fornido que se encuentra a bordo.

Un rubio alto y desgarbado de rostro marcado, con el cabello trenzado como un indio, se da la vuelta. Niképhoros está sentado sobre el cuartel de escotilla y agita la mano cuando paso a su lado. En la cubierta contigua, un hombre encarna a solas. En un rincón, sobre un reborde de hierro corroído por el óxido, alguien ha dejado un botellín de cerveza vacío. La pintura antaño blanca se desconcha en unas franjas anchas, agrisadas por el tiempo y la lluvia. La mitad del nombre ha desaparecido. DESTINY, acierto a leer.

—Buenos días —saludo al hombre.

A su espalda se amontonan cajones llenos hasta arriba; entre los cordajes desenrollados y desperdigados, un cubo de plástico con un agua verdosa estancada, trapos grasientos y latas de Coca-Cola despanzurradas.

—Buenas —contesta.

Trabaja deprisa. Con gesto mecánico agarra un anzuelo del cajón de la izquierda, ensarta un pedazo de arenque salado y lo pasa al cajón de la derecha, donde la línea está dispuesta en pequeños círculos regulares superpuestos ligeramente unos con otros, y los anzuelos en posición horizontal. Tiene la vista clavada en su trabajo. Bolsas bajo los ojos, un rostro cansado, pesado, hombros un poco caídos. Se parece a su barco. Ambos están deteriorados. En la radio suena la canción de estos últimos días. Los Beatles. «On Summertime.» Parpadeo a causa del sol.

—Tiene un barco hermoso —le digo.

—Y resiste bien en el mar —responde el hombre—, pero necesita una buena mano de pintura y unas cuantas reparaciones… Pero no tengo dinero.

«Take me, take me to sail away…» Llévame a navegar, dice la canción. Observo los costados amplios y robustos.

—Sí —contesto—, aun así es hermoso. ¿Va a salir a pescar fletanes?

—Ya lo creo, pero con otro. Este no está en condiciones. Tal vez lo esté algún día, pero para entonces me hará falta un marinero. Te llevaré conmigo de pesca si te gusta mi *Destiny...*

—Claro que sí —digo.

Escucho el final de la canción, la letra que se eleva y se aleja mar adentro. El sol se derrama sobre mi rostro y sobre el del hombre. La canción termina y algo se quiebra.

—Tengo que irme, adiós —le digo.

Hace un ligero ademán con la cabeza.

Jude está tomándose un café en la cubierta de popa. Noto su mirada sobre mí cuando paso por encima de la borda del *Rebel*. Los ojos amarillos emiten un fulgor frío, como de cólera. Aparta la mirada y escupe. Su rostro desaparece en la sombra de la capucha. Agacho la vista.

Algunas noches Jason se detiene en el barco. Seguimos trabajando mucho después de que todo el mundo haya terminado.

—¡Eh, Lili! ¿Todavía estás trabajando? He venido a buscarte para tomarnos un helado, unas palomitas de maíz o unos white russians.

—Otro día, Jason, aún no hemos terminado.

Se marcha decepcionado. Parece jovencísimo cuando se aleja de ese modo por el pantalán desierto entre los barcos en reposo y sube la pasarela para volver al muelle. Por encima de él, el cielo. La pasarela negra y el cielo. Diríase que subiera al cielo.

—Ahí va tu amigo —dice Dave burlándose de mí.

—Mira, tu Jason... —se suma el patrón.

Cae la noche. El cielo adopta unas tonalidades azufradas. Anuncian viento para el 26 de junio.

—Siempre es así —dice Adam—. Cada vez que se levanta la veda del fletán toca alerta por tempestad y hay barcos que se van a pique.

Mañana zarpamos. Ya nos hemos abastecido de provisiones. Permaneceremos dos días mar adentro antes de comenzar a la pesca. Esta noche Jason ha vuelto a pararse delante del *Rebel* y se marcha solo una vez más. Jude escupe por la borda.

—Terminad el cajón y podréis dejarlo —dice el patrón.

Jude se vuelve hacia mí y me señala a Jason con la barbilla mientras este asciende por el cielo naranja.

—*Is he your boyfriend?* —pregunta a media voz.

Su mirada se torna severa.

Cruzamos la estrecha bocana del puerto, pasamos las primeras boyas. Se está tan bien entre todos estos gritos… En el puerto brillaba un sol casi tibio, pero en cuanto abandonamos el abrigo de la escollera, la brisa nos pone la piel de gallina erizándonos los brazos desnudos, nos mete el pelo en los ojos y me embriaga con ese olor a algas, esos aromas ásperos y potentes como una llamada hacia el mar abierto. La risa en cascada de las gaviotas enloquecidas sube *in crescendo*. Rebasamos los depósitos blancos de los muelles de combustible. Los hombres se afanan por despejar la cubierta de proa. Simon y yo, y tres estudiantes que Ian ha contratado para un día de trabajo, encarnamos. Al poco llegamos a las conserveras. El barco aminora la marcha. El patrón realiza una compleja maniobra para meterse entre el *Midnight Sun* y el *Topaz*. Los muchachos amarran el *Rebel* a los pilares de madera, en torno a los cuales flota una espuma sucia. Un operario mexicano grita algo desde el muelle y guía hasta nosotros un enorme tubo de plástico. Dave se ha puesto el impermeable y salta a la bodega. Jude dirige el tubo hacia Dave, que lo agarra. «¡Hecho!», grita. Entonces el tubo escupe varias toneladas de hielo picado que Dave va dirigiendo cuidadosamente hacia cada rincón de la bodega. Se diría que estuviera atrapado en una ventisca.

Cargamos las provisiones que el Safeway nos ha traído hasta el pantalán. Dave se regocija ante la pila de palangres listos para ser arrojados al agua. Simon se pavonea al coger la factura del repartidor. Un hombre de mediana edad sube a bordo y tira su bolsa en cubierta.

—Hola, chicos… Soy Joey, el nuevo marinero para la pesca del fletán.

A continuación entra en el camarote para dejar su equipaje. Jude ha salido a por cigarrillos. El patrón ha debido de ir a llamar a Oklahoma. Jesse se fuma un porro en la sala de máquinas. Doy vueltas y más vueltas por cubierta sin saber qué hacer con mis manos.

—Espero que llenemos la bodega, que pillemos a esos condenados bastardos —dice Dave.

—Yo espero que no gritéis demasiado —contesto.

Se echa a reír. Jude ha vuelto. El patrón salta a bordo instantes después.

—Nos largamos, chicos. ¡Fuera amarras!

Son las nueve de la noche. La ciudad se aleja. El sol baña la cubierta y dora la frontera del cielo con la montaña verde, la arena blanca de las remotas playas del sur.

—Un día iré allí —pienso en voz alta—. No llevaré más que el petate y el saco de dormir. Iré cuando se termine la pesca, después de Point Barrow.

—Te recomiendo que lleves un revólver. Hay osos.

Joey está de pie junto a mí. Sonríe con amabilidad… Me fijo en el hombre achaparrado, con la cabeza enterrada entre los hombros como para concentrar su fuerza en ellos, y ojos negros hundidos profundamente en las órbitas, alojados entre unos párpados oblicuos y ojeras de fatiga.

—Las madres grizzly son peligrosas en verano. Un día estaba cazando corzos… —Se queda callado, prosigue—: Soy nativo de la isla, de Akhiok, un pueblo del sur, conozco esas montañas como la palma de mi mano. Es arriesgado marcharte sola, sobre todo si no lo has hecho nunca. Si quieres podría acompañarte. Te enseñaría cómo y sobre todo hacia dónde apuntar. Cuando el oso se abalanza sobre ti no puedes permitirte ningún fallo. Si le disparas al cráneo estás muerta.

—Ah —contesto.

—¿No ha sido demasiado dura la primera temporada de bacalao?

—Dicen que lo más duro es la pesca del cangrejo.

—Ya lo creo. Un año perdí a siete miembros de mi familia. Todos a bordo de distintos barcos. En el mar de Bering.

—A lo mejor voy este invierno. El patrón me llevará con él si hace la temporada —digo a media voz.

Joey permanece un momento en silencio sin apartar la vista de las crestas.

—Espero que no vayas —murmura—. No le deseo ese infierno a nadie.

—Otros van, también mujeres, ¿por qué yo no?

—Porque eres pequeña, no sabes nada al respecto y nadie te obliga a hacerlo. Espero que el gilipollas de tu patrón no regrese de Oklahoma… ¡Que se vaya al diablo!

—Parece que no te cae muy bien…

—Es un soplagaitas. No sabe lo que hace ni lo que dice.

Los muchachos se están tomando un café en el comedor. Joey me tiende un cigarrillo.

—¿Por qué has venido hasta aquí?

—No lo sé. Me fui. Bueno, sí que sabía, claro que lo sabía… Eso era lo único que tenía claro, que aquí todo sería diferente. Me decía que en el océano todo sería limpio.

El *Rebel* ha dejado atrás el río Buskin y la bahía de las Mujeres, una gaviota ebria gira alrededor de la luz.

—A lo mejor lo que quería era luchar por algo potente y bello —continúo mientras sigo el ave con la mirada—. Arriesgarme a perder la vida pero al menos encontrándola antes… Además, soñaba con ir a los confines del mundo, encontrar el límite, allí donde se acaba.

—¿Y después?

—Después, cuando llegue al final, saltaré.

—¿Y después?

—Después echaré a volar.

—Nunca echas a volar, mueres.

—¿Muero?

—De hecho es lo que puede sucederte aquí, y antes de lo que crees. No es una región fácil.

Observo la costa y sus perfiles, que se difuminan, el océano dorado. Suspiro.

—Tengo una guitarra —prosigue Joey con voz dulce, casi melodiosa—. La toco en los bares cuando he bebido más de la cuenta. Trabajo la madera y la piel. La curto a la vieja usanza… Me he hecho una prenda de cuero. A veces me la pongo cuando estoy borracho, cuando voy por los bares con la guitarra. Me toman por un indio loco. Un asqueroso indio negrata —agrega.

Oímos la voz de Ian proveniente del puente de mando. Vocifera. Los muchachos salen a cubierta. Volvemos a sacar los palangres y nos ponemos manos a la obra. El mar estaba algo encrespado cuando pasamos junto al cabo de la bahía de Chiniak. Sigue agitándose. Hasta donde alcanza la vista se distinguen crestas blancas corriendo sobre las olas.

Jude mira el océano fijamente. La mirada le brilla con reflejos de oro bajo las tupidas cejas. Lleva dos días sobrio. Sus rasgos han recobrado los contornos enérgicos del gran marinero. El motor del *Rebel* funciona al ralentí. Encarnamos en la cubierta de popa, con el vaivén regular del agua. Una brisa fuerte nos araña la cara. El rumor de las olas barriendo la cubierta es un sonido infinito.

—Y si llenásemos la bodega, veamos…, eso serían unas cincuenta mil libras.

—Con la bodega pequeña no estaríamos lejos de las cien mil. A noventa centavos la libra…

—El precio no se ha fijado aún, podría ser mucho más. En la fábrica me han dicho que…

Simon se une a ellos. Ha adquirido seguridad desde que Ian lo ha vuelto a contratar para esta última pesca.

—Simon, ¿a ti cuánto te pagan? ¿La mitad de una parte?

—Sí, la mitad de una parte.

—¿Y a mí?

Me vuelvo hacia Simon.

—¿A ti? Seguramente lo mismo que a mí, tienes que hablarlo con el patrón.

—¿No irán a darme un cuarto de una parte?

Simon pone cara de no saber.

—Yo diría que no. ¿Se suele hacer?

«Ya lo creo que sí», pienso para mis adentros.

—¡Eh, Simon! ¿Esta noche toca arroz de nuevo?

—He cogido unas latas de *beefstew** para ir más deprisa.

—¿Latas? ¿De beefstew, encima? Pues menudo chasco, Simon, prefería mil veces tu arroz quemado.

Simon fuerza una sonrisa. Vuelvo los ojos hacia la costa. En la bahía hay un barco azul fondeado.

—Tenemos vecinos —digo.

—Es Adam, ¿no reconoces el *Anna?*

Dejo caer el pasador y agito los brazos de un lado a otro. Una forma minúscula me contesta. El cielo se afosca. Su barco se pierde de vista en la niebla y un chaparrón se abate sobre nosotros.

Los bandazos son fuertes. Vacilante debido al cajón que me dispongo a guardar, salgo despedida contra un travesaño de metal con un balance más violento. Me apoyo en la barra tratando de incorporarme, pero el palangre me arrastra. Una torsión del busto me deja doblada provocando un ruido seco. Gesticulo y contengo las lágrimas. Pese a todo, estas terminan perlándome el rostro. Jude y Dave han presenciado la escena con una expresión impasible en la que me parece leer un reproche: no pinto nada a bordo si no soy capaz de mantener el equilibrio. Me levanto. Simon se preocupa. Me encojo de hombros, suavemente, dado que duele.

—Joder, he debido de romperme una costilla.

—¿Una costilla rota? ¿Cómo lo sabes?

—Porque lo noto.

Se aproxima la hora de la señal. Falta poco para mediodía. Cada cual está en su puesto. Ian al timón, pegado a la radio que da la cuenta atrás. Simon erguido en el puente, preparado para lanzar la baliza y la boya. Dave está plantado contra la amurada, con las primeras vueltas del orinque enrolladas alrededor del brazo inmóvil, listas para salir a continuación, y el ancla al alcance de la mano. He terminado de ayudar a Jude a lastrar y empalmar los primeros palangres. Me coloco detrás de Dave, preparada para pasarle el resto del orinque. Permanecemos en silencio. Aprieto nerviosamente la pequeña navaja roja que llevo prendida del cinturón. El miedo me retuerce el estómago. De súbito, un grito sale del puente de mando: «Let it go!».*

La pesca comienza. Simon lanza, Dave arroja el ancla y acto seguido tira las vueltas de orinque, le voy pasando las siguientes, los anillos de cuerda se hunden en el mar. Les sigue el primer palangre… Vuelta a empezar. Una bandada de gaviotas se despliega por encima de nosotros. Calamos tres sets uno tras otro. Un cuarto en otro sitio. Las líneas descienden entre los gritos de alegría de Dave y Jesse. Ian nos pide que entremos.

—Coged fuerzas, va a ser difícil…

Cogemos fuerzas. Estamos seguros de nuestra suerte. Voy una última vez hasta el puente de mando para ver al tipo alto y flaco, más demacrado y pálido que nunca.

—Volvemos a vernos… —dice—. Hacía mucho tiempo. Demasiado que hacer en tierra. Me estaba volviendo loco. Y de noche a ti te gusta ir a dar una vuelta por los bares.

—No siempre a los bares. También me gusta deambular por el parque Baranof, tomarme un helado de McDonald's y pasear por la ciudad.

Sonríe mientras sigue mirando a lo lejos.

—Las cosas no van bien entre mi mujer y yo. Vamos a separarnos. Quiere pedir el divorcio. Tal vez sea mejor así. Tengo dos hijos preciosos. Un chaval de once años y una niña de nueve.

No me atrevo a decir nada más. Contemplamos el mar, resplandeciente.

—La noche va a ser movidita, ¿verdad?

—Ya lo creo —contesta—. A medianoche estaremos en el peor momento.

—¿Por qué siempre hay mar gruesa para la pesca del fletán?

—¿Cómo quieres que lo sepa...? La de tonterías que llegas a decir. No soy amigote del que decide allá arriba.

—No, claro, qué boba soy... —murmuro—. ¿Yo también podré limpiar los fletanes?

—Tienes que hablarlo con los chicos. Es probable que te toque adujar. O a Simon. En cualquier caso tendrás con qué entretenerte.

—Espero aprender a destriparlos. Los hombres no dejan de repetir que son los mejores y los más rápidos. Quiero saber si yo también puedo llegar a ser insuperable. Además, me servirá la próxima vez que me embarque.

—Tengo una hija preciosa... —sigue diciendo el patrón—. Podría pedir la custodia. Su madre estaría de acuerdo si le encontrase una buena niñera. ¿Te apetecería venir a faenar conmigo a Hawái?

—Ah, no, a Hawái no. Si es en Alaska sí.

A medianoche calamos los últimos palangres. Hemos cobrado las primeras líneas. Los peces no abundan, los bancos están en otro lugar. Arrancamos del agua algún que otro fletán solitario. Llegan a cubierta arrastrados por el gancho de Jude, batiendo el aire nocturno con su enorme cola. Algunos son más grandes que yo. Los gigantes planos y lisos se agitan sacudidos por espasmos. En la cara oscura, dos ojos redondos nos miran pasmados. La otra cara es blanca y ciega. Jude desengancha los más jóvenes y los vuelve a arrojar al agua. Con frecuencia no son más que cadáveres que se alejan a la deriva, balanceándose en las olas antes de hundirse lentamente, como si se borrasen, engullidos por el agua negra.

En la punta de los anzuelos luchan bacalaos relucientes, bacalaos de piel verde y dorada, peces de roca carmesís, anémonas y estrellas de mar descomunales.

—¡Guardad el bacalao negro, el bacalao y los peces de roca!

Simon aduja los palangres sentado sobre un cajón bajo la polea. Jude está inclinado por encima de la regala, atento a la línea. En cuanto el fletán surge del agua, lo coge con el bichero apoyándose bien en la regala, con los riñones en tensión, los dientes apretados, el rostro chorreante. A continuación, lo iza a bordo y desprende el pescado con una torsión breve del gancho. Joey, Dave y Jesse descabezan y evisceran. Yo raspo el interior de los vientres abiertos, les limpio la sangre. Desplazo y cambio los cajones a medida que Simon los llena de palangres despojados de sus presas. Un fogonazo de dolor me atraviesa cuando me agacho para levantar los cajones llenos y llevarlos hasta la otra punta de la cubierta, tambaleándome debido al intenso balanceo. Tripas, jirones de carnada y criaturas semivegetales barren de borda a borda la cubierta.

Pero las capturas no son buenas. En cuanto subimos los palangres tenemos que volver a encarnarlos. El mar nos zarandea. Tenemos los pies helados. Trabajamos en silencio de pie en la cubierta de popa, con el cuello hundido entre los hombros y los brazos pegados al cuerpo. Nuestros gestos son mecánicos. Nuestras caderas vienen y van al ritmo de los bandazos. El sonido ronco, lento y repetitivo del oleaje… Me quedo dormida unos instantes a la par que sigo encarnando. Sueño con peces y con el sol de medianoche. Me despierta la risa de Dave.

—¡Lili, estás dormida!

—Estaba soñando… —digo, poniéndome derecha—, pero ¡estoy trabajando!

Jude, de pie frente a mí, me alarga un cigarrillo. Una sonrisa casi dulce le cruza el rostro enrojecido por el frío, los labios agrietados bajo la barba hirsuta, en la que se ha quedado prendido un moco. Ian se une a nosotros. El tiempo apremia. Dave está preocupado.

—La pesca del bacalao negro ha cerrado y empezamos a tener bastantes piezas. Ya sé que tenemos derecho a…

—No te preocupes —dice Ian—, estamos muy por debajo de lo que permite la cuota. ¡Aún podemos seguir capturando!

—Pues yo no las tengo todas conmigo —murmura—. Me parece que ya hay demasiados…

Jude desaparece unos instantes en el comedor. Regresa y me tiende una taza de café. Tenemos unos treinta palangres listos para ser arrojados al agua.

—Con esto es suficiente —dice Ian—. Despejadme la cubierta. Preparad el próximo set. Calad los aparejos. Y cobrad los anteriores.

Son las dos de la madrugada. La suerte cambia. Aparecen los fletanes.

—*Stop!* —grita Simon—. Tengo un anzuelo en la mano…

El patrón tarda en detener la línea. Parece exasperado.

—¿Y ahora qué?

Simon retira a toda prisa el anzuelo que se le ha clavado en el guante. Sangra un poco. Se ha llevado un buen susto. Ian vuelve a poner en marcha el motor. Simon coge la línea azorado.

—Si a eso lo llama clavarse un anzuelo… —ríe con sarcasmo Jesse.

Jude pronuncia varias palabras, en el mismo tono. Dave sonríe. Cambio el cajón lleno y procuro sonreírle a Simon. Pero este no me ve. Me duele la costilla. Joey sustituye a Jude. Inclinado sobre el agua negra y encrespada, iza los magníficos gigantes de labios carnosos entreabiertos y boca ancha estirada por el peso del enorme cuerpo, que se arquea, ondula y se retuerce en furiosos espasmos mientras el anzuelo se clava más y más con cada brinco del animal. El pez cae sobre la cubierta, en el agua sanguinolenta, la espuma y las vísceras. Joey no se molesta en perdonarles la vida a los más jóvenes. A pesar de todo, les clava el bichero a fin de desengancharlos mejor con la otra mano y les arranca la boca antes de arrojarlos al mar.

Los demás se asfixian sobre la cubierta. Los hombres cogen los más grandes por la mitad del cuerpo para levantarlos hasta la mesa con menos dificultad. El animal se resiste y se tensa. Ellos se las ven y se las desean, pero logran depositarlo sobre la mesa. El animal sigue luchando. Los coletazos brutales nos salpican de sangre. Entonces los hombres le clavan el cuchillo en la garganta, cortan la membrana de las agallas, deslizan rápidamente la hoja hasta la membrana que separa las vísceras, luego lo agarran todo y tiran de tripas y branquias, que salen juntas. Las lanzan al mar y empujan hasta mí los vientres palpitantes. Solo tengo que arrancar las dos bolas enterradas en lo más profundo del vientre así como una piel blanquecina. Vuelvo a tener la cara llena de sangre y de una espuma viscosa. Jesse dice algo mientras me mira y se echa a reír. Jude levanta la vista y se encoge de hombros con una actitud que se me antoja desdeñosa. Me duele la costilla. Tengo frío. Me gustaría volver a Kodiak. Joey me horroriza, ayer era dulce, me hablaba de los animales y de los bosques, decía con pena: «Soy un indio negrata», y helo aquí convertido en un bárbaro. Tenemos que matar tan rápido como podemos. El tiempo es oro, los pescados, dólares, y cuando aparece una estrella de mar, con frecuencia de mayor tamaño que mis dos manos juntas, y cae flácidamente sobre la mesa de limpieza colgando del anzuelo que chupa con avidez, él la estampa contra un montante de acero.

En otras ocasiones, unos pececillos de roca quedan hechos trizas en la polea o despedazados contra las barras metálicas entre las que pasa la línea. Arrojo al mar los que llegan hasta mí con un gesto furtivo e irrisorio que trato de ocultar a los demás, a estos hombres míos, asesinos de dilatada experiencia, unos mercenarios, estos bárbaros que me dan miedo, convertidos en animales que destripan en medio de una inmensa carnicería, el estrépito de los motores y la furia del océano. Después ya no dispongo de tiempo ni energía para seguir haciéndolo. Me atemorizan los ojos amarillos, el patrón, que va a empezar a dar gritos, los hombres, estos hombres corpulentos y fuertes que clavan la navaja en los vientres blancos con semejante destreza.

Dave me pide la piedra de afilar.

—El cajón está casi lleno —le contesto.

—¡Haz lo que te digo! —me regaña.

Lo miro con estupefacción, pavor, indignación. «Te aborrezco —pienso—, ¡oh, cuánto te odio!» Me invade la desesperante sensación de que me ha traicionado. Él, Dave, un hombre como los demás, un hombre que ordena y pretende que le obedezcan en el acto, uno de esos que me robaron la litera y me dejaron dormir entre sus pies mientras estaban de guardia, que no me han permitido aprender a limpiar los fletanes, que cuando gritan me hacen temblar y a los que, cuando pronuncian palabras reconfortantes, me da por amar ciegamente. Que tal vez ni siquiera me paguen la mitad de una parte. Le llevo la piedra y se la tiendo con la mirada gacha.

—Gracias, Lili —dice como si me hubiera perdonado.

—¡Lili! ¡Un pez en el halador! ¡¿Pero qué cojones haces?! —grita el patrón.

Corto la cabeza de los peces de roca rojos. Los empujo a la izquierda y descienden hacia la bodega. Encima de la mesa, un corazón de fletán palpita bajo el neón. ¿Seguirá latiendo aún durante mucho tiempo si lo tiro junto con las tripas y la sangre? Tal vez debería devolverlo al mar. Parece que nunca va a hacerse de día... La tensión me oprimía, ahora me anquilosa. Jude ocupa el puesto de Joey, este se coloca de nuevo a mi lado. En la línea veo el nudo que anuncia el final de un palangre. Cojo un cajón vacío, lo cambio por uno lleno y deshago el nudo vuelta de escota. Unas mandíbulas de pescado han quedado prendidas de los anzuelos del cajón que sostengo. Joey me lo arrebata de las manos.

—¡Pesa demasiado para ti!

Lo miro con sorpresa y luego aprensión. Se lo quito negando con la cabeza.

Así y todo amanece. Solo faltan nueve horas. Al filo del mediodía tendremos que haber subido la última baliza. Recogemos el último set a un ritmo infernal y arrojamos los peces desordenadamente a cubierta, que ya no es más que un caos sangriento. Envueltos en el denso olor a vísceras, los hombres continúan destripando entre estrellas de mar hechas trizas e idiot fishes de ojos desorbitados. Trato de subir uno de los gigantes a la mesa. Es muy grande y pesado. Se debate enérgicamente, y resbalo con él. No lo suelto. El dolor de la costilla podría hacerme llorar de rabia. Yacemos juntos rodeados de tripas. Mi primer cuerpo a cuerpo con un fletán, este apretón sobre la sangre y la espuma... Me aferro a él con todas mis fuerzas y lo abrazo con renovado ímpetu. Empieza a flaquear. Los hombres lo han desangrado, no tardará en morir. Ya casi no tiembla. Meto una mano en las agallas, pero las cierra, lastimándome la mano a través del guante. Logro tenderlo sobre la mesa. Ha dejado de moverse. Es muy liso, es el pez más hermoso que he visto nunca. Cojo un cuchillo y lo planto en la agalla, reproduciendo el gesto de los hombres.

He destripado mi primer fletán. Lavo el vientre blanco por dentro. El corazón ha caído en la mesa, sigue latiendo. Titubeo. Me trago ese corazón que no se resuelve a morir. Ahora ese corazón solitario se halla en un lugar calentito dentro de mí.

Ian me pega un empellón.

—¡Apártate y alcánzame los fletanes!

Jude levanta la vista y me lanza una mirada glacial. Las lágrimas me asoman a los ojos. Me sueno con los dedos. Joey el asesino no anda lejos. Me cruzo con su mirada y me lo quedo mirando, me sonríe.

—Ánimo, Lili, que ya queda menos.

Almacenamos las últimas capturas en la bodega. Jude y yo terminamos de destripar los bacalaos. Con ayuda del cepillo, empujo los desperdicios hasta los imbornales. El patrón coge la manguera y rocía la cubierta violentamente. Me quedo atravesada en su camino, y me salpica sin siquiera verme. Tiene la cara agotada.

—A lo mejor dieciocho mil…

—¡Muchísimos más! Veinticinco mil al menos.

—Yo apostaría que son veinte mil.

Nos comemos la tortilla y las judías pintas que nos ha prepara-do Simon mientras limpiábamos la cubierta. No me he lavado la cara. El patrón asigna las guardias. Me termino el café. No miro a nadie. Me levanto y me voy al camarote. Me quito las botas y re-greso para colocarlas contra la salida de aire caliente. Mi litera. Me tiendo dándole la espalda al resto del barco. Me hago un ovillo. Soy una asesina como los demás, he destripado mi primer fletán. Incluso me he comido el corazón aún vivo. Ahora la que mata soy yo. La sal me abrasa la piel de la cara, la sangre me ha dejado el pelo apelmazado, los mechones pegados unos con otros. Me que-do dormida bajo ese casco barroco, con las mejillas ardientes y un poco de sangre seca en la comisura de los labios.

Simon me despierta. Son las nueve de la noche. He dormido profundamente. Se ve obligado a sacudirme un buen rato. Un gran vacío en mi mente. Durante varios segundos he de esforzar-me por recordar cómo me llamo y dónde estoy y por qué. Me incorporo. El dolor en el costado me hace pensar en la costilla, en mis manos entumecidas, enormes, en mi cuerpo magullado. Atra-vieso el comedor, pongo café a calentar y cojo una chocolatina del cajón. Le echo un vistazo a la cubierta a través del cristal de la puerta. Los palangres están bien estibados. Un cajón se desliza de derecha a izquierda sobre la cubierta con el mar que refluye por los imbornales y termina de lavar los colores de la noche. Aunque están bien amarrados, el polipasto y el halador chirrían sin cesar con cada sacudida, estremeciéndose con furia cuando el barco se eleva sobre las olas. ¿Se habrá ido a pique algún barco durante estas veinticuatro horas? El sol nocturno horada las nubes, rebota en la hoja de un cuchillo y me ciega. Me froto la mejilla. Las comisuras de los labios me tiran y me escuecen. Dave decía hace un rato: «¿Conque eso es un *French kiss*? Me das miedo…». Todos se reían de la sangre que tenía alrededor de la boca. Yo no.

Subo la escalerilla del puente. Joey está ante la consola. Frente a nosotros, el sol. Un cormorán se ha posado sobre la roda.

—Te dejo el sitio ahora mismo —me dice—. He ajustado la visibilidad. Simon no se entera de nada.

—Yo tampoco me entero de nada. Pero aun así podemos hacer nuestras guardias. No nos quedamos dormidos, sabes.

—Lo sé… A veces los greenhorns son los mejores, lo único que les falta es experiencia, y eso requiere tiempo. Es preciso que alguien les explique. Te voy a enseñar, es muy sencillo.

Lo escucho. Trato de comprender. ¿Cómo es posible que el Joey de anoche sea este hombre paciente y bueno cuya mirada viaja más allá de las crestas? Acabo dándome por vencida, estoy demasiado cansada.

—¿Y la costilla? —pregunta—. Simon me ha dicho que te has roto una costilla.

—Es posible. Suele pasarme. Pero tal vez no. Oí un ruido similar al de… Dentro de quince días me sentiré mejor. No se lo digas a los demás, no me querrán en ningún barco si me lastimo tanto.

—Tienes que cuidarte —murmura cabeceando—. El dolor no es algo que deba ocultarse. No acostumbro a decir esto, pero anoche no me gustó verte así. Estabas a punto de llorar cuando trasladabas los cajones, pero no se lo habrías dicho a nadie. Sabes, siempre he estado en contra de que haya mujeres a bordo de un barco. Pero hasta ahora no había pescado con ninguna. Esto es un mundo de hombres, un trabajo de hombres, encima ya no puedes ni mear en cubierta, tienes que ocultarte para que no te vean. Y sin embargo, ya me gustaría a mí tener en mi barco a mujeres como tú que trabajen como los tíos, veinticuatro horas sin rechistar.

Llegaremos a Kodiak en mitad de la noche. Oiré el motor cambiando de régimen, a Dave y a Jude levantándose, los gritos del patrón, y de nuevo el motor, aminorando la velocidad hasta casi extinguirse antes de volver a rugir con más fuerza durante la maniobra.

«Quédate acostada», me dirá Dave al ver que me incorporo en la litera, dispuesta a regresar a cubierta.

Después todo volverá a la calma. Silencio. Apenas un leve balanceo. Alivio. Sabré que un par horas más tarde dejaré a los hombres sumidos en un sueño plomizo y me marcharé con la mañana, libre otra vez.

Me despierto soñando de nuevo con la pesca, con fletanes que abrazo para poder degollarlos mejor, con líneas que salen disparadas y se nos escapan. Me despierto del todo al recibir el aire cegador de cubierta. Es la hora del ferry y de su llamada. Corro hacia la montaña por la madera húmeda del pantalán. Aún no me he limpiado las pinturas bárbaras del rostro, sus marcas escarlata, los emblemas guerreros de mi primera caza del fletán. Me los lavo en el grifo de la dársena. Al ponerme en cuclillas me atraviesa un fogonazo de dolor. El agua mana y corre a lo largo de mis antebrazos. Me incorporo y me sacudo, me seco con la parte más limpia de la sudadera. Frente a mí, el barco abigarrado, el *Kayodie*. Por la cubierta han rodado varias latas vacías. Echo a correr de nuevo hacia los muelles y me siento en un banco a contemplar la flota dormida. Muy de tarde en tarde un barco enfila la bocana del puerto. Todavía no han vuelto todos. El *Mar del Norte* pasa junto a la boya. Parece pesado y se desliza con lentitud.

En el bar me encuentro con Jason. Los lóbregos locales están a tope a partir de mediodía. Los hombres hablan a grito pelado y se emborrachan, las manos desolladas sobre las barras de madera. Los dedos hinchados juguetean con la copa o el cigarrillo, amasan una bola de tabaco antes de deslizarla bajo la lengua. Todos cuentan lo mismo. Que han trabajado bien y que han llenado la bodega. La cola delante de las fábricas es tan larga que es preciso apuntarse para descargar. De modo que se ponen a hacer cálculos, suposiciones, pagan otra ronda. Se habla de un barco que por lo visto se ha ido a pique porque el pescado mordía demasiado bien… La bodega estaba a rebosar; la cubierta, sembrada de fletanes que seguían llegando… A las cinco de la madrugada, los guardacostas recibieron un MAY-DAY apremiante. Cuando llegaron, el barco ya había zozobrado y la tripulación flotaba dispersa en traje de supervivencia… Esos cabrones de los guardacostas, el patrón, un imbécil… Todos se burlan.

Nos tomamos varios tequilas a la salud de nuestros barcos. Jason nos cuenta febrilmente su noche, el amanecer en la marejada y la sangre, habla deprisa, las palabras se le atropellan, bajo las tupidas cejas naranjas, sus ojos son ascuas que miran fijamente a lo lejos, hacia el rincón más rojo del bar, tras los billares, quizá. Volvemos a pedir unos white russians, luego ron para él, el filibustero, y vodka para mí. Termino borracha. Regreso al barco de noche cerrada. Procuro avanzar en línea recta, no debo caerme al agua. Seguro que me pondría enferma después de toda la carnada rancia que hemos tirado por la borda. En el barco, ni un alma. Me preparo un bocadillo y un café bien cargado. Me bebo toda la cafetera. Fuera los demás ríen y se desmadran. No tengo sueño. Salgo. Esta vez camino recto. Tengo que pintar la ciudad de rojo. Ahora soy un pescador de verdad.

Nos volvemos a poner en marcha. Los palangres tienen que estar limpios, reparados y guardados para la próxima temporada. La carnada se ha reblandecido en los anzuelos. Cada día que pasa está más podrida y resbala y se nos deshace entre los dedos. De noche sueño con un océano gris sucio, sopla viento, nos golpeamos contra unas paredes viscosas que presentan el mismo color verdoso que la carnada, patinamos en una plasta fétida que se ha extendido por todo el barco. Nos caemos en ella del mismo modo que caíamos en la sangre de los fletanes. Ya no se trata del bello tono escarlata que nos manchaba las mejillas y nos arrebolaba la frente, sino de las secreciones mórbidas de una marea que sube y nos cerca, la de los pequeños calamares muertos en vano.

Jude llega borracho. Lo oigo darse un golpe en el comedor, revolver platos y cubiertos, abrir el frigorífico. Caen unos cuantos objetos. También él varias veces. Maldice sordamente. Más tarde viene y se desploma sobre la litera. Tose. Los golpes de tos se asemejan a un grito. Extraños gañidos que me despiertan sobresaltada. Tengo miedo de que muera de noche, ahogado por un alarido ronco.

Siempre es el último en levantarse. Dave o Simon van a despertarlo.

—Ve tú —me pide un día el tipo alto y flaco.

Me quedo mirándolo con estupor, niego con la cabeza.

—Yo no… —murmuro.

Me largo a cubierta y me pongo a trabajar. Jude se une a nosotros, sus ojos enrojecidos parecen rehuirnos. Aún tiene las marcas de la almohada en la cara. Enciende un cigarrillo. Tose.

—Tienes que dejarlo, hombre, de lo contrario no irás muy lejos —trata de bromear Dave.

—Lo dejaré cuando esté reventado —dice Jude lanzándole una mirada sombría.

—Pues no tardarás en estarlo, ¿a que no, Lili?

Ian vuelve a pasar como una exhalación.

—¡Descargamos dentro de cuatro días, chicos! —exclama—. La fábrica nos ha dado turno al fin. Sabremos cuánto hemos capturado… El precio ha subido un par de centavos, no tanto como esperaba. Los malditos bastardos hijos de puta siempre nos la pegarán.

—Por cierto, ¿te has informado acerca de la cuota del bacalao? —pregunta Dave.

—Deja de tocarme las narices con eso. Ya te he dicho que entrábamos de sobra en las cifras.

El patrón se marcha de nuevo. Jude y Dave cuchichean entre sí.

—El pescado habrá permanecido una semana en la bodega… ¿No irás a decirme que el hielo se conserva tanto tiempo?

—Ha debido de empezar a marinar en su propio jugo. En cualquier caso, no seré yo quien se lo coma…

Simon y yo no decimos nada.

Murphy espera en un banco de la plaza, junto a un hombre menudo y de pelo cano.

—Siéntate un rato con nosotros, Lili, que nos aburrimos...
¿El trabajo avanza?

—No —contesto.

La música retumba desde el Breaker's. La puerta está abierta.
Entran unos chicos. Creo reconocer a Jason. Vuelvo la cabeza hacia Murphy.

—Te presento a mi amigo Stephen, un gran científico.

—Físico —corrige el hombrecillo.

Me siento con ellos en el extremo del banco. El viento ha cambiado de dirección. El olor de las fábricas de conservas se adentra
en el mar. Huele nuevamente a árboles, a hojas; el olor de las flores
del parterre rojo y amarillo.

Tomo helado y cerveza. White russians, tequila y vodka. Trabajamos desde las primeras horas de la mañana hasta las tantas de la
noche, mucho después de que los muelles se queden vacíos. Es
verano.

—En Alaska tenemos las verduras más grandes del mundo
—dice Dave—. Sobre todo en el norte, donde hay luz prácticamente todo el día hasta mediados de agosto.

—Debería ir a Point Barrow mientras sea de día allí —le contesto.

El patrón no anda muy bien. Simon piensa en los estudios que
retomará dentro de poco. Quería irse una vez hubiéramos descargado el pescado, pero Ian se ha negado.

—Tienes que venir con nosotros a dragar las aguas para intentar recuperar las líneas que hemos perdido. La pesca no habrá terminado realmente hasta que lo hayamos intentado. Es más, si las
hemos perdido, tú también tendrás que pagar por ellas.

Jason se deja caer por el barco cada noche, me invita a ir de bares o a dar una vuelta por las calles del puerto, caminar por los muelles, sentarnos en un banco, con el murmullo del viento entre los mástiles, las bandadas de gaviotas por encima de nuestras cabezas, el olor a cieno y el de las palomitas de maíz cuando pasamos junto al cine —y me compro un cucurucho—, el hedor del pescado podrido justo antes del embarcadero del ferry, cuando sopla viento del sureste.

—¿Todavía estás currando? ¿Te apetece venir a tomarte una copa y unas palomitas cuando termines?

Se marcha, me esperará en algún lugar, en el Tony's, en el Ship's o en el banco que hay frente al B and B, practicando con la armónica que tiene desde hace tan solo tres días, con la mirada tristemente ensimismada y un mohín del labio inferior. A veces se sienta a su lado un chico con un caramillo tallado en una rama. Tiene una barba espesa y el pelo amarillo y largo recogido bajo una gorra con los colores de un equipo de hockey. Va de un lado a otro de la ciudad en su espléndida bicicleta de montaña. Toca la flauta.

Murphy el gordo vuelve a pasar por el barco. Habla con Jude un momento. Se vuelve hacia mí y se ríe de mis mejillas encendidas. Jude me dirige una larga mirada exenta de ternura y escupe por la borda.

—No salí a pescar fletanes —dice Murphy—. Me he tomado un descanso. Por el día deambulo por el puerto, encuentro algún trabajillo en los barcos, vamos, para sacarme un poco de dinero... Luego voy a la plaza a reunirme con unos amigos. Vemos a la gente pasar. Se está bien ahí. Por la noche, el shelter y la sopa... ¿Qué más se puede pedir?

Jude le contesta con monosílabos. En el barco multicolor, los chicos han puesto la música a todo volumen. Se oye el sonido de las latas al abrirse.

—Me está entrando sed —dice Jude con su voz baja.

—Te voy a llevar a un lugar al que no has ido nunca —me dice Jason al día siguiente—. Un lugar en Kodiak en el que nadie piensa, pero tan hermoso que te deja sin respiración. Eres la primera persona a la que se lo enseño, pero antes júrame que no le hablarás de él a nadie…

Lo juro. Nos marchamos. Compramos tabaco en el supermercado. Caminamos a buen ritmo para salir de la ciudad. Después pasamos por Tagura Road y el astillero. Cojo moras al borde de la cuneta. Jason me trae un puñado. Llegamos bajo el puente que une la ciudad a Long Island y el pequeño puerto de amarre de la bahía de los Perros. Jason se detiene y alza la cabeza.

—Es aquí.

Lo miro sin entender.

—¡Ven!

Escala el talud herboso, se agarra a la pared de rocas y se encarama hasta las primeras vigas de acero. Lo sigo. Estamos en el armazón que sustenta el puente. Jason camina por una pasarela estrecha, una rejilla bajo nuestros pies nos permite ver el cielo. Va delante de mí. Nos asimos firmemente a la barandilla que hay a ambos lados. A medida que subimos y el vacío crece bajo nuestros pasos, se me va formando un nudo en el estómago. Ahora estamos encima de la carretera que discurre paralela al brazo de mar, pronto nos elevaremos sobre el agua; por debajo de nosotros las gaviotas planean y se lanzan en picado chillando, por encima, el rugido de los coches resuena y se amplifica. El viento sopla con violencia y parece cobrar cada vez más fuerza. Sigo a Jason sin apartar la mirada de mis pasos y el vacío, con la mandíbula apretada, que me duele a fuerza de crisparla. Jason se detiene en medio de la pasarela y me indica que tome asiento. Nuestras piernas se mueven en el aire. Abajo, el agua oscura posee una densidad aterradora, se mueve despacio, va y viene en ondulaciones uniformes como si respirara, como el hondo aliento que emerge de las entrañas del mar.

—¡A veces paso por aquí de madrugada para volver al barco! —grita Jason para hacerse oír—. ¡Ayer mismo, sin ir más lejos…!

Saca la armónica y toca una melodía deshilvanada que el viento se lleva. Le alargo un cigarrillo. Fumamos sin forzarnos a hablar. Tengo el corazón enloquecido por el vértigo y la fascinación.

Al volver, me siento como si regresara de muy lejos. Estaba con Jason el Hobbit, caminando por el aire, por encima de los pájaros. El viento tiraba de nosotros. Jason se despide de mí delante de la estatua del marinero perdido. Recorro el muelle hasta el *Rebel*. La noche ha caído sobre el puerto. Pienso en los que han permanecido en un mundo cuadrado con los pies clavados en la tierra, con todo su peso de humanos a cuestas. Siento lástima por ellos. Me gustaría contarles a todos que vuelvo de un lugar más alto que el que surcan las gaviotas, incluso al más grande de los marineros. Pero Jason me ha hecho prometer que no diría nada.

Se ha levantado viento de nuevo. Procede de Japón, según Dave. Las aves vuelan bajo por el puerto. El trabajo se eterniza. Hace un día espléndido en las montañas. Me gustaría ir hasta allí. En derredor, los barcos van terminando unos tras otros. Los hombres se van al bar o a Hawái. Se preparan para la pesca del salmón o lían sus bártulos para marcharse a Juneau, a la bahía de Bristol, a Dutch. Pero en nuestro caso no. La carga de fletanes sigue esperando en la bodega, los palangres no acaban de pudrirse totalmente en cubierta.

—No tengo ni para pipas —dice Jude—. El patrón empieza a ponerme mala cara cuando le pido un adelanto, a lo mejor teme que al final sea yo quien le deba dinero.

—Pues terminará sucediéndote si le pides todos los días. Yo tampoco tengo donde caerme muerto, pero no creo que nos pague el bacalao y el fletán por separado. Y hasta que hayamos descargado, amigo…

—Eh, Lili —me dice Joey—, ¿sabes que se habla de que permanezcas en el *Rebel* para la temporada del salmón? Andy se lo estaba diciendo esta mañana a Gordon, el próximo patrón. A mí también me han contratado.

—¡Qué chollo! —exclama Dave—. *Tendering!* Menuda potra. Te pagan por día, sin deducciones por la comida o el gasóleo, neto, vamos. A cien o ciento cincuenta dólares el día por aprovisionar los seiners. Les pasas hielo, charlas con tíos guapos. Haces la siesta mientras esperas a que un barco se detenga, y después, a última hora de la tarde, aspiráis su pescado. En mitad de la noche partís al encuentro de un barco como el *Alaskan Spirit* o el *Guardian* (no sé si los has visto, unos monstruos de mucho cuidado, una preciosidad de buques…, hice una buena temporada de cangrejo a bordo de uno de ellos) y te quitan el pescado de encima.

—¿Ah, sí…? —digo.

Me imagino el sol de medianoche y a mí misma sentada en los

confines del mundo, meciendo las piernas por encima de un vacío ártico tremendamente azul, tomándome un helado y fumándome un cigarrillo mientras observo cómo la esfera incandescente recorre el cielo y roza el horizonte sin llegar a caer tras él.

—A mí lo que me pide el cuerpo es un paseíto por Abercrombie con una caja de cervezas.

—Ya, siempre y cuando te puedas permitir la caja.

—¿Abercrombie?

—Ay, Lili, ¿no conoces Abercrombie? Tienes que verlo algún día. Desde los acantilados hay unos amaneceres que quitan el hipo…

—Entonces a lo mejor sí que he oído hablar de él… Pero para lo del amanecer es un poco tarde.

—Ya… Siempre nos quedaría la cerveza.

Se me queda pegado un pedazo de carnada entre los dedos. Entonces me viene a la mente el cheque que me dio Andy.

—Si traigo con qué pagar la cerveza, ¿vamos a Abercrombie?

Los chicos no me oyen. Me quito los guantes.

—Ahora vuelvo, voy al banco —les digo.

Corro por la dársena. Los chicos del barco abigarrado me llaman y les respondo con un ademán del brazo. Aprieto el cheque en la mano sucia. Tiro por las arcadas. Oigo un barullo confuso al pasar delante de la puerta del Tony's. Sale un hombre.

—¡Oh, Adam! —digo.

—Ven a tomarte un café, Lili, invito yo.

—Iba al banco para cobrar un cheque, pero no estoy segura de que me lo acepten si el patrón no viene conmigo.

—Aquí te lo cogerán, conozco bien a la dueña.

—Cierra la puerta al entrar.

Susie abre la caja fuerte. Los gritos de los hombres se oyen amortiguados desde aquí. Me tiende dos billetes con una gran sonrisa.

—Tienes suerte, hoy tengo algo de efectivo.

Me reúno con Adam en la barra.

—Este es por lo menos el quinto café que me tomo hoy —dice.

—Te va a dar un infarto, Adam.

—Uno tiene que salir de su agujero. ¿Cuándo vienes a verme?

—Cuando terminemos de trabajar —contesto.

Mis piernas se impacientan bajo la barra. Los muchachos creerán que me he largado con la pasta.

—Pero entonces ¿qué diablos haces aquí si deberías estar trabajando?

—Tenía que hacer un recado para los chicos. Necesitaban dinero en efectivo.

—¿Para comprar más cerveza?

—Sí.

Me echo a reír. Me siento vagamente culpable.

—Todos ellos tienen un problema con el alcohol.

Alzo los ojos hacia Adam, que contempla el local con aire apenado.

—¿Tardarás mucho en construir tu segunda casa? —le pregunto amablemente.

—Bueno, un poco… —contesta sin convicción.

Ha dejado de sonreír.

Los cuatro subimos al truck de Dave. Simon y yo nos apretujamos en la parte trasera, en el minúsculo asiento corrido, comprimidos por los asientos echados hacia atrás. Plazas estrechas para los alfeñiques. Los demás acomodan en la parte delantera sus anchas espaldas de hombres fornidos. Salimos pitando hacia la gran *liquor store* del Safeway, donde los chicos se quedan plantados entre las botellas sin atreverse a decidirse por nada.

Abrimos unas cervezas en el truck. Tengo sed y hace buen tiempo. El viento se mete por las ventanillas bajadas. La carretera plagada de baches se extiende ante nosotros entre los bosques. Solo faltan otras diez millas para llegar al final de esta. Un porche enorme; en él se lee la inscripción ABERCROMBIE. Dave aparca el truck, rojísimo entre los pinos oscuros. Nos encaminamos hacia el acantilado. Preferiríamos no tener que subir por todos esos taludes y estar ya echados sobre la hierba atiborrándonos de cerveza. Pero Dave nos guía hasta hallarnos entre el cielo y la roca. El océano centellea ante nosotros, respira con esa respiración profunda y lenta. Pasan unas aves, se abandonan al aire que sube de entre las rocas. Sus chillidos agudos se mezclan con el carraspeo de las olas que vienen a morir contra la muralla.

Jude destapa la botella arrellanado en el ángulo que forma una roca; Simon se ha sentado un poco más lejos, apartado. Yo, por mi parte, vacilo. Dave se ha plantado frente al mar, con la nuca hacia atrás y las manos a la espalda como para percibir inconscientemente su elasticidad. Se ríe.

—¿Por qué te ríes, Dave?

Se vuelve.

—El kayak aquel, a la derecha del peñasco, ¿lo ves? Ese tío no sabe maniobrar, mañana estará todavía en el mismo sitio… Yo también tengo un kayak. A veces con mi novia… Pero, espera, vamos a tomarnos un trago nosotros también.

Así que me siento a su lado. Me gustan sus historias de kayaks.

—Yo también solía ir en kayak cuando era niño. Me marchaba al bosque con mi hermano... Regresábamos pasados varios días. Mi madre se volvía loca. Teníamos un kayak, un viejo trasto ruinoso con el que estuvimos a punto de ahogarnos muchas veces...

Es Jude quien habla. Muy bajito. Me veo obligada a aguzar el oído para entenderlo entre los gritos de los fulmares y el fragor de las olas. Toma otro trago de ron, tiene los ojos enrojecidos, la cara congestionada. La luz le resalta las venitas de los párpados. Ha encorvado los hombros, que le pesan demasiado. Desvío la mirada. Se queda callado y mira a lo lejos. Simon cuenta algo, pero ya no lo oigo. Contemplo el horizonte, que se ilumina de rojo. Los grandes cobres del atardecer descienden sobre el océano. Pienso en Point Barrow.

Fuimos a dar a la Mecqua. Jason se unió a nosotros y me pidió solemnemente que fuese su marinero durante la pesca del buey de mar. Dave me apretó el hombro con cariño. Había un grupo de músicos instalando los equipos de sonido.

Jude estaba bebiendo en la esquina más oscura de la barra. Me acerqué a él, me daba menos miedo en la oscuridad de un bar. El suelo se tambaleó cuando recorrí la barra, varios hombres se echaron a reír, me reí con ellos. Me invitaron a una copa. Les dije que pescaba. Eran guardacostas. Me desearon que siguiese sana y salva. Ya no les temía a los de Inmigración. El grupo empezó a tocar. La chica que cantaba iba vestida de cuero, con una falda negra cortísima que le ceñía los muslos. Sentí deseos de bailar y beber hasta el amanecer. Me balanceaba junto a la barra. Tenía el ritmo del oleaje en las caderas.

—Podríamos bailar —le propuse a Jude—. ¿Te gusta bailar?

Me miró estupefacto y acto seguido soltó una risa breve (Jude riéndose).

—Oh… Cuando era joven… —me dijo.

—No eres viejo.

Sonrió torpemente. Lo había incomodado.

—Tengo treinta y seis años —murmuró.

—¿Lo ves?

—Pero ya no bailo.

—Mira que soy tonta, te debe de parecer estúpido eso de moverse sin razón alguna.

Volvió a reír.

—No es estúpido. Es probable que antes me gustara, pero ahora cuando estoy en un bar es para beber. Los bares son para eso, ¿no crees?

—Sí —respondí cogiendo un cigarrillo.

Me lo encendió.

—Gracias. ¿De dónde eres?

—De Pennsylvania. No muy lejos de Nueva York.

—Está en el otro extremo del país.

—He visitado todos los estados.

—¿Así que no siempre te has dedicado a la pesca?

—Llevo ocho años en Alaska. Antes trabajaba en los bosques, sobre todo. Mi padre y yo nos hicimos a la carretera. Estuvimos un tiempo dando vueltas por ahí juntos. Encontrábamos trabajo por el camino, en la construcción, un poco de todo, en especial en la tala… No éramos ricos, pero solíamos ganar lo suficiente para la habitación del motel, el bar, llevar a chicas de vez en cuando… Sí, nos lo pasamos en grande… Lo hicimos durante varios años, ir de un estado a otro, de un bar a otro, de una habitación de motel a otra…

—¿Y cómo llegaste a Alaska?

—Nos separamos… Mi padre encontró trabajo cerca de Seward. Una obra en el bosque. Me llevó con él. Yo encontré un barco en el que embarcarme. No he parado desde entonces.

—Así que no tienes realmente un hogar.

Se echó a reír, esa vez sin alegría, con indiferencia.

—No. Tengo el barco cuando salgo a faenar. A veces el motel, cuando estoy en tierra. Los bares. ¿No te parece suficiente?

Se quedó callado. Encogido en su taburete, miraba al frente, a la camarera, la hilera de botellas, la oscuridad del bar, como si hubiera dejado de verme. Encendió otro cigarrillo, tosió, un carraspeo lo sacudió dejándolo fuera de sí, sin aliento, con el rostro enrojecido y los ojos brillantes. Por un momento volvió a ser el gran marinero que erguía los hombros, inflaba el pecho, balanceaba las potentes caderas al ritmo del oleaje. Después se encogió sobre sí mismo, agarró el vaso, se lo echó al coleto de un trago y pidió otro.

—Creíamos que te habías perdido —me dijo Dave cuando me acodé de nuevo en la barra junto a ellos.

Y siguió conversando con Jason, que se acaloraba por unas cuotas de pesca. Sentí deseos de volver. De reencontrar la cubierta del barco en la noche azul. Se me habían quitado las ganas de reír. Los cigarrillos que había fumado me habían dejado un regusto amargo. Recorrí el bar con la mirada. Todos estaban borrachos. Y yo también. Me había perdido la caída de la tarde sobre las aguas del puerto, la llegada lenta e impalpable de la noche.

—Me voy —dije mirando hacia donde estaba Jude.

Tenía la esperanza de que volviese la cabeza. Pero se había olvidado de mí. Estaba bebiendo, nada más. Me sentí muy estúpida. Por un momento el mundo se me antojó un desierto y me pareció que regresar sola al barco, acostarme para empezar de nuevo al día siguiente y continuar, iba más allá de mis fuerzas. Pero ¿qué otra cosa podía hacer? Cogí el cambio desperdigado sobre la barra y me metí los cigarrillos en el bolsillo. De pronto, a mi espalda, alguien me asió por los hombros, sacudiéndolos como si intentara tirarme hacia atrás.

—¿Tú? —solté una carcajada—. Pero ¿qué haces aquí?

—Tenía sed… Tómate una copa, venga, te invito.

El tipo alto y flaco. Reía, orgulloso tal vez al ver la sorpresa que nos causaba, feliz como si regresara de muy lejos tras una larga ausencia, sediento y diez años más joven. Dave soltó un grito de asombro, Jude se volvió y esbozó una sonrisa, Simon brindó alzando la copa en su dirección. Nos sentíamos felices de que estuviese por fin con nosotros. Atrás quedaban A and A* y el respeto silencioso tras las burlas cuando volvía de sus reuniones. Lo fuimos invitando a una copa uno tras otro. Queríamos complacerlo de verdad para agradecerle que se hubiera unido a nosotros.

Se me olvidó que quería regresar al barco, la presencia de Jude dejó de atraerme, repelerme o perturbarme. Todo resultaba fácil de nuevo. No tenía más que reír y beber y dejarme llevar por la vorágine, con el tipo alto y flaco, que rebosaba de júbilo, gritaba, bebía, se desmadraba como en la época en que no era más que un granuja.

Alguien me palmeó en el hombro, «¡Eh, Lili!», y apenas me había dado tiempo a volverme cuando Ian pegó un brinco vociferando con los puños cerrados:

—¡Quítale tu asquerosa mano de encima…! Déjala en paz, ¿no ves que está con su tripulación? ¿Acaso necesitas que te lo explique?

—¡Pero si es Mattis —grité—, déjalo, es un amigo!

Mattis, el hombre que me había invitado a palomitas de maíz y a cerveza, que lloraba al escuchar «Mother Ocean» cuando yo erraba por los muelles a la espera de mi barco… Mattis se quedó allí plantado un momento con la boca entreabierta, tratando de seguir sonriendo, balbució algo, el rostro ancho sorprendido y ofendido y siempre como con agua en los ojos a flor de cara. El patrón se le acercó un poco más, amenazador. Entonces él se encogió y desapareció entre los grupos de parroquianos.

—Pero si era Mattis, ¿por qué has hecho eso?

—Al cuerno con Mattis y todos los hijos de puta que intenten tocarte mientras esté aquí contigo en este bar… Hala, termínate la copa, tengo sed. ¡Lo mismo! —gritó a la camarera—. ¡Un gin-tonic y una Rainier!

Apuré la cerveza y tendí la jarra para la siguiente… La barra se escoraba. Cuando empecé a ver la jarra doble decidí irme.

—Estás demasiado borracha. Te vas a caer al agua. Quédate un rato más, así volvemos juntos.

—No, yo me voy ahora. Tendré cuidado. No me caeré.

—Espéranos. De todos modos el bar no tardará en cerrar… Además, no es seguro andar por ahí sola a estas horas con todos los tíos completamente colocados por la calle. Son capaces de todo.

—Me voy. Siempre regreso sola al barco, a veces incluso bastante borracha. Nunca me ha pasado nada.

—Te acompaño.

Abandoné la muchedumbre. El viento había cesado. Tirité. Era una delicia. Hacía un aire claro y frío. Esperé en lo alto de los escalones de la Mecqua mientras el patrón se despedía. Las luces se reflejaban formando columnas doradas sobre las aguas negras del puerto, que apenas se plisaban. La sombra de la montaña se recortaba en el cielo y al fondo se percibía el monte Barometer, aún cubierto de nieve. Un pájaro chilló. Ian abrió la puerta y apareció tras ella.

—No estoy tan borracha como crees —le dije—. El aire frío me sienta bien. Deberías quedarte.

Me dio un empellón y caí de plano hasta el pie de la escalera. Era mucha altura.

—¡Lili! —gritó—, oh, perdona, Lili…

Se acercó corriendo hasta mí y se puso de rodillas para recoger al pajarito estrellado en el asfalto. No conseguí levantarme de inmediato de lo mucho que me reía.

—¡La puñetera costilla…! —logré decir.

Regresamos entre los trémulos reflejos del agua y el cielo inmóvil, un moaré oscuro y un diamante azul noche.

—¿Lo ves? Es muy fácil caerse, cada dos por tres se ahoga alguno a estas horas de la noche después de haber bebido demasiado —dijo muy serio—. Pierdes el equilibrio y se acabó. Era necesario que te acompañase.

El pantalán resbaladizo oscilaba levemente. Nuestras pisadas producían un ruido sordo sobre la madera húmeda. Miré el agua con cierto respeto.

—Pero yo no —dije—. Sé nadar. Si me caigo al agua, vuelvo a la orilla.

—No, te mueres. Además, nunca se sabe. Igual te topas con algún malnacido…

—Pero si ya no hay nadie.

—No importa. Precisamente. Alguien podría aprovecharse.

Oímos un ruido de motor. Es el *Arnie* que zarpa.

—No volveré a empujarte. Prometido. ¿De verdad te has hecho daño?

—No, qué va, si nos hemos hartado a reír.

—En la Mecqua van a pensar que te he empujado adrede. Eso no me gusta.

Frunce el entrecejo.

—Pues solo tienes que volver y decirles que no es cierto.

—Eso me temo.

—¿Por qué te dio por ir al bar esta noche?

—Me entraron ganas, así de sencillo. Tengo derecho si quiero, ¿no? No estoy casado con A and A… ¿Te parezco idiota?

—No. Me sabía mal dejarte solo en el barco todas las noches. Pero ¿por qué bebemos?

—Porque somos imbéciles.

—Sí, pero ¿por qué?

—Me agotas, Lili, haces que vuelva a sentir sed…

La luz del comedor se ha quedado encendida. Apenas entramos en el barco, nos ciega el neón blanco.

—Ni siquiera hemos comido —suspiro—, no pasa nada… Mañana.

Se burla de mí. Nos miramos. Estamos uno frente al otro. La pesca ha llegado a su fin. Hemos trabajado duro juntos. Él ha desempeñado su función de patrón, dando voces cuando era preciso. Yo, la greenhorn que se ha plegado a las reglas del barco, he cumplido con la mía. Estira un brazo para retenerme. Yo tiendo la mano hacia su rostro, le rozo la mejilla con la yema de los dedos. Posa enseguida sus labios en los míos. Me separo.

—Me voy a dormir… —digo.

Sale. Me acuesto. Me río hasta que todo empieza a dar vueltas y el vértigo me atenaza el estómago. El sueño me cae encima como un mazazo.

Nos despiertan los bramidos del armador. Nos incorporamos con la cabeza confusa, asaltada por un furioso martilleo. Nos levantamos sin proferir una palabra y nos chocamos unos con otros en el exiguo espacio del camarote. Buscamos los calcetines, los pantalones de algodón, las sudaderas. Nos sentimos culpables, como malos soldados a los que pillan durmiendo en el momento de marcharse al frente. Alguien pone café a calentar enseguida, y salimos a cubierta taza en mano. Andy ha debido de ir a despertar al tipo alto y flaco… Siento lástima por él. El sol inunda la dársena. Jude enciende un cigarrillo y escupe estrepitosamente su noche. Me mantengo a distancia. Simon se queja de jaqueca.

—Ese es el precio de una noche de juerga —dice Dave.

Va a orinar a la punta de la cubierta, modula un bostezo al tiempo que se frota los ojos. Ayudo a Simon a colocar los cajones sobre la mesa. Nos metemos en faena con gran esfuerzo. El silencio está salpicado de carraspeos, toses, escupitajos, maldiciones ahogadas de Jude.

—Hay que estar loco para despertarnos de esta manera —digo—, al fin y al cabo el barco es como nuestra casa.

—Estamos en su casa —dice Dave encogiéndose de hombros—, hace lo que le viene en gana. Y está impaciente por que terminemos para recuperar su barco. Necesita prepararlo todo para la temporada de *tendering*.

Olvido a Andy. Me duele el estómago.

—Tengo hambre —suelto—, no he comido nada.

Aparece el patrón. Me sonrojo. Agacho la cabeza sobre el cajón de palangre y me concentro en un empalme.

—¡Hola, chicos! —exclama—. ¿Qué tal habéis amanecido? Yo tengo un dolor de cabeza de narices, una de esas resacas...

—chilla a quien quiera escucharlo. Su voz debe de llegar hasta la otra punta de la dársena. Pero está de buen humor—. Y tú, Lili, ¿te sientes mejor que anoche?

Tengo las mejillas en llamas. La mano me tiembla mientras me peleo con un pedazo de tanza que estoy tratando de introducir en un empalme. Cuando alzo la mirada lo veo reír.

—Ay, esta Lili... Menudo elemento.

Los chicos se vuelven hacia mí.

—¿A que no adivináis lo que me hizo cuando la acompañé anoche...?

Dave ha empezado a sonreír mostrando sus dientes blancos. Siento el peso de la mirada amarilla. Simon aguarda.

—¡Es que estaba borracha! —digo desesperadamente.

—Quise besarla.

—Bueno ¿y qué? ¿Hubo suerte? —se regocija Dave.

—Quise besarla... A simple vista no lo parece, pero es una tigresa de mucho cuidado... ¡Menudo sopapo me llevé!

Respiro aliviada. El tipo alto y flaco me sonríe, burlón. Le correspondo con una sonrisa. Dave se ríe a carcajadas. «Nuestra pequeña *Frenchie*», dice. Jude me mira con respetuoso asombro. A Simon le da igual.

El patrón ha ido a llamar a Oklahoma. ¿Acaso se lo contará todo a su mujer? ¿Que ha roto el juramento hecho a A and A, lo de la cogorza y el beso final? Bueno, eso de beso... La radio vocifera en el barco vecino. Vuelve a aparecer Andy. Lo acompaña un hombre rechoncho y de baja estatura. Tiene unos ojos muy azules, muy redondos y separados en un rostro mofletudo semioculto por un sombrero de fieltro.

—Hola, Gordy —dice Dave—. Al parecer vas a recuperar el barco.

Gordon asiente con su cabeza redonda. Me tiende la mano. Las mejillas se le han puesto sonrosadas. Sonríe muy amablemente.

—¿Quieres trabajar conmigo para la temporada de tendering?

El trato queda cerrado. Gordy se marcha dando pasitos cortos, los ojos nomeolvides bajo el fieltro negro… Esta vez tampoco iré a Point Barrow.

«Falta poco para mediodía. Falta poco para que comamos», pienso. Jude tose. Dave bosteza. La resaca empieza a remitir.

—Vamos a poder repetir lo de anoche —dice Simon.

—No cuentes conmigo, mi novia vuelve esta noche —le contesta Dave.

Jude no dice nada.

—Tengo hambre —digo suspirando.

El patrón ha vuelto, más animado que nunca. Acaba de cruzarse con Andy en el banco, este le ha preguntado qué tal le iba.

—¡Fatal! —gritó Ian a través del banco—, anoche cogí una curda de padre y muy señor mío…

Todos fingieron que no habían oído nada, y Andy se echó a temblar y no contestó. Otro antiguo miembro de A and A, Andy. El tipo alto y flaco está contento. Dice que se ha detenido en el Westmark, el hotel con bar que hay encima del puerto. A juzgar por el brillo de sus ojos, ha debido de tomarse un par de gin-tonics… No para de hablar y quiere ayudarnos a limpiar los palangres. Le hacemos un hueco en la mesa. Vuelve a contar sus sinsabores con Lili-la-muy-salvaje. Los hombres se cansan de la historia, él insiste. El tono cambia.

—Tú lo que quieres es uno más rico —me dice mirándome a los ojos—. Uno más rico y cachas.

—Sí, eso es —murmuro con rabia, encogiéndome de hombros.

Arrojo los guantes sobre la mesa y me voy a buscar un café. Viene a hablar a solas conmigo en el comedor.

—Lili, lo he estado pensando, si quieres nos casamos.

El que me está hablando es un tipo alto y flaco, un adolescente pálido con la cara llena de rasguños. Sus ojos aguardan una respuesta. Le brillan tanto que se diría que los tiene llorosos. Lo miro. «Pero ¿qué he hecho esta vez?», me pregunto.

—No quiero casarme. Tú tienes mujer e hijos. Vas a volver a Oklahoma y yo iré a Point Barrow.

Y entonces entra Jude y se nos queda mirando con expresión suspicaz.

—¿Puedo pasar?

Regreso a cubierta. He olvidado el café. Brilla un sol resplandeciente. Me siento deprimida. Los hombres vuelven a hacer cálculos sobre la carga de fletanes. Nos toca descargar esta noche.

—¿Cómo nos organizaremos esta noche? —pregunta Simon.

—Jude, Joey y yo nos ocupamos de todo —contesta Dave—. Es cosa nuestra. Solo tendréis que limpiar la bodega cuando hayamos terminado y desinfectar y cepillar todos los rincones. Pero el grueso del trabajo nos corresponde a nosotros.

Simon agacha la cabeza. Nos miramos.

—Solo somos unos simples greenhorns —le digo.

Sonríe con un rictus amargo en los labios.

—Ya…, solo dos greenhorns, unos alfeñiques.

Mattis pasa por la tarde. Borracho. Todos estamos trabajando. Se bambolea de derecha a izquierda por el pantalán.

—¿Dónde está ese pedazo de hijoputa de vuestro patrón? —le grita a Jude, que es al que tiene más cerca—. ¡Ve a buscarlo! Vamos a ver quién es el más fuerte aquí, si se atreve a salir…

El patrón está ahí y lo ha oído. Sale de un rincón a la sombra y asoma la cabeza.

—Al parecer me estás buscando.

—Tú, el *motherfucker* que me habló ayer de ese modo… y delante de los demás, encima… Vuelve a hacer algo así y te arreglo esa cara bonita de follador de pescados que tienes.

Sigue gritando mientras se aleja dando traspiés por el pantalán.

Jude aprieta la mandíbula.

—Parece que te ha amenazado, si fuera tú, no me dejaría avasallar.

—Tiene razón —coincide Jesse—, el hijo de perra ese no puede tratarte así.

—Deja que lo agarre —dice Ian—, el muy cabrón tendrá que disculparse.

Tira los guantes al suelo de cubierta, pasa por encima de la amurada y salta al pantalán, el pequeño Jesse sale detrás de él dando saltitos, tratando de alcanzar las piernas largas y flacas. Simon se ríe. Dave no dice nada.

—Espero que no lo arrojen al agua —le murmuro a Dave—. No ha hecho nada, en realidad lleva algo de razón.

—Ya —responde Dave con expresión sombría—, son cosas de imbéciles, eso es lo que son, memeces de tíos. Pero no te preocupes, no van a tirarlo al agua, no en pleno día, hay demasiada gente.

Cinco minutos después nuestros hombres están de vuelta.

Sonríen. No me atrevo a preguntarles si lo han matado. Jesse se acuesta de nuevo a dormir la siesta.

—Ya he trabajado bastante por hoy —dictamina Ian—. Me las piro. Descargamos a medianoche, chicos. El barco debe estar en las conserveras a las once… Os quiero aquí a las nueve.

Dave también se va: «Tengo cita para un trabajo…». Simon se acuesta otra vez. Jude y yo nos quedamos solos con nuestros palangres. Seguimos sin decir una sola palabra. Entonces llega Joey, con un tipo.

—¿Todavía estáis trabajando? Nosotros hace mucho que terminamos… —dice el hombre—. Si por lo menos os hubierais llenado los bolsillos…

Jude no responde. El tipo, ataviado con ropa nueva, extrae un fajo de billetes del bolsillo y lo agita brevemente con una expresión presuntuosa en su cara bien afeitada. Me mira de arriba abajo.

—Una tía…

Me tiende una mano que aprieto en la mía.

—¡Fuerte, además…! Venga, venid que os invito a una copa en el Tony's. Esta noche me cojo una de campeonato…

—No me vendrá mal —dice Jude tirando los guantes sobre la mesa.

Me quedo mirando cómo se alejan.

—¿No vienes? —pregunta Joey volviéndose.

—¿Puedo?

—¡Claro! Si el cretino este ha dicho que nos invita a una copa, eso también va por ti.

Caminan por delante de nosotros. Los seguimos. Diviso a Mattis delante del *Kayodie*, tal vez algo más borracho, me saluda con amplios movimientos del brazo. Por un momento me siento aliviada, no lo han tirado al agua. Contesto agitando la mano, de lejos, no me apetecen más follones. Y no quiero quedarme sin mi copa.

En el bar reina un caos inconcebible. Fin de temporada. Los hombres están exasperados. Llevan demasiado tiempo en tierra. Han recobrado las fuerzas tras la última pesca y ya no saben qué hacer con ellas. Esta noche no es Jimmy Bennett quien llora en la máquina de discos, sino los Doors y AC/DC, que gritan. Joey, que estaba ya algo borracho cuando se presentó en el *Rebel*, remata la faena en la barra, con la frente oscura inclinada tercamente sobre la Bud, cuya etiqueta despega despacio. Me tomo las cervezas con aplicación. Apenas me da tiempo de beberme una antes de que me sirvan la siguiente. Me aburro. La camarera me pone un whisky delante, alguien me invita. Tengo que bebérmelo. Un tipo junto a mí entabla conversación. No alcanzamos a oírnos. Renuncia. Al otro lado, Joey me confiesa sus resentimientos con voz pastosa: «Un indio negrata…, un simple y asqueroso indio negrata…». Letanía oscura. Bebe cada vez con más ferocidad mientras prosigue su monólogo. Se pone hecho un basilisco al ver que la camarera tarda en venir. Esta noche, si no tuviese que regresar al barco para descargar, hasta que llegase la hora de caer muerto, solo sería un asqueroso indio negrata, sumido en la ira, en la indignación. En la vergüenza.

Me quedo mirando el reloj de pared. Me levanto.

—Gracias —le digo al hombre que nos ha invitado.

Joey quiere retenerme, acaba de pedir una cerveza.

—No, Joey, tenemos que estar en el barco a las nueve. Yo me voy.

Inclina la cabeza sobre la barra y farfulla de nuevo: «Indio negrata…».

Me dispongo a salir cuando Jude me llama.

—Espera, voy contigo; si no, no conseguiré largarme nunca.

Hace un esfuerzo ímprobo por levantarse. Se bambolea un poco. Lo espero. Se las ve y se las desea para llegar a la puerta.

Fuera, la luz. Me noto un resabio amargo en la boca. A tabaco y cerveza. Jude escupe por dos. Está a punto de dar con sus huesos en el suelo. Avanzo un brazo y lo ayudo a levantarse. Tiene la cara muy roja, ha envejecido una barbaridad en el tiempo en que nos hemos tomado el par de copas. No me atrevo a seguir mirándolo, me atemoriza su mirada, fija y como alelada; la molicie de sus labios entreabiertos; sus rasgos fofos; su tez como chamuscada, surcada de un sinfín de arruguitas y venitas violáceas.

—Hala, vamos —le digo.

Camino despacio. Lo conduzco del brazo para cruzar. Se deja guiar como un niño soñoliento. Recorremos el muelle. No le suelto el brazo. Falta poco para que el sol desaparezca detrás de la montaña. Unas gaviotas pasan burlándose de nosotros. Mucho más arriba, dos águilas nos ignoran y vuelan en círculo mientras nosotros avanzamos trabajosamente sobre el asfalto. Al llegar al banco de madera blanca, Jude se empeña en sentarse.

—Nos fumamos uno y seguimos… —dice.

Nos sentamos frente a la flotilla. Enciende un cigarrillo.

—Dame uno, por favor, ya no me quedan.

Abre los ojos perplejo, como si acabase de descubrir mi presencia.

—Si me das un beso.

—No.

—Sí.

Tras una breve vacilación, pongo la boca sobre sus labios muy deprisa.

—Uno mejor.

Vuelvo a hacerlo. Me sujeta la cabeza con una mano pesada. Me besa. Su boca sabe a whisky y a tabaco. Me aparto. Se deja caer contra el respaldo del banco, cierra los ojos, respira pesadamente. No me atrevo a reclamarle el cigarrillo. Más allá, en las aguas claras del puerto, se distingue el imponente casco negro del *Rebel*, decorado con una franja amarilla. Nos esperarán a bordo.

Jude abre los ojos e intenta erguirse.

—Vayamos al motel… —dice en voz queda.

Lo miro, los párpados se le cierran sin querer, la cabeza le cae sobre el pecho.

—Tenemos que volver al barco, Jude, no tardarán en desplazarlo.

—Vayamos al motel —repite con tono lento y monocorde.

Creo que no me oye.

—Haz lo que te parezca, yo vuelvo al *Rebel*.

—Espera… Primero dime… ¿eres una mujer?

Tengo un sobresalto. Me lo quedo mirando fijamente sin entender.

—¿A qué viene esa pregunta? No tengo aspecto de hombre… No tengo pelos en la cara ni músculos como vosotros… Los demás nunca me han dicho eso… Ellos sí que lo saben… Además, tengo una vocecita. Que nadie oye.

—No sé… Ni siquiera se sabe si tienes pechos. En cualquier caso, yo nunca los he visto. Es posible que seas un chico joven.

Miro el cielo, la orilla sucia plagada de latas abolladas, una botella de vodka de veintiséis onzas tirada justo por debajo de nosotros.

—Contéstame, ¿de verdad crees una mujer?

—Creo que sí… —murmuro—. Eso es lo que pone en mi pasaporte, «Hembra».

—Vamos al motel, así podré comprobarlo.

—Haz lo que te apetezca, Jude, yo me voy al *Rebel*.

—Primero podríamos ir al motel y luego…

—Estoy cansada. Vamos a llegar tarde. Hasta luego.

—Espera, voy contigo —articula lánguidamente—, vamos al barco, tú te acuestas en mi litera y yo me acuesto sobre ti…

Me levanto. Doy unos cuantos pasos. Me doy la vuelta. No se ha movido. Vuelvo hasta donde está y lo tomo del brazo.

—Hala, ven, que vamos a llegar tarde y tendremos problemas…

No le suelto el brazo hasta el pantalán. Descendemos la pasarela con pasos muy lentos, alguien se cruza con nosotros y nos sonríe, me quedo seria. Le suelto el brazo, el *Rebel* está a tan solo unos metros. Dos hombres bajan del *Arnie*, el vetusto *tugboat* que sale del puerto cada noche para regresar al alba. Jude se detiene y se planta con sus piernas vacilantes ante los hombres para impedirles el paso. Los ojos le centellean, a duras penas consigue articular un gruñido confuso.

—¡Eh vosotros dos…! ¿Dónde está vuestro puto patrón, el maldito hijoputa ese que me sopló el *Arnie* cuando me lo iban a confiar a mí?

Los hombres se echan a reír.

—Debe de estar en la ciudad, de donde tú mismo vienes, le daremos el recado…

Jude se agarra el sexo a través del algodón ligero del pantalón.

—Le diréis… de mi parte… *Suck my dick!*

Llego al barco. Los hombres están en el comedor ocupados preparándose unos bocadillos. El patrón no ha regresado todavía. Dave sonríe cuando entro.

—Ya estás aquí… ¿Muy borracha? ¿Y Jude?

Hago un gesto en dirección al pantalán.

—Creo que está a punto de llegar.

Oímos un ruido sordo procedente de cubierta, maldiciones, un cubo que rueda por el suelo.

—Debe de ser él.

Lo encontramos inconsciente, desplomado entre el pañol y una pila de cajones.

—Eh, amigo, despiértate —le dice Dave sacudiéndolo—, ya dormirás la mona luego. Esta noche tenemos que descargar.

—¿Café? ¿Quieres café? —pregunto.

Abre los ojos, parece asentir con la cabeza. Entro corriendo en el comedor, recaliento un poco de café en el microondas. Regreso a cubierta con una taza humeante.

—¡Despiértate! —le grita Dave—, te vas a beber esto y vas a mover el culo antes de que llegue el patrón.

Jude cierra otra vez los ojos y ya no hay forma de arrancarlo de ese sueño semicomatoso.

Llega Ian. Me vuelvo con la taza en la mano, ya no sé qué hacer con ella.

—Se ha caído… —dice Dave.

Nos quedamos callados. El tipo alto y flaco palidece, él también se queda sin habla unos instantes. Su *long-liner*,* su hombre de brega y confianza en lo que al trabajo se refiere, se ha desplomado en cubierta. Jude abre los ojos. Su mirada ida se endurece, las pupilas se le dilatan, una ola de pavor cruza por ellas. Trata de incorporarse mientras sus miradas quedan clavadas la una en la otra, Jude azorado y avergonzado, el otro presa de un gran desconcierto. Quizá en otras circunstancias Ian le habría propinado unas palmaditas en el hombro, pero la situación exige de él que se comporte como un patrón. Le grita —sin convicción— y lo manda a dormir la mona a su litera. Jude se levanta. Con la cabeza hundida entre los hombros y la espalda encorvada, se dirige al camarote sin apenas tambalearse.

Ian se vuelve hacia mí. Sonríe lastimosamente.

—¿Ves lo que hace el alcohol…? —dice—. Pero bueno, nos las apañaremos, ¿no?

Ian subió al puente de mando sin decir palabra y se sentó frente al puerto. Estuvimos esperando dos horas. Dado que Jude seguía sin levantarse, Ian se puso al timón. Soltamos amarras. Era medianoche cuando salimos de la ensenada. Ni Dave ni Simon pudieron despertar a Jude. Joey estaba borracho pero se mantenía en pie. Dave nos miró a Simon y a mí.

—Lo siento, chicos, pero necesitaremos vuestra ayuda… Vais a bajar a la bodega y nos vais a pasar los fletanes, uno a uno, porque la abertura es demasiado estrecha para meter los *brailers** de la fábrica. Joey y yo nos encargaremos del resto en cubierta.

Hacía frío. Amarramos los cabos a los pilares de madera. No había más barcos, debíamos de ser los últimos en descargar. El patrón subió al muelle. Nos pusimos los impermeables y despejamos la cubierta. Simon y yo saltamos dentro de la bodega. El hielo se había derretido. Chapoteábamos y patinábamos sobre los pescados, en el agua sanguinolenta y fría que había empezado a penetrar en nuestras botas. La costilla se hizo sentir cuando tosí. Miré a Simon y las toneladas de pescado que íbamos a tener que sacar con nuestros brazos. Él tampoco las tenía todas consigo. Terminamos sonriéndonos. Era lo único que podíamos hacer.

Un obrero de la fábrica nos lanzó un cuadrado de mallas gruesas desde el muelle, y Dave y Joey lo extendieron por la cubierta. Les pasamos los bacalaos negros, y ellos los echaron a la red. Cuando el montón alcanzó un tamaño considerable, descendió el elevador de carga. Los muchachos sujetaron a él cada extremo de la red y se apartaron mientras el conjunto se elevaba hasta los muelles de la fábrica para que lo pesaran. Después del bacalao negro le tocó al bacalao, luego al pescado de roca, esos pobres *idiot fishes* con los ojos desorbitados. Pese a la larga estancia en la bodega, seguían teniendo la lengua hinchada.

Breve descanso. Joey nos alargó a cada uno un cigarrillo, tras encenderlo. Resbalé sobre los fletanes al tratar de cogerlo. Caí de bruces. Nos reímos un poco. Yo ya no sabía si reír o llorar. Daba lo mismo, la diferencia no era tanta. Dave nos pasó unas Coca-Colas dulzonas y heladas. Estaba hablando con un obrero y se le ensombreció la frente.

—*Bad news* —dijo entonces.

—¿Qué pasa? —preguntó Simon.

—Hemos cometido una infracción, no cabe la menor duda, la cuota de bacalao negro era de un cuatro por ciento de la captura de fletán. Mil doscientas ochenta libras de bacalao, eso quiere decir que si realmente tenemos diecinueve mil libras nos caerá una multa...

—¿Y entonces? —contestó Simon.

—Entonces lo que vas a ganar no te dará ni para emborracharte en el Tony's... Venga, ahora el fletán, podéis empezar a sacarlo. Ojo con clavar el gancho en el cuerpo, siempre en la cabeza, ¿entendido? Sería el colmo si encima nos penalizasen por unos fletanes estropeados...

El agua nos entraba por el impermeable. Nos corría de las muñecas a los brazos, chorreándonos hasta las axilas. Pronto estuvimos empapados. Clavábamos el bichero en los enormes pescados. Teníamos que tirar de ellos para extraerlos del montón en movimiento, pegándonos un buen resbalón la mayoría de las veces. Dave y Joey se inclinaban por encima de nosotros cuanto podían a fin de agarrar el bichero y subir el fletán a cubierta.

—¿Te duele la costilla?

—Un poco…

Forcé una sonrisa, tenía los ojos inundados de lágrimas y la cara cubierta de mucosidades sanguinolentas. Simon se transformaba, los rasgos pálidos y marcados bajo los cabellos chorreantes se le endurecieron. Puso en su sitio a Joey, casi veinte años mayor que él, cuando este último, aún demasiado borracho, estuvo a punto de herirlo al lanzarle el bichero. Lo miré estupefacta; pronto sería un hombre dispuesto a hacer padecer a otros lo que él había tenido que soportar.

Llevábamos ya varias horas en la bodega. El nivel bajaba lentamente. Cuando de veras me sentí congelada me acordé de Jude, que dormía, y la rabia volvió a infundirme fuerzas. Alcé la cabeza mientras levantaba los brazos para pasarle el bichero y un fletán a Dave y entonces entreví al tipo alto y flaco mirándonos desde el muelle. Se estaba riendo de aquellos dos novatos que chorreaban espuma y agua sucia con el pelo pegado a la frente en mechones tiesos. Gritó algo. Los obreros se rieron con él. Apreté los dientes. Sonreí. «Condenada costilla —pensé—, patrón imbécil.» Volvía a sentirme invulnerable.

La noche palidecía por encima de nuestras cabezas. Ian se había ido a acostar. Habíamos sacado más de veinte mil libras de la bodega, estaba amaneciendo. Los últimos pescados, los de mayor tamaño, se subieron con ayuda del polipasto. Dave nos tendió la escalerilla para que volviéramos a cubierta. Simon y yo nos miramos. Nos sonreímos, habíamos terminado el trabajo. Solo faltaba limpiar la bodega.

—Ya me ocupo yo de ello —nos dijo Dave—, id a calentaros un poco.

Se hizo de día enseguida. Joey despertó al patrón, y largamos amarras. Yo había dejado de toser. Soplaba un aire áspero y crudo. Cuando el barco empezó a moverse se levantó una leve brisa glacial. En la distancia el puerto seguía durmiendo y la flota permanecía inmóvil en su lecho de nácar. Dos seiners se deslizaban hacia nosotros suspendidos entre el cielo y el mar. Sus frágiles mástiles se recortaban contra las aguas brumosas, negros sobre la seda del alba.

El *Rebel* estaba amarrado... Simon me alargó un cigarrillo. Bajo los brillantes ojos tenía unas ojeras muy oscuras. Dave se acercó a nosotros. Ya no sonreía. Nos estrechó la mano, primero a uno, luego al otro.

—Habéis hecho un buen trabajo, chicos. Gracias.

En cubierta solo quedábamos Joey, que cortaba en filetes el pescado que habíamos apartado, Simon y yo. Teníamos hambre, ¿qué tal si comíamos?

El agua chapoteaba contra el casco, la ensenada permanecía inmóvil, sumida en un sueño de ópalo. Todos dormían al fin. Estaba sola con las aves, envuelta en el áspero olor de la marea. Necesitaba correr por las calles aún desiertas... Pero entré. Cogí el saco de dormir del camarote. Dentro, el aire era asfixiante, y un tufo a sudor y a ropa húmeda secándose sobre los cuerpos y el olor extremadamente acre de las botas y los calcetines se entremezclaban con los efluvios del alcohol. Jude respiraba pesadamente. No quería volver a oír cómo se asfixiaba y gañía en un sueño profundo. Apenas entré en el puente de mando, me deslumbró la luz del cielo. Como en los primeros tiempos, hallé mi puesto en el suelo húmedo. El casco de sal se había secado. Me quedé dormida enseguida, con la frente apoyada en las botas sucias, notando la dulce quemazón que me producía la máscara de mucosidad y sangre al desconcharse sobre mi rostro. Salía el sol. Unas manchas cobrizas me bailaban bajo los párpados.

Dormí dos horas. Luego me levanté. Tenía todo el cuerpo dolorido. No se oía absolutamente nada. Los hombres dormían. Era hora de salir de nuevo a la calle. Enrollé el saco de dormir en un rincón. Bajé al comedor. La navaja de Joey seguía tirada encima de la mesa. Sobre la hoja había restos de sangre seca. Me enjuagué apresuradamente la cara bajo el grifo y me desenredé buena parte de los mechones con los dedos. Me disponía a salir cuando percibí una presencia en la oscuridad del pasillo. Se trataba de Jude. Volví la cabeza.

—Voy a salir a tomarme un café —dije.

No se atrevía a mirarme. Me ablandé.

—Buenos días —añadí.

No contestó. Me encaminé hacia la puerta.

—¿Puedo ir contigo?

—Si quieres —murmuré.

La dársena estaba desierta. Caminamos sin pronunciar una palabra.

—¿Es cierto que ayer no hubo manera de despertarme? —dijo por fin.

—Hicimos lo que pudimos. Ni siquiera quisiste tomar café. De todos modos no te habría hecho mucho efecto. Dave y Simon tampoco consiguieron moverte a medianoche. Y eso que lo intentaron…

Se hizo un silencio, Jude bajó la cabeza. Estábamos llegando a las oficinas del puerto. Tres cuervos se disputaban un pedazo de comida sobre el contenedor de basura.

—El patrón debió de ponerse como loco… ¿Qué dijo?

—Nada del otro mundo. Te mandó a la cama. Se veía que no estabas en condiciones.

—Ya, me dirás también que me obsequió con una palmadita en el hombro…

—Pues no puso el grito en el cielo, no, se le quedó una cara rara, me dijo: «¿Ves lo que hace el alcohol…?» y subió al puente.

Llegamos al banco en el que nos habíamos detenido el día anterior. Me ruboricé. Seguramente él lo había olvidado todo. Pero, en ese caso, ¿seguiría pensando que no era una mujer…? Erguí los hombros para sacar pecho, aunque de todos modos no se veía.

—¿Cómo os las ingeniasteis?

—Sin mayor problema. Simon y yo bajamos a la bodega. Le pasamos el pescado a Dave y Joey. Tal vez tardamos más que si hubieras estado allí, pero nadie protestó; además, ya no había ningún barco esperando.

Andaba cabizbajo. Podía sentir su vergüenza. El sol se elevaba sobre la ensenada. Pasamos delante de los bares y caminamos bajo los soportales. Ya no le temía.

—No volverá a suceder —murmuró con voz sorda—, nunca más.

Nos tomamos el café al sol, en la única mesa del pequeño *coffee-shop*. Me invitó adoptando el aire de un hombre que invita a una mujer. Nos lo bebimos demasiado deprisa, quemándonos, porque no sabíamos qué más decir. El apuro de uno paralizaba al otro. Permanecimos como dos *idiot fishes* estúpidos y colorados hasta que Murphy el gordo hizo que nos sintiéramos cómodos de nuevo. Llegó balanceando su colosal cuerpo. El albergue del hermano Francis soltaba a su prole en la ciudad. Murphy había salido a explorar el día. Al vernos desde la otra punta de la calle, se le iluminó el rostro. Nos miró sucesivamente a uno y a otro, un destello divertido rielaba en el fondo de su mirada.

—¡Eh, Jude, Lili! ¿Ya estáis levantados?

La sillita gimió cuando se dejó caer a plomo. Los dos hombres se sonrieron. Jude se irguió e hinchó el torso. Volví a sentirme pequeña y colorada. Murphy buscó unas monedas en el fondo del bolsillo.

—¡Os invito a un café! ¿Un pastelillo, Lili?

No me atreví a decir que sí, no entre aquellos hombretones que solo tomaban whisky o *crack*. Murphy se puso de pie, la silla se enderezó, y entró en el coffee-shop meneando el enorme trasero.

—Es un viejo amigo —dijo Jude.

—Lo sé, me habló de ti.

Jude se quedó mirándome con insistencia un buen rato. Frunció el ceño. Se dominó y bajó los ojos. Ya no podía dárselas de hombre, al menos no después de la noche anterior.

—Sí —dijo entonces, y encendió un cigarrillo.

—¿Vas a quedarte en el *Rebel*?

—Va a aprovisionar otros barcos durante todo el verano, no es lo mío.

—Ya, pero ¿este invierno vas a pescar con nasa bacalaos y luego cangrejos en el mar de Bering?

—Aún no lo sé. Si estoy por aquí, si Ian vuelve a coger el barco y sigue queriendo contratarme... Creo que sí. El *Rebel* es un buen barco e Ian no es mal patrón.

Murphy regresó con los cafés. Una sonrisa de oreja a oreja le dilataba de nuevo la cara.

—Jude es un buen tipo, el gran Jude... —dijo volviéndose hacia mí—. Puedes confiar en él.

Jude esbozó una sonrisa incómoda. Me puse coloradísima de nuevo. Murphy tomó mis manos entre las suyas.

—Caray, jamás había visto una mujer con unas manos como estas. Mira, Jude, son tan anchas como las mías, y duras..., pero llenas de heridas y cortes, ¿nunca te pones guantes?

—Sí, sí que me los pongo, lo que pasa es que no me los cambio enseguida cuando se agujerean.

—Hay que cuidar de ella, Jude, tú que trabajas a su lado, ocúpate un poco de ella... Es como cuando pilló aquello en la mano, podría haberla palmado y vosotros sin daros cuenta.

—Cierra el pico, Murphy, fui yo precisamente quien le dio pastillas todas las mañanas. También fui yo quien habló con el patrón para que dejara de trabajar.

—Creo que ya es hora de irnos —murmuré.

Nos levantamos. Murphy nos guiñó un ojo. Ahora Jude se mantenía derecho.

Regresamos al barco sin cruzar una sola palabra. Jude busca a Ian para pedirle disculpas; ha salido. Dave y Simon se han levantado con mal pie y nos ven llegar con gesto sombrío. Cogemos los cajones. Nos ponemos manos a la obra. Lejos queda el café en la ciudad, Jude y yo volvemos a mostrarnos distantes. Simon y Dave suben los palangres a la cubierta superior y se ponen a trabajar al sol. Nosotros permanecemos bajo el toldo, a la sombra. Jude no parece muy orgulloso desde que se ha levantado de la borrachera. Lo veo detenerse con frecuencia y quitarse el guante para llevarse la mano a los labios. Se la sopla, se la estruja. Con una mueca lastimosa en la cara arrebolada, se chupa los dedos lastimosamente.

—¿Qué te pasa?

—Los dedos… A veces me duelen. Me los debí de congelar un invierno que pasé pescando en una trainera… Suelen dolerme, pero hoy es peor que nunca.

Dave salta a cubierta como un hermoso atleta que ha recobrado sus fuerzas, resplandeciendo como impregnado del sol que inunda el puente.

—¿Lili te ha dicho cuánto hemos capturado?

—No me ha dicho nada en absoluto, aparte de que no quise su café y de que me sacudiste como a un puto enfermo sin resultado.

—Veintidós mil libras, tenías razón. Sin embargo, en lo tocante al bacalao negro las noticias no son tan halagüeñas. Y en eso acerté…

—¿Sí?

—Nos ha salido el tiro por la culata. De la multa no nos libra nadie. El límite permitido era de un cuatro por ciento de la captura.

—¿Y a cuánto asciende la multa?

—Por lo que sé, a unos cinco mil dólares como mínimo. Los deducirán directamente de la parte que nos corresponde.

—No habremos ganado un centavo en toda la temporada entre lo de los aparejos perdidos y el excedente de bacalao, y encima te ríes… Llevo más de dos años trabajando como una mula para no ganar ni un miserable centavo.

Voy al comedor con Dave para prepararme un bocadillo.

—Jude no está muy allá, ¿verdad? ¿Es por lo de anoche? —me pregunta.

—En parte. También le duele la mano. Dice que un día se le congelaron los dedos.

—Debería ir al hospital. Esta tarde tenemos que llevar el resto de la carnada a las fábricas, además de romper todo el hielo y sacarlo de la bodega pequeña. Si se le congeló la mano, nunca será capaz de hacerlo. Y ese tipo de tonterías puede ser grave.

—Sí, se le puede gangrenar —contesto.

Ian lo lleva al hospital. Vuelven poco después. El patrón grita que tenemos que salir zumbando hacia las conserveras. Jude no tiene gangrena. Le busco unos calmantes con codeína debajo de mi almohada. Se traga tres, uno tras otro, bebiendo de una petaca que extrae del petate.

Simon y yo hemos descargado a brazo veintidós mil libras de pescado y dormido apenas dos horas. De rodillas en la bodega, rompo el hielo a golpe de pico. No estoy cansada, quizá no vuelva a estarlo nunca más, quizá bastaba desearlo con fuerza, nunca más tendré sueño. Sacamos las cajas de carnada, pero se nos escurren de entre las manos. Las criaturitas blandas y resbaladizas desaparecen bajo el agua turbia de la bodega. El patrón protesta.

—No es culpa nuestra… —murmuro.

Chapoteamos en la plasta salobre —hielo fundido y cajas de

cartón descompuestas— para recuperar los calamares. Tenemos los guantes agujereados. Jude se detiene cada vez con más frecuencia. La cara se le contrae como si llorara.

—Deja, ya lo hago yo —le digo—, somos bastantes para hacerlo.

Se empecina. Dave lanza la bomba para vaciar el agua. Se ha vuelto a formar hielo en el fondo y en los costados. Le arrebato el pico a Jude.

—¡Deja, que ya lo hago yo! —repito más alto.

Duda un momento y después regresa a cubierta. Pronto me quedo sola en el agujero, ensañándome con las últimas costras de hielo. El frío me araña los dedos, es como si me estuviesen arrancado las uñas.

—¡Lili, sal de ahí de una vez, ya hemos terminado!

Me llaman desde arriba. Pero no consigo detenerme. Tengo demasiada fuerza en mi interior.

—¡Ven a almorzar, Lili!

Saco la cabeza de mi agujero oscuro. Fuera, el sol. Parpadeo. A mi alrededor, el patrón, Dave y Jude, Simon. Los miro a los cuatro, uno tras otro, se apodera de mí la risa, me sacude una alegría de esas como para dejarse caer con la cabeza hacia atrás bajo un cielo de verano. Cierro los ojos. Cuando los vuelvo a abrir, los hombres siguen ahí arriba. Me miran con un asombro cada vez mayor que cobra visos de ternura.

—Pero bueno, Lili, ¿se puede saber qué te resulta tan divertido?

Ian y Dave me agarran de una muñeca cada uno y tiran de mí. Al elevarme en el aire me vuelve a dar la risa.

—¡Estoy volando!

Soltamos las amarras del barco. El *Rebel* va ganando potencia. Me pongo en cuclillas contra la amurada. El sol rebota en el agua y me calienta la piel. Noto el calor del verano en las piernas, musculosas bajo el pantalón de algodón elástico, esa segunda piel otrora blanca. Cierro los ojos. Cuando los abro, descubro a Jude acuclillado a pocos metros de mí. Mis largos muslos son muslos de mujer, juraría que se ha dado cuenta.

—Se está bien al sol —comenta.

El tiempo cambia en cuanto regresamos a puerto. Empieza a caer una lluvia menuda. La bruma llega por el oeste, avanza hacia nosotros tras tomar la montaña. Los muelles se desdibujan progresivamente. Ian ha salido de nuevo. Nos volvemos a poner en marcha.

—Apuesto a que somos los únicos que trabajan.

—Puede ser.

—¿Cuántos palangres nos quedan por hacer?

—Unos treinta.

—No es mucho.

—No, pero hay que hacerlos.

—Mañana salimos a dragar para recuperar los aparejos, ¿no?

—Sí. Otra vez a matarse por nada. Me extrañaría que encontrásemos alguno.

—No podré llevar a mi novia a Hawái, eso seguro —se lamenta Dave.

—Esta vez no… Mi parte es una y media, ¿y la tuya? —pregunta Jude, que se ha detenido, con un muslo flexionado contra el pecho, un talón encima de la mesa y los brazos cruzados como si tuviera frío.

—Lo mismo que tú. Y eso que no soy realmente un long-liner, sino un pescador de cangrejo.

—Hombre, tampoco es que la diferencia sea mucha.

Siento una gran tristeza en el alma, una pena que me dejaría clavada en el sitio, acabo de darme cuenta de que esto no durará siempre, la vida a bordo, los hombres, el barco. Dentro de poco todo habrá terminado, me encontraré en la calle, con el corazón desnudo. El día se alarga. Simon bosteza. Se lo ve gris en la semipenumbra del toldo. Parece que no fuera a anochecer nunca.

—Y decir que prácticamente no tengo ni con qué pagar el billete de vuelta —se queja.

—¿Estás seguro de que te pagan la mitad de una parte?

—Eso fue lo que Ian me dijo al embarcar.

—A mí igual me dan un cuarto de un parte —digo.

—Eso no sería justo —tercia Dave—. Has trabajado tanto como nosotros y has hecho guardia como los demás.

—Sí, no sería justo.

—Por lo menos en lo que se refiere a la pesca del bacalao… Ya en el caso de la del fletán no digo nada.

Simon no dice ni mu. Jude guarda silencio en la otra punta de la mesa. Suelto los anzuelos y el pasador y los miro.

—Soy barata, ¿eh?

—No lo decía para molestarte, Lili…

Todo el cansancio se me viene encima de golpe. Me he equivocado, no era invulnerable.

—Me van a dar un dinerillo… Estas manos que asustan a los hombres, ¿acaso no son manos de trabajadora? ¿Para qué haberme dicho que trabajaba deprisa y bien, y por qué Gordon y Jason me quieren a bordo de su barco? ¿Porque no les salgo cara?

—Eso no es lo que quería decir, Lili…

Tiro los guantes encima de la mesa y entro en el comedor. Me suelto el pelo y me lo cepillo minuciosamente. Cae formando olas sobre la espalda. Me meto en el camarote, cojo mis dólares y me pongo otra sudadera, mi preferida, la que pone *Fly till you die** en la parte posterior. Vuelvo a salir. Paso delante de los hombres, la cabeza bien alta, la melena suelta. Sin dirigirles una sola mirada, salgo del barco. La lluvia cae suave. Tengo el corazón hecho añicos. Que trabajen sin mí. Camino con las botas verdes por el muelle reluciente; hacen que me sienta altísima.

En el Tony's me bebo dos cañas seguidas. Salgo. Camino hasta el Ship's bajo los soportales; el viejo bar está hasta la bandera. Me abro paso hasta la gran barra cubierta de una pátina de mugre, donde una anciana india permanece impasible ante su vasito de aguardiente. Unos hombres cantan a grito pelado canciones del mar. Otros se inclinan sobre sus copas y no alcanzo a verles el rostro. El local está tan oscuro que apenas si distingo las mujeres desnudas de los cuadros, que se funden con la sombra de las paredes.

La camarera se me acerca. Sigue llevando un maquillaje demasiado chillón en el rostro agotado. Nos sonreímos. Me ha reconocido.

—Una Rainier, por favor.

Me invita y, además de la cerveza, me trae un chupito de aguardiente que, aunque no es de mi agrado, apuro de golpe antes de que me vuelva a poner otro.

—Ven a mi casa —me propone—, a veces necesitamos salir de ese mundo de hombres. No te regalarán nada una vez que te hayan dejado sin fuerzas para ellos ganar dólares y se hayan aprovechado de tu trasero para pasarlo bien. No son de los que se enternecen, créeme.

—Me van a pagar un cuarto de una parte.

—Eso de un cuarto de una parte no existe —me espeta—, no son más que carroña, ya te digo, unos gilipollas... No te dejes avasallar. Si no hubieras currado, te habrían mandado a tomar viento fresco y si te he visto no me acuerdo. No te fíes de ellos. Nunca confíes en ellos. Y ante todo cuida de tu trasero.

—No tengo miedo, sé defenderme.

Los hombres tienen sed y piden de beber a gritos. La camarera se aleja guiñándome un ojo. Un hombre se acerca y me indica un taburete libre.

—¿Puedo? —pregunta—. ¿Eres india?

—No... —contesto—, pero sí, puedes sentarte.

—Creía que eras india cuando te veía pasar por la mañana, una joven india de un pueblo de los aledaños que pescaba salmones a bordo de uno de los seiners del pantalán...

Habla con una voz baja y suave, con un tono melodioso y como asombrado, lejano, como si se encontrase a mil leguas de aquí. A juzgar por las botas, las manos y los hombros, la piel curtida del rostro, diría que es pescador. Me cuenta que está a bordo del gran barco rojo fondeado frente a capitanía, el *Inuit Lady*. Que ha estado pescando mucho este año y los tres inviernos anteriores, para su mujer, que quería vivir en Hawái. Ahora se encuentra allí. Pero él tiene que seguir trabajando, y sin descanso, para pagar el préstamo de una casa que nunca ha visto, que ni siquiera desea ver porque su vida está en el Gran Norte y no en la playa de un país de sol y pereza. Su vida está en los bosques.

Su historia es una melopea triste; su ritmo lento, el de una endecha. Está un poco borracho.

—Era muy feliz cuando trabajaba como trampero —sigue diciendo—. Vaya que si lo era… Días largos en el bosque, rodeado de silencio, nieve y frío. Qué feliz era…

Y su voz no deja de repetirse hasta convertirse en una letanía desconsolada que se asemeja a un suspiro. Mira ensimismado al frente, a través de la oscuridad del bar, más allá del aire opaco de humo. Tal vez le parezca estar viendo los altos árboles mientras camina por la nieve que cruje bajo sus raquetas y el viento produce entre las copas un sonido similar al de una sirena de niebla amortiguada por la inmensidad del bosque.

—Entonces deberías volver…

Se vuelve hacia mí. Explota, de súbito exasperado y al borde del llanto.

—¡No te has enterado de nada! Tengo que pagar la casa… ¡Es mi mujer! No me queda otro remedio que pagarle las letras de su dichosa casa. Siempre tengo que andar pasando miserias. Quizá hasta que muera. El mar de Bering en invierno… Tú no sabes lo que es, tú no conoces la miseria… Aquello es pasar miserias, las salpicaduras heladas y el hielo que hay que romper una y otra vez o de lo contrario eres hombre muerto, el cuerpo derrengado, los amigos que pierdes…

—Vaya, perdona… —murmuro.

Se tranquiliza.

—¿No quieres venir al bosque conmigo?

La anciana india me sonríe velada por el humo azulado del cigarrillo, que chupa rozando levemente con los labios. Unos hombres dan gritos, encorvados en el taburete. La camarera que va a tomar el relevo se bebe su whisky de un trago y pide otro en el acto. Mi jarra está vacía. Siento deseos de correr.

—Me llamo Ben —me dice el pescador cuando me levanto.

—Adiós, Ben. Yo me llamo Lili.

Salgo del bar. Ya es de noche. No ha parado de llover. Cruzo la calle y voy hasta el muelle. Un hombre dobla la esquina de la oficina de taxis. Se me acerca cojeando. Me suena su cara de verlo a menudo en la plaza, sentado en un banco viendo pasar los días. En ocasiones está borracho. Pero esta noche no. Se detiene cuando nos encontramos frente a frente y alza hacia mí dos ojos oscuros como pozos negros, una mirada de náufrago. Apenas alcanzo a oír su voz. Habla en una lengua entrecortada y gutural que desconozco. Abro las manos en un gesto de impotencia. Él se encoge de hombros y reanuda su camino.

Llego al barco. En cubierta solo queda Jude anudando brazoladas. Me sirvo una taza de café tibio y me siento a la mesa. Suspiro. Frente a mí, un montón de hebras de tanza blanca. Me pongo a anudar brazoladas, no hay nada más que hacer… Ni siquiera estoy borracha, pero el cansancio se abate sobre mí y me clava al banco. Los ojos se me entornan.

—Empieza a refrescar fuera…

Jude ha entrado, se sienta a la mesa.

—Me estaba quedando dormida. Me has despertado.

Nos volvemos a poner con las brazoladas.

—Las haces demasiado pequeñas —me dice.

—No.

—Sí, mira… Ah, no, tienes razón.

—¿Han salido todos? —pregunto.

—¿Tú qué crees?

—He estado en el bar —sigo diciendo.

—Ah.

—He tomado un montón de cervezas. He conocido a gente.

—No le hagas caso a cualquiera. Hay mucha gente mala por aquí.

—No solo aquí. Sé lo que es. También la hay en el sitio del que vengo… He estado charlando con Sandy, la camarera del Ship's. Hasta me ha ofrecido que me quede a dormir en su casa.

—Guarda las distancias. En su cuartucho se consume droga por un tubo. Encima es lesbiana.

—A lo mejor no… —murmuro—. Además, no veo qué tiene de malo.

Jude debía de tener frío fuera porque se ha sentado muy cerca de mí, con el muslo pegado al mío. Carraspea, vacila y luego balbucea sin despegar los ojos amarillos de la tanza entre sus dedos:

—¿Qué tal si esta noche cogemos una habitación en un motel para salir un poco del barco…? A la larga, la vida a bordo termina volviéndose asfixiante. Más que nada por distraernos un poco, tomar una buena ducha de verdad, quizá incluso un baño, ver la tele, relajarnos, o lo que sea…

Me echo a reír.

—Sí, ya, o lo que sea…

Mi risa lo ha dejado descolocado. No obstante persiste. Siento la presión de su muslo contra el mío. Ian llega en ese momento. Está borracho.

—¡Lili! —grita—, ven, quiero hablar contigo… Acompáñame al puente.

Lo sigo. Tiene los ojos claros y húmedos dilatados. El rostro, exangüe.

—He llamado a Oklahoma… Se lo he dicho todo a mi mujer. Hemos acordado separarnos. Ella se queda con un crío y yo con el otro. Podemos casarnos, Lili… Iremos a Hawái. En la cuenta tengo dinero suficiente para comprarnos un barco. Iremos a pescar juntos por los mares cálidos…

Retrocedo hasta la escalera.

—No —le digo—, no quiero casarme ni ser tu mujer, ya tienes una. Quiero quedarme en Alaska.

Mis palabras hieren al tipo alto y flaco, el que me dijo un día: «¡Qué bonita es la pasión!», mucho antes de embarcar a bordo del *Rebel*. Desciendo la escalera. Me sigue, trata de retenerme. El comedor está vacío. Jude se ha ido. Probablemente le haya entrado sed. El tipo alto y flaco me sigue hasta el camarote, quiere entrar conmigo, pero lo empujo fuera.

—Lili —dice—, Lili, espera…

Yo soy la que va a llorar como esto continúe; si me vuelve a mirar con esos ojos de perro apaleado, seré yo quien llora. Lo empujo. Noto sus costillas bajo mis manos. Antes de que salga, me fijo una última vez en ese niño grande desconsolado con el rostro lleno de arañazos. Esta noche sí que será culpa mía si bebe gin-tonics hasta caer redondo. Me hundo en el catre, mi guarida. Me meto entera en el saco de dormir. He descargado diez toneladas de pescado, he bregado con el hielo de la bodega a golpe de pico, me he rebelado y he ido de bares, he conocido a un trampero triste. Mi patrón quiere llevarme a pescar a Hawái y Jude a un motel. Manosque-les-Couteaux sigue esperándome. Es demasiado para un solo día. Los hombres se han marchado al bar. Oigo el agua deslizándose por el costado del barco.

Es mediodía. Esperamos al patrón. Llega tarde, otra vez borracho. Parece agotado. Los hombres no dicen nada, se limitan a bajar la cabeza. Soltamos amarras. El *Rebel* sale del puerto. Dave y Jude hacen un ademán con la cabeza.

—Sí, será mejor que duerma. Está cansado.

No dicen nada más. Lo mandan a la cama afablemente. Jude y Dave se turnarán para dirigir el barco hasta las aguas en las que han debido de derivar las líneas perdidas.

El mar está quieto, rutilante. Terminamos de reparar los últimos palangres a cielo abierto, en la cubierta superior. Se ha retirado el toldo de aluminio antes de zarpar. Jude se ayudaba con el elevador de carga para retirar un lote de cajones de cubierta, con el rostro arrebolado, deslumbrado por la luz que reverberaba en las aguas del puerto. Yo acababa de llegar de la ciudad. Jason estaba conmigo. Me había regalado una armónica. Me quedé mirando a uno y a otro. Pensé en el sol de las noches de Point Barrow.

—¿Vendrás a pescar conmigo en el *Milky Way*? —me preguntó Jason.

Vacilé. No lo sabía.

—Seremos los gitanos del mar —siguió diciendo—, me enseñarás a escupir fuego, yo haré contrabando e iremos de puerto en puerto… Beberemos como piratas de verdad, y tú bailarás sobre las barras mientras yo toco la armónica…

Trabajamos a pleno sol. La luz nos lame los pómulos, nos quema la frente, nos seca los labios. Nos devora el rostro. Simon canturrea. Jude, impasible, trabaja con la frente inclinada sobre el palangre. Hay unas focas tumbadas sobre las rocas.

—Me gustaría ser una foca calentándose al sol —digo en voz alta.

Simon y Jude se echan a reír.

Llevamos más de veinticuatro horas paseando un arpeo unido

a doscientas brazas de línea por las aguas en las que pescamos. No encontramos los palangres por ningún lado. Ian se une a nosotros en cubierta. Desde que se ha despertado se muestra glacial. Al final me ha olvidado. Lili, borrada. Solo le queda un greenhorn al que vocear sus órdenes.

—Seguimos buscando más al este —anuncia.

Eso supone tener que alejarnos aún más de Kodiak. Simon palidece.

—Pero si me habías dicho que... ¿Y mi avión?

El patrón le responde al punto.

—¿De veras crees que así es como se pesca? —le ladra—. ¿Hacemos nuestras ocho horas y después regresamos tan ricamente para apoltronarnos delante del televisor? ¿De verdad piensas que hemos consumido todo este gasóleo en vano, que vamos a abandonar la búsqueda cuando las líneas tal vez se encuentran a unas pocas millas de aquí... y que vamos a volver a pagar por ellas después de haber trabajado como animales? ¿Un paseo por el mar y todo este gasto de combustible para que al señor le dé tiempo de coger su avión? La próxima vez no te embarques, muchachito, quédate en casa en California.

Simon le planta cara a Ian por primera vez. Se levanta, pálido de furia, la mandíbula apretada.

—Me lo prometiste cuando compré el billete... —le dice con una voz opaca, que apenas si logra contener—. Era la condición para acompañaros. Me diste tu palabra...

Ian grita y se escabulle. En el puente de mando, Dave no ha visto nada. Jude está ido. No ve nada, no oye nada, no dirá nada. Siento un súbito desprecio por el tipo alto y flaco, por su cometido como jefe a bordo, por Jude, por el silencio o la hosquedad de los hombres fuertes, esos hombres todopoderosos que nos impresionan con su experiencia, con el misterioso conocimiento que esconden tras su frente impenetrable, con el estruendo de su voz en los momentos de agitación. Un silencio produce tanta indiferencia como sumisión.

Los dos greenhorns intercambian una sonrisa lánguida. El patrón ha desaparecido en el puente de mando. Simon forma parte del barco mientras se halle a bordo. ¿Acaso ha sido el orgullo de haber descargado la *load* de fletán, de haber sido ascendido al rango de Jude durante una noche, el viril apretón de manos de Dave por la mañana, lo que le ha hecho olvidarlo? Mira fijamente el horizonte, con un atisbo de zozobra agazapado en lo más profundo de su mirada azul, que pugna por ahogar para que no se apodere de él completamente. No puedo ayudarlo. Le tiendo un cigarrillo. Fumamos en silencio mientras seguimos trabajando. Mis ojos se deslizan por encima de Jude y se niegan a verlo. Miro hacia el cielo. ¿Cuándo me iré de una vez por todas a Point Barrow?

Al día siguiente una línea se engancha en el arpeo al primer intento. Luego otra… Los ánimos se apaciguan. Ian promete que le comprará otro billete a Simon. Terminamos de limpiar el último palangre. Los cajones están ordenados a ambos lados de la cubierta. Los estibamos firmemente. Esta noche cenaremos fletán asado por Jude en una barbacoa improvisada. Nos vamos a acostar. Jude nos llama cuando todo está listo. El sol lo ha quemado, como un alcohol más fuerte que el que nutre sus noches. Regresamos. Las montañas verdes se han tornado malvas. Olas de epilobios cimbreantes ondulan bajo el vuelo rasante de las águilas. Jason dice que son sus flores favoritas. No nos queda mucho tiempo juntos a bordo. Los hombres ya tienen la mente en otro sitio. Ian no me ha vuelto a hablar de ir a pescar al mar de Bering. Tímidamente, me atrevo a mencionárselo. Se muestra evasivo, después se ablanda un poco.

—Regreso a Oklahoma. Ya veremos. A lo mejor…

Cobramos la paga.

—Jamás había trabajado tanto por tan poco —dice Dave, y añade—: Ya nos recuperaremos este invierno con la temporada del cangrejo… —Y se echa a reír.

Simon ha cogido el primer avión para San Diego. Jude se ha metido el cheque en el bolsillo sin proferir una palabra y ha salido.

No me han pagado un cuarto de una parte, sino la mitad de una parte. Tendré lo suficiente para comprarme unos buenos zapatos. Están rebajados. Unos Redwing. Los mejores, dice Jason, que cuando no lleva las botas no se pone otros. Me sobran unos cuantos billetes arrugados que guardo con cautela bajo la almohada, junto con mis documentos, los caramelos pringosos y la cajita de tabaco de mascar. A continuación todo sucede muy deprisa.

El gran marinero

La temporada había tocado a su fin. Todos dejaban el barco. Yo tenía una plaza a bordo para la siguiente. Habíamos terminado de desmontar el último toldo de aluminio de la cubierta. Jude, el gran marinero, manejaba la grúa cerveza en mano, con la frente chorreando sudor y la cara muy roja.

Caminaba por los muelles. Había terminado de limpiar la bodega de pescado mientras Joey restregaba con un estropajo metálico los peldaños que conducían al puente. Caminaba, con mis bonitos Redwing en los pies, orgullosa del sonido que producían mis pisadas sobre el alquitrán de la carretera. Hacía bueno. Tenía hambre... Tal vez me detendría un segundo a comprar un café y un panecillo en el supermercado de la zona... De pronto un miedo cerval se apoderó de mí. ¿Y si ya se habían ido? ¿Y si ya se habían ido todos? Me moriría. Todo me venía por oleadas... Había llegado sola, desde muy lejos, «me gustaría que me adoptase un barco», murmuraba en medio del gran silencio ventoso de mis primeras noches, tendida en el suelo de la casa de madera contemplando el cielo oscuro —«la noche de Alaska, y el vendaval, y yo dentro», pensaba entonces hasta quedarme dormida—, «me gustaría que me adoptase un barco». Y embarqué, había encontrado mi barco, más negro que la noche más oscura. Los hombres eran bruscos y robustos a bordo, me habían dejado sin litera, tirado el petate y el saco de dormir al suelo, gritaban, yo tenía miedo, eran bruscos y fuertes, eran buenos, tan buenos para mí, todos eran Dios para mí cuando alzaba los ojos hacia ellos. Me había casado con un barco. Le había dado mi vida.

Eché a correr frenéticamente, las gaviotas eran haces blancos, los sonidos del puerto, las sonoras voces de los hombres, el ruido de un elevador de mástil y el elevador de carga subiendo, balanceándose en un cielo azul intenso por el que planeaba un águila, las bofetadas de colores y las brazadas de viento… En el barco no quedaba nadie. La cubierta estaba desierta y desnuda. Los impermeables que colgábamos bajo el saliente de la cubierta superior habían desaparecido. Todos salvo el mío. El impermeable amarillo y naranja desparejado y de mala calidad del Ejército de Salvación, agujereado. Me quedé petrificada, de pie en la cubierta bañada en una luz cegadora, con la mirada fija en los ganchos desnudos. La temporada se había terminado. Se habían ido. Ni siquiera me había muerto. Me metí corriendo en el camarote. Las literas estaban vacías, un calcetín olvidado, solitario, seguía tirado en el suelo. Nada más. Bueno, sí, mi saco de dormir, mi ropa enrollada a trancos sobre una almohada sucia. Se habían ido. Ni siquiera nos habíamos despedido. Me dejé caer en una litera, consternada. Me había quedado huérfana. «Me gustaría que me adoptase un barco», murmuraba dos meses atrás —una eternidad—, al principio de la aventura. Esta se había terminado. Yo le había dado todas mis fuerzas. Le habría dado mi vida. Dormía en el calor del sueño de los hombres. Les pertenecía. Mi corazón les pertenecía por completo.

Joey apareció en el marco de la puerta y achicó sus ojos rasgados de indio.

—¿Qué demonios haces ahí a oscuras?

Sostenía una Budweiser en una mano y un cigarrillo en la otra. Debía de haber bebido bastante a juzgar por su mirada alborozada y el brillo de las pupilas en su rostro oscuro.

—¿Se han ido?

—Todos, han puesto pies en polvorosa. ¿No creerías que iban a quedarse hasta Navidad…? He terminado de sacarle brillo a la cabina y al fogón. Estoy esperando a Gordon para saber cuándo empezamos a colocar el material…, los tanques de agua y gasóleo, las provisiones de comida… Pero no te quedes ahí a oscuras, Lili, ven a tomarte una cerveza en cubierta, Gordon no está. De todos modos nos hemos ganado un descanso.

Me puse de pie y lo seguí. Sacó un paquete de cervezas al pasar delante del frigorífico. La luz de la cubierta me quemó los ojos. Joey me tendió una cajetilla de tabaco.

—Sírvete tú misma. Sírvete cuando quieras, no hace falta que me pidas permiso.

—Gracias, Joey… ¿Cuándo empieza la temporada?

—Se supone que deberíamos salir de Kodiak dentro de una semana. Hace tiempo que ha empezado la pesca del salmón, pero no había demasiado trabajo para nosotros al principio, en cualquier caso no el suficiente para llenar el barco con lo que los seiners podrían habernos traído cada noche. —Me mira con gesto amable—. Ya verás, será pan comido para ti, nada que ver con la temporada que acabas de hacer, una paga fija por día durante tres meses… En septiembre serás rica, podrás largarte a un lugar soleado…

—¿Y si le dijera a Gordon que ya no quiero hacer la temporada? —murmuro en voz baja, casi en un gemido—. Creo que no me encuentro con ánimos para nada, solo tengo ganas de ir a Point Barrow… ¿Se enfadará si desembarco?

Joey me miró con estupor.

—Pero, Lili… No se rechaza una temporada de tendering en este barco. ¿Qué demonios quieres hacer allí?

—Ir a ver el final del final.

—La Tierra es redonda, Lili. No es el final de nada en absoluto. No hay nada que ver allí, ya te lo hemos dicho… Un país desolado, gente desdichada, que anda borracha o colocada todo el año, o ambas cosas, que viven del *Welfare* y de los ingresos del petróleo mientras sueñan con irse a otro lugar, esquimales que lo han perdido todo, fundamentalmente la dignidad, y que te comerán viva. Además, ¿cómo pretendes llegar hasta allá arriba? Con lo que has ganado no podrás pagarte el billete de avión…

—Haré autoestop.

—La carretera está cortada justo después de Fairbanks, te dejarás la vida en el empeño, todo eso solo por ver un pedazo de roca que pronto estará helado.

—Después de la carretera está la pista para los camiones que abastecen el oleoducto.

—Estás loca, lo que estás es cansada, te hace falta una buena cerveza y varios días de descanso. Llevas dos meses trabajando día y noche o casi… Has currado tanto como esos tíos que son dos veces más voluminosos que tú y llevan toda la vida haciendo esto. Tu *day off* te lo doy yo ahora mismo. Hasta mañana no haremos nada. Le diré a Gordon que he sido yo quien te ha mandado a dar una vuelta. Lo entenderá, es un buen patrón, ya lo verás, nunca levanta la voz. Y conoce su oficio.

—Vale, gracias, Joey.

Tomamos una cerveza y nos fumamos un par de cigarrillos. Gordon no llegaba, así que salí del *Rebel*. Anduve por los muelles, bordeé las fábricas de conservas Western Alaska, que difundían aquel hedor nauseabundo por la ciudad; el tiempo estaba cambiando. Después pasé junto al embarcadero del ferry. El *Tustumena* estaba atracado. Me quedé mirando a la gente que subía por la alta pasarela. Seguí por Tagura Road. Iba camino del astillero cuando alguien me llamó. Me volví. En la carretera blanca dos siluetas proyectaban sendas sombras negras. Una enorme que parecía balancearse a un lado y a otro; la otra, más larga, con aquella cabellera pelirroja que la luz hacía llamear como un casco de oro. Venían hacia mí.

Reconocí a Murphy. Me había cruzado con el otro en la plaza. Los esperé. Sentía el calor del sol en la nuca.

—Te estábamos buscando —dijo Murphy cogiendo resuello.

—¿A mí?

—Tenemos algo para ti...

Murphy me tendió la mano. En su palma regordeta, entre los dedos separados y amorcillados como los de un recién nacido enorme, había una cajita engastada con láminas rojas y negras. Su compañero extrajo del bolsillo un camafeo de imitación de nácar.

—Vaya, muchas gracias... —dije—. Pero ¿a qué se debe?

—Solo es un regalo... —contestó Murphy con una bondadosa sonrisa que le arrugó la cara, congestionada por la caminata.

—Pero ¿por qué?

—Porque nos caes bien, así de sencillo. Nos alegramos de verte.

Se fueron como habían llegado. Me quedé nuevamente sola en la carretera. Acaricié la madera pulida y guardé la joya en la cajita. Tenía hambre. Regresé a la ciudad. Había un gentío enorme en la calle; la flota de pesca había vuelto. Las puertas de los bares estaban abiertas de par en par como si dentro faltara el aire. De los antros sombríos salían gritos, risas, yujus desenfrenados, salvajes, en ocasiones el tintineo de una campana. Me habría gustado entrar en las guaridas oscuras, las jaulas de fieras. Pero ya no me atrevía. Cuando pasaba por delante lo hacía como alma que lleva el diablo. Los demás se habían marchado sin despedirse de mí, sin que hubiésemos ido a pintar la ciudad de rojo. No obstante me lo habían prometido. Sentí deseos de morir de lo triste que estaba. Me entraron ganas de comer palomitas y giré en la esquina de la liquor store.

Me di de bruces con él. Jude. El gran marinero. Había vuelto a perder el hermoso furor de pescador y los hombros se le encorvaban. Andaba con paso torpe, como por una tierra desconocida, indeciso respecto a sus andares y a su dirección, el rostro escarlata y la mirada vacilante. El león de los mares se había vuelto a transformar en oso.

—Todo el mundo se ha ido… —balbuceé.

—Sí —dijo—. Temporada mala. Es hora de pasar página.

—Ah…

—¿Adónde vas?

—Voy… voy a comprar palomitas.

Sonrió, levemente. Como si tuviera miedo, cerró los ojos, tomó aire e hinchó el pecho. Se pasó una mano lenta por la frente.

—¿Te puedo invitar a una copa?

Acepté. Entramos en el bar que había a dos pasos de la liquor store. Durante unos segundos permanecimos indecisos en la repentina oscuridad, en medio del vocerío, el humo... Después se acercó a la barra y lo seguí. Había dos taburetes libres. Nos tomamos una cerveza apresuradamente. Quizá teníamos miedo, no sabíamos qué decir. Nos habíamos marchado del barco. Ni él ni yo formábamos ya parte de nada.

—Salgamos de aquí —me dijo.

Fuera, la luz, el viento, la gente y la liquor store. Entró en ella. Se dirigió directamente hacia la pila de Canadian Whisky y cogió sin mirar una botella de diez onzas. La botella era de plástico. Sin detenerse fue hasta el fondo de la tienda, abrió una puerta de cristal y agarró un paquete de doce Rainiers frías. Todo ello no duró más de un minuto. La mujer rolliza que estaba detrás de la caja volvió hacia él un hocico pálido y macizo antes de examinarme con descaro. ¿En qué estaría pensando? Me dio miedo. Me ruboricé. Salimos.

—¿Te apetece que vayamos a tomarnos una cerveza? Al sol. En realidad no me gustan mucho los bares. Demasiado ruido, demasiado humo. Y son muy caros.

—Sí —respondí.

—¿Cómo dices? Tienes una voz que jamás he conseguido entender. Que apenas he oído.

—Sí —repetí un poco más fuerte.

Dejamos atrás los bares y enfilamos la carretera que llevaba al ferry. Caminábamos en silencio. El sol nos quemaba la cara. Marea baja. El olor fresco y levemente fétido del agua se confundía con los efluvios acres de las chimeneas de las fábricas de conservas.

—Apesta —observó.

—Pues a mí hasta este olor me gusta.

Me lanzó una mirada afilada y sorprendida.

—Me gustaría coger el ferry algún día —continué diciendo.

—Estaré a bordo de él en menos de una semana. Tengo unos amigos en Anchorage. Tal vez busque un barco en el que embarcar. O tal vez me vaya a Hawái.

—¿A Hawái?

—Tengo un hermano allí. Vive en la isla grande con la imbécil de su mujer. Me gustaría pescar en el Pacífico Sur.

—Yo quiero ir a Point Barrow.

—Eso he oído a bordo... ¿Qué narices se te ha perdido allá arriba? ¿Y cómo piensas llegar hasta allí?

—En autoestop.

—No sabes dónde te metes.

—No tengo miedo.

—No llegarás entera. Conozco al tipo de personas con el que te encontrarás por el camino, completamente sola en la carretera desierta... Viví varios años en Nome, es la misma clase de sitio. Alcohol y drogas. Allí les importa un bledo la ley... Frente al océano glacial, después, bosques que se extienden a lo largo de cientos de millas, a continuación, montañas desérticas, al final de todo... ¿Crees que serás capaz de apañártelas sola?

—A lo mejor debería comprarme un arma.

—¿Sabes utilizarlas?

—No.

«En el lugar de donde vengo también se puede morir», pensé.

—Pues aun así me gustaría ir —dije en voz más baja.

Los ojos amarillos volvieron a posarse en mí.

—*Are you a runaway?* —murmuró.

—No lo creo.

Caminamos junto a la orilla. El agua resplandecía bajo el sol. El pequeño puerto, no mucho más que un pontón de madera entre barcos de pesca que aguardaban. Me preguntaba si debía seguirlo. Parecía embotado y cansado, amargado, tal vez; el mar, el mar de verdad estaba tan lejos, tan lejos de nosotros el océano y el marinero que le plantaba cara. En lugar de eso, tenía ante mí las calles demasiado concurridas, el caos de los bares y a aquel hombre que caminaba cansinamente con el petate cargado de cerveza. Así y todo, continué.

Pronto no hubo más casas ni más barcos, nada, solo un extenso solar abarrotado de nasas herrumbrosas y destrozadas, chapas torcidas, planchas de aluminio amontonadas sobre la hierba extraordinariamente verde y los epilobios malva, trasmallos rotos y redes enmohecidas. Jude se detuvo para sonarse con los dedos y escupió lejos. Volvió a pasarse una mano lenta e incómoda por la frente sudorosa y sonrió con timidez.

—Podríamos sentarnos por aquí… La orilla está limpia.

—Sí… —contesté.

Nos sentamos detrás de las nasas. Frente a nosotros se hallaba el canal, por el cual pasaba un barco de uvas a peras. Pensé que seguramente nos veían, con el rostro colorado asomando entre la hierba, y que tal vez les sorprendería ver aquellos dos faros perdidos entre la chatarra, a dos pasos de las arcadas del gran puente que unía la carretera con la bahía de los Perros.

—Estamos casi debajo del puente —dije con voz sofocada.

No respondió. No había nada que responder. Abrió una cerveza y me la alargó. Encendió un cigarrillo, lo sacudió un golpe de tos, después escupió lejos con el potente soplido del hombre que conocía, el hombre que le gritaba al mar.

Nos bebimos todas las cervezas. Deprisa, porque no sabíamos qué más decir. Teníamos demasiado calor. Como no nos quedaban cervezas, no disponíamos de nada con qué mantener ocupadas las manos, la boca. Entonces, él estiró desmañadamente un brazo hacia mí, me lo pasó por los hombros y, haciéndome rodar, me atrajo hacia él.

El sol incidía directamente en su rostro. Estaba tendido sobre la hierba. Me fijé en la luz en sus ojos amarillos, los filamentos rojos de sus iris, los párpados pesados, los finísimos capilares bajo la piel quemada. Cerré los ojos y besé fuerte, muy fuerte, aquella boca caliente y viva contra la mía. Estaba ardiendo debajo de mí. Yo era pequeña y flexible y ondulaba sobre él. Se incorporó y se puso encima de mí, aplastándome con todo el peso de su cuerpo. Suspiraba. Sonreía. «Dios mío... Dios mío...», decía.

Estamos caminando por la carretera blanca con las mejillas encendidas bajo un cielo azul. Después de rodar sobre mí se incorporó.

—No podemos quedarnos aquí. Si alguien nos ve... Vayamos al motel, ¿te parece?

Volvimos a sentarnos. Me enjugué su saliva de los labios. Contó los billetes arrugados que tenía en los bolsillos.

—No llevo suficiente... —Se volvió hacia mí y me dijo abochornado—: Si me lo puedes adelantar te lo devuelvo esta misma noche.

Me hurgué en los bolsillos. Llevaba treinta y un dólares.

—¿Acaso cuesta más?

Me dirigió una mirada amable y rio por lo bajo.

—Cómo se ve que no sueles ir al motel... Pues claro que no será suficiente. Pero conozco a alguien en el puertecito. Su barco estaba ahí mismo hace un rato, vayamos a echar un vistazo.

Allí estaba el hombre, severo, muy alto y tieso en la cubierta de un pequeño seiner equipado para la pesca a la cacea. Llevaba el pelo gris sujeto con una cinta azul desvaída. Este le caía por debajo de los hombros y un soplo de aire se lo enredaba con la larguísima barba que lucía. No esbozó sonrisa alguna al vernos llegar. La mirada de acero blanco no pestañeó. Jude le habló en voz baja. Me aparté, las mejillas me ardían cada vez más. Debía de ser la cerveza o la vergüenza. El hombre sacó una cartera del bolsillo y le alargó un billete.

—¿Será suficiente?

Me recordaba a un hombre de hierro, allí, quieto bajo el sol, viendo cómo nos alejábamos, con los brazos sarmentosos cruzados sobre el pecho huesudo y el cabello plateado entreverándose con el vuelo de los pájaros cenicientos. Llegamos a las calles del puerto sin decir una palabra.

—Me apetecen unas palomitas... Me muero de hambre —murmuré al pasar delante del cine.

Jude entró y me pidió el cucurucho más grande. Me acordé del whisky que llevaba asomando del petate.

—El plástico debe de darle un sabor raro al whisky, ¿no?

—Este whisky no está hecho para durar mucho, apenas le da tiempo a coger el sabor de la botella. —Sonrió.

Entonces llegamos al motel. Hay dos en la ciudad.

—¿Por qué no vamos al otro? —pregunto—, ¿por qué no el Star?

—Al Star voy a veces con amigos. Nos metemos diez en un

cuartucho… Nos corremos una juerga de aúpa. El Shelikof no tiene nada que ver.

Las mujeres de la recepción me dan un poco de miedo. Ardo de impaciencia por estar en la habitación, lejos de toda esta gente. En la habitación me entra frío de repente. Jude me envuelve con sus enormes brazos. Me rodea el rostro con sus palmas ásperas. Noto la pared, fría contra la curva de mi espalda. La *runaway* se encuentra atrapada. Casi lloraría por ello. Me quita el jersey y luego la camiseta. Le agarro la cabeza, la melena revuelta, la poderosa nuca. Lo miro. Contengo un sollozo. Con delicadeza, me empuja hacia la cama. Entonces se vuelve cálido y agradable.

—*Tell me a story…* —murmura. Tiene una voz baja y lenta, sorda, dulcemente ronca. Suelta leves bufidos—. Cuéntame una historia…

Más tarde destapa la botella con los dientes, sigue tendido sobre mí, se toma un buen trago.

—¿Quieres? —me ofrece a media voz.

—Sí —contesto con voz aún más baja.

Así que se toma otro trago y se inclina sobre mí. En su beso, un sorbo de alcohol, un ámbar abrasador que me deja sin aire. Vuelve dentro de mí, los ojos dorados no se apartan de mí, se me clavan más y más hasta quemarme el alma.

Duerme, y yo lo miro. Con sorpresa y turbación. El pesado pecho, blanquísimo, se eleva y desciende lentamente. Su amplio torso está cubierto de una pelambrera rizada casi rojiza. La tos lo sacude de súbito, rasgando el silencio de la habitación. Es un rugido tremendo que ni siquiera lo despierta. Me aplasto contra las sábanas, me agazapo bajo el edredón. A mi lado duerme un león de verdad. Acecho con los párpados entornados, aguantando la respiración. A esta hora, fuera, el puerto cambia de olor y de color mientras la marea sube. El viento del atardecer. Las gaviotas. Recorrer las calles. Tengo hambre. Me paso una mano por el estómago vacío y hueco, por el afilado arco de las costillas. En la mesilla de noche, las palomitas de maíz. Extiendo el brazo furtivamente, cojo cinco pétalos blancos y me los meto en la boca. Crujen bajo mis dientes. Noto el sabor de la mantequilla y los granos de sal sobre la lengua. Los ojos amarillos se abren. Doy un respingo. Me trago la palomita de golpe y sonrío descolocada. Me rodea los hombros con un brazo pesado que acerca y aleja de él. Sus gruesos dedos se deslizan por mi mejilla.

—Eres lo mejor que me ha sucedido en mucho tiempo.

Pienso en los muelles y las gaviotas. Correr con el aire de la tarde.

—Hacía tanto, tantísimo tiempo que no estaba con una mujer… —Retira la mano de mi mejilla y agarra la botella de la mesita de noche. Se incorpora y toma un buen trago. Tose—. ¿Quieres?

—Sí… No… Un poco.

El alcohol es demasiado fuerte. No me gusta el whisky.

—¿Volveremos a vernos? —pregunta.

Sigo pensando en las gaviotas.

—No lo sé… Te marchas dentro de poco, y yo embarco. El *Rebel* zarpará en cuanto lleguen los salmones.

—Aun así podemos volver a vernos. También puedes venir conmigo.

—¿En el ferry? ¿A Anchorage?

—A Anchorage y a Hawái. O a donde sea.

—¿Entonces nada de Point Barrow? —digo riéndome quedamente.

—Nada de Point Barrow.

Coge los cigarrillos, me enciende uno.

—Gracias —le digo.

La noche está a punto de caer sobre el puerto. El cielo, que
acecho a través del cristal de la ventana, ya ha perdido su brillo.
Quizá Gordon me esté esperando en el barco. Quizá me haya estado esperando. Un enorme desaliento se cierne de súbito sobre
mi corazón. No tengo ganas de volver a embarcar. Me siento cansada y me gustaría pertenecerme a mí misma. Point Barrow o recorrer los muelles.

—¿Me dejarás marchar? —pregunto en un murmullo. No me
oye—. ¿Me dejarás marchar? Me gusta ser libre para ir a donde
me apetezca. Lo único que quiero es que me dejen correr.

—Sí —dice—, sí, claro…

Alzo los ojos después de haberlos bajado mientras hablaba
cada vez más deprisa. Cojo aire.

—No soy de esas chicas que corren tras los hombres, a eso es
a lo que me refiero, los hombres me importan un pimiento, pero
necesito que me dejen libre, de lo contrario me voy… De todos
modos siempre termino marchándome. No puedo remediarlo.
Me vuelve loca que me obliguen a quedarme, en una cama, en
una casa, me vuelvo mala. Me pongo insoportable. Ser una hembra dócil no es lo mío. Quiero que me dejen correr.

—¿Podemos volver a vernos?

—Sí —murmuro—. Tal vez.

Así que me invita a cenar en un restaurante al día siguiente.
Por esta vez me deja marchar. Corro hacia el puerto. Aún no se ha

hecho de noche. Las gaviotas, el viento del atardecer, el olor dulzón de la marea baja, el olor más fuerte y sucio de la fábrica. Unos hombres salen de un bar trastabillando. Murphy me llama desde el final de la calle. Corro hacia él. Me sonríe mostrando su estropeada dentadura. Me falta el aliento, me asfixio y río.

—Respira, Lili, ¿de dónde has salido huyendo de ese modo?

Sofoco el último hipido de risa con el dorso de la mano.

—¿Y Jude? ¿Ya se ha ido del barco? ¿En qué demonios anda metido ahora?

Los cuervos se introducen en el contenedor de acero en el que los empleados del supermercado tiran los desperdicios del día. No contesto. Miro el suelo, el cielo, el contenedor de basura, que se perfila contra la estatua del marinero muerto en el mar.

—Todos esos cuervos… —digo.

De modo que Murphy me deja marchar.

No hay nadie en el *Rebel*. La mesa del comedor está atestada de latas vacías. El cenicero, lleno hasta los topes. Joey se ha dejado un ejemplar de *Penthouse* encima de la mesa.

Gordon me da la semana libre. Volveremos al motel. Al Star, es más barato. «Ven esta tarde», me ha dicho Jude. El largo edificio de contrachapado da directamente a la carretera. En la fachada blanca, unos regueros de polvo han dejado tras de sí unos chorretones grises. Reconozco el duffle-bag delante de una puerta entreabierta. Dirijo una mirada furtiva hacia la recepción, no hay nadie. Empujo la puerta. Aparece Murphy apoltronado en un sillón de escay —se aburría en la calle— y Jude en el sofá. Los dos hombres están sentados delante del televisor, envueltos en un halo de humo. Murphy ha abierto una lata de Spam* y lo extiende con un poco de mayonesa sobre una rebanada de pan de molde. Se toma una Coca-Cola a sorbitos porque ha dejado de beber, una vez más.

—El alcohol me pone de un humor de mil demonios —dice.

—¿Y el crack? —pregunta el gran marinero socarrón.

—Uy, el crack es mucho peor. Pero en estos momentos no me lo puedo permitir.

Como un día dije que me gustaba el vodka, Jude ha traído una botella de veintiséis onzas. Bebe a morro, a veces lo mezcla con una Coca-Cola que le coge a Murphy. Murphy está contento, comenta la película.

—Desde luego que es una idiotez —dice—, todas esas tías buenas con culazo y tetorras pero sin dos dedos de frente, esos tíos forrados, esas mansiones descomunales…, pero al menos no se parece en nada a la plaza y al albergue. El albergue está bien, para ti sería un paraíso porque no hay muchas mujeres. Una habitación con treinta camas para ti solita. Pero en el dormitorio de los hombres, cuando somos cuarenta, apesta a pies y se oyen unos ronquidos tremendos… A veces me gustaría ir a dar una vuelta a Anchorage para ver a mis hijos y a mis nietos.

—¿Tú, Murphy, eres abuelo?

—Cuarenta y tres años y ocho veces abuelo… —dice Murphy riendo—. Voy a verlos de vez en cuando. Me quedo en casa de uno de ellos o en el Bean's Café. También está bien, la comida es buena. Tal vez seamos cien veces más que en el shelter, pero tienen sitio suficiente para todo el mundo. Además, en Anchorage es más fácil conseguir trabajo en la construcción.

Engulle un enorme bocado de pan. Jude mira fijamente la pantalla con gesto sombrío. Murphy se termina la Coca-Cola para ayudar a bajar la comida.

—Ese es mi verdadero oficio, la construcción. Aquí salgo a pescar de vez en cuando, me viene bien en lo que al crack y a todo lo demás se refiere, y no me cuesta encontrar trabajo en un barco grande, de tipos duros, como corresponde a alguien de mi estatura y fuerza.

—No has visto a Murphy cabreado…

—Ya, y es mejor que no me veas, me pongo como loco y teniendo en cuenta lo que peso…

He traído un par de pizzas. El gran marinero pone mala cara: he salido a correr por la calle. Da un mordisco a una porción y la escupe con asco.

—¿Has sacado esta bazofia de una papelera?

Murphy me mira con dulzura.

—No deberías hablarle de ese modo a Lili…

Bajo la mirada. Me masajeo y acaricio largo rato las manos estropeadas. El gran marinero echa llamas por los ojos. Me mira. Se burla de mí.

—¿Me quieres decir a qué hombre le gustaría que lo acariciasen con esto? —le dice a Murphy a la par que le muestra mis manos hinchadas, más anchas que las de muchos hombres, mis inusitadas manazas.

Murphy ríe sin malicia. La tele grita. Permanezco callada. Entrelazo los dedos y los separo de nuevo para que se queden quietos al fin. Y eso que ayer aseguraba que quería que mis manos estuviesen siempre sobre él… Pienso en las gaviotas. La tarde tibia en las calles, el agua espejeando alrededor de los barcos. Ambos hombres beben y comen, de vez en cuando uno de ellos tose y escupe en una lata vacía.

—He olvidado algo —anuncio.

El gran marinero se vuelve hacia mí, el cobre resplandeciente de su rostro envuelto en la oscuridad de la habitación. Estaba distante, ahora está furioso.

—Es verdad... —digo.

—Si le echas la bronca, no volverá —dice Murphy lamiendo la mayonesa de la cucharilla.

Me sonríe. El gran marinero no dice nada. Se toma un buen trago de vodka, a gollete. Enciende otro cigarrillo. Se queda mirando la pantalla encolerizado. Nos ignora a ambos. Me levanto. Me dispongo a cruzar el umbral cuando me llama.

—Pero volverás, ¿no?

Percibo ese tono inquieto en la voz áspera. Me vuelvo. La mirada amarilla ha vacilado. Jude está encogido sobre sí mismo, el miedo en sus ojos. Súplica silenciosa. Bajo los ojos incómoda, los vuelvo a alzar, miro a Murphy, la inocencia de Murphy el gordo desparramándose por el sillón, su boca abierta llena de pan y mayonesa, riendo delante de su película. Me gustaría caer a los pies de Jude, abrazarle las rodillas, aplastar la frente contra sus muslos, tocarle el rostro con estas manos de las que se burla.

—Sí, volveré luego —contesto.

En el umbral, dudo entre el aire denso de la habitación y el sol resplandeciente del exterior. Luego echo a correr. Renuncio al parque Baranof, a las moras y las grosellas negras, a tumbarme en la hierba, al grito áspero de los cuervos bajo las altísimas copas de los árboles... En los muelles me tomo un café a toda prisa. Este hombre ya se está quedando con mi vida y no es justo.

Regreso desfallecida. Murphy sonríe. El otro no, ni siquiera me mira. La tele sigue encendida. Se ha acabado el Spam, ya no hay más que pan y mayonesa. La serie que están dando no es la misma, pero es otra historia con gritos. Extraigo unas chocolatinas del bolsillo para hacerme perdonar. Me siento en la moqueta sucia. Espero encogida. Pienso que el gran marinero se irá dentro de poco. Y yo embarcaré.

Una mano se posa en mi nuca. Bajo los párpados. Su presión aumenta y me obliga a doblarme. Me hace daño.

—Acércate —murmura.

«Pero ¿qué me hace...?», me pregunto presa del desaliento. Me vuelvo hacia él. «Pero ¿qué me haces...?» Se le suaviza la voz. Percibo el terciopelo de su voz cascada.

—Ven, vamos a tomar un baño.

Murphy se ha quedado dormido en la cama contigua. O se hace el dormido.

—*Tell me a story...* Tú eres la mujer que quiero amar, siempre... Cuéntame una historia..., por favor.

Me siento tan bien con él, pero él quiere que me sienta aún mejor.

—¿Qué te gustaría, qué podría regalarte que te hiciera más feliz?

—Soy feliz, lo tengo todo... Me siento bien contigo.

Como se empeña una y otra vez, como me atormenta largo rato, como no dejará de hacerme gemir hasta que haya hablado, oculto el rostro en su axila húmeda, de la que emana un fortísimo olor a salitre y a mar; en mis labios, el agua salada del gran marinero... Yo, el marinero de ropa deforme manchada de sangre, tripas y espuma de peces, murmuro:

—Me gustaría una prenda de mujer..., de mujer de verdad.

No entiende.

—Me gustaría tener un corsé —digo con un hilo de voz.

Se ríe.

—Es bonito —murmuro—, y también es secreto. Ya no te sientes desnuda debajo de la ropa.

Frunce el ceño.

—¿Lo has llevado muchas veces?

—Una vez... Estaba tan guapa con él... Nadie lo sabía. Me sentía como una reina bajo la ropa del Ejército de Salvación.

—¿Vendrás a Anchorage conmigo?

—Sí.

—¿Vendrás a Hawái?

—No puedo. Dentro de poco tendré que embarcar.

—Entonces vente conmigo. Anchorage..., el corsé..., el motel...

Y recalca cada palabra con una embestida lenta y profunda.

—*Do you still like me?* —me pregunta.

El ferry brama. Estamos a bordo. El gran marinero ya no es el mismo. Cazadora de cuero sobada y botas camperas raídas, que aun así ha embetunado. Sus botas de pescar, las Xtratuf, dentro del enorme duffle-bag que ha arrojado a sus pies. Al hombro, un talego desgastado para ocultar su botella, está prohibido llevar alcohol a bordo, y en la mano, una bolsa de plástico, una bolsa de basura llena de redes y fletán de nuestra última pesca para sus amigos de Anchorage.

—¿Eso es lo único que llevas? —me pregunta—. ¿Y las botas de pescar?

—No las necesito. Vuelvo dentro de cinco días.

Hemos quedado dentro del ferry. La cubierta y los pasillos

están abarrotados de estudiantes y visitantes de los *lower forty-eight* que han venido a la aventura para trabajar en las fábricas de conservas durante la temporada. Llueve. Buscamos un sitio bajo el toldo de cubierta. Sentados en el suelo, vemos cómo Kodiak se aleja. Acto seguido, el gran marinero saca la botella. Un muchachito nos mira indignado. Su enfado es aún mayor cuando los fletanes empiezan a descongelarse y a perder agua: la bolsa está agujereada, un hilillo de agua brota de ella y corre hasta su equipaje. Pero el gran marinero hace caso omiso. Le tiro de la manga.

—El chaval no está contento, se está mojando…

—Pues que cambie de sitio.

—No queda sitio.

—Pues lo siento mucho por él. Al parecer la botella también le molesta. De todas maneras no pinta nada aquí. Alaska no es lugar para él si se pone enfermo solo con ver una botella…

Después le entra hambre y vamos al restaurante. El gran marinero tiene un apetito voraz. Pide una ración doble de carne con salsa. Tomamos vino. En el angosto comedor hace calor. La luz demasiado dura del neón y la mesa de formica me deslumbran. Jude se pone muy rojo, como si le faltase el aire. Salimos, ha anochecido y la gente está echada. Ya no queda ningún asiento reclinable bajo el toldo. Jude me lleva un poco más allá.

—Pongámonos aquí —dice. Desplegamos mi saco de dormir por el suelo, húmedo a causa de las salpicaduras—. Ahora acuéstate.

Me echa por encima su amplio saco de dormir y se tumba. Junto a su cabeza está el morral con la botella. Me abraza contra sí. Por encima de nosotros, en el cielo, las nubes corren sobre la luna blanca, tan blanca y lisa que recuerda a un rostro. Las estrellas titilan. A ratos, un poco de lluvia nos hace cosquillas en la frente. Los demás pasajeros duermen guarecidos en manada. Pero nosotros no. Nosotros nos hallamos sobre la cresta del oleaje oscuro, rodeados por el frescor de la llovizna. El gran marinero me atrae hacia sí y nos amamos bajo el saco de dormir. Me entra la risa cuando resbala y el viento corre por la curva de mi espalda.

—Me gustaría dormir, por favor… —le suplico con una vocecita queda.

Pero el gran marinero jamás tiene sueño. Termino llorando un poco, por lo que me besa y me da palmaditas en la nalga. Suspira. Coge la botella y se toma un último trago mientras contempla las estrellas. Las nombra. El sonido sordo de sus palabras se confunde con el vaivén del mar. Después no oigo más que el oleaje de su respiración, que resuena dentro del pecho en el que he apoyado la frente.

La cubierta está desierta; el ferry, inmóvil. Cuando despertamos, este ya lleva un buen rato atracado. El sol está en lo alto. Doblamos los sacos de dormir apresuradamente. Me echo a reír.

Caminamos hacia la ciudad: Seward. Hace un día precioso y tenemos hambre. Los últimos pasajeros se dispersan por el embarcadero. Enfilamos la única calle rectilínea, flanqueada por casas bajas, que arranca en el mar y se interna entre árboles hasta desembocar en unos bosques profundos y muy lejanos. Nos metemos en el primer coffee-shop que encontramos. Jude deja caer pesadamente el duffle-bag en la entrada.

—¡A comer!

Me siento a una mesa al lado de la ventana. Dos mesas más allá, el jovencísimo estudiante al que molestábamos en el ferry vuelve la cabeza. Se levanta y sale cuando el gran marinero arroja a sus pies la bolsa con los fletanes, completamente flácida. Una mujercita mofletuda nos trae café con un delantal cuyo enorme corazón rosado se le pega al redondeado vientre.

—Para mí el *breakfast* grande. El completo.

—Y para mí las tortitas.

—¿Qué hacemos ahora, Jude? ¿Cogemos el autobús de Anchorage?

—He llamado a Elijah y Allison. Van a venir a buscarnos.

—¿Elijah…? ¿Allison?

—Mis amigos. Les he avisado. Nos están esperando.

—Creía que…

—¿Qué?

—Creía que íbamos a Anchorage solos tú y yo.

—Bueno, pero sí que vamos, ¿no?

Camino en línea recta hacia los árboles. Hacia el bosque profundo, tal vez. El parque es inmenso. Me paro en el primer banco y saco un cigarrillo. Me noto un nudo en la garganta. No debería haber salido de la isla. Del barco. Vamos a casa de otra gente. A una casa. Quedaremos atrapados en la red. Un pino alto y negro se estremece por encima de mí. Chupo una pinocha que ha caído sobre la mesa. Al tragármela siento un leve escozor en la garganta.

Un hombre se sienta a mi lado. No lo he oído acercarse. Coloca un paquete de cervezas entre nosotros.

—¿Quieres una?

Alzo la vista, el hombre me mira de hito en hito. Sus ojos oscuros, levemente rasgados, parecen dos peces mojados; sus cabellos negros, algas.

—No, gracias.

—¿No tendrás un cigarrillo?

Le alargo la cajetilla.

—¿De dónde vienes?

Con un gesto vago le indico la escollera, el embarcadero de un blanco cegador bajo el sol, el agua destellante.

—El ferry…

—¿Adónde vas?

—A Anchorage…, no lo sé.

—*Are you a runaway?*

El gran marinero se reúne conmigo. Le lanza una mirada asesina a mi vecino. El indio con ojos de pez se aleja con la cerveza.

—No te enfades. Iremos a Anchorage, los dos solos. Pero no tengo dinero para pagar un motel durante cinco días.

—Sí —digo—, claro. Yo tampoco me lo puedo permitir.

—Mis amigos son buena gente. Siempre que vengo me quedo en su casa. A Elijah lo conozco casi desde que era niño. No hemos seguido el mismo camino, pero eso no tiene la menor importancia. Saben quién soy y no les molesta.

—Ya.

—De vez en cuando sienta bien estar en una casa de verdad, ¿no crees?

—No sé.

—Venga, tenemos que irnos. Pongámonos en camino que ya estarán a punto de llegar.

—Primero bésame, que después ya no podremos hacerlo.

Nos dirigimos hacia la carretera tambaleándonos. Él enfundado en la vieja chupa raída y yo en la cazadora del Ejército de Salvación. ¿Llegamos del mar o salimos de los bosques? No deseo entregarme. Él tampoco.

Pero no tardan en llegar. El coche blanco ha aparcado en el arcén. Elijah es el primero en apearse, rostro lampiño, mirada azul bajo un casco de un rubio clarísimo. Abraza al gran marinero. Jude, un poco tenso y desmañado, le devuelve el abrazo, ambos se ríen. Allison sale a su vez del coche. Con una mano se sujeta la mata de pelo caoba que el viento trata de enredarle. Sonríe. Es bonita.

La criatura del gran marinero los deja perplejos. Probablemente esperaban ver a una camarera de delantera generosa, una *stripper*, una mujer pescadora que hablase alto y claro… Jamás a esta chica asustadiza con el pelo cortado a navaja y aspecto de niña. Permanezco dubitativa con la Carhartt descolorida que me enorgullecía aleteando a mi alrededor como una bandera. Escondo las manos en los bolsillos deformados. Jude me mira sin indulgencia. Veo los grandes bosques oscuros detrás de ellos. Subimos al coche. Me encojo al fondo del asiento de atrás. Me he quedado muda.

El gran marinero me ha mentido. En Anchorage no habrá ni corsé ni habitación de motel en la que pasar tres días sin salir. Elijah y Allison son guapos y jóvenes. Tienen una casa, un chalet blanco con persianas azules entre otros chalets blancos; un perro y un niño de seis meses. «¿Y nosotros, de dónde salimos?», pienso al mirarlos, sentada durante tres días en una silla un sofá un sillón, sentada a la postre, durante tres días, callada, cada vez más callada y triste. No recobro el habla, no hay manera. Me gustaría escapar. ¿El *Rebel* me esperará? Quiero volver a pescar.

Trato de ayudar a Allison. Vacío el lavavajillas y un vaso se hace añicos contra el suelo.

—Pero bueno, siéntate, que estás de vacaciones…

Los hombres hablan delante de la televisión, en el bonito sofá de cuero. Elijah me mira con dulzura.

—Ven, siéntate con nosotros…

Me siento. Los días transcurren lentamente. Siempre hay que sentarse. En el sofá, luego en una silla, a la mesa. Allison procura darme conversación, pero yo me quedo sin voz y balbuceo. Pienso en el *Rebel* y cuento las horas.

Por las mañanas, cuando todos duermen, abro el ventanal sigilosamente y salgo a hurtadillas. Me siento en la hierba rasa. Observo el rosal delante de mí, la cancela de la entrada, el cielo lechoso. A veces veo pasar pájaros. «Los muy puñeteros —pienso—, mira que tienen suerte… Pueden volar.» Apenas mis ojos vuelven a posarse en la cancela, me sobreviene la necesidad de recorrer los muelles, sola, suspendida en la claridad de la mañana aún desnuda.

Elijah y Allison salen una noche. De pronto nos encontramos solos, sin saber qué decir. Fuera hace buen tiempo.

—Salgamos —digo.

Andamos entre las hileras de casas, todas ellas blancas. El aire es tibio. Las calles rectas son completamente paralelas, no llevan nombre alguno, son números. Doblamos la esquina. Las perpendiculares son idénticas. Pero son letras. Una bandada de barnaclas pasa por encima de nosotros. Alzo la cabeza. Los graznidos graves y roncos atraviesan un cielo dorado por el sol de la noche. Jude me coge de la mano. Caminamos por el laberinto.

—Elijah y Allison son amables —digo—. ¿Cuándo nos vamos los dos solos?

Pasan los gansos silvestres y el cielo se queda vacío otra vez. El gran marinero no contesta. Cuando nos aburrimos de dar vueltas por las calles, regresamos a la casa.

Jude vuelve a encender el televisor y me tiende una cerveza. Me siento en la alfombra roja. Se me acerca. Me tiende en el suelo y se acuesta sobre mí. Los grandes cobres de medianoche entran por el ventanal e iluminan ese campo de batalla que es su rostro. Al poco me quedo desnuda y blanca sobre la alfombra roja. Entonces me embargan las lágrimas. Y también el placer, como un frío intenso. La piel lechosa de sus hombros macizos. «¿Pero qué me sucede? —pienso—, estoy aterida por dentro.» Me besa. Sujeto su rostro entre mis manos. La mandíbula y las mejillas se le mueven mientras me besa. Es como si estuviese bebiendo de nuevo.

Regresaron más temprano de lo previsto. No los oímos abrir la puerta. Jude estaba pegado a mí.

—Para quedarme dormido siempre me ha hecho falta estar agotado… —me decía a media voz.

Me incorporé de golpe. Jude ya me había cubierto con la cazadora. Se sobresaltaron. Elijah se puso coloradísimo; Allison, muy pálida. Llevaba al bebé dormido en brazos. Después se rieron un poco. El gran marinero estaba desnudo en el centro del salón. Bajé los ojos hacia la alfombra. El pie ancho y extraordinariamente blanco oculto bajo la lana roja se me antojó aún más indecoroso que la desnudez de su cuerpo membrudo recortándose en el cielo del ventanal y que el pene tieso, que emergía de entre el rizado vello, casi pelirrojo bajo la tenue luz cobriza del sol de medianoche, un lecho de fuego para aquel sexo que ya ni siquiera intentaba esconderse. Allison miraba hacia otro lado.

—¿Qué tal si nos vamos a dormir? —dijo tras un carraspeo.

El gran marinero me guarda rencor. Ya no nos atrevemos a mirarnos. Solo es feliz la pareja con el perro y el niño. Nosotros, en cambio, no tenemos nada.

—Me dan miedo las casas —le digo un día—, las paredes, los hijos de los demás, la felicidad de la gente guapa y con dinero. Por favor, vayámonos de aquí.

Nos quedamos. Cuando nos amamos resulta terrible y triste. Sus hermosos ojos me abrasan y me desesperan. Está más solo que nunca, aún más solo que el hombre que le grita al mar. Enseguida se pone celoso. Una noche enloquece de pena cuando me voy a dormir a un sofá. Me acosa con preguntas, por qué y qué has hecho y adónde has ido… Júrame que no estabas con ellos, ni con él ni con ella… Pero dónde, pero por qué…

—Tosías tan fuerte que me daba la impresión de que gritabas… Me moría de calor, me asfixiabas. Quise ir a dormir al lado del jardín. Quería estar fuera… Entreabrí el ventanal para sentir el aire de la noche… Me gustaría irme lejos de aquí.

Estamos en la pequeña habitación de la que hui durante la noche, cuando rugía en sueños con esa tos que le desgarraba el pecho, y yo, en la soledad del insomnio, veía cómo mi angustia aumentaba; me había casado con un león que empezaba a devorar mis noches y acabaría devorándome a mí también. Se ha acostado encima de mí y ya no me dejará marchar. Se clava en mí, me martillea, le gustaría hacerme gritar y que la runaway muriese. Quedarse conmigo para siempre. Su rostro congestionado enrojece encima de mí, gime largamente, con un estertor áspero y desgarrado, un sollozo.

Caminamos en silencio por la calle. Es un día de huida. Hemos abandonado la bonita casa. Los suburbios de Anchorage se extienden grises y sucios bajo la lluvia. Spenard:* unas fachadas tristes y uniformes se suceden a lo largo de la avenida rectilínea, tan solo interrumpidas por los llamativos neones de un concesionario de coches, el solar de un almacén y el resplandor de un bar. «Tiene sed —pienso—. Su botella lleva mucho tiempo vacía.» Hemos dejado nuestras cosas en un motel barato, gris y apagado como el resto. Pero es un refugio. Esta noche es nuestro hogar. Y ahora caminamos. En la esquina de la calle de los neones rojos y verdes, un bar. Jude se yergue y aprieta el paso.

El PJ's. Una chica desnuda de cintura para arriba nos abre la puerta. Coge nuestras cazadoras chorreando agua. Nos sonríe. Nos internamos en el antro. Hay varios hombres sentados en la oscuridad. Encontramos una mesa. Otra chica, ataviada con un corsé, se acerca para tomarnos la comanda. Vodka y cerveza. Unos ligueros de color rosa sujetan las medias negras y apretadas, a punto de estallar sobre unas piernas largas y carnosas. Sobre la abultada y lisa protuberancia del pubis centellea un sucinto tanga violeta con forma de mariposa. En el escenario, una mujer algo entrada en carnes se contonea con la mano apoyada en una liga que desata con lentitud. Su boca, enorme y asombrosamente roja, parece besar el micrófono mientras canta y gime con una voz ronca y melodiosa. La sigo con la mirada, fascinada. El gran marinero despacha el vodka de un trago. Pide otro. Por fin me habla, después de varias horas de mutismo.

—¿Es la primera vez que vienes a un bar de strippers?

—Sí.

—¿Te molesta?

—No.

Las chicas corren de una mesa a otra, con los senos bamboleándose mientras el foco gira imprimiendo reflejos dorados sobre las piernas enfundadas en rojo, azul, negro... Se ríen. Jude pretendía impresionarme. Trata de hacerlo una vez más y llama a la camarera. Le susurra algo en voz baja, le muestra un billete y lo estampa contra la mesa. Ella me guiña un ojo y deja la bandeja. Entonces se desviste por completo, despacio, pero no lo mira a él, sino a mí; me sonríe como a una hermana. Sus caderas vienen y van, primero despacio, luego cada vez más rápido. Los músculos de la espalda se le ondulan formando olas sinuosas desde los hombros redondos hasta las cimbreantes lumbares; los muslos se le agitan con las sacudidas. Cuando termina de quitarse lo que lleva encima —no tarda mucho—, coge el billete.

—Gracias —le dice al gran marinero—, ¿quiere beber algo más?

Jude me invita a otro vodka y me compra una camiseta con el nombre del bar. Regresamos. La bruma se ha disipado. Tengo frío. La avenida parece interminable, no hay nada aparte de la lluvia y los automóviles. Lo tomo de la mano. La tristeza de nuestro deambular nos ha reconciliado. Por el camino nos topamos con una liquor store; compra una botella de diez onzas de vodka.

—Tengo hambre —dice—. ¿Te apetece una pizza?

En la esquina de la calle aparece ante nosotros una cafetería de mala muerte. Cruzamos. Jude empuja la puerta, y una chica que se aburre posa en nosotros una mirada descolorida. Toma la comanda bostezando, se aparta un mechón triste, vuelve a sentarse, espera. A continuación salimos y nos sentamos en la acera húmeda mientras esperamos la pizza. La lluvia se desliza por nuestras mejillas. Jude enciende un cigarrillo, la luz sucia y apagada de un cielo plomizo le aplasta el rostro cansado, minado por el alcohol

—cielo miserable—, tenemos muchísimo frío. Por primera vez en mucho tiempo me habla de verdad. «Where is home?», pregunta. La botella sobresale del morral. Escupe a sus pies. Se suena con los dedos.

—¿Dónde está mi hogar? —continúa—. No tengo nada. Voy de un barco a otro, de los muelles de Kodiak a los de Dutch. No tengo mujer, ni hijos, ni casa. Una habitación de motel cuando me lo puedo permitir. Pero si hasta los animales poseen una guarida.

Tiene los hombros hundidos y por la frente rubicunda y la piel granulosa de hombre que ha bebido mucho le caen unos mechones apagados. Saca la botella de vodka del morral, le da un trago y me la alarga.

Tose un buen rato. Cuando por fin recobra el aliento, enciende un Camel. La chica nos llama, y ni siquiera le contestamos.

—Estoy cansado, sabes, estoy muy cansado.

El hombre sin guarida no espera respuesta alguna. Me quedo en silencio. El mundo, desierto helado, inmisericorde con los desesperanzados, lo aplasta igual que la luz mortecina del día moribundo, que afea y humilla su rostro de gran quemado. Y entonces, en ese tramo de acera encharcada, las siento, un estremecimiento difuso en la espalda, una onda ligera como un suspiro: mis alas, que siempre han estado ahí. Lo mío también es vagabundeo, pero no se trata del mismo.

Cogemos la pizza y regresamos por la avenida gris. No ha parado de llover. El cartón se reblandece en nuestras manos. Hace cada vez más frío. Pero ya no le tenemos miedo a nada: el motel no queda muy lejos, vislumbramos unas luces muy rojas en la esquina del cruce, el neón de una media luna amarilla y diminuta que parpadea en la bruma.

Entramos, cerramos la puerta, y la miseria desaparece, estamos en nuestro hogar, corremos las cortinas sobre el cielo sucio de la calle. Nos metemos entre las sábanas, nos abrazamos en la blancura de la cama. Lo veo sonreír al fin, con esa primera sonrisa tímida e incrédula.

—Me das miedo —murmura.

Desliza la frente por mi pecho, permanece así un buen rato, entretanto escucho. Los latidos de su corazón, el rumor amortiguado del tráfico en la avenida, la lluvia. Mañana ya me habré ido.

—Mañana te habrás ido —me dice a media voz, como si adivinase mis pensamientos.

—Sí.

—No puedo pedirte que te quedes. No tengo nada que ofrecerte.

—No pido nada. La vida hay que ganársela solo.

—A las mujeres les gusta tener cierto confort, una casa.

—A mí no. Quiero vivir fuera.

—Sea como fuere, a mí me gustaría tenerlo.

—¿Y pescar?

—Pescar es lo que me salva la vida. Es lo único lo suficientemente poderoso para sacarme de todo esto —hace un gesto vago con la mano—, pero me gustaría mucho construirme una casa. Tendríamos un hijo y se llamaría Jude.

—Pues yo no soy una mujer de esas con las que se suele soñar.

—Hacía mucho que pensaba que no conocería a ninguna.

—Soy una runaway, una correcaminos, no podré cambiar. Terminaré en un shelter.

—Casémonos.

—Quiero volver a pescar.

Me coge en sus brazos.

—Nos casamos y vamos a pescar juntos.

—Ya no quiero estar en tierra firme. Creo que prefiero ahogarme.

Se incorpora para coger la botella sin soltarme, aplastándome brevemente la cara con el pecho.

—¿Quieres un trago de vodka?

—No... Sí. Bebemos demasiado cuando estamos juntos.

—Yo bebo a todas horas, pero tú no, lo tuyo no es nada.

Se toma un buen trago y me da de beber con la boca. Toso. Me entra la risa. Sus ojos centellean en la oscuridad. Me fijo en el brillo de sus dientes bajo el labio retraído cuando se ríe a su vez.

—Vamos a dormir.

—Eso, venga, a dormir.

Alguien de la recepción llama a la puerta a las cinco. La tregua ya se ha terminado, habrá que regresar al mundo, afuera, a la calle. Me libro con suavidad de los grandes brazos.

—Sigue durmiendo —le digo—, tengo que irme.

—Vendré a verte —dice—. Te escribiré desde Hawái y te esperaré. Siempre.

Anchorage está cubierta de bruma. Mi avión despega bajo un cielo opaco. Sin embargo, en cuanto tomamos altura hace un día de verano. No volveré a Anchorage. El gran marinero duerme aún, acostado en el hueco tibio que he dejado en las sábanas. Conservo el olor de su piel. La azafata me sirve un café con una galleta. Los hombres que van sentados delante de mí piden una cerveza. Hablan de Dutch y de un barco que al parecer ha zozobrado. El avión desciende hacia la isla de Kodiak. Se me pone un nudo en la garganta, voy a regresar al mar… De repente, cuando vuelvo a ver las grandes traineras en reposo en la ensenada, el océano moteado de barquitos, su estela de espuma, me doy cuenta de que tenía que regresar. Se me acelera el corazón, voy a pescar de nuevo.

Recojo el petate a los pies del grizzly disecado, en el diminuto vestíbulo del aeropuerto. Unos hombres calzados con botas agarran el suyo. Salgo. El sol. Aún es temprano. Camino hasta la carretera desierta. Levanto el pulgar. Se detiene un taxi. El taxista se inclina para abrirme la portezuela.

—Voy a la ciudad —dice—. El trayecto está pagado. Te llevo.

Subo. Deposito mi magro equipaje a mis pies. El hombrecillo, de edad incierta, tiene una cabeza de pájaro enteco y pálido, ojos de un tono gris desvaído y una voz muy aguda que se le casca. Me tiende un cigarrillo. Sus manos son tan finas y translúcidas que parecen hechas de cristal.

Bordeamos el mar. La carretera discurre recta hasta la base de los guardacostas. No se ve ni un árbol, solo la tierra negra y yerma. Luego llegamos a Gibson Cove y a los primeros algodoneros. Seguimos avanzando. Los bosques, poco frondosos, se tornan más espesos. A mi derecha se aprecian los muelles de combustible y los gigantes silenciosos, amarrados junto a las primeras conserveras. Que hacen que me duela el alma, que se me retuerzan las entrañas, que me llaman con la misma fuerza con que lo hace Jude. El *Topaz* ha vuelto. El *Lady Aleutian* y el *Saga* no se han movido de su sitio desde que me fui.

El taxista habla mucho y deprisa: Edward, nació y creció en Arizona, llegó a Kodiak por una serie de casualidades. El cenicero desborda de colillas. En el asiento de atrás, un batiburrillo de libros. La radio lo interrumpe, lo llaman para un viaje.

—Pasa por el Tony's una noche de estas y te invito a una copa —dice al dejarme delante del primer pontón, donde lo espera un tipo alto y desgreñado con un chándal y una sudadera rotos y una bolsa de basura al hombro.

La cubierta del *Rebel* se halla desierta. Luce un sol espléndido, de modo que echo a andar hacia la bahía de los Perros. En medio del puente me asomo al pretil. Por debajo de mí, las gaviotas, el agua azul oscuro que avanza formando ondulaciones profundas y lentas. Escupo para imitar a Jude. Sigo mi camino. Los bosques profundos de Long Island aparecen oscuros ante mí bajo un cielo aborregado de un intenso color azul. Llego al puertecito. Doy varios pasos y cierro los ojos, el olor del agua se mezcla con los efluvios del tupido bosque que hay al otro lado de la carretera. Tras aspirar largo rato el aire, el cansancio me aturde y me siento muy ligera de pronto.

Camino hasta el *Milky Way*. No se oye absolutamente nada. Jason debe de estar durmiendo todavía. Me tiendo sobre la cubierta, noto la madera caliente bajo la curva de mi espalda. El agua chapotea contra el casco. En lo alto del mástil, un cuervo de plástico mira fijamente la montaña. El cielo huele a algas y a marisco. Estoy adormecida cuando Jason sale de la cabina despeinado, con el rostro abotagado por el sueño.

Gordon está ante la mesa del comedor con una taza entre sus dedos gordezuelos. Al verme entrar ladea la cabeza y sonríe. Una mujer me saluda con un breve gesto de la cabeza y sale.

—Es Diana… —se apresura a decir Gordon y carraspea—. ¿Te lo has pasado bien en Anchorage?

—Sí… Pero sienta bien volver.

Se aclara la garganta.

—Tengo una mala noticia, Lili… Lo siento, de verdad… El seguro del barco no ha querido pagar lo de tu accidente. Andy no quiere contratarte para la temporada. Cree que tus documentos no están en regla. Dice que es demasiado arriesgado. —El hombrecillo balbucea disculpas, con esos inmensos ojos suyos clavados en sus manos entrelazadas—. No tengo arte ni parte en este asunto. —La mirada nomeolvides vuelve a posarse en la mía. Es clara como la de un niño—. Pero puedes quedarte a bordo mientras el *Rebel* esté en el puerto.

Me encuentro con Jason en el bar, sentado ante una pinta de Guinness.

—Jason, ¡podemos ir a pescar juntos!

Jason no cabe en sí de gozo. Lanza la gorra al aire gritando un yuju feroz.

—¡Tenemos que celebrarlo, marinero! Esta noche pintamos la ciudad de rojo... ¡Que sean dos tequilas, dos!

Pienso en el gran marinero. ¿Qué dirá, qué hará cuando se entere? ¿Hundir el barco?

—Jason —murmuro—, *I'm in trouble...*

Viniendo de una runaway, Jason se espera lo peor.

—Tengo un amigo, un gran, grandísimo marinero... —Tomo aire, continúo en voz más baja—: Es tremendamente celoso. Si nos ve juntos, a lo mejor nos mata.

Jason pone ojos de susto con el entrecejo fruncido.

—¿Y dónde está?

—En Anchorage. Y dentro de poco en Hawái.

Suelta una carcajada y pide otros dos tequilas, vodka, ron y un par de white russians.

—¡Seremos los locos del mar! —exclama erguido en su silla—, ¿cuándo me enseñarás a escupir fuego? ¿Cuándo nos haremos a la mar de una vez por todas para hacer contrabando y emborracharnos en todos los puertos de Alaska?

Vuelvo al *Rebel*, el puerto espejea y bailotea. Voy directa a la litera. Me hundo en ella y sucumbo al sueño. A la mañana siguiente, cuando despierto, descubro que Joey me ha tapado con su saco de dormir.

Hace muy buen tiempo. Tengo un apetito de oso. Jason y yo volvemos a pintar el *Milky Way*. A veces, al caer la noche, nos encaramamos a la arboladura y jugamos a pasar miedo con las piernas colgando en el vacío. El viento brama al meterse entre los arcos con el mar deslizándose por debajo. La cabeza nos da vueltas. Unos charranes pasan casi rozándonos, descienden en picado entre chillidos estridentes. Las notas nasales, agudas, se mezclan con los sollozos de las gaviotas argénteas. Cuando, con el corazón palpitante y las pupilas dilatadas, volvemos a poner los pies en el suelo, nos entran mareos. Entonces nos vamos a beber ron y vodka, aunque a menudo prefiero la inocencia de un batido: «Es como en la infancia», le digo a Jason.

Hoy hemos llevado el *Milky Way* al puerto grande. Lo amarramos al muelle, en el lugar donde se carenan los barcos cuando la marea está baja. Tuvimos que esperar a que el agua se retirase para rascar las algas y las lapas del casco y darle una mano de pintura antiincrustante. Chapoteábamos en el cieno. Las gaviotas revoloteaban en un cielo poblado de nubes que corrían de vuelta hacia el mar abierto. La marea volvió a subir casi de inmediato. Todo bailaba y avanzaba en bandadas y en haces dorados. Nosotros, por nuestra parte, estábamos naranjas y negros, con antiincrustante hasta en el pelo, pringoso a causa de la pintura y el cieno. Murphy pasó por el muelle y agitó la mano.

—¿Sabes algo de Jude? —gritó.

Alcé la cabeza y tropecé con la cuna.* Tendida en el barro cuan larga era, reía de tal modo que no podía ponerme en pie.

—¡Está bien! —dije cuando recobré el aliento—. ¡Sigue en Anchorage, y en cuanto tenga dinero iré con él a Hawái!

Pasaron unos pájaros por encima de Murphy, su silueta oscura recortada contra el cielo, el rostro radiante de girasol gigante. El sol hacía surgir manchas doradas bajo mis párpados. El mar nos llegaba a la pantorrilla. Era hora de subir a bordo.

Mientras esperábamos el agua para hacernos de nuevo al mar, Jason me mostró una boya de cristal que pendía sobre su litera.

—Es antiquísima, del siglo pasado quizá. O tal vez de la guerra, no sé... Viene de Japón. Llevaba décadas navegando en el mar antes de que llegase hasta mí. Encontraremos otras cuando salgamos a pescar... En las playas de la bahía de Uganik y a lo largo de la costa oeste, en Rocky Point, Karluk, Ikolik...

—Oh... —digo con expresión soñadora al mismo tiempo que toco la bola azulada, irregular, moteada de burbujas de aire aprisionadas en el vidrio soplado—. Cómo me gustaría ser una boya...

«Abrázame... Abrázame fuerte.» El hombre de rostro devastado, rostro de piedra laminada que siempre anda entre la plaza ajardinada y los aseos públicos, me detiene y se pega a mí. Lo abrazo con todas mis fuerzas.

—Gracias —me dice, y prosigue su camino.

Me cruzo con Murphy, que sale del McDonald's con una hamburguesa en las manos.

—¿Sigues trabajando?

—Pues sí, Murphy, a finales de mes salimos a pescar bueyes de mar.

—Trabajas demasiado, Lili, haz como yo, tómate unas vacaciones. Ven a vivir al shelter, tendrás rancho todas las noches, duchas y un dormitorio para ti sola o casi. Te tomas unas vacaciones..., una ducha, te pones un vestido y sales a emborracharte.

Me echo a reír.

—Si es que me está esperando el patrón, debería darme prisa...

Desde entonces, cuando me ve, por muy lejos que esté, grita:

—¿Ya está? ¿Has ido a emborracharte de una vez?

—¡Todavía no! —respondo alzando la voz por encima de la calle y la dársena.

Habíamos vuelto a pintar el *Milky Way*. Jason esperaba las nasas. Que no llegaban. El *Rebel* se hacía al mar otra vez. Me fui a vivir al *Lively June*. Caminaba ociosa desde el astillero de Tagura y al llegar al parque Baranof me metía entre los groselleros negros. En ocasiones me quedaba dormida tras un matorral, bajo el alto cedro o tras la gigantesca tsuga.* Siempre me despertaban unos graznidos insistentes y roncos, los de los cuervos posados en círculo a mi alrededor, en los alisos rojos. Intentaba darles de comer de mi mano, pero las palomitas de maíz no eran de su agrado. Entonces me levantaba e iba al embarcadero del ferry, donde me sentaba a ver pasar los barcos. El gran marinero seguía en Anchorage con Elijah y Allison, en la hermosa casa de la alfombra de lana roja. Lo llamaba cada noche desde la cabina del puerto.

—¿Duermes sola? —Su voz sonaba severa al teléfono.

—¡Por supuesto! —respondía muerta de risa.

Solo me creía a medias.

—Hum… —seguía diciendo—, todos los cachorros del puerto deben de andar rondándote.

—A lo mejor voy a pescar bueyes de mar con Jason.

—¿Con quién?

—Un chico del *Venturous* que está buscando un marinero.

—¿Vas al bar?

—No mucho. Prefiero ir a tomarme un helado al McDonald's.

—¿Vendrás conmigo a Hawái?

—*Hey kid!*

Suena un bocinazo a mi espalda. Estoy contando lo que me queda de dinero sentada en mi banco favorito, ese desde el que se domina todo el puerto. Me vuelvo. Es John al volante de una vieja furgoneta que fue blanca en su día. Me llama desde la ventanilla abierta.

—Necesito que mañana me ayudes a preparar una zanja para instalar una cañería. A veinte dólares el día, ¿te parece?

—Sí —contesto.

—¿Vais a salir a faenar pronto?

—No lo sé. A Jason no le han llegado las nasas.

—Pasaré a recogerte mañana a las siete.

Arranca y se detiene en el B and B, donde el truck frena gimiendo. Lo veo salir rodeado de una nube de polvo. Hace una tarde casi calurosa. Un tipo recorre el muelle, con la incipiente panza echada hacia delante y los hombros caídos; cuando llega a mi altura, afloja el paso.

—¿Puedo? —pregunta en un murmullo señalando el banco.

Abre los redondos ojos desmesuradamente y esboza una sonrisa con una boca pequeña y laxa. Por la cara aniñada y marchita le caen unos mechones tiesos y descoloridos.

—Sí —respondo.

El hombre se sienta a mi lado. Contemplamos la ensenada en silencio. La flota de seiners está casi al completo. Los salmones se hacen esperar. La pesca ha cerrado durante tres días.

—Toma, coge esto... —me dice con voz inaudible a la par que me tiende unas hojas arrugadas.

El hombrecillo se levanta apresuradamente y se aleja. Desdoblo los tres cupones de comida. Me pongo de pie para alcanzarlo, pero ha desaparecido tras la esquina de la oficina de taxis.

John me dejó por la mañana con una pala, un nivel, una regla y una montaña de grava, tras darle una pasada rápida al terreno con una pequeña excavadora. Yo solo tenía que nivelarlo. A lo largo de casi cien metros. Volvió por la tarde. La zanja estaba nivelada, se podía instalar la cañería. Se me cerraban los ojos de agotamiento. Él los tenía turbios y también se le cerraban. Desprendía un fuerte olor a whisky. Me alargó los veinte dólares, eructó ruidosamente y me pidió que estuviera a las siete de la mañana siguiente en el astillero de Tagura.

El barco está en dique seco desde que John chocara con un peñasco el mes pasado. Creo que había bebido demasiado. Rocío el casco de la diminuta goleta de madera con agua para evitar que la tablazón encoja y que el calafateo se agriete, y ello varias veces al día. Froto, lijo, vuelvo a barnizar y a pintar. El *Morgan* es una maravilla de barco. Veintiséis pies, quilla esbelta para navegar por aguas profundas y un casco redondeado como el vientre de una chiquilla para aguantar la mar gruesa y ahusado con gracia hasta la roda.

—Es el barco más marinero que jamás he tenido. Se construyó el año en que Lindbergh cruzó el Atlántico, en 1927, ¿te das cuenta? Y está como nuevo… —me dice John con orgullo.

Almohazo la obra viva como si se tratara de un caballo de gran alzada. Entro a tomarme un café en la cabina de madera barnizada y me arrellano en la silla del piloto. Coloco las manos en la antigua rueda del vuelo de Lindbergh; a mi espalda zumba la pequeña estufa de hierro colado, vuelvo a posar la mirada en la mesa de derrota, en esas cartas abiertas salpicadas de manchas pardas, ¿café? Retomo el trabajo.

A veces oigo la sirena del ferry. Salgo a la carrera para verlo pasar. Una noche, cuando estaba terminando de trabajar en el *Morgan*, quise alcanzarlo. Me había quedado hasta tarde. Al bajar la escala estuve a punto de resbalar. Corrí hasta la orilla, pero el ferry ya estaba franqueando la línea de boyas del canal. Vi cómo desaparecía. Agité los brazos durante largo rato, pero mi saludo ya solo se dirigía al mar. El *Tustumena* se había vuelto a marchar y se alejaba cada vez más de mí. Regresé. Bañados en la suave luz del sol de la diez, los viejos trucks proyectaban sombras doradas al borde del camino.

Una mañana, mientras estoy encaramada en lo alto del mástil con la vieja chaqueta manchada de pintura que Jason me ha dado, bajo la vista y ahí está el gran marinero, ha venido para llevarme con él a Honolulú. Llega en el ferry de la mañana, y John me deja marchar.

—Ve, *kid*, tómate un par de días libres… Peggy anuncia lluvia, no hará falta que riegues el barco, y por mucho que quisieras no podrías pintar.

Nos alejamos del pequeño astillero de Tagura por el camino de grava, entre taludes de epilobios y zarzamoras en flor, pilas de nasas oxidadas, trasmallos rotos, un chasis de truck y un barco ruinoso invadido por las zarzas. Hace un día buenísimo, demasiado fresco aún, y en el aire flota un agradable aroma a cieno y a tierra, así como un olor más impreciso a herrumbre y madera en descomposición. El gran marinero está rojo y se mueve torpemente, yo bailo a su lado mientras los ojos de fiera se me clavan en los hombros al aire. Me coge de la mano y se para.

El puente de la bahía de los Perros, las amplias arcadas de hormigón por encima del descampado donde yacíamos un día, colorados sobre la hierba bajo un cielo azul. Llegamos a la ciudad y nos detenemos en el primer bar que encontramos. Nos tomamos unas cervezas. Jude va al retrete a vomitar. Vuelve. Intenta seguir bebiendo, pero la cerveza no le baja.

—Ven, vamos a coger la habitación.

Compramos Canadian Whisky y vodka en la liquor store; cigarrillos, zumo de fruta e *ice cream* en el supermercado. Volvemos al Shelikof's porque es más bonito. Ya no me dan tanto miedo las mujeres de la recepción. En la habitación, el sol se precipita sobre la colcha. Me entra hambre, así que Jude me alimenta con ice cream y me da de beber acostado sobre mí, ahorquillando los muslos alrededor de mi talle. Me da de comer como un pájaro a su cría. El helado resbala por la cucharilla inclinada sobre mis labios y fluye por mi cuello.

—¡Uy, qué frío! —exclamo.

Lo vuelve a atrapar con la lengua, el contacto ardiente sobre el frío es una delicia. Estoy toda embadurnada, y las sábanas se han puesto pegajosas. Jude retira el tapón de la botella con los dientes y se toma un trago, acto seguido me besa, y el vodka se derrama entre mis labios. Me echo a reír y me atraganto.

—*You are mine* —me dice.

Dormimos. A menudo, pero no mucho. Cuando se despierta enciende el televisor. Y un cigarrillo. Agarra la botella y le da un trago. Cierro los ojos. Me hago la dormida. Oigo el largo suspiro que exhala cuando bebe. Es como estar dentro de él. El corpachón descansa a mi lado como un barco a la deriva, uno de esos titanes míticos que fondean junto a las estaciones de suministro de combustible. Pero no soporto la televisión, me da ganas de huir como si me hubiera hecho caer en una trampa, de correr por los muelles hasta quedar sin aliento. Cuando me atrevo, le pido que la apague.

—¿Lo entiendes? Al final es como si esa gente y esas voces estuviesen aquí con nosotros en la habitación, y yo lo que quiero es estar a solas contigo.

Entonces la apaga. E inmediatamente después la vuelve a encender. No puede evitarlo. Miro por la ventana. Pienso en el viento, en los barcos en el puerto, en los pájaros, en los colores del cielo. Siento que mi cuerpo rebelde querría echar a correr. Me aburro un poco, pero no me resulta del todo desagradable. Él se aprieta contra mí y me da de comer otra vez. Ha comprado pan, pollo y unas nectarinas de California preciosas y jugosas. Me tiende un pedazo de pollo.

—Este pollo está tan tierno que te puedes comer hasta los huesos. Encima no me ha costado caro…

El zumo de las nectarinas me corre por la barbilla, el cuello, el torso pálido, la oquedad de las costillas. Como buena mamá gata, me lame la piel y me limpia. Su lengua áspera se esmera alrededor de mis senos. Me hace cosquillas. Me río…

Me cuenta una historia.

—Había un río al que solía ir a pescar. Las hojas de los árboles hacían danzar sombras doradas en el agua, negra bajo los sauces. Éramos unos críos… Mi hermano había encontrado un viejo kayak. Nos marchábamos. Con una manta en el fondo del kayak, una lata de conservas para hacer café, un poco oxidada de tanto usarla, un pedazo de pan y una lata de judías pintas para cuando no pescábamos nada… Y cerillas. Yo tenía un cuchillo. Había esculpido un pequeño tótem con cabeza de cuervo en el mango. Lo utilizaba para abrir las truchas. La sangre de estas, rojísima, fluía por la hoja tiñendo el cuervo de rojo… Era hermoso… Cuando empezaba a oscurecer hacíamos una hoguera. Mi hermano traía la leña y yo preparaba las truchas. Y la hoguera; yo era el mayor. La noche caía y yo le enseñaba las estrellas. Había lechuzas… A veces se oía un aleteo cuando echaban a volar (mi hermano tenía miedo), el ulular grave de un búho real, unos chillidos secos y otros más agudos y lastimeros. Y también una suerte de cantos monótonos, tristes, tristísimos… Un día, mi hermano trajo una botella. De veinticinco onzas de whisky añejo, un matarratas que mi padre se había dejado en el truck. Aquel día debía de estar demasiado borracho para acordarse de cogerla. Nos la bebimos bajo las estrellas. Era maravilloso. Luego terminamos echando las tripas. Casi se nos quema la manta. Y yo caí al río. Estaba frío. Nos prometimos que nunca volveríamos a probar aquella mierda.

Me entra la risa. Se incorpora y frunce el ceño, estamos tendidos en la cama, entre las sábanas manchadas de ice cream.

—No te rías. Estuvimos al menos dos años sin probarla. Yo tenía doce, él once. Después la cosa cambió… Después vinieron las chicas, los bailes del condado, y los bailes a secas, y luego los bares… Y las chicas, siempre las chicas. Queríamos ser hombres hechos y derechos. El río y las estrellas eran agua pasada.

Miro el cielo tras el cristal. Pienso en el río y en sus aguas negras, en las hojas doradas danzando en lo alto.

Sonríe para sí.

—Crecí en los bosques, sabes. Fue bonito. Me iba por ahí con mi hermano. Mi madre nos esperaba. Durante días y noches. Regresábamos al clarear el alba o con la oscuridad de la noche, que se extendía por los bosques (recuerdo aquel escalofrío en la piel), hambrientos, cubiertos de fango y rasguños y con la frente quemada por el sol, plagada de cicatrices por culpa de las zarzas, como una aureola gloriosa. Éramos jóvenes leones. —Prosigue con su voz baja, casi en un murmullo—: Luego vino la cerveza... Todo eso se había acabado, recorríamos los bares tras las chicas. Luego recorrí las carreteras con mi padre. Nos ofrecíamos para trabajar como leñadores. Los bosques otra vez, pero ya no era lo mismo. Íbamos de una ciudad a otra, de zonas rurales a aldeas, de tabernas a bares, de Maine a Tennessee, de Arizona a Montana pasando por California... Los extensos bosques de Oregón, la brumosa costa del Pacífico... Cogíamos unas cogorzas de órdago. Nuestra vida eran los bares. Y matarnos a trabajar. Pasábamos de barracas a moteles, de moteles a albergues nocturnos, de albergues nocturnos a barracas. Las habitaciones de motel se habían convertido en mi hogar. —Sonríe—. A veces traíamos a chicas, cuando nos daban la paga y conseguíamos una habitación. Si no nos habíamos pulido la pasta en bebida... Una noche terminamos en la cárcel de la zona; nos habíamos peleado. Por una stripper.

»El mar me salvó —continúa—. Bebí sin parar hasta los veintiocho años. De los bosques de mi infancia a los de Alaska estuve borracho. Después me embarqué. Aquí. Me gustó. Muchísimo. A partir de entonces solo podía emborracharme cuando volvíamos a tierra. Muchísimo.

El gran marinero sigue hablando, una noche de verano en el gran norte de Alaska, en esta habitación dorada por los grandes cobres de las diez; está tendido, vuelve hacia mí su rostro quemado y dice con esa voz baja y lenta, algo tomada, suavemente ronca, dice:

—Para dormir siempre me ha hecho falta caer rendido, por lo que sea, siempre. Alcohol, sexo o trabajo.

Se hace de noche. Nos duchamos. De pie, contra mí, me parece altísimo. Lo lavo: los potentes brazos, el generoso hueco de las axilas oscuras, el pecho, la flor rosada de los pezones, oculta entre la pelambrera rojiza que desciende hasta el estómago abombado, va clareándose hasta no ser más que un hilillo, y renace en el vientre para florecer en la oscura oquedad de los muslos, en la que anida ese extraño animal que lavo con respeto y un atisbo de temor: cobra vida bajo mis dedos. A continuación las nalgas duras, las columnas de blanco mármol de las piernas, los pies, que siempre me traen a la mente una alfombra de lana roja... Contengo la risa. Mis manos se deslizan abiertas por su cuerpo, suben hasta el ancla de los hombros, de los que me cuelgo unos instantes. El surco sombreado de la nuca entre los tendones potentes, las amarras del cuello. Cierra los ojos. Sonríe. Le froto la barba con un poco de jabón para que se le forme espuma, paso los dedos por el contorno de los párpados pesados, las cejas, espesas, la frente despejada... Ahora le toca a él, sus anchas manos me enjabonan la espalda detenidamente, las nalgas, pequeñas y duras, los pies, con más delicadeza... Por último el cabello. El champú se esparce bajo el violento chorro y me escuece en los ojos... Me besa. Sabor a jabón. Me río.

Es de noche ya cuando salimos. No vamos muy lejos. Andamos hasta el puerto y nos sentamos al pie del monumento al marinero muerto en el mar, inmerso en las sombras. Jude ha vuelto a comprar whisky por el camino, o vodka. O ron. Quizá algo de pollo, el que está tan rico que hasta te puedes comer los huesos. Café para la cafetera de la habitación. Galletas para mí. Contemplamos los barcos en la ensenada. Dice algo. Me vuelvo hacia él, la sombra del marinero de piedra le oculta la mitad del rostro. Me sirve un *drink*. Me río... Alzo la cabeza y observo detenidamente la estatua: el salitre y el viento le han roído los rasgos. Entonces me viene a la mente aquella mujer en una playa del canal de la Mancha que miraba hacia el horizonte, con esa misma máscara devorada por el mar, los vientos y los tormentos propios de la espera.

—Oh, Jude, el marinero muerto en el mar ya no tiene cara.

—Sí...

—En Francia vi un monumento, una mujer que espera a que regrese su marinero. Tiene la cara roída de la misma forma.

Jude suelta una risa breve y amarga.

—Las mujeres no esperan demasiado por aquí, se van a Hawái, o con otro tío cuando están hasta la coronilla. O ambas cosas.

—¿Por qué dices eso? Además, aquí el que se va a Hawái eres tú, no yo.

—¿Acaso tú me esperarías?

—¡Claro que no! Saldría a pescar, contigo o sin ti. Ni siquiera me gustaría que me esperaran en tierra.

—¿Lo ves?

—Tú no lo entiendes... ¡No es lo mismo! Yo no quiero una casa, quiero más, ¡quiero vivir! Quiero partir e ir a pescar como vosotros. Yo no espero. No, no espero. Corro. Vosotros partís y os pasáis la vida corriendo... Yo también quiero estar en el mar, no en Hawái.

—¿No irás a Hawái a verme?

—Sí, Jude, claro. Algún día. Pero primero necesito ir a pescar.

Se queda callado. Me acerco tímidamente a él y oteo el horizonte negro. Me pasa un dedo despacio por la mejilla. Volvemos al motel. Enciende el televisor. Lo apaga. Lo vuelve a encender.

De su vida de marinero sigue conservando ese estado de semi-vigilia. Noches interrumpidas. Duerme dos, tres horas. Se levanta, coge un cigarrillo. Camina un poco, pasea arriba y abajo por la habitación, se sienta frente al televisor tras encenderlo con cuidado o junto a la ventana. Fuma, coge la botella de la mesita de noche. Mira. La luna, cuando esta ha salido; el cielo, siempre. El mar, que adivina tras las casas.

Termina despertándome una respiración apremiante contra la sien. El corpachón vuelve a tumbarse sobre mí. Un manto abrasador. El resplandor rielado del aparato, puesto al mínimo, le pasa por el rostro, inclinado sobre el mío, y juguetea con la textura irregular de su piel. En la oscuridad se oye su voz sorda:

—*Tell me a story…* —Y es él quien vuelve a contar otra.

—Había un colimbo; probablemente varios, pero para nosotros era el colimbo… Sabes, esos pájaros que vuelan muy alto, con unas alas enormes sobre todo… Estaba aquel lago al que íbamos a pescar tras vadear el río. El cielo y el agua…, todo era inmenso. Allí capturamos unas carpas preciosas. También peces gato, salvelinos y amias calva… Nos daba miedo ir hasta allí. Para empezar porque quedaba lejos y porque el kayak hacía aguas. En realidad era una porquería. Y cuando se levantaba viento… Tuvimos suerte, sabes. La noche parecía más vasta cuando llegábamos hasta allí. Dormíamos en la orilla. Yo encendía la hoguera. Mi hermano traía la leña. Yo preparaba el pescado… El ritual, vamos. Cuando pienso en ello, caigo en la cuenta de que fue el principio de mi relación con el mar. Fue allí, en aquel lago, donde experimenté por primera vez esas tremendas ansias de océano. Pero aún no lo sabía. Desde luego que aún no lo sabía… —Se endereza apoyándose en un codo, abre la botella con los dientes y se toma un lingotazo. Cuando me atrae hacia él, percibo su aliento cálido, el aroma del whisky. Prosigue—: Bueno, pues como te iba diciendo, estaba ese colimbo, esos colimbos... Sus chillidos en medio de la noche. A veces oíamos unas risas burlonas que nos dejaban helados, sobre todo cuando la luna alumbraba el lago y veíamos la sombra de los árboles moviéndose... También aquellos chillidos desgarradores y quejumbrosos que se volvían graves, avanzaban por el agua, el agua, que era profunda y negra, y ascendían hacia la luna como una risa demencial. Nos apretujábamos el uno contra el otro bajo la manta. Nos prometíamos que saldríamos de allí pitando en cuanto amaneciera. Por la mañana, en la orilla no había más que un montón de ramas en el punto desde el que subían los gritos nocturnos: el nido del colimbo, del que salían unos maullidos ridículos que nos hacían reírnos de nosotros mismos. A veces cuando cierro los ojos, me parece oír ese grito. Se me pone la piel de gallina. Y siento el mismo escalofrío recorriéndome el espinazo.

—¿Y tu madre?

Suelta una risa breve y triste.

—Se las hicimos pasar pero que muy mal. Creo que ahora que nos hemos marchado está descansando un poco. Mi padre, en cambio, sigue cuidando de mí. Ha dejado de beber. Le gustaría que yo hiciera lo mismo, pero no habla de ello. De hecho, no me apetece hacerlo. Me manda un poco de dinero cuando estoy con la soga al cuello. En una ocasión me regaló un saco de dormir, uno de los buenos, debió de gastarse un dineral en él... Fue durante un invierno que pasé vagabundeando por las calles de Anchorage.

—¿No ibas al Bean's Café?

—Muy poco. A veces por la sopa. Pero volvía a marcharme enseguida. Nunca me ha gustado vivir en manada, prefería dormir en los parques con otros bums. O solo. Me cavaba un hoyo en la nieve. Con el saco de dormir no tenía frío. Estaba a gusto.

Me abrazo a él. Estamos juntos bajo la nieve. Enrosco las piernas alrededor de las suyas. Se nos pasa el frío.

—Hubo un año en que no me dediqué a pescar y quise construirme una casa. Mi padre se había agenciado un pedazo de tierra en el bosque por muy poco dinero. Yo había hecho una buena temporada a bordo de una trainera. Trabajé como un poseso. La cabaña avanzaba… Pero entonces llegó el invierno y la nieve bloqueó el camino. Había almacenado reservas de bebida. Siempre he sido muy previsor… —dice—. Me encontraron medio muerto un par de semanas más tarde.

—¿Medio muerto…? ¿Por qué?

No contesta.

—Cuando te encierras con el monstruo… —murmura por fin, tras encender un cigarrillo.

Al cabo de tres días no nos queda otro remedio que levantarnos.

—Me voy esta noche —dice—. Ven conmigo.

—Primero quiero ir a pescar cangrejos.

—¿Quién es ese tal Jason?

—Un chico jovencísimo que posee un barco pequeño. Lo viste pasar por el muelle cuando trabajábamos en el *Rebel*. A veces se detenía a última hora de la tarde. Es la primera vez que sale a pescar solo y que será patrón.

—¿Te acuestas con él?

—¡Eso nunca! Solo quiero volver a pescar.

—Ven conmigo a Hawái, encontraremos un barco en el que embarcar en Honolulú.

—Todavía no. Aún no quiero irme de Alaska.

—Cásate conmigo.

Vamos a dar una vuelta por los muelles. Me he soltado mi larguísimo pelo por primera vez. Estoy orgullosa de caminar al lado del gran marinero, con el cabello suelto, la melena de mujer al viento. Él también lo está.

—Dime algo —le pido—. De lo contrario me siento sola.

Su voz baja enseguida me hace bien. Así que me habla, despacio.

—Quiero que estés siempre conmigo.

Resulta hermoso y agradable. Estamos solos en la playa. Cae una llovizna finísima. Todo es gris, todo. Los pájaros y sus gritos se han desvanecido entre la bruma. Tenemos frío. Aun así, intentamos hacer el amor sobre la arena mojada, entre dos rocas negras.

—Dime algo —le pido otra vez—. De lo contrario me siento demasiado sola.

Está encima de mí, avanza con suavidad, la lluvia se nos mete en los ojos, las rocas me magullan las costillas, la ropa obstaculiza nuestros movimientos.

—Yo también me siento solo —dice y ríe levemente—. Por lo menos lo hemos intentado…

Tenemos que regresar cuanto antes porque ya repunta a creciente la marea. El camino que hemos tomado al venir está bloqueado. Nos sentamos sobre un tronco en la linde de la playa y el camino. Jude saca del morral la botella de vodka y el helado. Me sirve un vaso recubierto de helado. Me presta el walkman para que lo escuche. Tom Waits. A veces apoya la cabeza en la mía para escuchar él también. «We sail tonight for Singapore.»

Por delante de nosotros pasa un chico. Nos dedica un vago saludo.

—¿Qué porras hace este aquí? —dice muy bajito el gran marinero—. Es nuestra playa.

—Sí, quizá haya que matarlo por ello.

—Ven conmigo a Hawái.

—Todavía no, esta noche no, quiero ir a pescar cangrejos.

—Cuídate.

—Sí —contesto.

—No vayas a Point Barrow.

—Aún no.

—Y si te quedas sin barco, si Gordy tiene que recuperar el *Lively June*, ve al shelter. Allí estarás segura.

—Siempre habrá algún coche viejo en el que pasar la noche. Hay un montón de camiones arrumbados junto a la playa, cerca del Ejército de Salvación.

—Estás loca. No debería irme. Debería quedarme y hacerte un hijo.

Me río quedamente.

—¿Por qué hacerme un hijo?

—Para alejarte de esa porquería de coches.

Estamos esperando el ferry. La noche ha caído hace rato, mientras aguardábamos en la playa grande envueltos en la bruma. Nos hemos refugiado en su coche, un viejo montón de chatarra que nunca se mueve de detrás del shelter. Me rodea el rostro con sus anchas manos. Bajo el resplandor blanco y crudo de la farola, miro sus rasgos hinchados, la piel cobriza y granulosa, la gema húmeda de sus ojos. Me parece guapo. Me parece el más guapo, el más alto, el más apasionado. Quiere que lo vuelva a amar. Nunca se sentirá saciado de amor, de sexo, de alcohol.

—No... —murmuro—, no, podrían vernos... Dentro del viejo coche al lado del shelter, rodeados de barro...

Insiste, de modo que le hago el amor con la boca. Termino llorando. A él le sienta bien. Advierte las lágrimas en mis ojos.

—¿Estás molesta conmigo? —pregunta abrazándome.

—No, ¿por qué habría de estarlo?

Vuelve a tomar mi rostro entre sus manos. Los ojos amarillos escrutan los míos.

—Lo siento —añado.

—Irás al shelter —dice entre las sombras—. Preguntarás por Jude. Mi padre. Es el encargado. Se llama Jude. Mantenlo al corriente de lo que haces. Me hará llegar tus noticias y te dará noticias mías si no recibes mis cartas.

—¿Jude como tú?

—Sí. También Jude. Y yo pasaré un tiempo con mi hermano en Hawái. En tierra. Lo que tarde en encontrar trabajo. Te esperaré.

—¿Tu hermano sigue viviendo allí?

—En parte. Jude tiene una casa en la isla grande. Trabaja en la construcción. En estos momentos se encuentra en una obra en Kawái. Ahí es adonde voy.

—¿Jude, tu hermano? ¿Él también se llama así?

—Sí, él también.

—¿Así que os llamáis todos Jude?

Se ríe con esa voz baja, un leve bufido, me estrecha contra sí y se toma otro trago de whisky.

—Yo soy Jude Michael. Pero prefiero que me llamen Jude. Y juntos tendremos otro pequeño Jude.

Llueve de nuevo. El agua corre formando regueros por el parabrisas. Los riachuelos enloquecidos nos esconden al fin de los escasos transeúntes. Jude enciende otro cigarrillo.

—Ocurrió hace mucho tiempo —dice—. Mi abuelo era leñador en Carolina del Sur. Estaba muy mal, se le había caído un árbol encima. Probablemente iba a morir. Mi abuela, que todavía era joven, fue a rezarle a san Jude. Le prometió que todos sus descendientes llevarían su nombre si el marido salía de aquella. Encendió cirios todos los días. Y mi abuelo salió de aquella.

—¿Y las mujeres, se llaman Judith?

Bebe un trago, me besa, me rodea las sienes con sus palmas encallecidas.

—Desde entonces no ha habido ninguna mujer.

El ferry ruge en medio de la noche. Lleva rato haciéndolo. Tenemos que irnos. Jude agarra el petate de marinero y se lo echa al hombro. La lluvia se abate fresca y ligera sobre nuestra frente. El viento le pega los rizos oscuros al rostro chorreante. Me hace pensar en un cuadro que vi siendo niña, quizá el de los hijos de Caín huyendo bajo la tormenta.

—Te pareces a alguien que sale en una imagen muy antigua —le digo.

—¿A Sísifo?

—También, quizá…

Jude Michael Lynch, Sísifo, tal vez, aplastado por el mundo, quemado por el furor y la pasión, el alcohol, el salitre y el agotamiento. O quizá aquel otro al que un águila le devora el hígado hasta el final de los tiempos por haber entregado el fuego a los hombres. No lo recuerdo, pero en el fondo da igual, es todos ellos.

Llegamos al ferry. Aguardamos bajo la llovizna, que se entrevera con las salpicaduras. La mujer que coge los billetes abajo, en el embarcadero, le pregunta si lleva alcohol en el bolso. «Por supuesto que no», responde él.

—Vete ya —me dice.

—Quiero quedarme un rato más.

Entonces me besa muy deprisa y muy fuerte.

—Eres lo mejor que me ha sucedido en mucho tiempo.

—Ya me lo has dicho —murmuro.

—Y te lo volveré a decir. Vas a coger frío. ¿Dónde tienes el fular?

Le acerco la cara y el fular desanudado. Sopla el viento. Me lo vuelve a anudar. Le acercaría la cara una y otra vez si no fuera porque el ferry está bramando. Nos despedimos de nuevo.

—Deberíamos casarnos.

—Sí. A lo mejor deberíamos casarnos —respondo.

—Nos casamos y este invierno vamos a Dutch Harbor para buscar un puesto a bordo de un barco.

Regreso bajo la finísima lluvia. Más tarde, desde mi litera, oigo el ferry llorando en medio de la noche. Me doy cuenta de que he olvidado su trenza, la pequeña trenza que me pidió que le hiciera.

Salí a primera hora de la mañana. El cielo estaba raso. Hacía buen tiempo. Anduve hasta la oficina de taxis. Detrás de esta se encontraban los aseos. De ellos salió una mujer, luego un hombre, ambos arrebujados en sendos abrigos mugrientos. Iban de la mano. La mujer parecía jovencísima, tenía las mejillas redondas y bronceadas bajo el cabello negro, que le caía en mechones despeinados, y unas manchas amarillas alrededor de la boca. A lo mejor había vomitado. Estuvo a punto de caer, pero el hombre la sujetó y la apoyó contra él.

—Deja de moverte —la reprendía suavemente—, yo camino y tú te sujetas a mí… De este modo, sí.

Ella se echó a reír y se dejó guiar con los ojos entornados. Era como si el hombre estuviese abrazando una muñeca de trapo. Él alzó la cabeza. Desde aquel rostro rugoso y lleno de hinchazones que aprisionaban los ojos, se deslizó hasta mí el fulgor límpido de dos pupilas verde esmeralda rodeadas de venitas rojas.

—¿Y mi amigo Jude? ¿Le va bien?

—Sí, bien. Está en Anchorage. Dentro de poco en Hawái e iré a reunirme con él…

—Salúdalo de nuestra parte. Sid y Lena, dile…

Se marcharon trastabillando, dos escarabajos negros que se recortaban entre el cielo y las aguas claras del puerto. Andaban despacio por el muelle, se detenían, parecían dudar, perdían el equilibrio unos instantes, se erguían y reanudaban la marcha, tal vez hacia la plaza.

Los pájaros se llaman, chillan de manera extraña. Los peces saltan, las nutrias marinas y las marsopas danzan alrededor del barco, se persiguen y se reúnen en medio de los haces irisados. Estamos entre mar y cielo como entre dos brazos. Jason grita, se pasa el día gritando, tiene miedo. Nunca había sido patrón. Le molesta que corra, que brinque a la menor orden, que me ponga roja y congestionada cuando levo el ancla a contracorriente. Soñaba con una elfina liviana y grácil en cubierta, la escupefuegos. Soñaba que nos convertiríamos en dos piratas locos y hermosos, los mejores pescadores de la bahía de Uganik, y pronto de toda Alaska. Pero no comparto su litera, y nuestras capturas de buey de mar son miserables. Cada noche teme que el ancla no haga presa. Yo guardo silencio y corro. Lo hago todo mal cuando empieza a pegar berridos de nuevo.

—¡Pero hazlo con elegancia, joder! —protesta cuando me hace amarrar el *Milky Way* a los pilares de las fábricas de conservas de Uganik.

«No soy elegante cuando paso miedo», me gustaría replicarle.

La presión de la bomba de agua disminuye y nos vemos obligados a llenar el depósito sin interrupción. No tardamos mucho en quedarnos sin agua dulce. Cargamos el bote con todos los recipientes vacíos del barco —cazos, botellas, la cafetera—, y vamos hasta la cala verde, por la que fluye un arroyo. Los llenamos. La bomba de agua exhala su último aliento en la bahía del Terror. Jason ha dejado de gritar. Está al borde del llanto.

—Jason, voy a preparar café, ya veremos luego…

Un tender rojo y negro ha fondeado en la bahía. El *Midnight Sun.* Cogemos el bote otra vez. Los tres hombres de la tripulación nos ven llegar con una mezcla de asombro y ternura. Estamos azorados y parecemos desorientados. Jason casi se ha quedado sin palabras y yo balbuceo algo que nadie entiende. El patrón, un hombre muy bueno, sale del puente y acude en nuestra ayuda. Cabellera oscura y barba tupida tras las cuales aparece un rostro surcado de arrugas. Cuando camina hasta donde estamos me recuerda a un oso. Jason se serena.

—Precisamente, el *Midnight Sun* está lleno y vuelve esta noche a puerto para descargar —nos dice el hombre, pero estarán de vuelta mañana mismo. Cogerán la bomba de camino—. Venga, entrad —añade.

Prepara café, saca unas galletas, nos da de comer.

—¿Puedo utilizar la radio del barco para pedir la pieza?

—Claro que sí.

—Gracias… Te tomarás una copa a nuestra salud en Kodiak —dice Jason antes de subir al puente de mando.

—Ya he tenido mi dosis de bares —dice mientras me vuelve a servir un poco de café.

—¿Ha dejado de beber?

—Si no hubiera dejado de beber estaría muerto… Pasé demasiado tiempo en la calle, arrastrándome por mis propios orines y vómitos como un mísero reptil… Todo eso se acabó.

La mirada apasionada del hombre se posa en mí. Me sonríe.

—Anda, coge otra galleta.

Nos habla de Dios. Cuando nos despedimos de él ya es bastante tarde. Nos acompaña hasta la cubierta. Hay luna llena, y creo percibir a su Dios en la bahía del Terror. Un seiner se aproxima despacio al *Midnight Sun*, la raya roja del cintón se sumerge profundamente en el agua.

—El *Kasukuak Girl* está hasta los topes esta noche. Es el último que descargo —nos dice—. Luego me tengo que ir, chicos… Necesito pillar marea alta para cruzar el paso de la Ballena sin dificultad. Esperadme mañana. Volveré con la pieza.

Abre el cuartel de escotilla y coge un salmón que flota en el agua babosa y el hielo derretido. Me lo alarga.

Jason pone el motor a todo gas. Con el entrecejo fruncido bajo la bandana deshilachada y la mandíbula tensa, avanza veloz en la oscuridad. El bote se desliza en medio del gélido aire nocturno, sobre las aguas oscuras tornasoladas por la luna. Cuando llegamos al barco, se va a la cama sin pronunciar una palabra. De rodillas en cubierta, devoro a dentelladas el salmón rojo crudo cual animal feliz. La bolsa oval se rompe dentro de mi boca, desgrano con la lengua los untuosos frutos marinos, que estallan y se deshacen en mi garganta. La luna inunda la cubierta. El *Kasukuak Girl* ha echado el ancla cerca de nosotros. La brasa roja de un cigarrillo incandescente tiembla en el puente.

—Me gustaría ir a la playa, Jason, a lo mejor hay boyas japonesas…

El sol está ya alto. Hemos desayunado en silencio. Jason no me habla desde que una noche deshice el nudo de los dos brazos flacos que me arrastraban hacia su litera.

—Hay osos grizzlies en la costa.

—Tendré cuidado.

Jason me conduce hasta la orilla. Me deja un cuerno.

—Sopla por ella cuando quieras volver o si te ves en aprietos. Vendré en cuanto oiga la señal.

El bote se marcha. Camino por la orilla. Unos pedazos de madera flotante muy lisos y bellos, blanqueados por efecto del mar y del tiempo, cubren la playa, pero no hay ni rastro de las bolas de cristal azul, de esas que viajan durante años por el agua. Así que me voy a buscar osos. Husmeo detrás de los arbustos de moras y zarzamoras. Un águila yace con la frente aplastada sobre la arena y las alas abiertas pegadas con barro seco. De repente, siento una puñalada en el estómago, tal vez una hoja de fuego, que me hace perder el equilibrio. Caigo de hinojos en la playa junto al águila descoyuntada, con los ojos cegados por las lágrimas. Apenas si alcanzo a soplar por el cuerno para llamar a Jason.

El *Midnight Sun* regresa con la nueva bomba de agua. Pero ni los comprimidos del bondadoso patrón, ni sus plegarias, ni siquiera las infusiones de Jason, logran calmar el dolor. Me retuerzo en la litera. Al día siguiente me evacúan. El pequeño hidroavión que Jason llama por el VHF se posa en la bahía. Con las manos crispadas sobre el vientre, me encojo en el asiento del copiloto ante las pantallas y el cielo mientras los gusanos marinos me devoran. Pienso en los peces que he apuñalado, en todos los que me han servido de carnada. He abierto en canal tantos vientres blancos aún palpitantes, he matado tanto que he de pagar por ello. El cielo penetra en la carlinga. ¿O acaso somos nosotros los que nos hundimos en él?

No he tenido que ingresar en el hospital. Intoxicación, han dicho. Se me pasará… He regresado al *Lively June* más triste y pobre que nunca. El *Rebel* está atracado en el muelle. Gordy me sale al paso. No dan abasto. Me marcho con ellos. He tenido tiempo de pasar por la ciudad: una carta del gran marinero por lista de correos. Está en Hawái. Me espera en una playa bebiendo ron y Budweiser. Ha trabado amistad con un tipo con el que comparte los cupones de comida y la cerveza. La noche anterior degollaron a alguien a dos pasos de su tienda de campaña. El gran marinero pasa hambre a pesar de los cupones de comida. «Ven conmigo —repite—. Por supuesto, con la cantidad de hombres en celo que hay bebiendo y viviendo en la playa, tendría miedo de que te pasara algo, pero ¿acaso sé lo que haces con los *young dogs* de Kodiak…? Ven, Lili, ven… Hagamos de una vez por todas nuestro *ice cream baby*.»

Diez días en el *Rebel*. Fletando cada noche la carga de salmones de los seiners. Hay una mujer a bordo, Diana. Es guapa, a menudo gobierna el barco. Es inmisericorde. «A nosotras, las mujeres, no nos está permitido cometer errores si queremos que nos acepten —me dice implacable—. Tenemos que ser las mejores.» Desprecia mi voz titubeante. Pero cuando un día se levanta un temporal de cincuenta nudos, desaparece en el camarote y se agazapa en el hueco de la litera. Los mareos la han aniquilado. Me siento junto a Joey en el puente de mando. Unos pájaros blancos revolotean lentamente en torno al halo de luz del mástil. Nos hallamos sobre el oleaje negro. Joey me enseña a manejar los mandos. Ya está.

Algunas tardes, a la hora en que los barcos pescan, Joey coge el bote y se aleja en dirección a la playa. Los grandes bosques de Afognak y de Shuyak se extienden hasta muy lejos, más allá de los acantilados negros que se elevan entre los pinos. No me atrevo a preguntarle si puedo acompañarlo. Se marcha solo. Y siempre vuelve con cosas extrañas y bellas, y el semblante grave y luminoso de aquel cuya niñez vivió en los bosques. Cuernos de corzo o plumas de águila, ramas pulidas por el mar, desgastadas hasta no ser más que curvas puras, la esencia de lo que en su momento fue un árbol. Un día encuentra una seta enorme y dura que se promete pintar y esculpir cuando se haya secado.

Nos metemos en faena al caer la noche. Diana y los hombres gritan. El miedo no me abandona. «Esto es el exilio», pienso. Todos duermen ese día, en cubierta luce un sol espléndido. Tumbada en la litera, con los ojos abiertos en la semipenumbra, pienso en los tenders en medio de la noche, en los que aguardaban la víspera en la bahía de Perenosa. No puedes decírselo a los demás, no puedes explicárselo a quienes no han visto nada de eso —sí—, los grandes tenders en medio de la noche, los enormes barcos de acero, con esos nombres de vida de muerte y de leyenda…, el zumbido de los motores, los cabrestantes que chirrían, hombres naranja que perseveran al viento, el rostro chorreante bajo la luz de las lámparas de vapor de sodio, una película extraña y perturbadora que se refleja en las aguas negras. No, no puedes contarlo. ¿Quién lo entendería?

Un día volvemos a puerto. El frío me cala hasta los huesos. Me gustaría decirme *Let's go home, but there is no home.* Nunca más. Tengo pesadillas. Zarpamos de nuevo… Despúes me caigo en la bodega del pescado, los salmones yacen por millares en un agua sucia y densa de mucosidad y sangre. La bahía de Viekoda.

Salimos pitando hacia la bahía de Izhut, donde nos esperan otros barcos para descargar sus capturas y aprovisionarse. Navegamos en medio de la noche.

La isla cerró sobre mí sus brazos de roca negra. Volví a encontrar el *Lively June*, la llave escondida bajo el borde de la pasarela, el olor a gasóleo y a impermeable mojado. En la Lavomatic conocí a un hombre que jugaba al golf y pescaba salmón rojo. Fui renqueando hasta su barco, el *Jenny*. Preparó café e hizo palomitas de maíz. Después me sentí mejor. Salí, anduve hasta Correos. El empleado me alargó una carta, reconocí la caligrafía grande. El viejo sobre estaba cerrado con una especie de pasta negra, ¿alquitrán? Corrí hasta el parque Baranof y me acosté bajo el gran cedro. Desdoblé la carta de Jude, arrugada, manchada de grasa y cerveza al igual que la anterior. La leí. Por el inmenso cielo de verano pasaban algunas nubes. Me quedé dormida. Soñé que estaba en la cubierta de un barco, inmersa en una tormenta. Las olas rompían sobre mi cabeza descubierta. Estaban heladas. Junto a mí trabajaban hombres arrebujados en unos impermeables enormes, los hombres sin rostro de la película de Ian. Yo chapoteaba casi desnuda en un agua gris que me llegaba casi hasta la cintura. No le temía a nada. Ni al cansancio ni al frío. Los hombres estaban contentos conmigo, y yo hacía un buen trabajo. Me había convertido en un auténtico pescador. Cuando desperté, los rayos de sol que se filtraban entre las ramas se habían posado en mi rostro. Me incorporé. Unos altramuces formaban manchas que bailoteaban delante del pequeño museo Baranof. Entonces eché a andar hacia la carretera. Crucé. Enfrente, el agua azul y el ferry; este volvía a zarpar rumbo a Dutch Harbor aquella noche. «Podría ir a Dutch

—pensé—, allí encontraría algún barco que saliese a pescar cangrejos.» Pero no era la temporada. Además, ¿qué podría haber hecho en cubierta con la pierna herida? «Esto es el exilio», pensé otra vez. Regresé. Hice el petate. Me encaramé a la butaca plegable del puente de mando y esperé allí.

John dio unos golpecitos en el cristal, reconocí el rostro enjuto y blanco, los ojos claros bajo la protuberancia de los párpados ajados, que a veces pestañeaban como si la luz los hiriese. Abrí. El hilo delgado de la boca se le curvó en una sonrisa casi tímida. El mono de trabajo le bailaba alrededor del cuerpo huesudo; se ajustó una gorra cochambrosa sobre el pelo rubio de estopa.

—He oído que la cosa no va muy allá —dijo al entrar.

Lo invité a tomar asiento. Precisamente acababa de preparar café. Le tendí un cigarrillo y se acercó a la papelera para escupir una bola de tabaco.

—Deberías venir a mi casa algún tiempo. Está en Bell's Flat, a veinte millas de aquí. Te prepararé unas cataplasmas de plantas y te curarás enseguida.

—Gracias, John, pero prefiero estar en el puerto.

—A veces escribo panfletos políticos. Ya me dirás qué te parecen...

—¿Sobre qué escribes, John?

—Sobre la vida.

—Algún día me los enseñarás.

Se encogió de hombros y la boca volvió a fruncírsele en una mueca amarga y levemente burlona.

—Necesito tu ayuda otra vez, en cuanto puedas, en cuanto te sientas mejor de la pierna. Me han encargado que haga unos jardines y que cave otra zanja, y habría que rociar el *Morgan* de vez en cuando. Es cierto que el tiempo ya no está tan seco, la madera permanece bastante húmeda y el calafateo de las juntas no ha reventado, pero aun así sería más seguro. Tampoco estaría de más darle una buena mano de aceite de linaza a la cubierta.

—En cuanto pueda. Estoy casi sin blanca. Andy tiene que enviarme un cheque, pero con él la cosa va para largo.

—No podré darte más que la última vez, como puedes imaginar, con las obras del *Morgan* y la temporada perdida… Serán veinte dólares al día.

—Al menos me dará para comer y ahorrar un poco.

—¿Sabes que dentro de un mes se levanta la veda del fletán? Veinticuatro horas sin parar.

—Sí.

—Ahora que has hecho la temporada del bacalao y la última pesca del fletán, igual encuentras un puesto en un buen barco. Podrías ganar una pasta gansa.

—No sé si me atreveré a pescar de nuevo algún día. Siempre sufro algún percance. ¿La próxima vez me caeré por la borda?

—Todo el mundo sufre accidentes de pesca —dice riéndose.

—¿Vas a hacer la campaña del fletán? —pregunto.

—Aún no lo sé. Nunca me ha gustado eso de estar veinticuatro horas sin parar, es una carrera… Gana quien capture más que el otro y siempre está el soplagaitas de turno que se va a pique por querer hacer más de lo que su barco le permitía.

—Para hacerlo, primero tendría que curárseme la pierna. Nadie querrá a una lisiada en cubierta.

—Sí —dice—. Si vinieses a casa te prepararía unas cataplasmas de plantas y te curarías enseguida.

—No quiero moverme de aquí.

—¿Y qué te parece si hacemos juntos la campaña? Te daré un buen porcentaje. Mitad y mitad. Dispongo de una cuota de seis mil libras. A más de un dólar la libra… Tengo mis rincones secretos para el fletán. Tú te encargas de los aparejos, de cebar los palangres, de reparar las líneas, de que la bodega de pescado esté impecable, del hielo, y yo me ocupo del resto. De dirigir el barco y encontrar los peces.

—Habría que ver… Si se me cura la pierna.

Se levanta.

—¿Tienes otro cigarrillo? Debo irme a trabajar, tengo un jardín por hacer, me gustan los jardines. Y gano lo mismo que saliendo a faenar.

John se ha ido. El agua chapotea contra el casco. Todo está oscuro y fresco en la sombra del barco. Unas moscas recorren interminablemente los cristales del castillo en busca de una salida. En ocasiones logro atraparlas y las libero fuera. Pero terminan volviendo. Luego mueren. Eso me angustia. Vuelvo la cabeza y contemplo la dársena bajo el sol. Entonces pienso que debería empezar a coserme el cinturón, un cinturón de cuero secreto que se adaptaría a la forma de mi vientre y a la curva de mi espalda, como una segunda piel de la que colgaría un cuchillo, un puñal muy afilado en un estuche hecho por mí misma.

Es idea de Lucy, a la que conocí un verano bajo el radiante sol de Okanagan. Lucy era india, era mi amiga… Nuestras mejillas encendidas aquel día, el moretón azul bajo su ojo, su risa y el llamativo petate golpeándome los riñones; ante nosotras, la carretera blanca, los cactus candelabro, el desierto… «Me matará si me voy contigo —me confesaba entre risas—. De todos modos lo extrañaría demasiado…, pero hazte un cuchillo, tu cuchillo, somos como animales, tenemos que salvar nuestro pellejo.»

Empiezo el cinturón y luego saco el estuche con los colores. Dibujo y pinto hombres alados, sirenas, al gran marinero en la penumbra y yo acostada contra su muslo. Quizá vaya a pescar fletanes. Si capturamos suficientes, iré a Hawái.

Salgo. La luz cegadora. Recorro el pantalán desierto. El rubio alto de rostro vigoroso sale de la cabina del barco abigarrado. Me hace señas con la mano para que suba a bordo. Salvo la regala de una zancada y me siento en el cuartel de escotilla.

—Me llamo Cody —dice.

—Yo, Lili. ¿Qué quiere decir Kayodie?

—Coyote. Es un animal muy importante para los indios crow, más o menos como el cuervo; está dotado de poderes sobrenaturales y de una inteligencia tremenda. El coyote está siempre presente entre nosotros, solo que cambia de rostro.

—Es un nombre muy bonito para un barco.

—Sí. Te he visto cojear desde que has vuelto. Tengo un remedio que podría irte bien. Un ungüento para caballos. Te lo pone todo en su sitio.

Entra en la cabina, lo oigo hurgar en una caja de cartón. Sale y me tiende un frasquito que contiene una pomada transparente.

—Es muy potente. Lávate las manos después de aplicártelo.

—Vaya, gracias.

—Suelo hacer cursillos de curandero en una tribu india al sur de Arizona —continúa—. Un día seré *medicine man*.

—Ah… ¿Y no sales a pescar en estos momentos?

—Estuve pescando salmones durante varias semanas. Nada del

otro mundo. Y luego empezamos a tener una avería tras otra, que si el motor hidráulico nos deja tirados, luego que si la red se rompe porque se nos queda enganchada en un fondo demasiado rocoso y por último Niképhoros, que supuestamente iba a hacer la temporada con nosotros, va y nos deja en la estacada…

—Oh… —digo—. Es una lástima.

—¿Y tú?

—Estoy esperando a sentirme mejor para volver a pescar. Bueno, esa es mi intención. No tengo mucha experiencia todavía, pero por algo hay que empezar, ¿no es así? Y después, en cuanto pueda, me escaparé a Hawái.

—¿Para qué?

—Para reunirme con alguien.

—Ah —contesta.

Permanecemos un momento callados. La luz bailotea sobre las aguas.

—¿Llevas mucho tiempo aquí? —pregunto de repente.

—Llegué después de la guerra de Vietnam. Bueno, no es cierto, estuve corriendo mundo antes de recalar en Kodiak. Trabajé con un amigo al norte de Fairbanks, buscando oro. Cuando empezamos a llevarnos mal, fui de un lado para otro sin hacer nada hasta que llegué aquí.

—¿Ya has pescado cangrejos?

—No, nunca. Eso lo dejo para los demás.

—Ah… ¿De dónde vienes?

—De Vietnam —contesta, y su mirada vacila antes de adquirir una extraña fijeza, se corrige—: Bueno, no, eso fue antes… También fue después.

—Ah… ¿De dónde eres?

Parece dudar, me mira con sorpresa.

—Nací... Nací en el este, creo, en algún punto entre Texas y Nuevo México... ¿Quieres una cerveza?

—No, no puedo —respondo—, tengo cosas que hacer.

La marea volvía, y con ella, la brisa y los pájaros. Alcé la cabeza hacia los muelles mientras subía la pasarela. Los postigos de las casas de madera parecían observarme desde la ladera de las colinas. El coffee-shop estaba blanco de luz y en lo alto se distinguían las montañas verdes y su marea en flor. En el asfalto negro de la acera, sentadas a las mesas que había fuera, las bonitas camareras, a las que, a saber por qué, no les gustaba, fumaban y reían muy fuerte. Sus hermosos cabellos brillaban con la luz que rebotaba en las aguas del puerto. Caminé cojeando ligeramente. Caminé durante un buen rato, evitando la plaza y los bares. Me senté en el embarcadero del ferry, frente al agua azul del canal y los bosques de Long Island a lo lejos.

El *Rebel* volvió a puerto. Era tarde. Una pátina de oro viejo iluminaba el cielo. Me crucé con Joey en el pantalán. La oscura frente se le iluminó brevemente y las pupilas negras, hundidas bajo las espesas cejas, despidieron un destello.

—Nos hemos quedado sin comida —me dijo entre risas—, voy a ver si encuentro algo antes de que me entre hambre.

De modo que le di la sopa de pescado que acababa de preparar con las cabezas de salmón que me había dado Scrim. En la superficie flotaban varios ojos. Me parecían sabrosos también. Formaban parte de la sopa.

Joey volvió a pasar al día siguiente. Llovía. Una llovizna fina. Entre la bruma se percibía el chillido triste de las gaviotas. Dio unos golpecitos en el cristal. Yo estaba sentada en la oscuridad contemplando las moscas en los cristales del castillo.

—Te llevo a tomarte una cerveza... No se puede hacer nada más con este tiempo tan asqueroso.

—¿Estaba buena la sopa?

Esbozó una sonrisa muy rara y no contestó. Probablemente a Diana no le habían agradado mucho los ojos, ni siquiera a él, por muy indio que fuera. Cogí un jersey y lo seguí. Aún era temprano. El Tony's acababa de abrir. Nos sentamos en la barra, y Joey pidió dos Bud. Frente a nosotros había un hombre de pelo cano tomándose un café con Susie. Llevaba un terno de lana y un sombrero de fieltro blando. Reconocí al hombre que dos meses atrás encarnaba frente al *Rebel*, cuando los Beatles cantaban algo de salir a navegar. Estaba jugando al *pinball* en la oscuridad.

—Hola, Ryan —dijo Joey en su dirección.

—¿Se llama Ryan? —pregunté—. Tiene un barco muy bonito...

—¿El *Destiny*? En su época fue una goleta preciosa, pero ahora está hecho una porquería. Un día se hundirán juntos, Ryan y su barco. En el puerto.

—¿No puede hacer nada?

—Ryan ya está quemado. Aparte de la cerveza y de su pinball...

Entró un hombre con la mirada desquiciada, el cráneo liso y reluciente de lluvia. Tenía una barba finísima que le llegaba hasta la cintura. Susie se levantó y le señaló la puerta. El hombre protestó un momento antes de salir bajo la tromba de agua que estaba cayendo.

Joey me ofreció un cigarrillo. Luego empezó a hablarme de los bosques. Le encantaban las temporadas de tendering en verano, me contaba, cuando le daba tiempo a escaparse del barco y largar-se hacia la costa. Allí reencontraba su infancia, que anidaba en los profundos bosques, enterrada en las tierras almizcladas de la isla. Por entonces tenía doce años y una carabina, la vida por delante y todos los bosques montañas y cielos del mundo a su disposición, abiertos como un inmenso territorio virgen que siempre le perte-necería en exclusiva.

—Todos los niños del país saben qué es. Es ahí donde crecen los hombres.

—¿Y las mujeres?

—Las mujeres no lo sé, probablemente en menor medida. Depende… Mis ancianas tías crecieron fuera. Tal vez mi madre también, pero nunca se lo pregunté. Su infancia no era de mi in-cumbencia.

—A mí también me gustaba correr.

—Ah, ¿lo ves…? Pero luego esa etapa pasa, tiene que pasar, hay que crecer, Lili, la cerveza toma el relevo, el trabajo, la vida en pareja…, los críos que tienes y que a su vez correrán por los bos-ques y terminarán asimismo abandonándolos algún día.

—¿Por la cerveza y todo lo demás? ¿Por qué dejamos de correr en los bosques por los bares, la droga y todo lo que nos hace daño?

—No lo sé, es así. Para no morirse de asco, supongo, de asco o de desaliento. También está ese animal que llevamos dentro. Tene-mos que apaciguarlo. Cuando lo atontas te sientes mejor.

Tomo un buen sorbo de cerveza. Suspiro. Sí, el animal.

—Pero ¿por qué? —repito—. ¿Por qué han de terminarse siem-pre las hermosas carreras a través de los bosques y las montañas?

—Porque es así. Es ley de vida. Los quebraderos de cabeza. Todo se apaga con el paso de los años.

—No, hombre, no siempre.

—Naturalmente que sí. Tómate otra cerveza y no pongas esa cara. Harás como todo el mundo, ya lo verás. Pronto dejarás de frecuentar los muelles y los barcos. Algún día la vida te alcanzará.

—No, a mí no. A mí, nunca. Iré a pescar. Cangrejos también, algún día.

—Ten cuidado.

—¿Con qué?

—Con todo. Con la vida, aquí, en todas partes.

Hemos tomado muchas cervezas. El hombrecillo del fieltro blando no se ha movido de su sitio. Ha sustituido el café por unos bloody mary. Ryan se ha despegado del pinball para acodarse en la barra y bebe con expresión taciturna. Dos chicos que huelen a carnada y salitre se invitan ruidosamente a chupitos de Jägermeister. A Joey se le hunden los hombros. La mirada negra y triste parece escrutar la mía:

—Y tú ¿qué quieres? Al principio decías que ir a Point Barrow, por razones que carecían de sentido, y ahora estás obsesionada con los cangrejos. Y otras veces con Hawái, por un tío, supongo... No creo que sea por los ojos bonitos de una mujer.

—Primero quiero pescar, hasta agotarme una y otra vez, y que ya nada me detenga, como... como una cuerda tensa, sí, eso es, una cuerda a la que no le está permitido aflojarse, tensa a riesgo de romperse. Y después Hawái... Y Point Barrow algún día.

—La pesca... Sois todos iguales, los que llegáis aquí como iluminados. Esta es mi tierra, no he visto nada más, no he viajado más allá de Fairbanks. No busco lo imposible. Lo único que deseo es vivir y criar a mis hijos. ¡Esta isla es mi hogar! Aunque si te fijas no soy más que un imbécil, un asqueroso indio negrata...

—No, Joey, no me gusta que digas eso.

El bar se ha llenado. Y nosotros nos hemos ido apalancando, con el trasero pegado al asiento y los codos bien plantados sobre la barra de madera noble. El hombre de pelo cano sigue ahí, frente a nosotros. Le sonrío, agita el brazo, dos marineros que se saludan desde la cubierta de sus respectivos barcos.

—Así que dejaste tu país para venir a pescar aventuras… —prosigue Joey con voz lánguida.

—Me marché sin más.

—¡Bah…! Sois miles los que llegáis así desde hace más de un siglo. Los primeros eran feroces. Vosotros no sois iguales. Habéis venido en busca de algo imposible de hallar. ¿La seguridad? Bueno, ni siquiera eso, porque da la impresión de que andáis buscando la muerte o, en cualquier caso, pretendiendo hallarla. Buscáis… una certeza, tal vez… algo que sería bastante fuerte para combatir vuestros temores, vuestros dolores, vuestro pasado, que lo salvaría todo, empezando por vosotros mismos. —Bebe un largo trago a morro entornando los ojos, vuelve a dejar la botella sobre la barra y abre los ojos—. Sois como todos esos soldados que se marchan para enfrentarse en un combate, como si vuestra vida ya no os bastara, como si necesitarais hallar una razón para morir. O como si necesitarais expiar algo.

—Yo no quiero morir, Joey.

Bajó la cabeza y se puso a mascullar: «Asqueroso indio negrata». Me terminé la cerveza, le di las gracias y regresé al *Lively June* bajo la lluvia.

Llovió durante cinco días. La hinchazón de la pierna remitía. La marca azulada bajo la piel se tornaba malva. Joey volvió a pasar y le preparé café. Había recobrado aquella expresión suya mansa y triste.

—Ten paciencia, Lili —me dijo con la mirada vuelta hacia la luz blanca y apagada que se derramaba por el portillo. Fuera, un cielo lóbrego—. Ten paciencia. Lo quieres todo y ya. La de chorradas que soltamos en el bar la otra noche, ¿eh? De vez en cuando me da por arremeter contra todos los que se plantan aquí. Creo que me gustaban más los verdaderos buscadores de oro. Pero vosotros buscáis un metal mucho más poderoso, mucho más puro.

—Eso no son más que palabras bonitas.

—Pero, en el fondo, ayer tal vez tuvieses razón… Los veteranos, Cody, Ryan, Bruce, Jonathan y todos los demás, no han venido buscando la muerte, bueno, no necesariamente. *Nature is the best nurse.* Nada ni nadie podía haberles devuelto lo que han encontrado aquí pescando, el deseo de vivir, brutal, el verdadero combate contra la naturaleza verdadera… Probablemente no lo habrían encontrado en ningún otro lugar.

—No todos venimos de Vietnam.

—No. Primero llegaron los pioneros, luego los forajidos que intentaban caer en el olvido. Hoy en día tenemos de todo: los que huyen de un drama o de alguna barrabasada que han cometido. Al final tenemos que cargar con todos los rebeldes, todos los chalados del planeta que desean comenzar una nueva vida. Y también con los soñadores como tú.

—A mí, ir a ver lo que hay al final del horizonte, detrás de «the Last Frontier», me sobrevino como un deseo oscuro —murmuro—. Pero en ocasiones pienso que se trataba de un sueño. Que se trata de un sueño. Que nada puede salvar nada, y que Alaska es tan solo una quimera.

Joey suspira, aplasta la colilla en una lata de sardinas vacía. De pronto parece muy cansado, ayer debió de quedarse en el bar bebiendo hasta las tantas, y su rostro acusa el cansancio implacablemente.

—No es una quimera. De eso al menos puedes estar segura. Abre los ojos, mira a tu alrededor...

—Miro. Sí que miro.

—En otro lugar muchos de vosotros ya estaríais muertos. O encerrados.

—Pero, Joey, ¿por qué corréis todos, por qué corremos?

—Todo corre, Lili, todo avanza. El océano, las montañas, la Tierra cuando caminas... Cuando la recorres es como si avanzara contigo y el mundo se desplegase de un valle a otro, las montañas, y después los barrancos por los que el agua se precipita impetuosa y corre río abajo hacia el mar. Todo forma parte de la carrera, Lili. Las estrellas también, la noche y el día, la luz, todo corre, y nosotros hacemos lo mismo. De lo contrario moriríamos.

—¿Y Jude?

—A tu gran marinero más le vale seguir corriendo. Si no, querrá decir que se ha ahogado.

Joey se marchó. Era mediodía. No quise ir con él al Breaker's. Tendida en la litera, me comí una lata de sardinas. Todo estaba casi a oscuras en las entrañas del barco. Me dediqué a escuchar. El sonido regular de la lluvia en la cubierta superior, un ligero crepitar. El lamento lejano de un ave marina. El siseo del agua en el casco. Aplasté la frente contra la madera húmeda. Me despertó un golpeteo en la puerta. Me había quedado dormida y estaba soñando de nuevo. Salí penosamente del saco de dormir. En cubierta no había nadie. Un pequeño fulmar yacía sobre la madera empapada con una gota de sangre cubriéndole la protuberancia de los orificios nasales tubulares.

—Qué aburrimiento… —dice Murphy.

—Sí, qué aburrimiento. Podríamos ir a dar una vuelta por Anchorage para cambiar de aires. Vería a mi hija, a lo mejor me ha encontrado el libro por fin… Tú verías a tus hijos, a tus nietos… A lo mejor tienes nietos nuevos.

—También podríamos aprovechar para ir a saludar a los amigos del Bean's Café.

—Creo que Sid y Lena estarían de acuerdo… ¿Vienes con nosotros, Lili? Cogeríamos el ferry todos juntos. El *Tustumena* estará aquí esta noche.

—Me encantaría, pero no puedo… —contesto suspirando—. Andy no me ha pagado todavía.

Sentados bajo la marquesina de la capitanía miramos caer la lluvia. El marinero muerto en el mar se ha ahogado en la bruma.

—¡Ven a tomarte una cerveza, Lili! —me llamó Ryan cuando pasaba junto al Ship's.

Vacilé. Sus ojos presentaban los mismos reflejos que las aguas pizarrosas del puerto. Tras el cabello rubio ceniciento que le enmarcaba la cara había un hombre guapo.

El penumbroso bar estaba casi vacío. La camarera ya no era la misma. En una esquina de la barra, bajo los cuadros de mujeres desnudas, había tres ancianas indias bebiendo en silencio. Ryan parecía haberse olvidado de mi presencia.

—¿Y tu barco? —le pregunté—. ¿Cuándo lo vas a sacar para pescar?

Tardó en contestarme.

—Tal vez un día de estos… —masculló lacónico.

—Ah… ¿De dónde eres?

—Vengo del culo del mundo, de algún lugar de los lower forty-eight. Pero de eso hace mucho tiempo. Y casi lo he olvidado. Ya va siendo hora de que olvide de una vez por todas a esos palurdos… Y tú, ¿qué diantres haces aquí?

No me miraba.

—Vine para pescar.

—Pues entonces ya lo has hecho. ¿Cuándo vuelves a casa?

—El caso es que no lo sé… Tal vez nunca.

—¿No tienes maromo?

—No… Bueno, aquí no. Tampoco es que lo sea.

—Aquí no queremos a gente como tú. Estamos bien entre nosotros. No queremos a turistas que vienen a vivir una experiencia, a tirarse a tíos y que luego van contando que han llegado al límite.

Me levanté. El taburete se volcó. Estaba coloradísima y me temblaba el labio. Me dirigí con paso vacilante hacia la puerta, parecía borracha.

Al fin había dejado de llover. Murphy y Steven se habían ido. Sid y Lena subían lentamente por la cuesta del albergue, en cuyos peldaños aguardaba un grupito sombrío. Recorrí los muelles rozando las fachadas de los almacenes. «Nunca volveré a pisar el bar», pensé. Regresé al *Lively June* como alma que lleva el diablo y estuve a punto de resbalar sobre el pantalán empapado. El pequeño fulmar no había vuelto a la vida.

Volví a hacer el petate tras haberlo deshecho esa misma mañana. «Point Barrow o Hawái», pensé otra vez. Se oyó el grito de unos hombres en los muelles. Luego el rumor de alas de un pájaro que remontaba el vuelo. Me escondí en la oscuridad de la litera, como un animal en su guarida. Oí el remolcador. Aguardé el lamento del ferry. Que no llegaba. La sombra de Manosque-les-Couteaux inundó la cabina con el recuerdo de otro miedo y de un bar lleno de humo como único horizonte, alguien con una cazadora de cuero negro y unos zapatos desfondados, una habitación húmeda y lóbrega como una cripta, el colchón directamente en el suelo, tal vez podrido. Resultaba angustioso, se trataba de una visión de pesadilla en la que quizá bullían ya gusanos bajo el cuerpo de mi náufrago, que seguía esperándome, del mismo modo que esperaba a sus asesinos, con la jeringuilla de insulina escondida entre dos botellas y el perrito triste que aguardaba ansioso mi regreso aguzando el oído tras la puerta de madera hinchada que no se dignaba chirriar…

Me desperté a las once. Me levanté, me vestí. Me peiné. Dispuesta a marcharme. Pero ¿adónde? El cielo era apenas más claro que cuando me acosté. Acabé centrándome. Me volví a acostar. Por la mañana hacía buen tiempo. Me encontraba mejor.

Camino por las calles tibias. Me siento la pierna pesada y dolorida. Aprieto el paso frente a los bares, atravieso la ciudad adormecida, dejo atrás el McDonald's, continúo hasta Correos: he escrito una larga carta para el gran marinero. No ha llegado nada para mí. Salgo y ando hasta la casita amarilla sobre el remolque, que sigue en venta. Descanso la pierna, sentada en los peldaños de madera. Sueño que son los míos. Que poseo una casita color botón de oro. La pondría en un descampado y siempre estaría ahí cuando regresara de la pesca. Me regocija pensar en ello, es una idea bonita. Me levanto y atajo por la parcela herbosa, paso junto a la chatarra de Jude, dentro de la cual nos guarecimos un día, remonto la pendiente hasta el albergue. La puerta está abierta. A la derecha de la entrada, encima de una mesa, destaca un enorme termo de café rodeado de tazas, azúcar y un cestito lleno a rebosar de galletas. Tras un escritorio hay un hombre sentado con la frente inclinada sobre un registro. Me aclaro la garganta, pregunto por Jude. El hombre enarca unas cejas negras por encima de una mirada amarilla que me resulta familiar. Me sonrojo. Se echa a reír.

—¿Has venido por Jude?

—Sí... bueno —balbuceo—, por Jude el de Hawái, pero me gustaría hablar con Jude el del shelter.

El hombre se pone de pie y sonríe. Es fornido, hombros de leñador, rostro envejecido lleno de arrugas por el esfuerzo y de marcas más antiguas, los tajos de una vida de excesos. Se fija en que miro el termo y las galletas.

—Sírvete un café... —me propone—. Soy Jude padre. Y tú eres Lili.

—Creo que no le han llegado mis cartas.

—Hablé con él por teléfono hace dos días. Me preguntó si habías venido. Por lo demás, sigue sin trabajo. Me habló de ir a Honolulú a buscar un barco en el que embarcar. Te está esperando.

Tiene la voz del gran marinero. Su piel de cuero ajado me atrae y me turba. Bajo la vista. El sol entra a raudales por los cristales grises. El hombre se dirige hacia el termo, llena una taza de café y me la alarga.

—¿Un terrón de azúcar?

—No, gracias.

—¿Una galleta?

—Eso sí me apetece.

Cuando tiendo la mano hacia el cestito de galletas no puede por menos de reír.

—Tengo manos de bebé comparadas con las tuyas... ¿Tienes trabajo en estos momentos? —pregunta.

—A lo mejor ayudar a alguien a cavar una zanja. En cuanto pueda... —contesto apesadumbrada—. Me lastimé al caer en la bodega del *Rebel*... También espero poder pescar durante la próxima campaña del fletán. En cuanto tenga algo de dinero me reuniré con Jude.

—¿Tienes donde dormir?

—Sí. En el *Lively June*.

Vuelve a sonreír. No entiendo por qué.

—¿Tú también te llamas June?

—No, me llamo Lili.

—Ven al shelter si te ves en apuros. Hay muy pocas mujeres. Estarás a tus anchas. Un dormitorio y cuatro duchas para ti solita. Y de cena, sopa.

—Sí, ya lo sé… Murphy me lo ha dicho.

—Le diré a Jude que has pasado cuando me llame. A veces el correo tarda mucho en llegar, sabes.

Le echa un último vistazo a mis manos.

—Hasta pronto.

Salgo. El sol cegador y la pequeña carretera blanca. Me cruzo con dos hombres que entran en el Shelikof's, petate de marinero al hombro. Sigo hacia el puerto. Una camioneta Chevrolet se acerca de frente. Frena en seco. El polvo forma un halo dorado. Andy baja la ventanilla y me llama. Me pongo nerviosa unos instantes, pero él me sonríe. Las comisuras de su boca se me antojan voraces por encima de la mandíbula cuadrada.

—¿Estás trabajando? Necesito gente para pintar el *Blue Beauty*. Hay al menos para unas tres semanas de curro.

—¿Cuándo? ¿Dónde?

—Preséntate en el astillero de Tagura mañana a las siete de la mañana. El *Blue Beauty* está colocado sobre unas cuñas al lado de la solera.

Se marcha. He olvidado pedirle el cheque otra vez.

Pinto la sala de máquinas. Andy me paga a seis dólares la hora. A los demás les da diez. Los oigo fuera. Frotan el casco, enderezan la hélice, cambian las planchas de cinc carcomidas por la electrólisis. Hablan alto, a veces traen cervezas y entonces el sonido de las latas al abrirse resuena hasta donde estoy.

Después dejo incluso de oírlos. El tricloroetileno para desengrasar el fondo de la cala y los motores me sube a la cabeza. La pintura me remata. Me pongo un pañuelo alrededor de la cara, pero no logro detener los vapores. Le pido una mascarilla a Andy y me ofrece unos filtros para el polvo. Tampoco funcionan. De vez en cuando salgo a cubierta a respirar. La luz me ciega. Titubeo. Me tomo un café y me fumo un cigarrillo bajo el cielo, que me absorbe. Andy me ha prometido que podré pintar el mástil si trabajo deprisa y bien. Vuelvo a la sala de máquinas para terminar lo antes posible y evitar que mande a otra persona al mástil. Los demás se van. Me quedo sola a bordo.

Una mañana, a las cinco de la madrugada, me despierta un ruido sordo en cubierta. Me pongo un pantalón. Hay un tipo extremadamente alto y flaco en el comedor.

—Hola —me dice—, me llamo Tom… Soy el nuevo fichaje.

Vuelvo a acostarme vestida bajo la manta un poco sucia. El hombre asoma una cabeza de ave zancuda por el resquicio de la puerta y me pregunta tres veces si no estoy *lonely*.

—No lo estoy —le contesto y acto seguido me incorporo y le digo desde la litera—: Eres gracioso… Perdona que te pregunte algo tan tonto, pero ¿no habrás tomado coca?

—¿Coca? ¡Qué sabrás tú de eso! No, llevo por lo menos quince días sin tocarla.

—Es cierto, no sé nada. Es que eres muy gracioso, solo es eso.

Me vuelvo a quedar dormida.

Tom ha pasado un mes pescando merluza. La captura ha sido

mala, me dice con gesto sombrío. Las ojeras malvas, del mismo tono que sus pupilas, le hacen unos ojos desmesuradamente grandes, exhaustos, en el rostro alargado y demacrado. Tiene una mirada que me fascina. La nuez, muy prominente, se le agita cada vez que habla, como un pájaro muy extraño aprisionado entre los tendones de su delgado cuello. Sentado sobre la regala, con las piernas agitadas por sacudidas nerviosas como si estuviese listo para saltar a cubierta en cualquier momento, continúa:

—He vuelto a perder el tiempo. No he ganado un chavo. Casi puedo considerarme afortunado de que se nos rompiera la traína, pude largarme. Ahora este curro para Andy... Podré sacarme cuatro perras gordas antes de embarcar de nuevo. Me muero de ganas, por cierto. Estar en la ciudad suele ser más cansino, por aquello de la droga y la *booze*... Pero ¿qué hacer con esta rabia, esta cosa furiosa que tengo dentro? ¿Cómo hacer para aplacarla sin machacarla? El agotamiento. Todo vale. Cuanto más brutal, mejor.

—Tú también eres un héroe —le digo soñadora.

Tom ríe con sorna.

—¿Un héroe?

—Pues claro, un dios de la mitología.

Esta vez ríe de veras y me da un empellón.

Tom me enseña a levantar objetos muy pesados utilizando los muslos a modo de palanca. Practicamos en la cubierta del *Leviathan*, el barco vecino. Un día desplazo a trancas y barrancas una nasa de cangrejos de trescientos kilos del pañol a la regala.

—Ya puedes ir a pescar cangrejos al *Boring sea*.*

—¿Por qué Boring sea?

—Porque ese mar, tan pronto puede estar agitado, con olas de cincuenta pies de alto o más, como puede matarte de aburrimiento en los momentos de calma chicha, un desierto del carajo... Como para volarse la tapa de los sesos; también lo llaman la cura de desintoxicación.

—¿Por qué de desintoxicación?

—Porque es una cura de abstinencia forzada en lo que se refiere a las drogas.

—Ah. ¿Crees que algún día podré ir? ¿Piensas que seré capaz?

—Sigue igual de cabezota, no renuncies nunca y verás que lo consigues como los demás.

Una noche, al volver del parque Baranof, me lo encuentro con otro hombre sentado a la mesa del comedor. El cráneo desnudo del hombre brilla bajo el neón mientras se prepara unas rayas de coca. La barba fina y trenzada le desaparece entre los muslos. Reconozco al hombre al que echaron del bar días atrás. Este enrolla un billete de un dólar, esnifa largamente y se vuelve hacia mí, los ojos relucientes y la mirada algo extraviada.

—¿Quieres?

—No, qué va... —contesto pensando que sí.

—Te he visto por el puerto muchas veces... —continúa diciendo, la mirada ardiente—. Me llamo Blake. Y puedo sorprenderte, sabes... Te puedo hacer gritar de verdad si te limitas a venir conmigo...

Tom se echa a reír. Me siento con ellos. Los dos hombres hablan de barcos, patrones y droga. En el bolsillo, una carta del gran marinero me quema el muslo. Blake no vuelve a ofrecerme cocaína. Se lía un porro de maría.

—¿Quieres?

—No —contesto incómoda—, que después me desmayo.

—Qué delicada que eres…

Me ruborizo de vergüenza.

Abro los ojos por la mañana.

—*Good morning* —dice Tom desde la litera.

—*Good morning* —le contesto desde la mía.

Y me levanto y preparo café mientras canto.

El casco ha vuelto a pintarse por completo, se le ha dado una capa de antiincrustante, la hélice rutila bajo el sol. Tom ha embarcado en otra trainera. Me ha dado un abrazo y me ha dicho:

—Nos vemos pronto en Dutch, te invitaré a una copa en el Elbow Room, el bar preferido de los crabbers…

Sigo sola. Trabajo durante mucho tiempo y hasta bien avanzada la noche. Luego atravieso la ciudad un poco desorientada hasta el B and B. Me duele el estómago y tengo una sed espantosa.

—¡Cuidado que también te las has pintado! —grita la camarera cuando apoyo las manos en la barra.

Tengo pintura en la cara y un par de mechones pegados entre sí. Los muchachos a mi alrededor se preocupan.

—Vas a palmarla como sigas así… Tienes que ponerte guantes y dejar de lavarte con tricloroetileno. Esa mierda es puro veneno.

Me río y pido otra cerveza.

Es noche cerrada cuando regreso tambaleándome. Me noto la cabeza ligera, podría tocar las estrellas. Me duermo enseguida. A las seis estoy en pie. Me bebo un café mirando el mástil —pronto será mío— antes de bajar a la sala de máquinas.

El dolor de estómago me despierta una mañana. Me levanto y el mundo da vueltas. Consigo agarrarme al mamparo *in extremis*. Vuelvo a la ciudad a mediodía. Almuerzo sentada, con la espalda recostada en las piernas del marinero perdido en el mar. Los cuervos forman un corro a mi alrededor y a cada cual le corresponde un pedacito de surimi. Me cruzo con Scrim delante del coffee-shop:

—¿Estás borracha?

—No, es la pintura —respondo frotándome los ojos.

—Tienes que dejarlo… Vas a terminar hecha un vegetal.

La idea me hace reír. Cuando vuelvo a abrir los ojos, ya ha desaparecido. Tengo los párpados perlados de lágrimas. Me quedo plantada en la acera, súbitamente perdida. Un automóvil se detiene junto a mí.

—¿Adónde vas? —me llama Brian.

—No lo sé.

—¡Sube!

Me retrepo contra el respaldo; huele a loción de afeitado Old Spice. Brian me observa por el retrovisor. Cierro los ojos.

—¿Te encuentras mal? ¿Qué mierda te has metido?

—No me meto mierda, alguna cerveza por la noche y no siempre… Y ahora voy a llegar tarde al trabajo. Necesito terminar la sala de máquinas si quiero que me dejen pintar el mástil, sabes.

Abro los ojos cuando el motor aminora la velocidad, veo los *city docks* y el *Venturous*.

Brian ha preparado café en la bonita cafetera exprés. Me da una galleta y me señala el camarote entreabierto:

—Ahora acuéstate y duerme.

—¿Tú me cogerías como marinero para la temporada del cangrejo?

—Ya hablaremos más tarde de eso… Vete a dormir.

Me encuentro con Andy mientras desciendo hacia el astillero. No parece alegrarse de verme por la calle a esa hora.

—La pintura me sienta mal —farfullo—. Todo me da vueltas.

Entonces se ablanda un poco y me da el día libre.

—Toma leche. Mucha. Duerme. Y vuelve mañana. La sala de máquinas tiene que estar terminada cuanto antes.

—¿De verdad voy a pintar el mástil después?

Un hombre deja su petate en cubierta al día siguiente.

—Vengo de lejos —dice—. Andy acaba de contratarme para pintar la cubierta. Espero que todo vaya bien porque hace mucho tiempo que no tengo papeles… Por cierto, me llamo Gray.

Es verdad, es todo gris, desde la cara hasta la ropa ajada; rechoncho, con la cabeza hundida entre los fornidos hombros y una mirada extraña, blanda como la nieve al sol.

—Pero no va a pintar el mástil, ¿verdad? —pregunto con inquietud.

Se enjuga la frente, no me contesta. Sus escasos cabellos se agitan con la brisa. El hombre vuelve a coger el petate, entra en el camarote y lo arroja sobre la litera que forma un ángulo con la mía. Saca algunas de sus pertenencias, coloca una Biblia sobre la almohada.

—Yo me llamo Lili —le digo entonces—. Estoy pintando la sala de máquinas. Sírvase un café. Y el mástil es para mí.

—Que tenga una buena tarde, Gray. Voy a dar una vuelta por los bares. Los hay que están bien…

Los ojos azul grisáceo con extraños reflejos me miran con ternura, pero su boca gruesa adquiere una mueca adusta.

—Hace mucho tiempo que no frecuento los bares. Está mal, no es bueno para ti. Sé lo que te hace falta…

En el marco de la puerta los anchos hombros se interponen entre el bello cielo del atardecer, la grúa naranja, el agua que espejea más allá del dique seco y yo. Me largo. Sopla viento. Dos mujeres borrachas se increpan delante del B and B; sus cabellos se agitan en el aire como bestias furiosas. Empujo la puerta. Me siguen. Sentado tras el ventanal, reconozco a Dean, el hombre que estaba trabajando con la hélice del *Blue Beauty*. Tamborilea nerviosamente con los dedos en una esquina de la mesa mientras agita de manera febril las rodillas.

—Buenas tardes, Dean…

—¡Lili!

Su mirada corre incómoda de mí a la ventana.

Hoy es viernes, *pay day* para él. Le presté doscientos dólares cuando Andy se decidió por fin a pagarme. Al verlo, sé de inmediato que no podrá devolverme nada, ni ahora ni nunca.

—¿Entiendes? —me dice—, apenas me quedan cien dólares. Y estoy esperando a un tío…

Un tío, ¿crack o cocaína? Me encojo de hombros y me dirijo al fondo del local. Ed, el taxista bajito se mueve nervioso en su taburete, los ojos destellantes. Agita los brazos en el aire, con esas manitas de niño que dan vueltas cada vez más deprisa igual que si fueran peonzas.

—¡Estoy hecho un lío con todos esos asuntos! —grita con esa voz aguda suya.

A su lado, se hallan Ryan, encorvado sobre la barra, y un anciano delante de un vaso de whisky, la barba amarillenta de nicotina, el pelo grueso y cano enmarcando un rostro hermoso y bien proporcionado. Joy-pelo-rojo es quien me trae la cerveza esta no-che. Las dos mujeres borrachas se lanzan una mirada aviesa de una punta a otra del bar. Una se desploma contra la máquina de discos y vuelve a levantarse despacio. Consigue regresar a la barra, a la cual se aferra como si fuera un salvavidas, la mirada miope completamente desorientada tras las gafas, torcidas a consecuencia de la caída.

—¡Esta se la mamaría a cualquiera! Por cinco dólares…, para que la inviten a una copa… —grita la que se ha quedado de pie con sus hermosos ojos verdes soltando chispas—. ¡Yo por lo menos lo hago gratis!

Dean y su camello agachan la vista. Dean tiene una mirada de perro apaleado y me mira como si tuviese que perdonarlos.

—¡Chicas, tengamos la fiesta en paz! —lanza Joy con su potente voz—. ¡Que si no, os pongo de patitas en la calle!

El anciano de rostro encanecido bebe a mi vera. Me alarga una bolsita llena de salchichas secas.

Comemos sin pronunciar palabra.

—Me llamo Bruce —me dice luego.

Dean se abre camino hasta donde estoy. El hombre ha salido. Lo invito a una cerveza.

—Lo siento, Lili, no podré devolverte nada aún, me he quedado sin blanca. Y mañana es muy posible que entre en prisión. Un viejo asunto de alcohol por solventar. Hace mucho que andan detrás de mí… —Se ríe—. Aunque, mira tú por dónde, me servirá para desconectar… Una semana de desintoxicación. Con todos los gastos pagados, y con tele, encima…

Pide dos tequilas. Reímos al fin. Se nos acercan dos hombres con el pelo muy negro.

—¿Tú no eres la tía que se comió un pescado en la bahía del Terror?

Recuerdo el seiner que había fondeado no muy lejos del *Milky Way* la noche del salmón crudo.

—¿Sois del *Kasukuak Girl*?

—Mira que comer pescado crudo… De india no te iría mal —dice el de más edad.

Dean se ha ido. El tono sube entre Bruce y Ed, el *cabdriver* con manos de cristal, que se ha puesto a dar voces. Bruce dice que tendrían que haber lanzado una bomba atómica sobre Hanói al comienzo de la guerra. Ed vuelca su vaso.

—¿Queréis estaros tranquilos, muchachos…? —los regaña Joy desde el otro extremo de la barra.

—Pero ¿por qué dices eso? —pregunto angustiada—. ¿Por qué una bomba atómica? ¿No te parece que fue ya bastante horrible?

—Precisamente —contesta en voz muy baja, apenas audible—, al menos todo habría sucedido deprisa. Nos habría ahorrado el napalm, el horror y la locura que se eternizaron luego.

—Pero, Bruce, ¿por qué tendríamos siempre que reemplazar un horror por otro?

Bruce abre las manos en un gesto de impotencia.

—Porque es así. Porque el horror siempre está presente.

No digo nada más. Me quedo mirando a Bruce, que a su vez mira a lo lejos, con una mirada reflexiva, vacía quizá.

—Daría la vida, ¿me entiendes? —murmura—, daría la vida ahora mismo, en la esquina de esta barra, si pudiese evitar que otro padezca lo que yo he vivido. Mi vida está llegando a su fin. Pero si al menos lo que me queda de ella pudiera servir para impedir que una sola persona viera eso, muriera por ello… —Se vuelve hacia mí—. Pero todo eso no te atañe, tú tienes que ir a pescar.

Noto una mano recia en el hombro. Doy un respingo y me zafo de ella. Es Glenn, el patrón del *Leviathan*.

—Así que eres tú quien trabaja para Andy. Me ha hablado muy bien de ti… ¿Te gustaría venir a pintar el *Leviathan*?

El hombre es altísimo, con un perfil grabado a punta de navaja, ojos como brasas, uno de ellos cruzado por un tajo que arranca en la mejilla y asciende por la ceja.

—No, no puedo…

Su cadera se ha pegado a la mía. Me levanto y me pongo la chaqueta.

—¿Adónde vas?

—Vuelvo al barco. Es tarde. Mañana empiezo temprano.

—Esta noche te quedas conmigo —me dice poniéndome la mano en la muñeca—. Es así.

Me libero de él.

—Gracias por la copa.

Me he largado. Dean sale del Breaker's cuando paso por la plaza desierta. Se acerca con paso danzarín.

—Te acompaño. No son horas para que una mujer ande sola por ahí. Hasta el astillero, encima.

Me agarra del brazo. Me libero. Me río inclinando la cabeza hacia atrás. El cielo pálido de una noche de verano. Me coge ambas manos. Nos reímos juntos. Luego lo rechazo y regreso. Los barcos muertos se recortan sobre el mar a lo largo del descampado de Tagura. Las olas chapotean en las rocas. Se diría que los pecios han sido punteados sobre la temblorosa tela del agua. En la carretera brillan algunas cápsulas. Parece el camino de Pulgarcito. Subo la escala en silencio, paso por encima de la borda, salto a cubierta sin hacer ruido. Sobre la mesa del comedor descansa la Biblia abierta. Gray respira pesadamente en el camarote. Está dormido.

Gray está pintando la moldura del cintón. He subido a tomar el aire un momento.

Da pinceladas lentas y certeras.

—Un día tendré mi propia casa —dice con expresión soñadora—. Solo la pintaré con pincel. Se tarda más, pero el resultado será perfecto. —Luego canturrea—: Qué bonito es el rojo…, qué bonito.

El sol matutino se desliza por su cuello, un soplo de aire le agita el escaso cabello gris. Trabaja bien. Es paciente. La pintura corre por el mango del pincel hasta sus gruesos dedos, pegándole a la piel algunos pelos negros. El hombre chasca la lengua irritado, se detiene unos segundos y se mira las manos, que brillan al sol.

—¿A ti también te gusta el color rojo? —prosigue con su voz afelpada—. ¿Y el color rojo sangre, te gusta?

Trago saliva y me termino el café. Desciendo a mi guarida oscura. La sala de máquinas está casi terminada.

Me duele el estómago cuando me acuesto, pero esta vez no es por culpa de la pintura. La pesada respiración del hombre, que se da la vuelta en sueños, se encuentra casi a mi lado, y también un gruñido sordo, un gemido a veces, esa respiración cavernosa cuando sueña… Me levanto sigilosamente. Enrollo el edredón entre mis brazos y voy al puente. El cielo nocturno está ahí, unos hilillos de agua se deslizan por los cristales. Fuera llueve. Me quedo dormida en el habitual pedazo de suelo.

—Mañana empiezas con el mástil —me dice Andy sonriendo a la vez que infla el pecho.

Me pongo con el mástil. Por debajo de mí se encuentra el vacío. Y una superficie dura. Primero la cubierta. Luego la tierra firme, más abajo todavía. Puedo caer si me descuido. Lili, una tortita aplastada sobre el alquitrán. Gray se alegraría, él, al que tanto le gusta la sangre. He tenido que lijarlo todo. Enrosco una pierna alrededor del mástil. Es lo único que me sujeta. La otra pierna me cuelga en el vacío. Me estiro para llegar lo más lejos posible hasta quedar casi en posición horizontal. Me da vértigo, pero después empiezo a sentirme más segura y termina pareciéndome innato, como un instinto animal. Mi cuerpo conoce la ley de las fuerzas sin que sea necesario que piense en ella. Abajo, los demás. «Los pobres —pienso—, se arrastran por el suelo como hormigas… Pobres, pobres de ellos. Yo, en cambio, estoy en el aire. No deja de ser mucho más hermoso.» Una gaviota joven, de un color gris sucio, me observa desde la barra de la antena. Nos quedamos un momento mirándonos. Sigo con mi trabajo.

Es mediodía. Gray y yo almorzamos juntos. Saca un pedazo de pan y lo bendice. Luego lo corta con una navaja añosa, afilada tantas veces que la hoja se ha vuelto cóncava, y lo unta con manteca de cacahuetes y Spam. Por la vieja empuñadura de madera pulida ha resbalado un poco de pintura del cintón. El hombre tritura el pan con la enorme mandíbula sin decir una palabra. He preparado café. Me duelen las muñecas, me las acaricio un buen rato. Él alza sus ojos grises, se mira las manos.

—¿Crees que tengo unas manos fuertes? —pregunta con una voz lejana, girándolas con expresión soñadora—. Yo no lo tengo muy claro…

—Uy, ya lo creo que son fuertes —contesto—. En cualquier caso, a mí me duelen las mías, igual que el resto del cuerpo.

—El dolor es agradable… El dolor es muy agradable, ¿a que sí?

Me encojo de hombros y regreso al mástil a jugar con el vacío… Experimento el placer y el orgullo que procura estar encaramada en lo alto del mástil. El viento sopla en mis oídos. Si hago un movimiento en falso me mato.

Terminé con el mástil y volví a hacer el petate. Gray se alejó con el suyo, una pequeña forma gris y lenta que menguaba por el camino, la espalda siempre encorvada. ¿Tan lleno llevaba el petate, tan pesada era la Biblia? Por un momento sentí pena por él. El *Blue Beauty* regresaba al agua. Observé el *travel lift** avanzando por los muros del dique seco, el barco descansaba sobre unas correas enormes, suspendido por encima del suelo como un cascarón de nuez. Muy despacio, la máquina lo bajó hasta la solera. Estoa de pleamar. El *Blue Beauty* pareció recobrar vida cuando tocó el agua. Y a mí se me puso el corazón en un puño. Me habría gustado ser un barco que se devuelve al mar. Me alejé del astillero. Me embargó una melancolía terrible. Me entró miedo. Mi trabajo había terminado. Volvía a hallarme en medio de ninguna parte. El gran marinero me esperaba, pero ¿seguía esperándome? ¿Andy me pagaría? ¿Y cuándo…?

En la orilla se encontraba aquel truck abandonado. Caminé por entre la hierba alta enganchándome en las zarzas. La portezuela delantera estaba entreabierta; empujé el petate bajo el asiento corrido y la cerré. Me sentí más ligera de repente, por supuesto que Andy me pagaría, e iría a Hawái. Volví a la carretera, anduve hasta la ciudad. Pese a que el sol calentaba, tenía frío. Vagué por las calles. El tiarrón calvo con barba de mandarín caminaba hacia mí.

—¡Eh, Lili! ¿Hoy tampoco te voy a hacer gritar?

Me reí un poco.

—No, hoy no... Me aburro, el *Blue Beauty* ha vuelto al agua y me siento perdida. Me gustaría seguir trabajando. Además, tengo que ganar dinero para el billete de Hawái.

—¡Vayamos a emborracharnos! Y luego te sorprenderé...

—No tengo ganas de emborracharme, ni de seguirte siquiera.

—Me decepcionas, Lili... —suspiró Blake—. Ve a los muelles de la Western Alaska si de verdad quieres trabajar, hay curro con las líneas del *Boreal Dawn*. Acaba de llegar de las Pribilof y zarpa dentro de poco rumbo a Adak.

Las islas Pribilof y las Aleutianas... Pensé en Jude, que soñaba con volver a pescar.

—*I've stayed on the rock too long...* —murmuré las palabras que Tom había mascullado una noche en que regresó deshecho, macilento, títere prisionero de su pobre cuerpo, asqueado repentinamente de su vida en tierra, de los bares, la droga, aquella constante y terrible necesidad de salir de sí mismo en pos del desequilibrio, la locura, el exceso.

Seguí hasta las fábricas de conservas. El *Boreal Dawn* estaba abarloado al *Abigail*, con los motores apagados. Me quedé plantada en el muelle, sin aliento. Se elevaba grave y silencioso, oscuro y majestuoso en las aguas claras de la mañana, hermoso como una iglesia. No faltaba mucho para que saliera a faenar. Era demasiado hermoso para mí, mujercilla de torso enjuto y brazos raquíticos. En la dársena, la risa clara de un chico se entreveró con el grito de los pájaros, y me entraron ganas de llorar como si estuviera perdiendo la batalla. Siempre había demasiados hombres por todas partes, nunca podría llevar una vida como la suya. Y probablemente nunca iría al mar de Bering. Una vez más, volví a sentir la humillación de ser mujer entre ellos. Regresaban del combate, yo, en cambio, llegaba de las calles del puerto...

Los marineros estaban inclinados sobre los cajones de hierro. Uno de ellos levantó la cabeza y me hizo un gesto para que bajara hasta donde estaba.

—Aquí hay trabajo para dar y regalar, por si quieres ganarte unas perras...

Tina Turner cantaba a voz en cuello en la cubierta. Entonces me embargó un intenso arrebato de alegría, aferré la escala de hierro y me uní a ellos.

Niképhoros me para por la noche, cuando me dispongo a regresar a bordo. Me invita a una copa y a una partida de billar. Juego fatal. Se me acerca un chico, quiere enseñarme a sujetar el taco. Niképhoros se pone como loco. Arroja la lata al otro lado del local, donde roza la campana de cobre y está a punto de alcanzar el espejo. Joy la india pega un berrido. El hombre se bate en retirada. Niképhoros cierra los ojos e inspira hondo. Las aletas de la nariz se le estremecen como los ollares de un caballo enloquecido. Yo me hago pequeñita y vuelvo a sentarme ante mi caña. Bruce me sonríe desde el otro extremo de la barra.

Niképhoros se tranquiliza. Dice que me construirá un barco, que me llevará a Grecia para presentarme a su madre, que seguro que le caeré muy bien, que de hecho nos casaremos allí, y que entonces permaneceremos juntos hasta que la muerte nos separe, y que matará a todo aquel que me falte al respeto.

—Grecia… —repite. Sus pupilas negras poseen la triste suavidad del terciopelo—. Hace más de veinte años y sigo añorándola como el primer día. Los olores… cuando caminas por las colinas y cierras los ojos… Sabes que serás capaz de reconocer cada planta, cada hierba, cada flor que tus pies han hollado de lo caldeada que está la tierra, de tan potentes como son las fragancias allí.

—Sí —murmuro yo—, y las cigarras…

—Y las cigarras también, chirriando bajo la luz y el fuego del sol. El sol, un cuchillo blanco entre nuestros hombros…

El local se pone de bote en bote. Los muchachos del *Mar del Norte*. La trainera ha tenido una buena pesca. La dueña toca la campana. Invita la casa.

—*Do you want to go to Hawaii?* —me vuelve a preguntar Niképhoros.

Sí que quiero ir, tal vez, pero no con él. Así que salgo del bar.

El enorme termo de café y las galletas siguen en el mismo sitio cuando franqueo la puerta del albergue. En la entrada, Jude padre alza su penetrante mirada hacia mí.

—Buenas noches, Lili… ¿Mucho trabajo hoy? ¿Sabes algo de Jude?

—Llevo tiempo sin saber de él —murmuro sonrojándome una vez más—. En su última carta decía que estaba trabajando duro. En cuanto a mí, el *Blue Beauty* ha regresado al agua… He estado encarnando en las fábricas de conservas y me han dicho que hay trabajo para los próximos días en el *Alutik Lady*. Pero solo quería saber si puedo dormir en el albergue.

—¿Ya no tienes el *Lively June*?

—Podría si quisiera.

Me alarga el registro. Relleno un formulario. Hay mucha gente en torno a la mesa, tres tableros que descansan sobre dos caballetes en un rincón de la entrada. Los muchachos, sentados ante un descomunal plato de pasta con carne picada, se echan a un lado para hacerme sitio. Me reúno con mi familia, con mis hermanos, lo que pasa es que llego tarde a la cena.

—Llegas a tiempo… —me dice mi vecino, un hombre escuálido con una enorme nariz aguileña y dentadura caballuna—. Aunque la comida se ha enfriado. Deberías meter el plato en el microondas.

—No sé cómo funciona… —murmuro azorada.

Los hombres ríen suavemente. El viejo caballo cansado se levanta y lo hace por mí. Devoro la comida. De pie, en la esquina de la estancia, Jude nos observa mientras comemos, con los brazos cruzados y la sonrisa dulce y bondadosa que un padre posa en sus chiquillos. Es él quien prepara la comida.

Nos tomamos el café en los escalones de cemento. Ante nosotros, el cielo se cubre sobre el monte Pillar y unos jirones de bruma se enganchan en el verde oscuro de los pinos. Tres mexicanos de piel cobriza hablan entre sí en español. Un chico que me suena haber visto en la cubierta del *Guardian* se sienta a mi lado. Le doy un cigarrillo. Él me tiende un mechero.

—¿Dónde están Sid y Lena? ¿Y Murphy? ¿Y el gran físico? ¿Lo sabes? —le pregunto a Jude cuando entramos en los dormitorios (los hombres a mano derecha en apretada manada; yo, sola a la izquierda).

—Todavía no han vuelto de Anchorage… Es verano, tienen que disfrutar. Murphy debe de estar en casa de sus hijos. O en el Bean's Café. Y Stephen, por su parte…, a lo mejor ha encontrado ya el libro, sabes, el libro que lo ayudará a cambiar la teoría de la relatividad.

—Sí, lo sé, me habló de él.

Llueve durante tres días y después llega el otoño —*the fall*, lo llaman. ¿La caída de qué? De las hojas, de la luz... ¿La nuestra? El sol del estío nos ha quemado las alas y caemos igual que Ícaro. La luz sobre las aguas del puerto es como una bofetada; recorro los muelles, las calles se encuentran desiertas. Un *cab* aguarda delante de los aseos del puerto. El taxista, un hombre grueso y coloradote, se ha quedado frito con la cabeza echada hacia atrás. Atravieso la plaza. El hedor dulzón de las fábricas de conservas es hoy más denso. Parece rezumar de las pequeñas fachadas ordinarias. Pero del mar abierto llegan otros aromas más intensos. Se diría que se está levantado viento. ¿Viento del norte? Sube la marea. Dos chicos cubiertos de harapos se increpan en un banco. De las puertas abiertas de par en par del Breaker's salen voces acaloradas, gritos, la música de la escandalosa máquina de discos. Cruzo la calle. Vacilo, entro con el corazón desbocado. Me deslizo hasta el final de la hilera de ancianas indias sentadas en la oscuridad, muy tiesas y dignas ante un vaso de whisky. La última de la fila me saluda con la cabeza. Le devuelvo el saludo. Su rostro no muestra reacción alguna. Saca un cigarrillo y, sujetándolo entre las yemas de los dedos, se lo lleva a la boca. La camarera se le acerca tras la enorme barra de madera en forma de U donde están grabados unos nombres.

—Ya ha llegado tu taxi, Elena...

Entonces ella se levanta. El hombre grueso y coloradote que dormía en el taxi la toma del brazo con suavidad y la ayuda a caminar hasta la salida. Sus vecinas no dicen ni pío. Se limitan a menear la cabeza.

—Elena está cansada hoy... —dice una.

—Pues sí... —contesta la otra con dulzura.

Pido una Bud y palomitas de maíz, extraigo un cigarrillo del paquete que llevo metido en la bota y me encorvo en el taburete. Yo también hago de anciana india. Ya podrían picar los hombres. Así no me darían la lata. Un tiarrón me pone una manaza en el hombro.

—*Are you a native, girl?*

—No —contesto volviéndome hacia él.

—Te invito a una copa… Rick. Crabber ante Dios Todopoderoso y todas las fuerzas de la Creación.

—Lili… Pequeña Lili ante el Padre Eterno, y un día yo también iré a pescar cangrejos al mar de Bering.

El hombre se sobresalta.

—Si te invito a una copa no es para oírte decir gilipolleces. Háblame de otra cosa, quieres, de cómo te ha ido la pesca del salmón, la temporada del arenque, si acaso de la trainera en la que curras… Pero no de la pesca del cangrejo, no tienes ni idea de lo que es. Lo que está en juego es la vida de los hombres. No te metas en asuntos de hombres… No serías capaz.

—He hecho una temporada de bacalao negro en un palangrero —murmuro.

Rick el crabber se suaviza.

—Vale, *sweetheart*. Pero ¿qué diantres se te ha perdido allí? ¿Por qué quieres castigarte?

—Vosotros lo hacéis… ¿Por qué no tendría yo derecho a hacerlo?

—Tienes cosas mejores que hacer… Tener tu propia vida, un hogar, casarte, criar a tus hijos.

—Vi una película con mi patrón… Las nasas gigantes que caían al mar… El océano borboteaba, era como estar en las entrañas mismas de un volcán, las olas formaban unos tubos negros, aquello parecía lava, no se detenía nunca… Me atraía. Yo también quiero experimentarlo. Allí es donde está la vida.

La camarera nos trae dos cervezas. Rick se queda callado.

—Quiero luchar —continúo con un hilo de voz—, quiero ir a ver a la muerte de frente. Y tal vez regresar. Si es que soy capaz.

—O no regresar —murmura—. Allí no te encontrarás con una película, sino con la realidad, la de verdad. Y esta no te lo pondrá fácil. Es despiadada.

—Pero estaré en pie. Estaré viva, ¿no? Lucharé por mi vida. Es lo único que importa, ¿no? Resistir, ir más allá, superar. Todo eso.

Al fondo del local dos hombres se lían a tortas. La camarera los llama a capítulo. Se calman. Rick mira a lo lejos, con una leve sonrisa en los labios gordezuelos, y suspira.

—Esa es la razón que nos incita a todos a hacerlo. Resistir. Luchar por nuestra vida expuestos a unos elementos que siempre nos superarán, que siempre serán los más fuertes. El desafío, ir hasta el final, morir o sobrevivir. —Le da vueltas a una bola de tabaco y se la introduce entre el labio y la encía—. Pero es mejor que te busques un novio y que te quedes en un lugar calentito, al abrigo de todo eso.

—Me moriría de aburrimiento.

—Yo también me habría muerto de aburrimiento de haber tenido que elegir un trabajo fácil… —Suspira, sorbe la cerveza y sigue diciendo—: Aun así el barco no es vida, no tener nada que te pertenezca, que te utilicen de un barco a otro. Y tener que liar el petate, el petate de tu mísera vida, una y otra vez. Volver a empezar en cada ocasión… A fin de cuentas resulta agotador, desesperante y agotador.

—Habría que encontrar el equilibrio —le digo— entre la seguridad, el aburrimiento mortal y esta vida demasiado brutal.

—No existe —contesta—. Siempre es todo o nada.

—Es como la propia Alaska —prosigo—. Oscilamos continuamente entre la luz y la oscuridad. Ambas corren siempre y se persiguen, siempre hay una que quiere ganarle terreno a la otra, y pasamos del sol de medianoche a la larga noche de invierno.

—¿Sabías que ese era el motivo por el que los griegos llamaban al Gran Norte el país de la luz?

Niképhoros me pilla saliendo del bar. Una furgoneta negra frena delante del Breaker's levantado una nube de polvo. Hermosos tanto una como el otro. Se asoma a la ventanilla y me llama, las sirenas de sus brazos parecen balancearse en las olas cada vez que tensa los músculos.

—¡Ven a dar una vuelta conmigo, Lili! Vamos a probar esta preciosidad…

—Tenía que ir al *Alutik Lady* —dudo—, a lo mejor hay trabajo encarnando.

—Luego te llevo, solo es una vuelta.

Subo. La música suena a todo volumen. Me alarga unos cigarrillos y arranca haciendo chirriar las ruedas. Me hundo en el asiento de escay violeta. Atravesamos la ciudad como locos, nos saltamos tres semáforos envueltos en un halo de luz, zigzagueamos entre dos niños en bicicleta. Niképhoros está exultante. El aire entra con fuerza por las ventanillas; él me alarga una cerveza tras abrirla entre sus muslos.

—¡Tienes una camioneta muy chula, Niképhoros!

—Acabo de llegar de Acapulco. Este año he ganado bastante…

—¿Has estado pescando allí?

Ríe sordamente. Los rizos negros le bailan sobre la frente abombada y las mejillas oscuras y atezadas. Su carnosa boca se abre descubriendo unos dientes muy blancos.

—Embarqué en un barco cuando no era más que un crío, me fui de Grecia con quince años... No he parado de pescar desde entonces. He surcado los sietes mares... De vez en cuando es bueno tomarse unas vacaciones. En Acapulco me lanzo desde lo alto del acantilado para los turistas.

Y al decir esto se despoja de la camiseta y la tira a la parte trasera. Los tatuajes de los brazos continúan por todo el torso. Infla el pecho, hace vibrar los pectorales, me mira y sonríe. Abandonamos el puerto, dejamos atrás la base de los guardacostas, Sargent Creek, Olds River, y seguimos por la carretera rumbo al sur.

—¿Adónde vamos Niképhoros?

—Al final de la carretera. De todos modos es la única. Una de dos, o te diriges al norte o te diriges al sur. Te llevo a donde brilla el sol. ¿Qué te parece México? Te enseñaré la Quebrada de Acapulco y daré el gran salto para ti.

—¿Saltas desde muy alto?

—Desde unos ciento quince pies... —dice riéndose otra vez—. Lo más difícil no es la altura, sino calcular cuánto tardarás en llegar al mismo tiempo que la ola... Si fallas, te estampas contra la roca.

—Oh... Y yo que me creía buena por subir a lo alto del mástil.

Circulamos durante largo rato. Hasta el final de la carretera. Niképhoros aparca la camioneta en un claro. Los abetos de Douglas se entremezclan con las píceas y las altas tsugas. Los amentos púrpura de los alisos rojos cuelgan en gruesos racimos a la vera del camino. Un olor a musgo y a setas asciende en el halo de la noche, unos fragmentos dorados. Ha cesado la música. Tomamos otra cerveza y nos fumamos unos cigarrillos. El monte alto es tupido y oscuro.

—Qué silencioso está todo, Niképhoros. ¿No hay pájaros?

No me escucha, la mirada le brilla, tiene un brazo puesto alrededor de mi asiento y con el otro se acaricia el hermoso pecho cubierto de vello que recuerda a un pelaje sedoso. Su sonrisa se hace más vaga.

—Niképhoros, debería volver. Tengo que ir a ver ese barco.

—¿Quieres un barco…? Elige uno, yo te lo compro. Iremos juntos a pescar. Tú serás el capitán, yo el marinero.

—Quiero volver, venga Niképhoros, arranca…

Al menos treinta millas para volver al puerto. Oteo los bosques opacos. ¿Habrá osos? Niképhoros no dice ni mu. Ha encendido otro cigarrillo y me pone una mano en el hombro. La cólera se adueña de mí, de una manera tan súbita como brutal. Abro la portezuela y me apeo de la camioneta cerrándola de golpe. Doy patadas a las piedras de la carretera. La camioneta se pone por fin en marcha, la tengo a mi espalda.

—No te cabrees, Lili… Sube, ¡deprisa!

—¡Que te zurzan! —le contesto tirando una piedra a la cuneta. El sureño se ha ofendido. Lo oigo gritar a mi espalda.

—*Fuck you!* Pero bueno, Lili, ¡que vuelvas!

Ando con paso furioso por el camino. Él insiste, el motor ruge, luego se calma, yo continúo, cuando la camioneta me adelanta, temo que me atropelle, pero da marcha atrás y se pone a mi altura, solo intentaba cerrarme el paso… Entonces levanto los ojos hacia Niképhoros y solo tengo ganas de reír. Subo a la camioneta. Él también sonríe.

—Me has faltado al respeto, Lili —me dice con severidad, la mirada fruncida vuelta hacia la carretera.

—¡Pero si yo te respeto, Niképhoros!

Me hace un ademán para que me calle y me alarga un mango que extrae del morral.

—Anda, prepáralo, por favor.

Saco la navaja que pende de mi cuello, parto la fruta por la mitad, la corto en forma de rombos, le paso la primera mitad. Sonríe, me pide que la muerda yo primero. Al hincar los dientes en la pulpa naranja y dulce, el jugo me resbala por la barbilla. Le devuelvo su parte y la muerde entornando los párpados. Regresamos en silencio. Me pongo derecha. Ambos sonreímos.

—¿Por qué te fuiste del *Kayodie*? —le pregunto cuando pasamos junto a los muelles de combustible.

Ríe con amargura. Su hermosa boca perfilada se hincha en una mueca desdeñosa.

—Cody está loco de remate… Estábamos de juerga en la bahía de Izhut cuando le dio otra vez eso (tuvo otro *flashback*), ya no sabía quién era, de buenas a primeras le dio por creer que era un vietcong y blandió la navaja. Entre tres nos las vimos y nos las deseamos para dominarlo… Salté a bordo del primer tender que pasó y me las piré. ¿Qué habrías hecho tú?

Es demasiado tarde para pasar por el barco cuando Niképhoros me deja en el puerto. Estoa de pleamar. Camino por el muelle hasta el albergue. Olor a cieno. Levanto la cabeza. Un cielo enrojecido forma olas. Sigo con la mirada el vuelo fluctuante de un dardabasí. Pasa muy bajo sobre la montaña, gira largamente sobre sí mismo y se abalanza sobre el suelo con las alas levantadas en forma de V. Entonces lo pierdo de vista.

El *Morgan* ha salido del astillero. Lo echan al mar una bonita mañana de septiembre. Dentro de dos días salimos a pescar fletanes. Estoy encarnando en cubierta cuando llega John. No me ha visto. Lo oigo vituperar a media voz. Dos marineros se burlan en la cubierta de al lado.

—*Hello, John!* —lo saludo tímidamente.

Está avergonzado. Me entra la risa. Se deja caer a plomo sobre el cuartel de escotilla y se pasa una mano vacilante por la frente cerosa como si tratara de pensar con claridad.

—Vamos a llenar el depósito de gasóleo —dice—, quizá eso haga que me sienta mejor…

Le tiendo un brazo y lo ayudo a incorporarse. Se cae. Nos echamos a reír. Al fin consigue ponerse en pie y entra en la cabina. Los muchachos de al lado me hacen señas con la mano. John ha puesto el motor en marcha, yo guardo los cajones y suelto las amarras. Abandonamos el punto de amarre y estamos a dos dedos de destrozar tres cascos. El *Morgan* zigzaguea al salir de la ensenada y pone rumbo a alta mar. John hace virar el barco, roza la boya. Por el cielo corren nubes. Estoy contenta. Las gaviotas también están borrachas de dar vueltas en la luz, gritando en torno a las grandes cisternas blancas. John se ha recompuesto y atraca sin dificultad en los muelles. Aunque en realidad no hay nadie más. Desenrosco el tapón de llenado cuando John logra encontrar la llave. El empleado me alarga el surtidor y lo introduzco en el orificio y presiono. Un géiser de gasóleo me salpica la cara.

—Parece que el depósito estaba lleno… —dice John—. Si es así cojamos agua entonces…

Me limpio con un trapo de aspecto dudoso. Las nubes siguen

corriendo sobre las montañas. Unos frailecillos pequeños vuelan a ras de las olas. El chillido lánguido de los pájaros se prolonga… Hace bueno. Nos sentamos en el cuartel de escotilla. John me alarga una cerveza.

—Había olvidado lo mucho que te quería —dice eructando—. Pero ahora tengo mujer, una novia buena… Se llama May.

—¿Como la primavera?

—Eso es, como la primavera. Pero eso no tiene que ver con nosotros: tú y yo somos artistas —continúa, cabeceando—: Me gustaría darte acero. Tú crearías con él. A gran tamaño. Muy grande.

—¿Por qué acero, John?

Entonces lanza un fuerte gemido y luego un grito. La cara se le crispa en un rictus doloroso. Parece que está llorando. Pero se echa a reír de repente. Me río con él. Me alarga otra cerveza. En el muelle, justo por encima de nosotros, una camioneta frena con violencia. Alzamos la cabeza: una mujer se apea de ella. Sus cabellos se arremolinan furiosamente con el viento. John palidece.

—¡John! Otra vez borracho… ¡Te doy una hora para que vuelvas a casa! ¡Y nada de volver a probar una sola gota de whisky, ni de cerveza!

La mujer se marcha como ha venido. La dársena vuelve a quedarse vacía. John guarda las cervezas. Agacha la cabeza y capea el temporal.

—¿Esa era May? —le pregunto.

—Sí, era May. Como la primavera. Venga, larga…

Suelto amarras. Regresamos a puerto. Es la hora a la que el albergue abre sus puertas.

Gordy me ve cuando estoy subiendo la cuesta. Llego al albergue, la radio anuncia una alerta por tsunami. Ya han evacuado Dutch Harbour.

—¡Vayamos todos al monte Pillar —grito—, así lo veremos llegar!

Los muchachos están de acuerdo.

—Aún no ha llegado —se ríe Jude—, os da tiempo a cenar antes.

Un grupo de mexicanos posa para la foto de espaldas al puerto. Me han pedido que me coloque delante; todos sonreímos al objetivo mientras imagino la ola a nuestra espalda, enorme, y a los muy pánfilos, risueños, a punto de verse sumergidos... Gordon nos interrumpe y me lleva a su casa, como la mala hija a la que se ha pillado dando vueltas por los barrios prohibidos. En ella hay un estanque, árboles y un pequeño hidroavión posado entre unos nenúfares.

—¿El avión es tuyo, Gordy?

Pero Gordon parece ofendido. Una libélula se ha posado en su cabeza. Su mujer me lleva a una habitación inmaculada. Aguardo a que se queden dormidos para huir entre las sombras. Aunque hace rato que la hora ha pasado, el guardián del albergue me deja entrar. Los muchachos duermen en el dormitorio superpoblado. Han retirado la alerta.

Pero a partir de ese día —pienso en ello y me entristece—, acudo a la llamada del albergue cada noche a las ocho... Toda esa comida lista y caliente que nos espera, que solo nos espera a nosotros, exclusivamente para nosotros, los bums... Los enormes pastelillos de crema, el termo de café y las galletas a voluntad... Y las duchas y las sábanas limpias, la cálida amistad de los hombres, su voz áspera y cariñosa y su penetrante olor. En definitiva, resulta desolador descubrir que una es tan débil, tan frágil, conmovida y desarmada ante unos alimentos; la abundancia, tanta abundancia y semejante calidez, y yo, que pronto sería pescadora de cangrejos...

Entonces me digo que no me quedará más remedio que volver a dormir en la primera chatarra que encuentre. Es una cuestión de orgullo, por lo que piensen Gordon y los demás, no me queda otra.

John llegó a las seis. Llevaba levantada un buen rato. Nos marchamos en medio del amanecer gris. El puerto parecía aún adormecido. Y sin embargo, en cuanto cruzamos la bocana, pudimos ver todos esos barquitos que habían zarpado poco antes que nosotros dispersos en el océano. Durante la noche se había levantado viento.

De pie frente a la consola, en el minúsculo habitáculo del *Morgan*, John nos conduce. Observo silenciosa a su lado. Unos chorros de agua barren los cristales. Delante de nosotros revolotea una bandada de pájaros grises. Peggy, la de la radio, nos da el parte meteorológico: aviso de viento, olas de diez pies que podrán alcanzar los quince pies, viento del noroeste de treinta y cinco nudos que arreciará en el transcurso del día… Luego se oye a los pescadores comunicando entre sí. OK, Rogers, dicen siempre.

—No sabía que hubiera tantos Rogers por aquí —le digo a John.

Alza una ceja sorprendido, ríe sin que entienda por qué. Despliega la carta.

—Ahí es adonde nos dirigimos… Hay que pasar por la isla Spruce, Ouizinkie Harbor… Shakmanof Point… A medio día calamos los aparejos. Marea creciente. Deberíamos dar con ellos... ¿Puedes sujetarme el timón?

—Nunca he utilizado un timón. A bordo del *Rebel* teníamos el *joystick*,* y sobre todo el piloto automático para los greens.

—Está chupado. Primero estableces el rumbo... A continuación solo manejas el timón cuando sientes que estás en lo alto de una ola. Ese es el instante que dirigirá tu impulso.

No aparto la vista de la brújula. Noto la sustentación de las olas bajo los flancos de madera; el empuje del viento, que nos llega de frente, contra la roda; el instante en que el *Morgan* reacciona a la maniobra. Al principio el barco se me rebelaba, ahora me obedece y parece cobrar vida entre mis manos.

—Algún día tendré un barco, John.

—Sigue así... —Se ríe—. ¿Te apetece una cerveza?

—No, John, en el mar no.

—Bueno, pues te preparo un café.

Me quedo sola al timón. La proa del *Morgan* hiende el agua gris. Las olas pasan por encima de la cubierta una y otra vez. Si tuviera al ice cream baby no estaría aquí. Es mediodía. Nos ha dado tiempo a explorar las aguas. A la señal, largo la baliza y la boya, después el ancla. Los diez primeros palangres se desenrollan sin un solo grito. Manguerazo por cubierta. Ya son las cinco. Nos tomamos un descanso. El viento arrecia.

—Normal —dice John—, pesca del fletán. No nos libraremos.

Desde esta mañana no ha hecho más que beber una cerveza tras otra y está languideciendo. Yo me endurezco, vibrante frente al mar, como la cuerda de un arco, cada vez más viva, cada vez más tensa a medida que se aproxima la hora de cobrar las líneas.

John toma los morses exteriores, en el entrante de la cabina de gobierno. La boya aparece en una hondonada entre dos olas. Lanzo el bichero y la subo a bordo. Introduzco el orinque en el halador. Lo adujo hasta izar el ancla a bordo. Los primeros palangres traen consigo unos cuantos bacalaos, pero los volvemos a lanzar al agua. Están ya muertos. Desaparecen con el vientre hacia arriba balanceándose en las olas, manchas claras que se hunden lánguidamente en el mar. Gaviotas y fulmares nos siguen entre graznidos, se lanzan en picado para intentar atrapar uno. Son una estela enloquecida en el cielo que se enfosca. Adujo la línea.

Empieza a caer una tenue lluvia. Llega a bordo el primer fletán. John me regaña cuando lo engancho por el lomo.

—¿No te han enseñado a currar como Dios manda? Te estás cargando la captura… ¡En la cabeza, siempre debes clavar el bichero en la cabeza! Después la fábrica nos pone en la lista negra y nos paga toda la pesca a precio de saldo.

Permanezco en silencio y agacho la cabeza. Me siento avergonzada.

—Ya lo sabía, pero temía perderlo.

—Coge el bichero y el gancho. El gancho sirve para liberar al pez del anzuelo. Con una mano lo atrapas con el bichero para subirlo a bordo y con la otra haces una torsión con el gancho entre el anzuelo y la boca, un golpe seco y caerá solo… Bueno, lo dicho, ya sabes…

Llegan los fletanes. John grita. Me afianzo sobre las piernas para tirar de los peces fuera del agua y hacerlos pasar por encima de la regala. Los gigantes de los mares baten el aire con su cuerpo liso y plano; barren la cubierta de un lado a otro. No paran de llegar a bordo. Se levanta marejada debido al viento y el *Morgan* se balancea pesadamente. Dos fletanes salen arrastrados por encima de la amurada. Sudando a mares y con la cara chorreante, me inclino sobre el agua negra. El ancla surge de las aguas, luego el orinque y por último, la boya.

—¡Te has ganado con creces ese billete de avión... y el comienzo de tus vacaciones en Hawái! —grita John de alegría.

Desaparece en la cabina y sale pasado un instante con una cerveza en las manos. Tiene la mirada ida, está anocheciendo, el viento no ha aflojado, sino todo lo contrario. Durante un momento pienso que hemos pescado suficiente, que el mar se está enfadando y que deberíamos parar. No deberíamos seguir matando. De repente siento un poco de miedo. John está casi borracho. Eso tampoco debe de hacerle mucha gracia al mar. Empuño un fletán. Con el cabello chorreante de agua de mar y lluvia, aprieto los dientes. Lo sujeto por la mitad del cuerpo y trato de subirlo a la mesa de limpieza, un tablón clavado de través entre la regala y el borde de la bodega. Es demasiado grande, se me escurre de los brazos; el oleaje y la masa movediza de cuerpos que siembran la cubierta, con la cual tropiezo, me hacen perder el equilibrio; caemos juntos, no lo he soltado. Se trata de un abrazo extraño, en medio del viento y los continuos golpes de mar que nos acribillan.

El *Morgan* deriva. John sale de la caseta de gobierno. Ya he limpiado tres pescados de rodillas en el suelo de cubierta. Arroja su lata vacía por la borda y eructa al tiempo que se da la vuelta hacia mí.

—¡No, así no! Tienes que subirlos al tajo.

—A veces son muy pesados, John.

—Los tiendes sobre la mesa, a continuación el cuchillo... Lo clavas en el vientre, lo deslizas hasta las agallas, cortas las branquias, subes... la membrana, ahí, por ese lado, por el otro. Y tiras, arrancas todo, el estómago, las tripas, todo ha de salir de un solo golpe. Luego los cojones, al fondo… A veces es lo que más trabajo cuesta. Solo te queda raspar con la cuchara. Tardarás cinco segundos como mucho.

—Lo sé, John —murmuro—, lo he visto hacer. Pero no lo conseguiré en cinco segundos.

Hace un rato que no me oye, se ha caído con el fletán. Maldice y grita a gatas sobre la cubierta.

—¡Estás borracho, John! —grito en medio del fragor de las olas.

—¿Borracho yo?

Se levanta.

—Vas a ver tú…

Y va y se sube a la regala e intenta caminar por ella, los brazos abiertos como un funámbulo, entre la cubierta y las olas negras erizadas de espuma. El barco se balancea pesadamente.

—¡John, baja de ahí!… ¡Por favor, John!

John se tambalea de izquierda a derecha, pierde el equilibrio, agita los brazos en el aire y cae. A cubierta. Respiro aliviada.

—No se debe beber, John, en el mar no se debe beber —digo con voz entrecortada—, ve a descansar un poco, yo me encargo del pescado, luego prepararé café… Nos tomamos el café y subimos el resto de los palangres…

—Llevo toda la vida pescando… —estalla John poniéndose en pie—. Llevo toda la vida pescando y ahora vienes tú, una simple extranjera que llega de lo más recóndito de su pueblo, y ¿pretendes enseñarme mi oficio?

—Sí, John, no, ve a acostarte, por favor…

John entra. Vamos a la deriva.

La luna ha salido y nos alumbra. La cubierta se halla tapizada de cuerpos pálidos sacudidos por espasmos. La cara blanca y desnuda, ciega, está vuelta hacia la luna y parece ondular por efecto de los bandazos. Los fletanes barren la cubierta, casi cadáveres, balanceándose de banda a banda. La amurada del *Morgan*, demasiado baja, permite que de vez en cuando alguno se salga por encima de la regala. Si sigue con vida, el fletán da un salto furioso para alcanzar las profundidades de las que ha sido arrancado. Si está muerto, las olas, ahora fuertes y altas, arrastran el pescado destripado, que se hunde lentamente, una forma blanca que va difuminándose en la oscuridad del mar. Limpio los peces que acierto a depositar sobre el tablón de madera. Estos siguen agitándose incluso abiertos. Deberían morir más deprisa, deberían morir antes de que hundiera el cuchillo en ellos. John duerme la mona en su litera. ¿O acaso sigue bebiendo? Chapoteo en cubierta. Tengo secreciones y tripas de peces pegadas a los mechones que sobresalen del impermeable. Procuro atrapar el fletán, en ocasiones igual de grande que yo, rodeándolo con los brazos —con una mano metida en la agalla y la otra aferrando el cuerpo liso—, y subirlo a la mesa de limpieza. Se me escapa, sobresaltos convulsivos. Caigo con él al suelo entre sollozos. Es un combate agotador contra este pez que abrazo y arrastro, envuelta en el olor acre de la sal y la sangre. Cuando al fin lo consigo, lo desangro de un tajo en la garganta, lo rajo a partir de esa agalla cuyas branquias se cierran sobre mi mano, arañándola a través del guante. Destripo el enorme cuerpo, que sigue resistiéndose, y se produce un sonido extraño, como el crujido de la seda al desgarrarse. El pez se debate con sobresaltos rabiosos, coletazos desesperados que me salpican de sangre. Me paso la lengua por los labios, tengo sed, ese sabor a sal... El cuchillo continúa su feroz avance, gira en lo más hondo del vientre, sube por las vértebras hasta las agallas. Entonces arranco de un golpe el enorme paquete de tripas y lo arrojo al mar. Las gaviotas vuelan a nuestro alrededor graznando, tratando de atrapar las vísceras al vuelo, se zambullen en el mar... Todavía he de encontrar los dos testículos, como dos huevos ocultos en lo más hondo del vientre, encerrados en una coraza de cartílago y carne; raspar la sangre negra y compacta que se amontona a lo largo de las vértebras. El fletán se retuerce con cada movimiento del raspador. Lo hago descender a la bodega del pescado. A veces cae a cubierta y se mezcla con los demás.

El cuerpo a cuerpo con los yacentes me ha dejado bañada en sudor. Unas ráfagas de agua me azotan la cara, me chorrean hasta el cuello y penetran bajo el impermeable. El viento retumba en mis oídos. Está soplando con mucha fuerza. El *Morgan* desaparece en el seno de las olas, la luna cae al agua para aparecer instantes después. El océano invertido, el cielo inclinado. Un corazoncito púrpura sigue latiendo encima de la mesa de limpieza, palpitando bajo el halo imperturbable de la luna danzarina, desnudo y solo entre las tripas y la sangre, como si todavía no se hubiese percatado de nada. Entonces, con el rostro pringado de lágrimas y sangre y ese sabor a sal en los labios —¿también a sangre?...—, me resulta insoportable, iba a tirarlo al agua con el resto de las tripas, pero no, no puedo hacer eso. Desasosegada, me viene a la mente el primer fletán que maté a bordo del *Rebel*, así que lo atrapo y lo engullo; en el calorcito de mis entrañas, ese corazón que palpita; dentro de mi propia vida, la vida del enorme pez que acabo de abrazar a fin de destriparlo mejor. ¿Qué estará haciendo John? Tengo miedo.

Termino de destripar los fletanes más grandes de rodillas, sobre el suelo de cubierta. Los pesados párpados entornados me miran, tal vez con estupor. «Chist, chist...», murmuro deslizando la mano por el cuerpo liso, aún lloro un poco, me como el corazón del hermoso yacente. Después no vuelvo a caerme, no vuelvo a sollozar. Hago mi trabajo. Los corazones que me trago enteros uno tras otro forman una bola extraña en mi estómago, un ardor helado.

He metido los últimos fletanes en la bodega, acostados sobre su cara oscura para evitar que les queden marcas en la carne. He roto el hielo con el pico para llenar los vientres y cubrir los cuerpos. Entro en la cabina. John ronca en el banco. Enciendo un cigarrillo, preparo café y lo despierto. Está mejor. Nos dirigimos a la siguiente baliza. John ha cogido una cerveza.

Nos está costando lo suyo encontrar la boya, de un rojo apagado que desaparece entre las olas. De pie contra la regala, sostengo el bichero, las rodillas hinchadas chocan contra la madera dura al ritmo de los bandazos. Me estiro para coger la boya con el bichero, estoy a punto de conseguirlo cuando John nos vuelve a alejar. Al tercer intento fallido lo empujo sin pararme a pensar y tomo los mandos. Se hace a un lado. Enderezo la proa del barco, viro de bordo ligeramente.

—Coge los mandos de nuevo, John.

Atrapo la boya con un movimiento ágil, cojo el orinque y lo introduzco en la roldana. El viento en la cara nos araña. Vuelve a llover con más fuerza, la luna se ha velado. Pero ¿qué hora es en esta noche opaca? John guarda silencio. El barco avanza lentamente por el eje de la línea madre. Los fletanes no paran de llegar a bordo. Los bandazos aumentan, y los peces vuelven a barrer el puente, golpeándonos en las pantorrillas a intervalos regulares.

Mis rodillas magulladas chocan rítmicamente contra la amurada. John maneja los mandos mientras atrapo las capturas con el bichero. Nuestros rostros chorrean bajo el cielo oscuro, revuelto. Las nubes se persiguen, las aves blancas dan vueltas en ruidoso vuelo… La línea se detiene.

—¿Nos hemos enganchado en el fondo, John?

Viramos un poco. Inclinados ambos por encima del agua negra, escrutamos los remolinos. Algo, un cuerpo enorme y pálido, se ha quedado prendido de la línea. Pero apenas John la sube, la cola de un pez grande emerge del agua, un tiburón azul se ha quedado enganchado en el palangre.

—Pásame el bichero… Un cuchillo.

—Un tiburón, John… ¿De verdad que es un tiburón?

—Que me pases el cuchillo te digo.

—¿Qué vas a hacer?

—Tengo que liberar la línea, cortarle la cola.

—¿Morirá?

—Está muerto.

Izo la cola a bordo.

—Tírala.

—Todavía no.

El cuerpo inerte se sumerge lentamente. Aparece la última boya.

Noche de tinta. Es muy tarde. O muy temprano. Hemos terminado de limpiar los últimos fletanes. Las tres cuartas partes de la bodega están llenas. Largamos los diez últimos palangres. Limpio la cubierta.

—Deja eso, el mar lo hará por nosotros. Será mejor que comamos algo. He guardado un bacalao. Anda, ven.

Los impermeables yacen empapados en el suelo. John ha puesto a cocer el bacalao. Me masajeo las manos tumefactas, atravesadas de cortes desde la muñeca hasta las yemas de los dedos. John se hurga los dientes con un palillo.

—Ahora tenemos que decidir: o nos volvemos a poner ahora mismo o descansamos unas horas.

—Lo que tú decidas, John.

—Dormimos. Dos horas. Nos lo hemos ganado.

Saca una botella de whisky y bebe un largo trago mientras da cuerda a los despertadores. Me tapo la cabeza con el saco de dormir. La sangre seca me escuece en las mejillas. Tengo el cuerpo derrengado. El cansancio me aplasta. «Dos horas —pienso—. Dos horas de sueño. Qué delicia.» Derivamos.

Oigo los despertadores. John no se ha movido. «Un poco más —pienso—, un poquito más…» Me vuelvo a quedar dormida. Dormimos cuatro horas. Soy la primera que se despierta. La pequeña estufa de fuel ronronea. Encima de esta, la cafetera, con un resto de café espeso como alquitrán. Me sirvo una taza. La cara me arde. El cuerpo también. Hace demasiado calor. El frío y la oscuridad detrás del cristal empañado, batido por ráfagas de agua. Salgo a la cubierta, lavada por los maretazos que la barren. El aire sopla crudo, y siento una quemazón helada en las fosas nasales, en los pulmones, sobre la piel. El viento parece haber perdido fuerza, el barco deriva lánguidamente. Los cajones vacíos no se han movido, estibados con firmeza contra el castillo. La gigantesca cola del tiburón azul, que he amarrado al ancla, vibra con cada sacudida producida por las olas, un mascarón de proa bárbaro y fantasmal. Entro. Vuelvo a preparar café y sacudo a John un buen rato hasta que se despierta.

—Es la hora, John.

Trabajo maquinal. Movimientos mecánicos. El viento en la cara. Los fletanes se han ido con el cambio de marea. De tarde en tarde, aparece un pez desamparado con las órbitas vacías hirviendo de pulgas de mar. Todavía hace frío y está oscuro. El agua nos golpea de frente y nos entra por el impermeable. John estampa con rabia las estrellas de mar contra la amurada. Las enormes y monstruosas bocas, que parecen succionar el anzuelo, estallan sobre la madera oscura, salpicando la cubierta de jirones de carne rosa y anaranjada. John no ha abierto la boca desde que sonó el despertador, el semblante descolorido, pálido de cansancio, los labios apretados en una mueca amarga. A veces para el halador, pone el motor en punto muerto y me mira con aire exasperado.

—Espera un momento...

Entra en la cabina. La noche palidece. En el horizonte brumoso no tardarán en divisarse la sombra oscura de la costa y los bosques sombríos de Kitoi, en el norte. John sale más sereno, con la mirada turbia.

—Vuelvo enseguida, John. Me toca entrar a mí.

La botella está encima de la litera, la escondo bajo la almohada.

Se reanuda el baile de estrellas de mar descuartizadas sobre la amurada. John detiene la línea de nuevo y vuelve al camarote. Esta vez tarda más. Miro a hurtadillas a través del cristal. Ha encontrado el whisky y bebe desesperadamente, con la cabeza hacia atrás y los párpados entornados. Me es imposible contenerme; me precipito dentro y le arranco la botella de las manos.

—¡No, John, vale ya!

Arrojo la botella al mar. John se pone pálido. Un hilillo de whisky desciende por la comisura de sus labios entreabiertos.

—¡No eres más que una campesina y pretendes enseñarme a pescar! —maldice y grita, tras un sobresalto—. ¡Menuda imbécil, mira que quitarme la botella…!

Oigo un ruido sordo de caída. Las olas golpeando el casco producen una suerte de jadeo furioso. Me dejo caer sobre el cuartel de escotilla. Y entonces rompo a llorar. Unas olas verdosas rodean el barco y se burlan del pequeño *Morgan*. Pienso en el gran marinero; en él acostado sobre mí con su respiración de león, dándome de beber con su boca; en Hawái, que no veré; en el ice cream baby que nunca tendremos. Sollozo bajo la lluvia de un alba gris. El cielo luce encapotado y malévolo. Siento debajo de mí los hermosos gigantes de los mares tendidos en su lecho de hielo, envueltos en su mortaja ensangrentada —el motor ronronea—; hemos matado demasiado. El mar, el cielo y los dioses están furiosos.

Tengo hambre y frío. Entro en el comedor. John está de rodillas, con la cara pegada al suelo y el culo en pompa como los peregrinos que se prosternan en La Meca. Pero ¿cuál es su Meca?, pero ¿qué está haciendo ahí…? ¿Acaso está durmiendo? Me siento a la mesa. Cojo el pan que ha rodado por el suelo y le doy un mordisco. John gime quedamente.

—Venga, John —murmuro—, tenemos que volver a cubierta y virar los palangres.

Me como el pan como si no existiese nada más en el mundo, como si fuese lo único que importase de verdad. El barco deriva. John sigue sollozando.

—Venga, John…

Me levanto y me acerco a él. Le doy un golpecito suave en el hombro.

—Tenemos que subir los aparejos, John.

—Es que te he perdido, Lili… Te he perdido, Lili.

—No, John, no me has perdido, nadie puede perderme, pero tenemos que seguir pescando.

—¡Necesito ayuda! —grita con el culo aún en pompa, aplastando la cara contra el suelo sucio.

Y yo con ese pedazo de pan, que continúo masticando aplicadamente.

—Todos necesitamos ayuda, John, pero hazme el favor, anda, levántate… Tenemos que subir a bordo todos los palangres, nos quedan solo unas horas antes de mediodía.

Entonces John se yergue y, de rodillas, lanza un último y largo gemido. Lo ayudo a ponerse en pie y lo guío hasta la mesa, le sirvo un café.

—John, pronto habremos terminado —le digo—, regresaremos a Kodiak y descansaremos, y si quieres hasta te invitaré a una cerveza en el Breaker's…

—Abandonémoslo todo aquí. Cortamos la línea. Sanseacabó. Regresamos.

—No, John, lo subimos todo a bordo. Solo nos quedan un par de horas.

Es mediodía. Todos los palangres se encuentran a bordo. La pesca acaba de finalizar. Regresamos. John me ha dejado el timón. Destapa una cerveza.

—¿Me odias? —le pregunto.

—¿Y tú no me odias a mí? —contesta.

—La próxima vez que salgamos a pescar, primero me enseñas todo, a maniobrar el barco, los motores hidráulicos, a servirme de la radio también, vamos, todo. Luego podrás emborracharte cuanto quieras… Si hubieras caído al agua, no habría podido hacer nada.

El viento habrá amainado antes del atardecer. Cuando nos aproximamos a las fábricas de conservas, llamo a John, que se ha quedado frito en cubierta, con el culo al aire en el cubo blanco que utilizamos a modo de retrete. Se pone al timón a regañadientes. Hay una fila de barcos aguardando ya para descargar. He preparado las amarras y sacado las defensas. Atracamos despacio abarloándonos al *Indian Crow*. La fila de barcos es larga. No podremos descargar hasta mañana por la mañana. Pero entonces ya me habré ido y nunca sabré a cuántas toneladas de presas se eleva nuestra alocada caza de fletanes. John ha recobrado el dominio de sí, esa mirada penetrante de hombre de tierra y de negocios. Nos sentamos a la mesa. Saca una cartera. Sus pálidos rasgos acusan cruelmente el cansancio. Firma un cheque y me lo alarga.

—¿Te vale así?

—Sí —respondo en un murmullo—, me parece bien.

Compartiremos, decía… Hemos capturado unas cuatro mil libras, ¿no? Sin duda más. Compartiremos…

—Gracias, John…

Paso por encima de la regala del *Indian Crow* con el impermeable enrollado dentro de una bolsa de basura. No hay un alma en cubierta, alguien se ha dejado la radio encendida y la puerta abierta… Subo por la escala que conduce al muelle. Corro a grandes trancos; casi sin pretenderlo, las piernas tiran de mí, flexibles y fuertes, ante mí, las gaviotas, el puerto, corro, el cielo neblinoso y el viento. Y la liquor store y el bar, sigo corriendo, el *Jenny* está amarrado en el muelle. Scrim ha vuelto. Salvo la borda de una zancada y llamo con los nudillos al cristal, desfallecida. El hombre sale sonriente.

—¿Qué tal, kid, has pescado mucho?

—Mírame las manos… —digo susurrando.

Aprieta mis manos tumefactas entre las suyas.

—*Good girl*… Ven a tomarte una copa, invito yo.

Cruzamos la puerta del Breaker's. El ruidoso local está que no cabe un alfiler. Camino hacia la barra con la cabeza bien alta. Coloco ante mí mis hermosas manos de pescador, las informes manazas que ya ni a doblar acierto. No volveré a tenerle miedo a nadie y bebo como un pescador de verdad. Mañana estaré en Hawái con el gran marinero.

Lili, amor mío, no leerás esta carta si estás en el avión mañana. De todos modos, ya no tendrá ninguna importancia. Hoy es mi último día de trabajo en un aserradero y me marcho a los muelles de Honolulú a buscar una habitación barata. El curro no estaba bien pagado, eran muy pocas horas. El tío para el que trabajaba tenía en mí a uno de los mejores trabajadores de nuestros países desarrollados a su servicio, pero no ha sabido apreciarlo. Si llegas antes de que me vaya, haré lo que más deseo en el mundo: estar contigo. Pero hasta que podamos volver a vernos, si es que algún día lo logramos, búscame en los tugurios, en los bares de strippers, en las filas de sopa popular del Pacífico. Salgo a faenar de nuevo.

Todavía no sé dónde ni para quién embarcaré. Se supone que con el cheque de la paga me alcanzará para pagar el avión hasta Oahu y encontrar una pequeña habitación donde alojarme toda la semana. Luego no me quedará nada. Solo las ansias de volver a pescar. No es necesario que me mandes nada, carta dinero comida o ron. Soy feliz. Pelado, sin trabajo, pronto en la calle, pero por fin con mi única razón de ser.

Me habría gustado volver para la campaña del fletán. Pero dura muy poco tiempo y estoy casi sin blanca. Un tío me ha hablado de una amplia operación de pesca alrededor de Singapur (a lo mejor para más adelante). Hasta ahora nunca he cruzado el ecuador en barco ni navegado más allá del meridiano ciento ochenta.

Lili, me hubiera gustado muchísimo que vinieras. Serías la única persona capaz de hacerme cambiar de opinión, cambiar eso hacia lo que hoy debo dirigirme. Te he esperado durante mucho tiempo. Ahora debo irme. Te llevo en mis pensamientos. Siempre. Te tendré al tanto. Tal vez trabaje unos días en algún barco local. Quizá todavía estemos a tiempo de volver a vernos, alquilar un pisucho amueblado en Waikiki o en Chinatown, y tratar de tener un hijo, nuestro ice cream baby. Probablemente tengas noticias mías la semana que viene mientras esté buscando barco. A no ser que alguien me diga: «Tú, ven aquí, zarpamos en menos de una hora…».

Búscame en Oahu, pregunta por Jude en el puesto de Susan, en el mercado. Cuídate, te tendré al corriente.

JUDE

El ferry me llama constantemente. Brama en medio de la noche: Ven, Lili, ven… Y yo clavada en el puerto. Los barcos zarpan y regresan. El gran marinero me escribe desde Honolulú: Ven, Lili, ven… Tengamos de una vez por todas a nuestro ice cream baby… Y yo atada al muelle como un barco enfermo. Sentada en el muelle, con la calle, la Lavomatic, las duchas demasiado caras, el coffee-shop de las camareras bonitas, a mi espalda, y, más allá, el bar y la liquor store antes de las fábricas de conservas de Alaskan Seafood. Delante de mí, el puerto, la flota de barcos que zarpan y regresan. Las águilas planean en un cielo demasiado blanco, las gaviotas vienen y van y graznan, se burlan o gimen, clamores que se prolongan agudos y cansados, que se intensifican hasta morir con unos acordes tristes.

Yo, una inútil. Que ve partir los barcos, las mareas morir y renacer, que oye bramar el ferry dos veces por semana: «Ven, Lili, ven…». Que relee las cartas del gran marinero, escritas rápidamente en el dorso de unas viejas hojas de papel manchadas de grasa y cerveza: «Lili, amor mío, ven…». Que contempla las gaviotas las águilas y los barcos.

La isla ha cerrado sobre mí sus brazos de rocas negras. La verde ensenada de colinas me domina silenciosa y desnuda. Los epilobios en flor ondulan cual marea malva. La sombra del marinero que se acostó sobre mí no me ha abandonado desde que se fue, bajo esta llovizna suave, en un ferry blanco en la inmensa oscuridad de la noche. Permanece a mi lado cuando camino con dificultad por estas calles, pobladas por hombres altos con botas que van tambaleantes de un barco a otro, luego de un bar a otro, y regresan al mar con paso garboso y ágil.

Anochece otra vez. La isla vuelve a cerrar sobre nosotros la ensenada oscura de sus brazos. Camino por el muelle desierto, tomo la última pasarela, la marea está alta, recorro el pantalán hasta el seiner azul, el *Lively June*. Percibo ese olor tan querido a diésel e impermeable mojado, a café y mermelada. No tengo hambre. Me tiendo enseguida en la litera, apoyándome en el costado de madera rugosa de la proa. Todo está a oscuras. Alzo la cabeza. Las luces del puerto bailotean dibujando sombras. A través del ojo de buey del castillo se distingue un cielo muy oscuro y vasto. Oigo pisadas por el pantalán, gritos, el suave jadeo de la marea creciente contra el casco. Es la hora a la que el *Arnie* sale de la ensenada y el motor se hincha y luego disminuye; cuando eso ocurre, sé que el remolcador ha cruzado la bocana del puerto. Con los ojos abiertos, inmóvil, suspiro. El ferry me llama en medio de la noche… La noche en que el gran marinero se fue, el ferry lloró de esta manera, el sonido remoto de una sirena llamaba en la bruma, triste, tristísimo… «Ven, Lili, ven…» ¿Acaso me marcharé algún día?

Camino veinte metros por el muelle. El vetusto seiner de madera azul turquesa no se ha movido desde que nos fuimos, el antiguo barco de Gordon, adonde me llevó un día, cuando tuve que quedarme en tierra tras perder el puesto prometido a bordo: Lili la clandestina; el armador no quería correr ningún riesgo ante los de Inmigración.

Encuentro la llave escondida bajo el reborde de la pasarela. La puerta, que ha seguido hinchándose, resiste y gime. Desciendo los tres peldaños estrechos y me encuentro de nuevo en la guarida oscura. Huele a gasóleo, como de costumbre. Abro una alacena; queda algo de café, una lata de fruta en almíbar, tres latas de sopa. Unas galletas. Tiro el saco de dormir a una de las dos exiguas literas situadas en la proa del barco, que se estrechan aún más en los flancos húmedos a medida que avanzan hacia la roda. Con los pies en equilibrio en el filo de los catres, abro la butaca plegable y me subo a ella. Sentada frente a las pantallas agito las piernas en el vacío. Ante mí, la montaña imponente y verdísima, y más abajo, los mástiles, los barcos, el remolcador rojo que sale cada noche —cuando oyes el sonido del motor que viene a buscarte hasta tus sueños—, los muelles, el pantalán que conduce a los bares y a la ciudad. En derredor hay gaviotas por todas partes. Por encima, águilas. Entre ellas, cuervos.

La calle está blanca de luz. Marea baja. Al otro lado de la carretera, en el terraplén de tierra y rocas, no queda más que cieno. Al final de la calle, apoyados en el pequeño edificio cuadrado de los aseos públicos y la oficina de taxis, hay tres hombres sentados en la ribera verde. Hombres de la plaza. Esperan. Días semanas estaciones, hasta las seis, hora a la que el albergue abre sus puertas, y entonces llega la sopa, el café los pastelillos una buena ducha caliente y el dormitorio. De lejos reconozco a Stephen, el hombrecillo entrecano y achaparrado que me dijo que era investigador, un insigne físico, que está esperando un libro, «el libro» que su hija debe enviarle y no le envía... Pero ¿qué estará haciendo la hija, se habrá olvidado del padre? A su lado, un indio alto, sombrío y flaco, y el hombre rubio de rostro devastado. Murphy el gordo se une a ellos. Forman una mancha negra en el talud verde. Parecen águilas que se han posado ahí.

Los hombres del albergue... Esperan en la plaza, también en las orillas del puerto. Se aburren un poco. Hace mucho tiempo que renunciaron a la pesca. En ocasiones van de barco en barco para encarnar las líneas, así se ganan cuatro perras gordas para bebida o crack. Entonces beben para pasar el tiempo. Sablean al que acaba de llegar del mar. Si la pesca ha sido buena, este da sin contar demasiado. Los hombres de la plaza y los pescadores tienen la misma cara, tal vez algo más enrojecida y ajada en el caso de los primeros; hay más indios entre ellos, también mujeres. Las mujeres, por su parte, están cansadísimas, suelen quedarse dormidas, con la frente apoyada en el hombro de alguno que todavía no se ha caído ni ha salido rodando bajo un banco o por un parterre, o por la parte inferior del terraplén cuando baja la marea. Alcohol o crack. El gran marinero era amigo de todos ellos. Lo conocían y lo respetaban.

El gran marinero me llevaba al motel. Me acostaba en una cama. Se acostaba encima de mí. «Tell me a story», me pedía. «Oh, Dios...», murmuraba. La sombra de una sonrisa lánguida e incrédula le cruzaba el rostro de gran quemado. «Cuéntame una historia... Eres la mujer con la que quiero vivir siempre..., quiero follarte, amarte, estar contigo siempre, solo contigo... Quiero que me des un hijo. Cuéntame una historia...» Lo sentía grande y pesado sobre mí, lento y abrasador dentro de mí. «Sí —murmuraba yo—, sí.» No me sabía ninguna historia... «Tell me a story.»

«Sí», le decía yo. Sus ojos de pedrería clavados en mí, sus ojos como puñales, salvajemente enamorados, sus ojos de fiera amarillos que no se despegaban de mí hasta que me hacían sucumbir. «Me gustaría que esto me matase», le decía yo. Y entonces él me mataba, detenidamente, con sus muslos robustos y potentes, sus lumbares de piedra, el venablo que hundía en mi interior, con el que apuñalaba de amor mi vientre pálido y terso, mis caderas estrechas, como dos amagos de alas pegadas a la tierra, clavadas a las sábanas blancas manchadas de ice cream. Con los ojos leonados, que no se despegaban de mí, los calculados arponazos, aquella lentitud, aquella quemazón. Su boca se hundía en mi cuello, su beso voraz me hacía temblar, toda mi vida me atravesaba en un largo estremecimiento, me subía hasta la garganta, abierta tal vez para ofrecerse mejor a aquellos dientes; él, el león; yo, la presa; él, el pescador; yo, el pez de blanco vientre.

Anochece de nuevo. La marea se aleja. Un ave grita en la escollera. Aguardo la sirena del ferry. Se llama *Tustumena*, el ferry.

Conocí al gran marinero en el mar. Gritaba ante las aguas grises, negras cuando se hacía de noche. «¡Último palangre!», «¡Ancla echada!», voceaba en medio del estrépito del motor, cuando la estela rugiente engullía el ancla oscura tras el extremo del último palangre, entre los graznidos de las gaviotas que trazaban nuestra estela en el cielo. El buque de acero negro ganaba velocidad. El gran marinero continuaba gritando. El pecho se le inflaba desmesuradamente y con aquella voz suya potente y terrible profería un último bramido. Gritaba, era el único frente al mar, de pie contra el océano inmenso, con los mechones sucios, apelmazados a causa del salitre, barriéndole la frente, la piel enrojecida, hinchada, los rasgos quemados y la mirada amarilla iluminada por unos destellos leonados… A la sazón me daba miedo, siempre me daba miedo, me colocaba a su sombra, dispuesta a apartarme, a desaparecer en cuanto hiciera el menor movimiento de retroceso. Seguía cada uno de sus gestos, le pasaba los pesados cajones, que me hacían tambalear, prendía una bolsa de piedras de cada palangre, los empalmaba con un nudo vuelta de escota que él siempre comprobaba sin proferir palabra, sin jamás esbozar una sonrisa.

He soñado que todo volvía a empezar. De nuevo el frío, el agua dentro de las botas, las noches de pesca, el mar oscuro y brutal como lava negra, mi rostro embadurnado de sangre, el vientre liso y pálido de los peces que abríamos, el *Rebel* más negro que la noche, rugiente, sumergiéndose en un terciopelo helado, las tripas esparcidas por la cubierta. Las horas desfilaban, el tiempo carecía de sentido. El gran marinero gritaba, aún de pie y solo frente al océano. Y yo había decidido que todo sería así siempre, que navegaríamos por la tinta la noche y el terciopelo con una estela de aves pálidas y chillonas a la zaga; que no regresaríamos nunca, que no volveríamos a ver tierra firme jamás, y todo ello hasta la extenuación, permanecería junto al hombre que grita para verlo oírlo siempre, y seguirlo en la alocada carrera, pero jamás lo tocaría, tocarlo ni siquiera se me pasaba por la cabeza.

Tal vez un día la temporada llegaría a su fin y todos abandonarían el barco. Pero me había olvidado de eso.

Niképhoros se ha marchado hacia alta mar a nado. Esta noche celebraremos su funeral en el bar. Vendrá un pope, y todos llevaremos algo de comer y beberemos hasta las tantas.

Se fumó varios porros de crack con Brian, el marinero del *Dark Moon*. Estaban sentados en la escollera. El sol se ponía a sus espaldas. Niképhoros aplastó el cigarrillo entre los dedos y se volvió hacia Brian.

—Estoy cansado —le dijo—. Creo que estoy demasiado cansado. Me voy. Vuelvo a casa.

Y se dejó caer al agua. Brian no pudo retenerlo. Niképhoros echó a nadar en línea recta hacia el horizonte. Brian se zambulló para alcanzarlo, trató de traerlo de vuelta.

—Déjame —le dijo Niképhoros—. Si de verdad eres mi amigo, déjame.

Y Brian lo dejó marchar. El cabello pelirrojo le pende alrededor del rostro descompuesto, aturdido. Lleva tres días bebiendo y no quiere volver a subir a bordo del *Dark Moon*. Grita y llora y vocifera.

Ryan, el hombre cansado que un día de verano estaba encarnando en su deteriorado barco mientras los Beatles cantaban «Llévame a navegar lejos…», me rescató cuando salía del bar.

—¿Adónde vas?

Había bebido demasiado y estaba en el borde del muelle mirando el agua oscura, preguntándome si Niképhoros habría vuelto a casa o seguiría nadando.

—No lo sé —respondí—. Tengo miedo de volver al *Lively June.* Quizá debería tratar de buscar a Niképhoros...

Entonces me cogió de la mano.

—Ven —me dijo—. Estás cansada.

Mientras recorríamos el pantalán le solté la mano. Un pájaro salió volando del mástil del *Destiny* cuando el hombre salvó la amurada. El rumor de alas me hizo estremecer. Ryan me tendió el brazo. Lo seguí. La cabina estaba oscura y sucia. La radio se oía en sordina. Inmóvil en la oscuridad, vacilé.

—Quítate las botas...

Ryan me acostó suavemente en el colchón atestado de ropa vieja y me puso su saco de dormir por encima. Se desvistió y se tumbó a mi lado. El corazón me palpitaba con mucha fuerza. Me dio miedo morir sola, como una rata, agazapada en el hueco de una litera fría. Oí partir el *Arnie* en medio de la noche, el ferry llamándome. Me abracé al hombre. En la oscuridad puse las manos en su rostro ajado. Tenía el pecho suave, sedoso, el vello rubio brillaba en la penumbra. No me tocó.

—Duerme —me dijo.

Le cogí la mano. Después se dio la vuelta y yo también me di la vuelta contra la espalda recia. Me aferré a él con fuerza, con las piernas flexionadas en la oquedad de las suyas, ciñendo su cuerpo grueso. Algo cayó en cubierta. Volvía a levantarse viento.

—Está soplando bastante —murmuré—, ¿crees que le molestará? ¿Crees que habrá llegado a su casa?

—¿Quién?

—Niképhoros —susurré.

—Todo va bien —me dijo—. Simplemente no prestes atención al viento.

Se dio la vuelta, me puso un brazo por encima cubriéndome la oreja con la mano. Yo gimoteaba. La litera resultaba demasiado estrecha para los dos. Él me aplastaba un poco, y estaba asfixiada de calor.

—Ryan, perdona que te vuelva a despertar... —le dije con voz tímida—. Siento el estómago pesado... Creo que me van a dar náuseas.

—¿No irás a vomitar aquí?

—No, claro que no.

—Sal entonces. Te metes dos dedos en la garganta y vomitas por la borda.

Me incorporé y, sentada en el filo de la litera, sumida en un leve sopor, dejé errar la mirada. Qué bonita resultaba la luz de la dársena a través del viejo portillo de madera cochambrosa. Me sentí muy sola. Me levanté y busqué mis botas a tientas en la oscuridad.

Fui hasta la punta del muelle. Los pies me colgaban por encima del agua negra. Me los mojé para refrescarme. Unas gaviotas formaban manchas pálidas en la escollera. ¿Dormían? Pensé en el gran marinero. En el mundo vacío y en nosotros dentro de él. «Nothing, nobody, nowhere...», murmuré. Pero yo sí que estaba en medio de él, viviendo aún, siempre viviendo. Y con intensidad, con tanta intensidad. Las luces del puerto danzaban sobre el agua oscura.

Me levanté. Caminé por el pantalán, tomé la pasarela, recorrí el muelle. La ciudad estaba desierta. Seguí hasta el embarcadero del ferry. El *Tustumena* se había vuelto a marchar. Tomé la carretera de Tagura. Los barcos dormían en el astillero, descansando sobre los puntales como sobre columnas antiguas. El océano brillaba bajo la luna. El rumor regular de las olas inundaba el mundo. Seguí por la orilla hasta el Ejército de Salvación. Al otro lado de la carretera, el Beachcomber. El gran edificio estaba desnudo bajo la luna, pero, frente al mar, el enorme fresco pintado en el muro se antojaba aún más salvaje a aquella hora. Los barcos y las olas parecían avanzar de verdad. Me trajeron a la mente los tatuajes de Niképhoros cuando hacía vibrar los músculos bajo su piel. Los viejos trucks destrozados no se habían movido de allí. Tiré de la puerta del que me quedaba más cerca, pero esta resistió antes de abrirse. El cristal de la ventanilla estaba roto. Me acurruqué en el habitáculo. Olía a moho. El asiento corrido estaba desfondado y húmedo. Sentí frío al pensar en Jude, en Niképhoros, que seguía nadando —¿dónde estaba?—, en mi náufrago de Manosque-les-Couteaux. Oía suspirar al mar. ¿Dónde estaban todos a esa hora?

Estaba amaneciendo y llevaba un buen rato despierta. Tiritaba hecha un ovillo, con las manos pegadas al calor de mi vientre. Una luz anaranjada penetró impetuosa en el truck. Me incorporé. Una boya incandescente horadaba el océano, que parecía querer retenerla. Subía y subía, despegándose del océano. La enorme bola quedó suspendida sobre el horizonte antes de seguir ascendiendo. El fresco parecía cobrar vida propia, incendiado por los fulgores rojizos que se reflejaban en el mar. Me levanté, bajo los párpados me bailaban unas manchas rojas y negras. La marea se había marchado. También ella. Allá lejos, una brisa ligera hacía correr olas cortas por la bahía. El rumor de las que venían a morir en la playa me llegaba regular, y, muy lejano, percibí aquel jadeo suave como un reclamo, el cacareo de un pájaro que se reunía con unos ostreros, cuyas patas rojas brillaban sobre la arena blanca. Me sacudí. Tenía el cuerpo entumecido. Estaba hambrienta. Anduve hasta la ciudad. La vida volvía a sus calles. Me tomé un café y una magdalena en el coffee-shop de los muelles, que acababa de abrir. Me senté en mi banco. Se acercó un cuervo. Luego otro. Esperaban la magdalena. Una sombra se tumbó bajo el monumento a los marineros muertos en el mar. ¿Sid?, ¿Lena? A lo mejor ya habían vuelto… ¿O tal vez el indio con el rostro atravesado de cortes? Alguien. Por un instante pensé que se trataba de Niképhoros. No me atreví a ir a comprobarlo.

Recogí mis escasas posesiones en el *Lively June* e hice el petate. Point Barrow o Hawái, tanto daba. El uno me terminaría llevando al otro. El *Tustumena* llegaría dentro de dos días. Pensé esperar en el muelle. Me senté en el embarcadero. Se me hizo largo. Me entraron ganas de comer palomitas de maíz.

Anduve un buen rato hacia la bahía de Monashka. Después hacia Abercrombie, al final de la carretera. Continué. Llegué hasta el acantilado. Caminé contra el viento deseando que me arrastrase. Una bandada de fulmares pasó casi rozándome. Sus chillidos roncos me envolvieron antes de perderse en ráfagas en el rugido del viento y el jadeo salvaje del flujo, que acometía contra la muralla. Miré a lo lejos. Ante mí, el océano se estremecía desde el horizonte, avanzaba hasta los confines del mundo. Deseaba que me tragara. Había llegado al final del camino y debía tomar una decisión.

Estuve largo rato esperando. Se hizo de noche. En la ciudad había bares, luces rojas y cálidas, hombres y mujeres que vivían, bebían… Quise acercarme un poco más al agua, pero tropecé en la raíz de un pino esmirriado y retorcido. Fue tal el impulso de la caída que creí echar a volar. Cuando por fin toqué tierra, el dolor de rodilla y la exhalación provocada por el susto me atravesaron como una lanza de fuego. A escasos metros de mí se encontraba el vacío. Para no seguir viendo me abracé las rodillas contra el pecho y aplasté la frente en los muslos. El ruido de las rompientes me llenaba la cabeza. Pensé en el gran marinero, que me esperaba entre el polvo, en su isla abrasadora de luz, o tal vez en un navío ya, bien plantado en cubierta, gritando consignas detrás de la línea loca que se hundía en el mar, con la sollozante bandada de aves blancas alrededor de la frente, como una aureola salvaje.

El oleaje rompía interminablemente contra el acantilado. Me acurruqué en un rincón que formaba la roca, el mismo en el que se había apoyado Jude una noche mientras se tomaba su ron, la noche de Abercrombie. Arrebujada en mi saco de dormir, pensé en los peces llevados por las corrientes. Qué grato debía de resultar ser un pez a aquella hora. Y nosotros los matábamos. ¿Por qué? Cerré los ojos. Jude se hallaba bajo mis párpados. Caminaba con paso inseguro, la piel quemada del rostro medio oculta tras unos mechones sucios, los hermosos ojos amarillos mirando más allá de la fila de hombres, más allá de aquellos seres humanos que esperaban un cuenco de chile con carne, más allá de las tierras, la frente amplia y enrojecida vuelta hacia el mar, hacia el Pacífico Sur, adonde iría a pescar algún día… Luego estaba en un bar oscuro. Unas mujeres macizas semidesnudas, atrapadas en el halo de un foco rojo como pobres mariposas deformes, contoneaban las orondas caderas, moviendo sus enormes nalgas al aire en un simulacro de amor, que él se tragaba con rabia, una copa de ron barato en los labios. ¿Se acordaba aún de nuestro ice cream baby?

El océano avanzando. Aquel cielo abierto. El mundo inmenso. Dónde encontrarlo. El vértigo me dejó sin aliento. A mi alrededor unas sombras se movían con el viento. Árboles muertos. Me entró miedo. El fragor del océano parecía haberse intensificado con la noche, y el cielo se abría como un abismo. Tuve la impresión de oír el chillido doloroso del colimbo atravesando la noche. Llegaba de muy lejos… Todo se me escapaba. Todo era desmesurado y amenazante. Estaba sola y desnuda. La risa demencial del ave retumbó en el bramido del mundo como si fuese su corazón. Había hallado lo que buscaba. Por fin había hallado el grito del colimbo en la noche. Me quedé dormida.

Soñé. Algo yacía en el suelo. Una rama, quizá. Me agaché para recogerla. Parecía el cuello de una oca salvaje. ¿El del colimbo, tal vez? ¿O era una escultura de arena? Trataba de asirla, pero se me deshacía entre los dedos. No había manera de darle de nuevo una realidad aprehensible. Lo que se disgregaba entre mis manos se asemejaba a la vida y la muerte de mi náufrago, la de Niképhoros, la del gran marinero algún día.

Glosario

A and A: Alcohólicos Anónimos.

Antena Furuno: antena de los radares de un buque.

Beefstew: estofado de carne.

Beer and booze: cerveza y bebidas alcohólicas de alta graduación.

Bolardo: bita de amarre o noray.

Boring sea: «mar del aburrimiento».

Brailer: red de malla gruesa que se baja hasta las bodegas para descargar las capturas.

Brazolada: hilo de nailon que une el anzuelo a la línea madre.

Bro: hermano.

Bum: vagabundo, indigente.

Bunkhouse: edificio de contrachapado.

Crabber: pescador de cangrejos, cangrejero.

Cuna: soporte sobre el que reposa el barco durante la marea baja para el carenado.

Fly till you die: «vuela hasta morir».

Free spirit: «espíritu libre».

Green/Greenhorn: verde, novato.

Idiot fish: *Sebastolobus alascanus* o *shortspin thoryhead*, pez de roca del Pacífico de color rojo, que puede vivir a grandes profundidades; sus inmensos y redondos ojos le han valido ese mote.

Joystick: pequeña palanca de mando direccional del barco.

Kicking ass: arrasar (pegar una paliza a alguien, en otros casos).

Let it go!: «¡Arte al agua!», señal que da el patrón a la tripulación para que esta cale los aparejos.

Long johns: calzoncillos largos.

Long-liner: pescador que pesca con palangre o palangrero.

Long-lining: pesca a bordo de un palangrero.

Loran: acrónimo de *Long Range Navigation*, sistema de radionavegación que utiliza radiofrecuencias terrestres para fijar la posición.

Lower forty-eight: expresión común para designar los cuarenta y ocho estados contiguos de Estados Unidos, salvo, por tanto, Hawái y Alaska.

Observer: empleado del Estado encargado de realizar controles a bordo de los pesqueros con restricciones de cuota, medir las capturas, etcétera.

Puño de mono: nudo con forma de balón que se ata en el extremo de la estacha antes de lanzársela a alguien para que la amarre al muelle.

Red de cerco: red grande que se utiliza para cercar un banco de peces con ayuda de un bote o esquife que sujeta uno de los extremos de la red y describe una circunferencia en el mar.

Seiner: cerquero o embarcación que pesca con redes de cerco.

Set: tanda de redes, traínas o de un conjunto de palangres.

Sónar: *Sound Navigation Ranging*, sistema que utiliza la propagación del sonido para detectar y localizar los bancos de peces, entre otros, así como para medir la profundidad.

Spam: conserva barata a base de jamón reconstituido.

Spenard: barrio a las afueras de Anchorage.

Tender/Tendering: navío que aprovisiona con agua, combustible, víveres a pesqueros y en lo que estos pueden descargar la pesca del día/aprovisionar a los barcos pequeños y recoger sus capturas.

The Last Frontier: expresión que hace referencia a Alaska, «la última frontera».

Travel lift: potente elevador para barcos.

Tsuga: *Tsuga heterophylla* o tsuga del Pacífico, conífera que puede alcanzar los setenta metros de altura.

Valhalla: territorio de la mitología nórdica al que van a parar los grandes guerreros vikingos tras su muerte.

Victorinox: pequeña navaja de pesca muy famosa en Alaska, que todos los pescadores poseen.

Working on the edge: «trabajar en el filo de una espada», expresión utilizada para hablar de la pesca del cangrejo.

Índice